M. Koch

Ullstei

ÜBER DAS BUCH:

»›Mister Deck, sind Sie mein lausiger Daddy?‹ sagte eine wütende junge Frauenstimme ins Telefon.« So beginnt Tylor Rose, von allen nur T. R. genannt, mit ihrem Vater Kontakt aufzunehmen. Das selbstgenügsame und beschauliche Dasein des alternden texanischen Schriftstellers und Multimillionärs Danny Deck findet damit ein jähes Ende. Die mit allen Wassern gewaschene junge Frau macht ihm unmißverständlich klar, was seine Vaterpflichten sind. Zunächst gilt es, Muddy, ihren Freund und Vater ihres Kindes Jesse, aus dem Gefängnis zu holen. Nachdem dies geschafft ist, beginnt die abenteuerliche Jagd durch Texas. Denn T. R. fühlt sich verfolgt von ihrem Exfreund Earl Dee, dem Vater ihres Kindes Bo. Und gerade als sie nach Frankreich flüchten wollen, taucht Earl Dee auf – und alles nimmt eine unerwartete Wendung ...

DER AUTOR:

Larry McMurtry, 1936 in Texas geboren, ist einer der erfolgreichsten amerikanischen Autoren. 1986 erhielt er für sein Western-Epos *Lonesome Dove* den Pulitzer-Preis. Im Juni 1989 wurde er zum Vorsitzenden des amerikanischen Pen-Zentrums gewählt. Zahlreiche seiner Bücher sind mit großem Erfolg verfilmt worden, so unter anderem *Zeit der Zärtlichkeit* und *Die letzte Vorstellung*. 1990 erschien bei Ullstein sein Roman *Desperado,* 1993 *Buffalo Girls*.

Larry McMurtry

JAGD DURCH TEXAS

Roman

Ullstein

Ullstein Buch Nr. 23624
im Verlag Ullstein GmbH,
Frankfurt/M – Berlin
Titel der amerikanischen
Originalausgabe:
Some Can Whistle
Aus dem Amerikanischen von
Astrid Arz und Hans Herzog

Ungekürzte Ausgabe

Umschlaggestaltung:
Vera Bauer
Umschlagillustration:
Marion Brandes

Printed in Germany 1995
Satz: MPM, Wasserburg
Druck und Verarbeitung:
Ebner Ulm
ISBN 3 548 23624 3

2. Auflage Juni 1995
Gedruckt auf alterungs-
beständigem Papier mit
chlorfrei gebleichtem Zellstoff

Vom selben Autor
in der Reihe
der Ullstein Bücher:

Buffalo Girls (06041)
Desperado (22937)

Die Deutsche Bibliothek –
CIP-Einheitsaufnahme

MacMurtry, Larry:
Jagd durch Texas : Roman / Larry
McMurtry. [Aus dem Amerikan. von
Astrid Arz und Hans Herzog]. –
Ungekürzte Ausg., 2. Aufl. –
Frankfurt/M ; Berlin : Ullstein, 1995
(Ullstein-Buch ; 23624)
ISBN 3-548-23624-3
NE: GT

Für Jeanie

Erster Teil

1

»Mister Deck, sind Sie mein lausiger Daddy?« sagte eine wütende junge Frauenstimme ins Telefon.

Ich wäre nicht überraschter gewesen, hätte ich am texanischen Himmel einen Atompilz gesehen. Ich saß mit Godwin beim Frühstück auf meiner Südveranda und beobachtete, wie sich das pfirsichzarte Licht eines frühen Sommermorgens über die Prärie ausbreitete; ich hatte angenommen, der Anruf wäre von meinem Agenten, der in Paris war und bald durch die Zeitzonen herschwimmen würde, in der Hoffnung, daß dabei ein paar Geschäfte für mich rausspringen würden.

»Ich glaube nicht, daß ich Läuse habe«, erwiderte ich höflich. Dieser Ausspruch veranlaßte Godwin, von seinen Cheerios-Frühstücksflocken aufzusehen.

»Na, wenn das nicht lausig ist, mein ganzes Leben lang kein Wort mit mir reden und mich mit zwei kleinen Kindern hier unten sitzenlassen, und das bei Mindestlohn«, fuhr die junge Stimme noch wütender fort. »Ich hab's in *Parade* gesehen, daß Sie der reichste Schriftsteller der Welt sind. Stimmt das, oder ist das gelogen?«

»Wahrscheinlich gehöre ich zu den Reichsten, aber Schriftsteller bin ich eigentlich nicht«, sagte ich, noch höflicher.

Die beträchtliche Mehrdeutigkeit meiner beruflichen Position war für die wutentbrannte junge Person am anderen Ende der Leitung von keinerlei Interesse.

»Ist mir so was von scheißegal, was Sie eigentlich sind«, sagte sie. »Wenn Sie reich sind, und ich arbeite in diesem Mr. Burger, um zwei kleine Kinder durchzubringen, dann hoffe ich bloß, Jesus schickt Sie genau dahin, wo Sie hingehören: in die Hölle.«

Ich hörte Babygeschrei, und sie legte auf.

2

Godwin hatte geduldig beobachtet, wie seine letzten sechs Cheerios in der Milch herumschwammen. Auf seine alten Tage hatte er mystische Ambitionen entwickelt; er behauptete, aus schwimmenden Cheerios lesen zu können. An manchen Tagen ratterte er in seinem betagten VW nach Dallas, um exotische Milch zu kaufen (Ziege, Kamel, ja sogar, wie er behauptete, Yak), in der er seine Cheerios schwimmen ließ.

Das Telefon klingelte wieder. Der letzte Anruf war so kurz, heftig und unwirklich gewesen, daß es mir beinahe so vorkam, als hätte ich ihn geträumt. Hier war die zweite Chance; der Morgen konnte noch auf gewohnten Kurs umschwenken. Wahrscheinlich hatte mein Agent gerade sein Mittagessen in einem der von ihm bevorzugten, international renommierten Freßtempel eingenommen, nach dem er nun unsere europaweite Vermarktung in der Tasche haben konnte.

Unter Godwins wiederum wachsamem Blick griff ich ein wenig zaghaft zum Hörer.

»Mein Gatte hat seine widerlichen Seiten«, sagte Nema. »Wenigstens ist er erwachsen. Das ist immerhin etwas, stimmt's?«

»Stimmt«, bestätigte ich vorsichtig. Im Lauf der Jahre hatte ich gelernt, Nema nicht allzu voreilig beizupflichten, wenn sie über ihre diversen Ehemänner und noch diverseren Liebhaber grübelte. Ich war die Waage, auf der sie sie wog, und oft mußte die Waage ziemlich lange austariert werden. Irgendein Typ konnte eine Stunde oder länger auf- und abhüpfen, während Nema – ein winziger, energiestrotzender Rotschopf – kleine Pros und Contras auf die Waagschalen häufte.

»Auch wenn wir uns scheiden lassen würden, könnten wir

noch eine Menge miteinander vögeln, und ich müßte ihn wenigstens nicht mehr die Küche benutzen lassen«, überlegte Nema. »Zu seinen widerlichsten Angewohnheiten gehört, daß er nie den Mixer saubermacht.«

»Ein schlechtes Zeichen«, wagte ich mich vor. Schon wünschte ich, daß Nema auflegen, und meine wütende Tochter – falls es wirklich meine Tochter war – wieder anrufen würde.

»Was ist los mit dir?« fragte Nema verstimmt. »Du hörst ja überhaupt nicht zu.«

Wer Fernsehstars für unsensible Klötze hält, dem wünsche ich die Erfahrung jahrelanger Telefonate mit Nema Remington. Mit ihr zu reden, erforderte Konzentration, auch wenn sie nur beiläufig laut darüber nachdachte, ob sie ihren Typ des Jahres für eine zweite Saison verpflichten sollte, ehe sie ihn sozusagen an die unteren Ligen abstoßen würde.

Ich hatte nur vier Worte von mir gegeben, doch daß diese nicht gerade vor gespannter Aufmerksamkeit sprühten, verbuchte Nemas Hirn als Beleg für eine alarmierende Kaltherzigkeit meinerseits.

»Hast du dich verliebt oder was, Danny?« wollte sie wissen.

»Natürlich nicht, beruhige dich«, sagte ich. »Ich glaub, meine Tochter hat gerade angerufen.«

»Deine Tochter?« fragte sie überrascht – und zu Recht; weder ich noch sonst irgend jemand aus meinem alten Freundeskreis hatten meine Tochter je gesehen.

»Und, geht's ihr gut?« fragte Nema. »Wo ist sie?«

»Keine Ahnung«, gab ich zu. »Sie wurde sauer und hat aufgelegt. Vielleicht sollte ich besser die Leitung freihalten, für den Fall, daß sie sich's anders überlegt und noch mal anruft.«

»Na hoffentlich. Wie schön für dich«, sagte Nema. »Ruf mich später wieder an, das interessiert mich auch.«

»Ich ruf zurück«, versprach ich.

»Tschüß«, sagte Nema.

3

»Wie ich bereits sagte«, begann Godwin.

»Du hast nichts gesagt«, konterte ich. »Nicht eine Silbe hast du von dir gegeben.«

»Völlig unzutreffend«, widersprach er mit starrem Blick auf die Cheerios, die, wenn auch ganz mit Milch durchtränkt, immer noch oben schwammen. »Ich nahm den Gesprächsfaden lediglich dort wieder auf, wo wir gestern abbrachen. Wir erörterten die ersten Sätze von Romanen, nicht wahr?«

»Godwin, meine Tochter hat soeben angerufen!« sagte ich. »Wen kümmern erste Sätze von Romanen? Das war meine Tochter. Ihre Stimme klang ganz wie Sallys.«

Allein schon das Wort »Tochter« zu sagen, versetzte mich in eine Aufregung, wie ich sie seit Jahren nicht mehr verspürt hatte ... vielleicht überhaupt noch nie. Ich versuchte, mir zum Vergleich Sallys Stimme in Erinnerung zu rufen, die ich seit über zwanzig Jahren nicht mehr gehört hatte, mich an irgendeine Schwingung oder einen Klang zu erinnern, der jene Stimme mit den soeben vernommenen, jungen und angriffslustigen Tönen verband.

Meine Bemühungen waren umsonst, doch sie waren wesentlich zwingender als die von Godwin und mir seit Wochen geführte verbiesterte Diskussion darüber, was einen guten ersten Romansatz ausmacht.

Diese Diskussion hatte angefangen, weil ich – zum ersten Mal seit vielen Jahren – wieder den Versuch unternommen hatte, einen Roman zu schreiben, aber immer noch nicht über den ersten Satz hinaus war.

»Wie ich in aller Geduld bereits andeutete«, sagte Godwin ungeduldig, »erwartest du viel zu viel von einem Satz. Stell ihn dir wie ein gutes, herzhaftes Frühstück vor: Wir brauchen etwas Schlichtes, das trotzdem die Phantasie nährt. Keine Philosophie, keine Adjektive, serviere uns einfach ein simples Subjekt plus Verb und vielleicht ein bis zwei bekömmliche, nicht zu dick aufgetragene Adverben.«

»Hoffentlich klingelt das Telefon bald wieder«, sagte ich. »Hoffentlich ruft sie zurück. Ich bin mir beinahe sicher, daß das meine Tochter war.«

Das Telefon klingelte wirklich, und ich schnappte mir den Hörer, aber wieder war es eine Filmschauspielerin und nicht meine Tochter. Jeanie Vertus' hoffnungsvolle Stimme drang an mein Ohr.

»Hallo, hier ist Jeanie«, sagte sie, als wüßte ich das nicht. Ihre zwei Oscars hatten Jeanie nicht viel selbstsicherer gemacht.

»He, bist du nicht das Mädchen mit dem komischen Nachnamen?« sagte ich. »Wie war doch gleich der Name?«

»Du hast ihn mir gegeben, Danny ... das weißt du doch«, sagte Jeanie halb vorwurfsvoll, halb verlegen. Ich hatte den Namen Des Vertus in einem Buch über die Geschichte des Korsetts gefunden und Jeanie überredet, das Vertus daraus in einem von mir produzierten Film anzunehmen. Bis dahin war sie schlicht und einfach Jeanie Clark gewesen, ein nettes Mädchen aus Altadena, und hatte hauptsächlich in Werbespots, für Wanderbühnen und Sommer-Repertoiretheater gearbeitet. Der Film war einigermaßen erfolgreich; Jeanie wurde für einen Oscar nominiert, und von da an war sie Jeanie Vertus, auch wenn sie sich nie ganz mit den daran geknüpften Assoziationen abfinden konnte, da Virtus, Tugend, das letzte war, worauf sie Anspruch erhoben hätte.

Auch wenn ich sie oft damit aufzog, hielt ich den Namen für einen Geniestreich, denn Jeanies ambivalente Haltung dazu erzeugte eine innere Spannung, die ihren Reiz nur erhöhte. Es war nicht zuletzt ihr Bemühen, in ihren Künstlernamen hineinzuwachsen, das Jeanie zu dem großen Star machte, der sie später wurde.

»Scheint bei euch die Sonne?« fragte sie. »In New York kommt sie nicht durch.«

Eine unserer vielen Gemeinsamkeiten war das Bedürfnis nach viel Sonne.

»Weißt du was? Meine Tochter hat gerade angerufen«, sagte ich.

»Klingst du deshalb so fröhlich?« fragte Jeanie.

»Klinge ich fröhlich?«

»So hat deine Stimme noch nie geklungen, Danny«, sagte sie. »Gefällt mir so gut, als würde die Sonne durchkommen. Wie heißt sie?«

»Das weiß ich nicht«, gab ich zu. »Sie hat mir keine Zeit gelassen, danach zu fragen. Aber ich hoffe, sie ruft zurück.«

»Ich gehe aus der Leitung, für alle Fälle«, sagte Jeanie und legte auf.

4

In diesem Moment kam Gladys, um das Frühstücksgeschirr abzuräumen. Godwin hatte gerade den Mund aufgemacht, um etwas zu sagen – zweifellos, um seine Theorie der ersten Sätze weiterzuspinnen –, bemerkte Gladys aber noch rechtzeitig, um ihn wieder zu schließen.

Gladys und Godwin waren gleich groß – nämlich klein – und hatten beide weiße Haare, doch damit endeten ihre Gemeinsamkeiten auch schon. Godwin war Engländer, Gladys Texanerin, und die beiden Königskinder trennte eine Menge Wasser.

»Das Telefon klingelt am laufenden Band. Sind alle Ihre Freundinnen schwanger, oder was?«

Sie nahm neben Godwins Stuhl Aufstellung und zählte die in der Milch schwimmenden Cheerios.

»Wieder sechs«, sagte sie. »Was ist an sechs so Besonderes? Sind Sie jetzt auf dem Zahlenmystik-Trip, oder was?«

Godwin gab, genau wie ich, keinen Mucks von sich. Wir wußten beide nur allzu gut, daß die stets redselige Gladys zu dieser Tageszeit ihre Redseligkeit zu einer wahren Sinfonie steigern konnte. Eine noch so beiläufige Bemerkung von ihm oder mir hätte eine nicht einzudämmende Flut des Spekulierens und Kommentierens zur Folge gehabt.

»Haben Sie den ersten Satz von Ihrem Buch schon geschrieben?« fragte Gladys, die mich mit ihren blaßblauen Augen ins Visier nahm.

»Ja, möchten Sie ihn hören?« fragte ich zurück.

Godwin stützte stöhnend den Kopf in die Hände.

»Ach, sei still, Godwin!« sagte ich. »Meine Zunge ist es leid, jeden Morgen im Zaum gehalten zu werden.«

Gladys zog sich einen Stuhl heran, machte es sich bequem und schüttete sich eine zentimeterdicke Zuckerschicht auf eine von mir vernachlässigte Grapefruit. Sie sah vergnügt aus. Gladys wußte genau, weshalb Godwin und ich verstummten, sobald sie in der Nähe war. Sie wußte, daß wir fanden, sie redete zuviel.

»Ja, und meine Ohren werden es gleich leid sein, zu hören, was sie jetzt sagt«, bemerkte Godwin nicht ohne Bitterkeit.

»Ich dachte, Sie wären sowieso schwerhörig«, gab Gladys zurück. »Sie gelten als taub, was stört es Sie also, wenn Ihnen eine einsame alte Frau morgens was vorschwatzt? Dankbar sollten Sie sein für meine Gesellschaft. Geben Sie mir diesen Löffel.«

Godwin reichte ihr einen Löffel, der alsbald die zuckrige Grapefruit durchpflügte.

Das Telefon klingelte wieder, und ich schnappte es mir.

»Nehmen Sie ein R-Gespräch von T. R. an?« fragte mich die Vermittlung.

»Von wem?« fragte ich überrascht.

»Von seiner Tochter!« sagte sofort die temperamentvolle junge Stimme.

»Ja, ja«, sagte ich, hektisch geworden. »Natürlich nehme ich's an. Ich nehm's an.«

»Also los, Miss«, sagte die Vermittlung.

»Ich rede nicht, solang Sie zuhören«, sagte meine Tochter der Vermittlung. »Das hier ist eine Privatangelegenheit zwischen mir und meinem Daddy.«

Dann brach sie in Tränen aus. Stoßweise kamen laute Schluchzer durch die Leitung und erschreckten mich so, daß ich prompt den Hörer fallen ließ, der vom Tisch abprallte und Gladys am Fuß traf. Zwar hatte ich Jahre meines Lebens damit verbracht, Frauen zuzuhören, die ins Telefon weinten, doch keine davon war je meine Tochter gewesen. Ich war fix und fertig, und sogar Gladys mit ihren Drahtseilnerven war nicht gerade ein Muster an Gelassenheit. Sie trat zwei- oder dreimal nach dem Hörer, ehe sie ihn schließlich ergriff und mir zurückreichte.

Godwin beobachtete stillvergnügt, wie wir nach dem Hörer grapschten. Er hätte ein Kritiker sein können, der die Probe eines nicht sonderlich gelungenen komödiantischen Auftritts über sich ergehen ließ. Er sagte zwar kein Wort, sah aber immerhin von seinen Cheerios auf.

»Tut mir leid, Liebes«, sagte ich. »Mir ist der Hörer runtergefallen.«

»Während bei dir besetzt war, ist so ein komisch aussehender Mexikaner vorbeigekommen und wollte mir hier in der Telefonzelle Stoff andrehen«, sagte meine Tochter, schon etwas ruhiger. »Er hatte so'n Pitbull, und ich hatte Angst, daß der meine Kinder anfällt, und außerdem hatte ich Angst, du würdest sowieso nie im Leben glauben, daß ich es bin. Ich hab dem Dealer mein ganzes Geld gegeben, bloß damit er weggeht, deshalb mußte ich das R-Gespräch anmelden.«

Sie seufzte. Ich wartete.

»Mein größter Traum ist es, irgendwann ein Telefon in der Wohnung zu haben«, sagte sie leise. »Und ein Sofa, und dann könnte ich auf meinem Sofa sitzen und so lange reden, wie ich Lust hab, ohne mich mit Kleingeld rumzuärgern oder mir Sorgen zu machen, daß irgendwelche Hunde meine Kinder anfallen.«

Sie machte wieder eine Pause. Godwin und Gladys beobachteten mich angespannt.

»Das wär schön«, sagte sie resigniert – in genau dem gleichen Tonfall, in den Jeanie Vertus verfiel, wenn sie erwähnte, daß die Sonne in New York nicht durchkam. Aus der Stimme meiner Tochter hörte ich die kurze, tiefe Resignation eines Menschen heraus, der glaubt, seine simpelsten, normalsten Hoffnungen könnten unmöglich je in Erfüllung gehen – weder die Hoffnung auf einen Sonnenstrahl noch die auf ein Sofa und ein eigenes Telefon.

»Schätzchen, du kannst dein eigenes Telefon haben«, sagte ich.

»Das sagst du so einfach, du bist ja nicht hier«, sagte sie. »Bo, hör auf, deine kleine Schwester mit Dreck zu beschmeißen.«

»Ich mag Dreck«, sagte ein dünnes Stimmchen, offenbar das meines Enkelsohns. Ich beschloß, den Hörer mit beiden Händen zu umklammern, damit ich ihn in einem gefühlsbedingten Reflex nicht wieder fallen ließ.

Das erregte Godwins und Gladys' ungeteilte Aufmerksamkeit. Seit Ewigkeiten hatte keiner von uns ein so aufregendes Frühstück erlebt.

»Sag mir, wo du bist, und ich komme«, sagte ich. »Ich charter ein Flugzeug. In ein, zwei Stunden kann ich da sein. Ich werde alles wieder gutmachen.«

»Schon möglich«, sagte meine Tochter nachdenklich. »Aber erst muß ich mir überlegen, ob du diese Chance verdienst.«

Dann legte sie wieder auf.

5

»Soll das heißen, dieses Kind hat zweimal angerufen, ohne daß es dir gelungen ist, seinen Namen in Erfahrung zu bringen?« sagte Godwin, als ich ihm die Lage der Dinge auseinandergesetzt hatte.

»Nicht mal, in welcher Stadt sie ist?« stimmte Gladys ein.

»Na hört mal, ich bin erst seit etwa zehn Minuten als Vater aktiv geworden«, erinnerte ich sie. »Und außerdem bin ich sehr nervös. Seid nicht so kritisch.«

»Wahrscheinlich ist sie in Miami«, sagte Gladys. »In Miami gibt's heute bloß noch Mexikaner, heißt es.«

»Ganz so weit weg hat sie nicht geklungen«, sagte ich und wünschte, das Telefon würde wieder klingeln.

»Ich erhielt einmal einen Anruf aus Nepal«, warf Godwin ein. »Es war eine bemerkenswerte Verbindung. Mein Freund hätte im Nebenzimmer sein können.«

Es wurde still. Ich mußte pinkeln, wollte aber keine Sekunde vom Telefon weg.

»Im Rückblick ist es schön, daß wir an dem Tag so eine gute Verbindung hatten«, bemerkte Godwin. »Ein oder zwei Tage später fiel mein Freund in eine Gletscherspalte, da war es aus mit ihm.«

»Hätte besser auf den Weg achten sollen«, stellte Gladys fest.

»Moment mal«, sagte ich. »Die Vermittlung hat gefragt, ob ich einen Anruf von T. R. annehme. Sie heißt also T. R.«

»Unsinn, T. R. ist die Abkürzung für Teddy Roosevelt«, sagte Godwin. »Wer nennt schon ein Mädchen Teddy Roosevelt?«

»Vergiß nicht, daß sie unter Wilden aufgewachsen ist«,

erinnerte ich ihn. Ich war meinen Schwiegereltern nur einmal begegnet – in der Nacht, als sie mir den Zutritt zum Krankenhaus verwehrten, in dem meine Tochter gerade zur Welt gekommen war –, doch meine Erinnerung daran war noch frisch.

»Wilde? Sie meinen, Sie haben ein Halbblut zur Tochter?« fragte Gladys. »Ich dachte, Sie hätten mir erzählt, die Familie Ihrer Frau gehörte der Kirche Christi an.«

»Ja, das tut sie wohl auch. Irgend so eine wilde Fundamentalistensekte für arme Weiße. Amerikanische Ureinwohner hätte ich nicht beleidigen wollen.«

»Tja, ich bin amerikanische Ureinwohnerin, und Sie haben mich zigtausendmal beleidigt, ob gewollt oder ungewollt«, sagte Gladys. »Trotzdem will ich nicht, daß Pitbulls Ihre Enkelkinder anfallen. Warum lassen Sie den Anruf nicht zurückverfolgen?«

»Nein, das könnte sie verärgern«, sagte ich. »Sie hat zweimal angerufen, sie ruft wieder an.«

»Ich möchte wissen, ob sie so schön ist wie ihre Mutter«, sagte Godwin. »Stell dir vor, eine junge Sally in unserer Mitte, hier in diesem idyllischen Garten Eden. Ich könnte ihr Schwimmen beibringen, falls sie es nicht zufällig schon kann.«

»Geh und schreib dein Buch, Godwin«, sagte ich. »Ich bin sicher, daß meine Tochter schwimmen kann.«

Es war klar, wohin seine Gedanken schweiften. Godwin dachte an meine Exfrau Sally, deren Liebhaber er einst gewesen war, als er noch als angesehener Soziologieprofessor an der Universität von Texas lehrte. In mittleren Jahren hatte er geschickt die Disziplin gewechselt, hin zur Altphilologie, und ein Weilchen einen Griechischlehrstuhl innegehabt. Jetzt hatte er sich zur Ruhe gesetzt und wohnte in meinem Gästehaus, wo er an einem Buch über euripideische Elemente in der Musik der Rolling Stones schrieb. Godwin ging eben stets mit der Zeit.

»Das weiß man nicht sicher, solange man sie nicht gefragt hat«, sagte er. »Was Unterricht im Kraulen angeht, ist kaum einer besser als ich. Vielleicht muß sie ihren Kraulstil verbessern.«

»Leute, die sich Träume bewahren, leben am längsten, heißt es«, bemerkte Gladys.

»Sagen Sie ihm das *bloß* nicht!« protestierte ich. »Ich will nicht, daß er von meiner Tochter träumt.«

»Und wie ist es mit *Ihren* Träumen, meine Liebe?« fragte Godwin. Er war sich nicht zu schade, es bei Gladys ab und an mit ein wenig britisch-akademischem Charme zu versuchen. »Möchten Sie uns nicht mit einigen davon ergötzen, sobald Sie Ihre Grapefruit gegessen haben?«

»In meinen kommen Dinge vor, die passieren, während man ein Schaumbad nimmt«, informierte ihn Gladys. »Man sieht allerdings nicht viel, bei dem ganzen Schaum.«

Allmählich machte ich mir Sorgen wegen der Pitbulls. Vielleicht war meine Tochter wirklich in Miami. Sie hatte gesagt, sie habe dem Dealer ihre gesamte Barschaft überlassen. Soweit ich wußte, konnte sich die Lage rasch zuspitzen. Ich war plötzlich mit der Tatsache konfrontiert worden, daß ich drei Nachkommen besaß – eine Tochter und zwei Enkel –, deren Namen und Aufenthaltsort ich nicht kannte. Godwins und Gladys' müßiges Geplänkel, das mich sonst amüsierte, ging mir allmählich auf die Nerven.

»Ihr beide nehmt das nicht besonders ernst«, sagte ich. »Meine Tochter hat zweimal angerufen. Was soll ich eurer Meinung nach tun?«

Bevor sie antworten konnten, tosten zwei Tiefflieger vom nahegelegenen Luftwaffenstützpunkt in Wichita Falls über unsere Köpfe hinweg – »tosten« war keineswegs übertrieben. Sie überflogen den Hügel, auf dem mein Haus stand, in einer Höhe von knapp fünfzehn Metern, gefolgt von einer entsetzlichen Lärmwelle. Wenn die Tiefflieger unterwegs waren, war jeder Versuch zu reden zwecklos. Der sie begleitende Krach hatte einen nahezu lähmenden Effekt; man ließ ihn einfach über sich ergehen, ohne zu denken, innerlich leer und ein wenig ungehalten, weil einem der morgendliche Frieden zerschmettert wurde.

Die dunkelgrünen Kampfflieger schossen wie Pfeile auf den westlichen Horizont zu. Als die über uns hereingeschwappten Lärmwellen allmählich verebbten, hörten wir alle ein anderes Geräusch, ein klitzekleines Geklingel, das in der Brandung des Fliegerlärms völlig untergegangen war: das Telefon bimmelte. Ich griff sofort danach, doch im selben Moment hörte das Läuten auf.

6

»O Scheiße«, sagte ich. »Das darf doch nicht wahr sein!«

Man muß Godwin und Gladys positiv anrechnen, daß sie genauso entsetzt waren wie ich.

»Verklag die Luftwaffe!« sagte Godwin und drohte den entschwindenden Flugzeugen mit der Faust. »Hol den Verteidigungsminister ans Telefon. Dieser Frevel ist schon viel zu lang im Gange!«

»Wahrscheinlich war es sowieso nur eine Ihrer Freundinnen«, sagte Gladys, um mich zu trösten. »Das Mädchen aus Italien ruft meistens um diese Uhrzeit an.«

Damit meinte sie Marella Miracola – »das Mirakel« für ihr treu ergebenes Publikum. Marella war ein großer Filmstar und eine gute Freundin von mir, aber es war nicht gerade treffend, sie noch als Mädchen zu bezeichnen; jedenfalls hatte sie sich in einen Mann verliebt, der halb so alt war wie sie, und seit Monaten nicht mehr angerufen.

»Was wird sie jetzt denken?« sagte ich, denn ich befürchtete, daß es meine Tochter gewesen war. »Sie denkt bestimmt, ich will nichts von ihr wissen. Ich werde meine Enkel nie kennenlernen.«

»Ist womöglich ein Segen«, sagte Gladys, wieder ganz die Alte. »Ich kenne meine und schätze, wir können von Glück reden, wenn es die Hälfte von denen schafft, nicht ins Kittchen zu wandern. Wer auch immer gesagt hat, Kinder seien ein Fluch, lag gar nicht so falsch«, ergänzte sie. »Man braucht sich nur anzusehen, wie süß Hunde sind, solange sie klein sind, aber irgendwann werden große Hunde daraus.«

»Gut gesagt«, meinte Godwin. »Von meinen Kindern habe ich so gut wie keine Unterstützung zu erwarten.«

Ich war mir durchaus bewußt, daß ich nicht gerade mit zwei Weltmeistern in puncto elterliche Fürsorge frühstückte. Godwin hielt es in dieser Hinsicht ganz wie Casanova: Empfängnis bedeutete für ihn Abschied. Während seiner Wanderschaften als junger Altphilologe hatte er allerorts Kinder gezeugt, wo einst die britische Fahne wehte: Kairo, Hongkong, Neu-Delhi, Zypern, Kenia, allesamt regelmäßig auf meiner Telefonrechnung vertreten, wobei mir nicht klar war, ob Godwin je eines seiner Kinder auch nur *gesehen* hatte. Die einzige Sprache, die er mit ihnen allen gemein hatte, war Französisch.

Gladys hatte fünf Töchter, alle auf einem Haufen in einer engen, trostlosen Ecke der Ölgegend um Abilene, Texas. Ihr Leben war ein ununterbrochener Reigen der Scheidungen, Wiederverheiratungen und neuen Liebschaften, die im Nu wieder der jeweils alten Liebe glichen. Das einzig Beständigere als dieser Reigen war die Produktion von Nachwuchs; Gladys hatte bereits zwanzig Enkel, obwohl keine ihrer Töchter über dreißig war.

Einmal hatte ich sie gefragt: »Haben deine Mädels eigentlich noch nie etwas von Verhütung gehört?«

»In unserer Familie funktioniert das nicht, wegen Stoffwechsel«, informierte mich Gladys, ohne mit der Wimper zu zucken.

Als Godwin das hörte, hopste er fünf Minuten lang auf seinem Stuhl auf und ab und stieß jene seltsam gurgelnden Laute aus, die bei ihm als Lachen galten.

»Vielleicht haben wir beide mehr gemeinsam, als ich dachte«, sagte er zu Gladys, als das Gurgeln nachließ. »Auch ich hatte schon immer Stoffwechselprobleme. Wahrscheinlich erklärt das, warum Daniel, – der offenbar überhaupt keinen Stoffwechsel hat – uns gewöhnliche Sterbliche nie verstehen wird. Übrigens kein schlechter Romantitel«, ergänzte er mit einem strahlenden Lächeln in meine Richtung.

»Warum nennst du dein neues Werk nicht ›Gewöhnliche Sterbliche‹?«

»Danke, ich habe schon einen ausgezeichneten Titel«, erinnerte ich ihn. »Außerdem auch einen Stoffwechsel, nur zu deiner Information.«

»Wie soll Ihr Buch noch mal heißen?« fragte Gladys. »Sie haben's mir gesagt, ich weiß, aber mein Gedächtnis hat Löcher.«

»›Die Freunde meiner Freundinnen‹«, sagte ich ihr. »Ich finde den Titel genial.«

Godwin rümpfte die Nase. »Mag sein, daß er die Franzosen anspricht. Aber unkomplizierte Menschen wie Gladys und ich sind für so etwas nicht zu haben.«

»Zu subtil für euch?« schlug ich vor.

»Zu korrupt«, entgegnete Godwin. »Die deinem Titel implizite Assoziation, du erlaubtest deinen Freundinnen, so viele Freunde zu haben, wie es ihnen beliebt, zeugt von ungesunder Libertinage.«

»Ganz meine Meinung, und ich weiß, was ich sage, denn ich war auch mal an schwerer Libertinage erkrankt«, erklärte mir Gladys.

»Sie hatten *Libertinage?«* fragte ich und ließ einen Finger in allgemein bekannter Weise Wahnsinn andeutend an meiner Schläfe kreisen.

»Klar, gleich nach dieser lästigen Blasenentzündung«, sagte Gladys. »Antibiotika hätten nichts genützt, weil es ein Virus war.«

Wenig später geriet das Gespräch ins Stocken. Manchmal nahmen Godwin und ich Gladys morgens in die Zange und drängten sie ein paar Meter zurück, dann wieder gab es Tage, an denen jeder Versuch zwecklos schien. Wenn sie sich gerne in dem Glauben wiegen wollte, sie habe einmal an einer virusbedingten Libertinage gelitten, warum nicht?

Ich ärgerte mich sowieso mehr über Godwin. In den über

zwanzig Jahren, die ich ihn kannte, mußten seine Freundinnen *und* Freunde Tausende von Liebhabern und Liebhaberinnen angesammelt haben; ein Breughelsches Triptychon hätte kaum ausgereicht, das Vielerlei und die Verquickungen zu erfassen, die er miterlebt hatte. Wie konnte er es wagen, mich der Libertinage zu bezichtigen!

Inzwischen war die Sonne endgültig aufgegangen, die Tageshitze setzte ein, und ich hatte den Anruf meiner Tochter verpaßt.

7

»Für mich gibt's nichts Schlimmeres, als darauf zu warten, daß das Telefon klingelt«, sagte Gladys. Sie stand auf, als wolle sie den Tisch abräumen, ließ sich dann aber wieder auf ihren Stuhl fallen und starrte ins Leere.

»Wie alt sie wohl ist?« fragte Godwin.

»Wer?«

»Deine Tochter«, sagte er. »Die junge Nymphe mit den zwei Cherubim.«

»Sie ist zweiundzwanzig«, sagte ich. »Bald dreiundzwanzig. Hoffentlich ruft mein Agent nicht an. Und wenn ich fünfzig Töchter hätte, ihm wär's egal, ich würde es nie schaffen, ihn aus der Leitung zu kriegen.«

Das Telefon klingelte. Ich griff so rasch nach dem Hörer, daß er mir aus der Hand flutschte und wie ein Frosch hochhüpfte. Godwin begann wieder zu gurgeln. Ich fing den fallenden Hörer; zu meiner ungeheuren Erleichterung war es die Vermittlung, die wissen wollte, ob ich ein weiteres R-Gespräch von T. R. annähme. »Sicher, natürlich«, sagte ich.

»Hallöchen«, sagte meine Tochter. Sie hörte sich leicht belustigt an.

»Hi«, sagte ich.

»Langsam hab ich den Dreh raus mit diesen R-Gesprächen«, erklärte sie. »Mensch, wenn ich geahnt hätte, wie einfach das ist, hätte ich dauernd überall Leute angerufen und sie dafür blechen lassen.«

»Wenn du das warst, die vor einer Minute schon mal angerufen hat, tut's mir leid«, sagte ich. »Zwei Tiefflieger kamen gerade vorbei, und ich hab das Telefon erst gehört, als es zu spät war.«

Sie antwortete nicht. Es kam zu einer längeren Pause, während der ich nervös wurde. Vielleicht kam es ihr wieder in den Sinn, einfach aufzulegen.

»Stimmt was nicht?« fragte ich. »Hab ich dich gekränkt?«

Sie gab einen verneinenden Laut von sich. »Ich hab nur Bo beobachtet.«

»Was macht er?«

»Er versucht, eine Katze anzupinkeln«, sagte sie. »Er ist in dem zarten Alter, in dem sie versuchen, Sachen anzupinkeln. Die Katze tut mir ein bißchen leid, aber andererseits hat eine Katze, die sich gegen Bo nicht durchsetzen kann, sowieso ziemlich schlechte Karten, jedenfalls in diesem Teil der Stadt. Bo ist noch keine drei.«

Dann trübte sich ihre Laune.

»Wenn die Tiefflieger, von denen du erzählt hast, nichts Besseres vorhaben, können sie ruhig mal hier runter kommen und diesen Stadtteil bombardieren, ich hätte nichts dagegen«, sagte sie. »Ich find's hier zum Kotzen.«

»Darf ich dich um etwas bitten?« fragte ich.

»Schätze schon, es geht ja auf deine Rechnung«, sagte sie.

Ihre Stimme gefiel mir immer besser. Wenn ich mich mit etwas auskenne, dann mit weiblichen Stimmen. Über die Jahre hinweg – einundfünfzig inzwischen – sind die Stimmen von Frauen meine Weine gewesen: mein Claret, mein Chardonnay, mein Chablis. Jetzt hatte ich einen neuen Wein entdeckt, einen rassigen, fruchtigen, herben, klaren, vollmundigen Wein. Ich schlürfte ihn, begierig, mich daran zu berauschen.

»Sag mir nur, wie du heißt und in welcher Stadt du wohnst«, bat ich.

»Ich heiß T. R.«, antwortete sie.

»Die Abkürzung wovon?« fragte ich.

»Tyler Rose«, sagte sie. »Was denn sonst?«

»Na ja, es könnte die Abkürzung von Teddy Roosevelt sein«, sagte ich.

Wieder entstand eine Pause. Ich hatte den Eindruck, daß sie mir nicht ihre ungeteilte Aufmerksamkeit schenkte.

»Hoppla, jetzt wirft er mit einem Ziegelstein nach dem Kätzchen«, sagte T. R. »Ich muß mal kurz den Hörer baumeln lassen, wir können heute keine zermanschten Kätzchen brauchen.«

Godwin und Gladys starrten mich an. Sie sahen mir schrecklich gern beim Telefonieren zu. Unter einer Privatsphäre konnten sich beide herzlich wenig vorstellen. Manchmal hatte ich das Gefühl, nur die amourösen Abenteuer meiner weit verstreuten Freundinnen hielten die beiden überhaupt am Leben.

»Mein Enkel wirft mit einem Stein nach einer Katze«, informierte ich sie. »Erst wollte er sie nur anpinkeln, aber jetzt scheint ihn die Mordlust gepackt zu haben.«

»Alle Kinder sind Mörder«, bemerkte Gladys.

»Alle Kinder sind Mörder«, wiederholte Godwin. »Schreib das auf. Wieder ein guter Titel – eher euripideisch, findest du nicht?«

Ein Aufheulen drang durch die Leitung an mein Ohr. Nicht nur *eine* heulende Stimme war zu hören.

»Warum weinst du?« sagte T. R. »Dein Bruder hat die Haue gekriegt. – Jetzt heulen sie alle beide«, wieder an mich gewandt. »Jesse mag nicht, daß ich ihren Bruder versohle, auch wenn er ein richtiges Aas ist.«

Das Gejaule meiner Enkel wurde lauter.

»Ich telefonier nicht gern mit diesem Gekreisch im Hintergrund«, sagte T. R. »Außerdem hängt der Dealer immer noch hier rum. Er steht auf der anderen Straßenseite und hetzt seinen Pitbull auf eine Schildkröte.«

»Du hast mir noch nicht gesagt, in welcher Stadt du bist«, erinnerte ich sie.

»Allerdings nicht«, sagte sie schnippisch. »Warum willst du das überhaupt wissen, nach all den Jahren?«

»Damit ich dich besuchen kann«, sagte ich.

Das Geheul schien nachzulassen, aber T. R. schwieg.

»Nicht zufällig in Houston, oder?« riet ich ins Blaue hinein.

»Mister, ich weiß rein gar nichts über Sie«, kam mit schlagartig schneidender Stimme zurück. »Sie könnten ein alter Drecksack sein, was weiß ich. Sie könnten Aids haben und meine Kinder anstecken.«

»Ich habe kein Aids, bist du in Houston?« fragte ich. »Ich wünschte, wenigstens das würdest du mir verraten!«

»Da kannst du wünschen, bis du schwarz wirst«, sagte sie, ruhiger. »Wünsch mich herbei, wie ich dich immer herbeigewünscht hab. Von mir erfährst du nix. Wenn du so ein schlauer alter Sack bist, kriegst du's vielleicht selber raus. Hier warten zwei Leute vor der Telefonzelle, und überhaupt muß ich jetzt die Kinder aus der Sonne bringen, sonst werden sie mir noch rot wie Hummer.«

Sie hängte mit einigem Nachdruck den Hörer ein.

»Ich glaube, sie ist in Houston«, sagte ich zu Godwin und Gladys.

8

»Also reißen Sie sich jetzt zusammen, ziehen sich was an und fahren sie holen, oder was?« wollte Gladys wissen.

»Gladys, ich habe etwas an«, sagte ich. »Ein Kaftan ist etwas zum Anziehen. In Afrika tragen so etwas Millionen von Menschen tagtäglich.«

»Kann sein, aber wir sind hier nicht in Afrika«, sagte Gladys. »Wenn Sie in diesem Aufzug in einer Milchbar in Houston aufkreuzen, nimmt Ihre Tochter nach dem ersten Blick auf Sie Reißaus, wenn Sie mich fragen.«

Ich hatte vor etlichen Jahren in Tunis einige Kaftane erworben, und zwar als Mitbringsel für das Team, das an meiner Fernsehserie mitgearbeitet hatte. Aber als ich nach Texas zurückkam, war es heiß, und so probierte ich eines Tages einen an, um zu sehen, ob er nicht nur gegen die nordafrikanische, sondern auch gegen die texanische Hitze half. Nicht lange, und ich trug Tag und Nacht Kaftane, Woche um Woche. Nicht, daß sie mir unbedingt Kühlung verschafft hätten, nein, vielmehr schafften sie mir das Problem vom Hals, mir überhaupt Gedanken um meine Kleidung zu machen. Ich trug einfach meine Kaftane; sie waren genau das Richtige für das einsiedlerische Leben, das ich führte, seitdem ich die Produktionsfirma verkauft und Culver City für immer den Rücken gekehrt hatte.

Allerdings hatte Gladys wohl auch nicht ganz unrecht. Ein Kaftan wäre nicht das ideale Gewand für meinen ersten Auftritt bei meiner Tochter. Leider war ich Kaftanen inzwischen neurotisch zugetan; die Vorstellung, gewöhnliche amerikanische Kleidung tragen zu müssen, bewirkte einen gewissen Mißklang in meinem Denken. Der Mißklang machte mich mürrisch.

»Sie arbeitet in keiner Milchbar, sondern in einem Mr. Burger«, korrigierte ich sie, wohl wissend, daß das ein läppischer Einwand war.

»Trotzdem kriegt sie Zustände, wenn Sie in einem Kaftan anrücken«, beharrte Gladys.

»Ich fürchte, ich fürchte, du wirst dich nun doch endlich anziehen müssen«, sagte Godwin voller Schadenfreude.

Ich warf beiden trotzige Blicke zu.

Mein Gegenüber, der ehemals angesehene Altphilologe, hatte gerade den Deckel von einer Flasche Sonnenlotion geschraubt und kippte sich lässig die Flüssigkeit auf Hals und Schultern. Seine Bekleidung bestand momentan aus einem Handtuch, das er sich aus Rücksicht auf Gladys über den Schoß gebreitet hatte.

»Wenn du glaubst, sie sucht das Weite, sobald sie mich sieht, dann stell dir vor, was sie bei deinem Anblick macht«, sagte ich. »Du sitzt hier nackt herum und siehst aus, als wärst du mindestens hundert Jahre alt.«

»Zweihundert«, sagte Gladys. »Er ist das am ältesten aussehende Etwas, das mir je unter die Augen gekommen ist, dabei sind meine beiden Großväter über neunzig geworden.«

»Aus euch zwei Sauertöpfen spricht der pure Neid«, sagte Godwin. »Man beglückwünscht mich häufig zu meiner jugendlichen Erscheinung.«

Godwins Kopf war oben völlig kahl; einige lange, schüttere weiße Haarsträhnen hafteten seiner unteren Schädelhälfte an. Im Sommer trug er kaum je etwas Förmlicheres als eine Badehose; dem Nudismus frönte er weniger aus philosophischen Gründen denn aus Bequemlichkeit. Drei seiner Schneidezähne fehlten seit einer Liebesaffäre mit einem Rokker von unausgeglichenem Temperament. Alle Bemühungen, ihn zur Beschaffung von Zahnersatz zu bewegen, waren bislang nur mit zahnlosem Hohnlächeln quittiert worden.

Als Godwin seinen Plan zu einem Buch über Euripides und die Rolling Stones faßte, war er ein oder zwei Jahre lang um meinen Hügel gewankt, bis an die Kiemen vollgepumpt mit LSD und anderen unter das Rauschgiftgesetz fallenden Drogen, den Kopfhörer fest aufgedrückt, während die Musik der Stones bis zu achtzehn Stunden am Stück seine Trommelfelle beschallte.

Gladys und ich hatten beide den Eindruck, daß er von dieser Erfahrung nie richtig zurückgekehrt war, obwohl schwer zu sagen war, was man unter »zurück« verstand, wenn von Godwin Lloyd-Jons die Rede war.

»Überhaupt, warum hackt ihr auf mir herum?« fragte Godwin und zeigte mit seiner Sonnencremeflasche auf Gladys. »Gladys zieht sich schließlich auch nicht gerade altersgemäß an.«

Momentan trug Gladys eine orangefarbene Fallschirmspringerhose, schwarze Reebok-Turnschuhe und ein gelbes »I-Love-New-York«-T-Shirt. Weder war Gladys je in New York gewesen, noch würde sie, nach meinem Dafürhalten, die Stadt lieben, falls sie einmal hinkäme, doch sie erhielt regelmäßig abgetragene Klamotten und andere überraschende Gewänder der Damen meiner Bekanntschaft. Gladys war es irgendwie gelungen, diese zu überzeugen, daß allein sie für meine geistige und körperliche Gesundheit aufkam – eine Aufgabe, um die sich die anderen bisher nicht gerade gerissen hatten, für die sie Gladys aber mit gewagten Hosen oder seltsamen Schlabbermänteln aus Boutiquen wie Parachute in L.A. oder Comme des Garçons in New York belohnten; sie gaben weiß Gott was für Unsummen aus, damit meine Haushälterin damit durch West-Texas laufen und sich zum Gespött aller Leute machen konnte. In Thalia nahm man an, Gladys holte sich ihre Klamotten vom Billigladen in Wichita Falls. Wahrscheinlich war sie die am teuersten angezogene Frau weit und breit, und trotzdem wurde sie wie ein Clown behandelt.

Und etwas Trauriges in Gladys war sehr empfänglich für die Idee, daß sie tatsächlich einer war, weshalb ich umgehend widersprach, als Godwin seine Bemerkung machte.

»Sei still, Gladys sieht großartig aus!« sagte ich. »Sie ist die einzige hier in der Gegend, die sich mit Pfiff zu kleiden versteht.«

Das stieß ich in aller Eile hervor, denn es sollte noch rechtzeitig ankommen, damit Gladys nicht, wie bei jeder kleinsten Anspielung auf ihr Äußeres, in Tränen ausbrach.

So schnell ich auch war, es kam doch zu spät. Gladys brach in Tränen aus. Obgleich Godwin und ich das oft erlebt hatten, verblüffte uns doch immer wieder, wie schnell Gladys' gelassene, ja angriffslustige Stimmung in Verzweiflung umschlagen konnte.

»Hoffentlich bleibt Ihr armes Töchterchen, wo sie ist«, sagte sie. Tränen rannen über ihr sonst völlig ausdrucksloses Gesicht.

»Es wäre besser für sie, bei den Pitbulls zu bleiben, als in ein so haßerfülltes Haus zu kommen«, fügte sie hinzu. Während Godwin und ich schwiegen, schob sie ein paar Teller und Tassen zusammen und steuerte auf das Haus zu.

9

»Ich habe mich lediglich verteidigt«, sagte Godwin kleinlaut. »Ich wollte die Gefühle der Ärmsten nicht verletzen.«

»Wann begreifst du endlich, daß du Gladys nicht mit ihrem Äußeren aufziehen darfst?« fragte ich.

»Ihr beide kränkt mich am laufenden Band«, sagte Godwin. »Aber zerfließe ich etwa vor Selbstmitleid? Heule ich wie ein Schloßhund?«

Am Vortag erst hatte er neben dem Telefon in der Küche gestanden und fünf Minuten lang den Kopf gegen die Wand geschlagen, schluchzend und jammernd, weil einer seiner jungen Freunde es abgelehnt hatte, zum Schwimmen vorbeizukommen. Gladys und ich waren gezwungen gewesen, uns in die vorderen Räume zurückzuziehen, um uns nicht einige laute, unschöne Anschuldigungen mitanhören zu müssen.

»Du benimmst dich um keinen Deut besser als sie, falls du das für dich beanspruchst«, sagte ich. »Sie hat übrigens gar nicht so unrecht. Was soll meine Tochter denken, wenn sie diesen Haushalt sieht?«

»Wie kommst du darauf, daß sie sich hier blicken läßt?« fragte Godwin. »Bis jetzt hat sie dir nicht einmal ihre Adresse gegeben.«

Das stimmte zwar, doch ich nahm trotzdem an, daß meine Tochter jetzt zu mir ziehen würde. Ich wollte sie sehen. Ich wollte ihre Stimme wieder hören – immer wieder. Ich wollte meine Enkel kennenlernen. Ich wollte, daß sie alle bei mir einzogen. Schließlich hatte ich ein riesiges Haus, das zu großen Teilen noch nie bewohnt worden war. Ich hatte mir einmal ausgemalt, daß mir diverse Freundinnen längere Besuche abstatten würden, daher hatte mein Architekt eine

Reihe luxuriöser, halbwegs in sich abgeschlossener Suiten entworfen, mit Saunas und hellen, von der goldenen texanischen Sonne durchfluteten Atelierräumen. Die Suiten waren nach den verschiedenen Neigungen der Damen ausgestaltet, die mich, wie ich annahm, besuchen würden. Ich hatte erlesene Weine gelagert und eine Videothek mit über tausend Filmen bestückt. Ich hatte alles bereit.

Das Haus – das ich jetzt von meinem Stuhl aus sehen konnte, und das sich über die lange Anhöhe östlich von mir erstreckte – war seit fast zehn Jahren fertig, aber keine der Damen hatte sich je so recht zu einem Besuch aufraffen können. Irgend etwas – Liebe oder Karriere – war immer in letzter Minute dazwischengekommen. Sie schafften es nie ganz bis Texas, übernachteten nie in meinem Haus.

Die Vorstellung, meine Tochter könnte zu mir ziehen, war das Aufregendste, was mir seit mindestens zehn Jahren in den Sinn gekommen war. Was konnte es Besseres geben? In meinem Haus war Platz für etliche kleine Familien; mit meiner Tochter und meinen Enkeln darin wäre es vollkommen. Endlich würde ich meine Tochter kennenlernen. Daß ich noch dazu Enkel hatte, kam mir wie eine unfaßbare Zugabe vor.

Aber jetzt, da ich Gladys' entschwindender Gestalt nachblickte, wie sie sich in ihrer orangen Fallschirmspringerhose über meinen Hügel schlängelte, und Godwin ansah, einen kleinen, nackten, faktisch verrückten alten Mann, der in seiner Sonnenölbrühe vor sich hinschmorte, wurde ich allmählich nervös, ja, eine gewisse Beklemmung stellte sich ein. Ich war einundfünfzig. Ich glaubte, den Unterschied zwischen Phantasie und Realität zu kennen, und mir war durchaus bewußt, daß die harmonischen häuslichen Szenen, die ich mir bereits ausmalte, sich in Wirklichkeit wohl kaum so harmonisch gestalten würden, falls es je dazu käme. Vielleicht erwarteten mich Spannungen und Verdruß statt Liebe und Vergnügen.

»Was würde meine Tochter deiner Meinung nach wirklich

von all dem halten, wenn ich sie überreden könnte herzukommen?« fragte ich unsicher.

»Sie wird wohl annehmen, sie habe sich in einer Irrenanstalt einquartiert«, sagte Godwin frei heraus. »Sie wird uns alle für verrückte Hühner halten.«

»Was für ein blödes Bild«, sagte ich. »Hast du selbst jemals ein durchgedrehtes Huhn gesehen? Oder irgendein anderer? Warum sollte ein Vogel verrückt sein?«

Wir waren beide Schriftsteller, mehr oder weniger, und mäkelten oft gegenseitig an unserer Ausdrucksweise herum, besonders wenn uns bevorstehende Veränderungen verunsicherten.

Das Eintreffen meiner Tochter würde mit Sicherheit eine Veränderung einläuten: drei junge Leben müßten plötzlich versuchen, sich mit drei alten Leben zu verbinden. Ich wollte es zwar, doch meine Bedenken mehrten sich. Godwin ließ mich nicht aus den Augen; er wußte, daß ich nervös war. Und er schien nicht gewillt, mir beizustehen.

»Du weißt, sie wird uns für übergeschnappt halten, und hast vor Angst die Hosen voll, was?« sagte er.

»Ich bin ein bißchen nervös«, gab ich zu. »Sie ist zweiundzwanzig, und ich bin ihr noch nie begegnet. Aber ich möchte trotzdem, daß sie kommt. Wir sind nicht *wirklich* verrückt, weißt du. Nur ein bißchen wunderlich.«

»Glaubst du, eine Zweiundzwanzigjährige bemerkt den Unterschied?« fragte er.

»Ich bin ihr noch nie begegnet«, wiederholte ich. »Woher soll ich wissen, was für Unterschiede sie bemerkt? Wie auch immer, alles zu seiner Zeit.«

»Was soll das heißen?« fragte Godwin. »Was wäre deiner Ansicht nach dann jetzt an der Zeit?«

»Nachsehen, ob der Mercedes anspringt«, sagte ich. »Ich bin ein Weilchen nicht mehr damit gefahren. Vielleicht springt er nicht an.«

10

Godwin setzte eine selbstgefällige Miene auf, als folge aus dem Umstand, daß ich mein Auto seit sechs Monaten nicht gefahren hatte, unweigerlich meine komplette Untauglichkeit dafür, eine Beziehung zu meiner Tochter aufzubauen.

»Godwin, ich will ja gar nicht so tun, als wären wir nicht wunderlich«, sagte ich. »Natürlich sind wir wunderlich. Falls sie kommt, müssen wir uns alle ein wenig umstellen.«

Ein großer Unterschied zwischen Godwin und mir bestand darin, daß er noch nie etwas anderes als Verachtung für das übrig gehabt hatte, was man normales Verhalten nennen könnte, während ich meine Gewohnheit nie ganz abgelegt hatte, mich für einen normalen Menschen zu halten, auch wenn ich natürlich wußte, daß Normalität ein dehnbarer Begriff war. Solange es nur Godwin und Gladys als Bezugspersonen gab, konnte ich mir selbst leicht einreden, daß ich ein ganz durchschnittlicher Typ war.

Aber meine Tochter, eine offenbar gesunde junge Frau mit zwei kleinen Kindern, die bei Mr. Burger arbeitete, sah die Dinge vielleicht ganz anders. Für sie war ich womöglich ein alternder Spinner, der im Kaftan durchs Haus schleicht, seinen Hügel monatelang nicht verläßt, sich die halbe Nacht scheußliche europäische Krimis auf Video ansieht und stundenlang mit einer Art akustischem Harem von über die ganze Welt verstreuten schönen Frauen telefoniert, von denen er die meisten nur ein oder zwei Stunden im Jahr zu Gesicht bekommt.

Und dank zügiger Fortschritte der Technik sah ich diese Frauen nicht nur höchst selten, sondern redete auch kaum noch direkt mit ihnen.

Inzwischen unterhielt ich mich vorwiegend mit ihren Anrufbeantwortern – eine neue verführerische Kommunikationsform, der die meisten von uns wohl in Zukunft den Vorzug geben werden. Nach nur wenigen Monaten Übung hatte ich mich bereits zu einer Art Proust der Anrufbeantworter gemausert und hinterließ elegante, fein modulierte Monologe auf den Apparaten unvergleichlicher, oder zumindest unverwechselbarer Frauen in New York, Kalifornien, Paris oder Rom.

Die Frauen hinterließen mir ihrerseits im Gegenzug weitschweifige Monologe – kleine mündliche Briefe gewissermaßen. In nur wenigen Wochen gelang es uns allen, ein enges Verhältnis zu unseren neuen Apparaten aufzubauen; bald rauschten mir täglich Monologe meiner diversen weitverstreuten Freundinnen ins Haus.

»Es ist so was wie 'ne neue Kunstform«, stellte Jeanie Vertus bald fest, als sich bei uns die Tendenz verfestigte, hauptsächlich über unsere Apparate zu kommunizieren.

Von allen Menschen, mit denen ich Kontakt pflegte, besaß Jeanie Vertus die schnellste Auffassungsgabe, konnte sie sich auf die Konsequenzen technischen Fortschritts für den Menschen am raschesten einstimmen.

»Es ist irgendwie nett zu wissen, daß man es nach dem Wählen nicht mehr unbedingt mit einer richtigen, nackten Stimme zu tun bekommt«, sagte Jeanie. »Richtige, nackte Stimmen haben schon ziemlich beschissen gemeine Sachen zu mir gesagt.«

»Richtige Stimmen schon, aber nicht meine«, stellte ich klar. »Ich habe nie gemeine Sachen zu dir gesagt, und ich glaube kaum, daß es sich bei uns destruktiv auswirkt, wenn wir uns ab und an mit richtiger Stimme unterhalten.«

»Aber richtige Gespräche sind immer so willkürlich«, sagte Jeanie versonnen. »Monologe sind konzentrierter. Da kann ich rasch eine Menge Gedanken abladen, die du dann nach Belieben in Ruhe durchgehen kannst.«

Im Lauf der nächsten Monate lieferte sie eine Reihe erstklassiger Monologe ab, wobei ihr flinker Verstand im Eiltempo eine breite Themenpalette abklapperte.

Dann, eines Tages, rief sie plötzlich nicht mehr an. Schlimmer noch, sie stellte ihren Anrufbeantworter ab. Ich mußte es sieben- oder achtmal probieren, ehe ich sie erwischte.

»Was ist los?« fragte ich. »Du hast plötzlich aufgehört, Monologe zu hinterlassen.«

»Ich habe plötzlich aufgehört, Monologe zu hinterlassen, Danny«, sagte sie mit trüber Stimme. Wenn Jeanie die Traurigkeit überfiel, sank sie in schwärzeste Tiefen.

»Ich wünschte, du hättest nicht aufgehört«, sagte ich vorsichtig – wenn Jeanie niedergeschlagen war, ging man besser vorsichtig damit um. »Deine Monologe fehlen mir.«

»Zwischen uns entsteht eine zu große Distanz«, sagte Jeanie. »Die Monologe entfernen uns bloß noch weiter voneinander, dabei sind wir ohnehin schon zu weit voneinander entfernt.«

Ich dachte, sie würde weinen, aber das tat sie nicht. Sie war ganz unten, weit unterhalb des Tränenspiegels.

»Anfangs war es ja ganz nett, bloß mit Apparaten zu reden«, sagte sie. »Es schaltet den Konflikt aus, spart also Energie. Das Problem ist bloß, daß es auch den Menschen ausschaltet. Wir geben uns keine Antworten mehr, Danny. Wir hinterlassen bloß unsere Meinungen, getrennt, aber gleichberechtigt. Jetzt fühle ich mich so abgetrennt, daß ich nicht einmal mehr weiß, ob wir noch Freunde sind.«

»Natürlich sind wir Freunde«, beteuerte ich, plötzlich in Panik bei der Vorstellung, ich könnte sie wegen irgendwelcher dummen Anrufbeantworter verloren haben.

»Es macht mich schwermütig«, sagte sie. »Ich glaube, wir hatten es besser ohne die Apparate.«

Aber Jeanie und ich boten dieser Schwermut die Stirn; in

den folgenden Wochen rief ich täglich bei ihr an, verpaßte sie mal, erwischte sie dann wieder zu ungünstigen Zeiten oder weckte sie auf. Viele der Frauen, die ich anrief, wachten fauchend auf, aber Jeanie wurde übergangslos wach, erstaunt, daß jemand sie eines Anrufs für würdig erachtete. Auch wenn mehrere Anrufe Nieten und einige tatsächlich Rückschläge waren, kam schließlich die Sonne wieder durch die Wolken und schien auf unsere Freundschaft; danach setzte ich den Anrufbeantworter bei Jeanie Vertus nur noch ganz dezent und vorsichtig ein. Diese Episode fiel mir wieder ein, als ich am Frühstückstisch Godwin beim Schmollen zusah und mich fragte, ob mein Haushalt nicht vielleicht doch etwas zu seltsam war, um eine normale junge Frau mit zwei Kleinkindern aufzunehmen.

Am meisten Sorge bereitete mir die Vorstellung, daß ich, bei Lichte betrachtet, möglicherweise *nicht* der Normalste in diesem Haus war, wie ich mir bis dahin gerne eingeredet hatte. Womöglich kamen sogar Godwin und Gladys mit dem Erwachsenenleben besser zurecht als ich.

Godwin wummerte wenigstens noch vor Verzweiflung seinen Kopf gegen die Wand, wenn sein junger Freund nicht zum Schwimmen vorbeikam.

Gladys kochte immer noch vor Zorn, wenn sich Chuck, ihr leidgeprüfter Fernfahrergatte, in Amarillo ein paar Tage freinahm und sich mit der Kellnerin vom Café am Viehhof vergnügte.

Weder Godwin noch Gladys schienen so richtig glücklich zu sein, aber immerhin führten sie ihre Leben nicht via Telefon, Paketpost und Anrufbeantworter.

Das machte ich – was bedeuten konnte, daß ich die verrückteste Person in diesem verrückten Haushalt war.

11

»Auch ein Sechzigtausenddollarschlitten muß ab und zu mal gefahren werden«, belehrte mich Godwin, sobald feststand, daß sich der Mercedes nicht starten ließ.

Ich saß auf dem Fahrersitz, und meine Stimmung war düster. Dann und wann drehte ich, auf ein Wunder hoffend, am Zündschlüssel. Schließlich war es ein sündhaft teures Auto; vielleicht hielt es nur seinen Winterschlaf. Der kraftvolle deutsche Motor konnte jeden Augenblick zu röhrendem Leben erwachen.

Godwin und Gladys gingen vor der Garage auf und ab und rauchten: Gladys rauchte Tabak, Godwin Marihuana. Je nervöser sie wurden, desto mehr rauchten sie, und heute waren sie reichlich nervös, hatten aber wenigstens ihre jüngsten Differenzen überwunden. Godwin entschuldigte sich umständlich dafür, daß er Gladys beim Frühstück gekränkt hatte. Meiner Einschätzung nach bereute er es nicht wirklich, sondern fürchtete nur Gladys' Rache, die bizarre Formen annehmen konnte. Nach einem ähnlichen Zusammenstoß hatte sie einmal ein Glas Melasse in seine Sockenschublade geleert. Fünfzig Paar Socken waren zu einem riesigen Sockenball zusammengepappt. Ein solches Risiko wollte Godwin nicht noch einmal eingehen.

»Sie können meinen Toyota nehmen«, bot Gladys an. »Wahrscheinlich ist Ihre Tochter sowieso keinen Luxus gewöhnt.«

Ihr Toyota stand in ein paar Metern Entfernung, in etwa vergleichbar mit einer verprügelten Ehehälfte. Kaum ein Zentimeter seiner Oberfläche war nicht eingedellt, verrostet oder zerknautscht.

»Das kommt, weil ich beim Fahren gern meine Gedanken umherschweifen lasse«, erläuterte Gladys. »Meine Gedanken schwirren irgendwo herum, und eh ich mich's versehe, schon knallt mein Auto gegen irgendwas.«

»Die Vorstellung, mit Ihrem Toyota nach Houston zu fahren, hat nichts Verlockendes für mich«, sagte ich höflich.

»Nimm meinen Käfer«, schlug Godwin vor.

»Nein danke«, sagte ich und drehte den Zündschlüssel noch einmal um, ohne Ergebnis, nicht einmal ein Klicken war zu hören.

»Er ist unmöglich, wenn er deprimiert ist«, sagte Godwin zu Gladys. »Ist Ihnen das aufgefallen? Sein Auto kann er nicht nehmen, und meins oder Ihres will er nicht, obwohl unsere in technisch einwandfreiem Zustand sind und seins nicht anspringt. Das nenne ich pervers.«

»Ich nenne es vorsichtig«, sagte ich. Godwins VW sah nicht so ramponiert aus wie Gladys' Toyota, aber auf seinem Fußboden lagen genug Drogen verschüttet, um mich für mindestens ein Jahrzehnt hinter Gitter zu bringen. Außerdem hatte sich in den letzten Jahren ein Gutteil von Godwins Liebesleben in diesem Käfer abgespielt ... in erster Linie der Teil, an dem Tramper beteiligt waren. Gladys und ich nannten sein Gefährt daher seit langem herzlos das Aidsmobil, wenn auch nicht in Godwins Gegenwart.

Daß mein Mercedes nicht ansprang, bedrückte mich sehr. Es brachte mich richtiggehend aus dem Gleichgewicht, wobei mich allerdings der Gedanke, daß ich mich von einer solchen Lappalie aus dem Gleichgewicht bringen ließ, mindestens ebensosehr bedrückte.

Es war lächerlich, deswegen auch nur das kleinste bißchen bedrückt zu sein, und das wußte ich auch. Schließlich hatte ich das Auto sechs Monate lang vernachlässigt; es war sein gutes Recht, nicht anzuspringen. Zudem war es natürlich, legte man rationale Maßstäbe an, ein *extrem* läppisches Problem. Die nächste Tankstelle lag nur zwölf Kilometer entfernt. Wenn ich dort anrief, stünde in zehn Minuten jemand vor meinem Haus, und der Mercedes würde schnurren wie ein Tiger, lange bevor ich rasiert, gebadet, angezogen, reisefertig und in der Verfassung sein würde, nach Houston aufzubrechen.

Leider munterte mich das Wissen darum, daß ich es hier mit einem ganz läppischen, nebensächlichen, alles andere als lebensbedrohlichen Problem zu tun hatte, kein bißchen auf. Im Gegenteil, die Nichtigkeit des Problems trug zu meinem Kummer noch bei.

Ich war sehr reich. »Al und Sal«, die Comedy-Serie, die ich vor zwölf Jahren ins Leben gerufen hatte, war die Fernsehkomödie mit den höchsten Einschaltquoten *aller Zeiten.* Weltweit hatte sie über eine Milliarde Dollar eingespielt, wovon fast ein Drittel mir gehörten; »Al und Sal« war die bei weitem beliebteste Serie auf dem Weltmarkt, und für das nächste Jahrzehnt hatte man eine weitere Milliarde Dollar Einnahmen vorhergesagt.

Ich war also nicht nur überaus erfolgreich, sondern hatte auch eine Menge Geld. In der speziellen Welt, in der ich erfolgreich wurde – der Welt der Unterhaltung, oder genauer gesagt, der Welt des Fernsehens – gibt es keine schlimmere Illusion als die, großer Erfolg und haufenweise Geld garantieren Immunität gegen die alltäglichen Plagen der Menschheit, wie etwa nicht anspringende Autos.

Die Maxime, die goldene Regel, der erste Wahlspruch der Welt, in der ich es zu etwas brachte, lautet: *Alles hat auf Anhieb zu funktionieren.*

Wenn nicht, wozu dann das Ganze? Die Aussicht darauf, womöglich zehn Minuten investieren zu müssen, um sein Auto wie jeder gewöhnliche Schlamper per Startkabel in Gang zu bringen, rüttelt an den Fundamenten eines gesamten Wertesystems. *Wenn man nicht lückenlose Immunität erlangt, wozu dann überhaupt die Mühe?*

»Gleich kriegt er einen Anfall«, sagte Gladys. »Man sieht das an seinem nervösen Zucken.«

Ich unternahm einen letzten matten Versuch mit dem Zündschlüssel. Kein Klicken war zu hören.

»Ich zucke nicht, und ich habe noch nie in meinem Leben einen Anfall gehabt«, sagte ich aufrichtig. »Fast neun Jahre lang habe ich diese alberne Witzserie produziert, aber keiner meiner Mitarbeiter kann sich rühmen, je einen Wutanfall meinerseits erlebt zu haben. Ich weiß nicht, wie man Anfälle kriegt, Gladys. Ich wünsche oft, ich wüßte es.«

»Ich weiß, aber einmal ist immer das erste Mal«, sagte Gladys. »Sie haben sich Ihre Anfälle ein Leben lang aufgespart, wenn Sie mich fragen. Ich hoffe bloß, daß ich in Urlaub bin, wenn Sie endlich einen kriegen.«

»Vielleicht sollten wir einfach die Tankstelle anrufen«, sagte Godwin. »Die sind ziemlich zuverlässig. Bestimmt kommt schnell jemand rüber.«

»Nein danke«, sagte ich. »Ich rufe jetzt in Wichita Falls an und lasse mir einen Cadillac bringen. Sie müßten es schaffen, mir einen zu liefern, während ich mich rasiere. Ich mag meinen Mercedes nicht mehr.«

»Du machst Witze«, sagte Godwin. »Er ist so gut wie nagelneu. Du hast ihn bloß zu lange rumstehen lassen, und die Batterie ist leer.«

»Ich mache keineswegs Witze«, sagte ich. »Willst du das Auto kaufen? Für fünftausend Dollar gehört es dir. Kauf es. Dann brauchst du nicht mehr deinen spermienüberkrusteten VW zu fahren.«

»Wenn er nicht will, kann ich es dann kaufen?« fragte Gladys. Sie war schneller als Godwin, wenn es darum ging, eine Gelegenheit beim Schopf zu ergreifen.

Die Vorstellung, wie Gladys in einem Mercedes durch die Gegend gondelte, heiterte mich fast wieder auf.

»Wo nehmen Sie denn die fünftausend Dollar her?« fragte ich belustigt. »Überhaupt, wo würde einer von euch fünftausend Dollar hernehmen?«

»Verwöhnt, verwöhnt, verwöhnt!« sagte Godwin. »Du bist nicht annähernd reisefertig für Houston. Du hast noch deinen Kaftan an und siehst aus wie ein fetter Yves Saint Laurent. Warum läßt du nicht einfach die Tankstellenleute kommen und das Auto in Gang setzen, während du versuchst, dich für deine Tochter präsentabel zu machen?«

»Wer kriegt nun das Auto?« fragte Gladys, die das Wesentliche im Auge behielt. »Ich kann die Gartenarbeit übernehmen und es in ein oder zwei Sommern abzahlen. Der alte Mexikaner sollte sowieso nicht mehr im Garten schuften.«

Sie bezog sich auf Pedro, einen betagten Mann, der in einer kleinen selbstgebauten Hütte aus Lehmziegeln am Westrand meines Hügels hauste. Pedro war der älteste Mensch, der uns dreien je untergekommen war. Ich hatte ihn vor etlichen Jahren auf einer meiner Fahrten von Kalifornien aus bei Deming, New Mexico, an der Straße aufgelesen. Gedankenlos war ich an ihm vorbei- und zwanzig Kilometer weitergefahren, bis mir bewußt wurde, daß ich soeben an einem sehr, sehr alten, sehr kleinen Männchen vorbeigekommen war. Pedro war etwa so groß wie ein ausgewachsener Schäferhund.

Ich nehme fast nie Anhalter mit – das ist Godwins Spezialität –, aber nach einigem Überlegen wendete ich, fuhr zurück und las Pedro auf, ein winziges Männlein, das so uralt aussah wie die Felsen. Er führte nichts mit sich außer sich selbst. Er konnte zwar ein bißchen Englisch, doch seine Gedankengänge waren, gelinde gesagt, rätselhaft.

»Jetzt ziehe ich allein herum«, sagte er, als ich ihn fragte, wohin er wollte. »Meine Familie ist vor mir gestorben. Nehmen Sie mich einfach dahin mit, wo Sie hinwollen.«

Also nahm ich ihn mit nach Hause, was ich seither nie bereut habe. Ihm gefiel, daß mein großes Haus aus Adobeziegeln gebaut war, auch wenn er der handwerklichen Ausführung höchst kritisch gegenüberstand und seine ersten ein, zwei Jahre bei uns mit der Ausbesserung der auffälligsten Pfuschereien zubrachte.

Dann baute er seine eigene kleine Hütte am Rand meines Hügels. Jeden Tag kam er herüber und machte sich ein wenig im Garten nützlich; unser Wasser lieferte eine Windmühle, die Pedro gut in Schuß hielt. Auf dem Gelände stand eine alte, mit staubigen, rattenzerfressenen Sätteln und Zaumzeug vollgestopfte Scheune. Pedro tötete die Ratten, besserte im Lauf der Jahre die Sättel und das Zaumzeug aus und polierte sie.

»Ich glaube, er ißt die Ratten«, berichtete Gladys eines Tages ganz fassungslos. »Ich hab ihn fünf oder sechs tote Ratten zu seiner Hütte runtertragen sehen.«

Was auch immer es damit auf sich haben mochte, Pedro ernährte sich hauptsächlich von Bohnen, Tortillas und Budweiser. Budweiser mochte er sehr, und er ließ sich täglich in der Küche blicken, um ein Sechserpack zu requirieren.

»Na schön, der Mercedes gehört Ihnen«, sagte ich zu Gladys. »Godwin will ihn offenbar nicht.«

»Ich will ihn nicht«, sagte Godwin gereizt. »Ich will deine absurden Gefälligkeiten nicht.«

»Heißt das, ich bin jetzt für die Gartenarbeit zuständig?« fragte Gladys.

»Nein, Pedro arbeitet gern im Garten«, sagte ich. »Wenn meine Enkelkinder kommen, kannst du den Mercedes abbezahlen, indem du ihre Gouvernante wirst.«

»Ihre Gouvernante? Sie?« sagte Godwin. Unter unseren mißbilligenden Blicken brach er in minutenlanges hysterisches Gurgeln aus. Ich stieg zum letzten Mal aus dem Mercedes und knallte seine teure Tür zu.

»Das ist so eine Art Babysitter, stimmt's?« fragte Gladys.

»Nein«, sagte Godwin. »Ganz und gar nicht. Eine Gouvernante ist für die sittliche Unterweisung ihrer jungen Schutzbefohlenen verantwortlich. Gouvernanten sollten Frauen von untadeligem Charakter sein.«

»Deshalb bekommt Gladys auch diese Aufgabe«, sagte ich. »Ihr Charakter ist einwandfrei.«

Das stimmte zwar nicht, aber wen schert's. Gladys konnte durch Thalia sausen und allen erzählen, sie sei zur Gouvernante befördert worden. Das große Ansehen, das sie genoß, ließ sich womöglich noch steigern.

»Ich selbst hatte eine durch und durch korrekte Gouvernante, eine Mrs. Frazier«, sagte Godwin. Sein Tonfall verriet, daß uns einer seiner jähen Anfälle von Gefühlsduselei bevorstand. Wenn wir nicht aufpaßten, war er bald in Tränen aufgelöst. Gladys brachten Anspielungen auf ihr Äußeres zum Weinen; die Erinnerung an seine rundum korrekte Kindheit in Yorkshire übte den gleichen Effekt auf Godwin aus.

»Mrs. Frazier war wie eine Heilige; was aus mir geworden ist, habe ich allein ihr zu verdanken«, sagte er mit zunehmend belegter Stimme.

Immerhin war der Mann ein alter Freund von mir. Ich hätte toleranter sein und mir auf die Zunge beißen sollen. Doch wie er da stand, haar- und zahnlos, lahm, mit nichts als einer alten grünen Badehose und nepalesischen Sandalen bekleidet, die ihm sein bergsteigender Freund ein oder zwei Tage vor seinem Absturz in die Gletscherspalte geschickt hatte, und – als Auftakt zu seiner täglichen Dosis Methamphetamine, Kokain, Haschisch oder was er sonst in die Finger bekam – Marihuana rauchte, um in spätestens ein, zwei Stunden auf Jagd nach attraktiven jungen Trampern zu gehen, während er zum Weinen um seine alte Gouvernante ansetzte, das überforderte meine Widerstandskraft.

»Wenn die heiliggesprochene Mrs. Frazier dich jetzt sehen könnte, würdest du ihr wohl kaum in ihre Vita passen«, sagte ich mit erstaunlicher Nachsicht. Schließlich war der Mann drogensüchtig, ein Idiot und Orgiast. Welche Gouvernante mit einem Fünkchen Selbstachtung im Leib würde ihn als ihr bestes Werk beanspruchen wollen?

Gladys setzte sich in Richtung Haus in Bewegung. »Wenn ihr beide euch jetzt häßliche Dinge an den Kopf werfen wollt, gehe ich«, sagte sie.

Godwin gab sich betont ruhig. »Wer im Glashaus sitzt, soll nicht mit Steinen werfen«, sagte er.

»Es war ein wohlgezielter Wurf«, versicherte ich ihm.

»Du hast da einen fürchterlichen ersten Satz geschrieben«, sagte er. »Einen dermaßen schlechten ersten Satz hab ich noch nie gehört.«

Dieser Stoß traf mich ein wenig unvorbereitet.

»Godwin, ich habe ihn noch nicht in seine endgültige Form gebracht«, sagte ich, ehe ich mich ins Haus trollte, um einen Cadillac zu bestellen.

12

Der Satz, der Godwin nicht gefiel – der erste Satz meines neuen Romans – lautete in etwa wie folgt:

»Wahre Reife erlangt ein Mann erst, wenn er erkennt, daß er zur Vaterfigur für die Freunde seiner Freundinnen geworden ist – und es akzeptiert.«

An diesem Satz hatte ich fast drei Monate lang gebastelt. Eine noch namenlose, mir aber nicht unähnliche Figur sagt ihn zu einer anderen, ebenfalls noch namenlosen, aber irgendwie Godwin Lloyd-Jons ähnlichen Figur.

Ich war mit dem Satz nie ganz zufrieden gewesen. Die darin zum Ausdruck kommende Ansicht oder Einstellung war zwar genau richtig für den Roman, der mir vorschwebte, doch noch befanden sich die Wörter in keiner zufriedenstellenden oder zwingenden Reihenfolge. Ich hatte den Satz mindestens zweihundert Mal geschrieben, die Wörter immer wieder umgestellt und manchmal auch die Interpunktion verändert. Beispielsweise hatte ich versucht, statt des Gedankenstrichs Pünktchen zu setzen; aber nach ein paar Dutzend Versuchen mit den Pünktchen war ich zu dem energischeren Gedankenstrich zurückgekehrt.

Denn der Satz enthielt immerhin zwei Behauptungen, die sicherlich beide bezweifelt würden: daß ein Mann irgendwann zur Vaterfigur für die Freunde seiner Freundinnen wird, und daß er emotionale Reife erst dann erreicht hat, wenn er diese Entwicklung akzeptiert.

Im Laufe der drei Monate hatte ich Godwin zahlreiche Varianten dieses Satzes vorgelesen, und er hatte sie allesamt verhöhnt.

»Was für eine lachhafte Äußerung«, spottete er. »Ich habe

bestimmt nicht vor, für die Freunde *meiner* Freundinnen zur Vaterfigur zu werden. – Natürlich könnte ich mich mit dem Gedanken anfreunden, manchen von ihnen ein *Freund* zu sein«, fügte er hinzu. »Obwohl meine Freundinnen ehrlich gesagt kein besonderes Talent in puncto Männerwahl bewiesen, von mir einmal abgesehen.«

»Godwin, es ist der erste Satz eines Romans«, sagte ich.

»Soweit ich weiß, wird der Roman diesen Satz widerlegen. Ich wollte einfach mit einer groben Verallgemeinerung anfangen. Denk an den ersten Satz von Jane Austens *Stolz und Vorurteil*, oder von *Anna Karenina.*«

»Keins von beiden je gelesen«, sagte er mißgestimmt. »Vielleicht erinnerst du dich daran, daß ich Altphilologe bin.«

Gladys hatte meinen ersten Satz auch ein paarmal gehört. Ihre Reaktion war eher noch entmutigender als die Godwins.

»Es deprimiert mich jedesmal, wenn ich das höre«, sagte sie. »Wieso wollen Sie überhaupt Bücher schreiben? Sie sind doch reich genug.«

»Gladys, ich will es eben«, sagte ich. »Ich war nämlich Schriftsteller, bevor ich zum Fernsehen kam.«

»Das ist lange her, vielleicht sind Sie keiner mehr«, sagte sie nüchtern.

»Es ist bloß ein Satz«, gab ich zu bedenken. »Warum stimmt er Sie niedergeschlagen?«

»Weil mir dabei einfällt, daß ich meine besten Jahre vergeudet habe«, sagte Gladys. »Ich hab nie nicht einen Freund gehabt – bloß Chuck, und der is 'n Schwein.«

»Chuck ist kein Schwein«, sagte ich. »Vielleicht leistet er sich hin und wieder einen Ausrutscher auf dem schmalen Pfad der Tugend, aber das passiert uns allen mal.«

»Mir nicht, denn wer will schon mit 'ner alten Schachtel wie mir ausrutschen?« sagte Gladys.

»Na, Frank zum Beispiel«, rief ich ihr ins Gedächtnis.

Frank war der Postbote; mein Haus war das letzte auf seiner Runde. Er kam jeden Tag um die Mittagszeit vorbei, seinen winzigen Pritschenwagen mit Illustrierten, Zeitungen, Videofilmen und Büchern vollgeladen, alle für mich. Ich hatte dreißig oder vierzig europäische Illustrierte abonniert, die ich wie ein Besessener auf der Jagd nach Fotos diverser alternder Schauspielerinnen durchforstete, mit denen ich früher einmal mehr oder weniger befreundet gewesen war ... ich hatte eine lange Phase hinter mir, in der ich europäische Billigfilme produzierte, bevor ich mit »Al und Sal« groß rauskam.

So wie jede Erwähnung von Yorkshire bei Godwin nostalgische Gefühle für seine alte Gouvernante wachrief, so erweckten die glatten europäischen Hochglanz-Illustrierten meine nostalgischen Gefühle für die Mittelmeerküsten, die ich in den späten sechziger und frühen siebziger Jahren oft bereist hatte. Begleitet wurde ich damals von einer Reihe lebhafter italienischer, französischer oder deutscher Filmsternchen, die auf der Leinwand oft vulgär und geschmacklos, im richtigen Leben dagegen geistreich, wählerisch und anspruchsvoll waren. Wie sie mir fehlten!

Frank Lucketts, der Postbote, konnte nicht fassen, daß ein einziger Mensch so viele Zeitschriften und Zeitungen las.

»Da wären meine Augen vom vielen Lesen schnell abgenutzt«, sagte er, wenn er einen Stapel Illustrierte auf meinem Tisch ablud.

Dann zog er sich, da sein Arbeitstag nunmehr offiziell beendet war, in die Küche zurück, trank ein Bier und flirtete mit Gladys, in die er seit Jahren unglücklich verliebt war.

»Frank ist lieb, aber ein Versager«, sagte Gladys, als ich mich nach ihrem Verhältnis erkundigte. »Ich kann's nicht brauchen, mich mit noch mehr Versagern einzulassen; mir reicht Chuck.«

»Ich könnte auch als Versager gelten«, sagte ich. »Seit drei

Monaten arbeite ich an einem Satz, der keinem meiner Mitbewohner gefällt. Ich glaube, ich werde ihn Pedro vorlesen, vielleicht mag der ihn.«

»Der Alte lebt in seiner eigenen Welt«, sagte Gladys. »Er gibt keine zwei Worte im Monat von sich. Frank redet wenigstens. Zwar ohne Sinn und Verstand, aber mit Ton. Früher hat Chuck mir Blumen geschenkt, jetzt nicht mehr. Er und der alte Mexikaner könnten die Plätze tauschen, ich würd den Unterschied nicht bemerken.«

»Möglich, daß ich diesen ersten Satz aufgeben muß«, räumte ich ein. »Ich mag ihn selbst nicht besonders.«

13

Mein Cadillac war, wie sich herausstellte, kastanienbraun und von der Größe eines jungen Wals. Sein Anblick munterte mich auf, und als ich mich hineinsetzte, ging es mir schon viel besser. Die ebenfalls kastanienbraunen weichen Ledersitze rochen gut – neu, teuer und gut.

Godwin, der immer noch in seiner grünen Badehose herumlief und kiffte, feixte sich eins, als ich mich hinters Lenkrad setzte, aber das war mir gleichgültig.

»Ich hätte mir längst einen Cadillac kaufen sollen«, sagte ich. »Schließlich bin ich Texaner. Ich mag große Autos. Was wollte ich überhaupt in einem Mercedes? Bin ich Europäer?«

»Nein, aber du hast immerhin versucht, einer zu sein«, sagte er. »Jetzt bist du in die Barbarei zurückgesunken, wie ich es immer vorhergesehen habe.«

»Du langweiliger kleiner Dröhnkopp, laß mich zufrieden«, sagte ich. »Ich bezweifle, daß du überhaupt noch Griechisch lesen kannst.«

Der Verkäufer, der den Cadillac brachte, war, was man heutzutage gut gebaut nennt. Er war Mitte Zwanzig, nicht besonders gutaussehend, aber eben gut gebaut. Godwin bot ihm eine bunte Palette von Drogen an, die er sämtlich ablehnte. Godwin warf ihm taxierende Blicke zu, doch der junge Mann war etwas phlegmatisch und bemerkte wohl gar nicht, daß er taxiert wurde. Ein gelangweilter Automechaniker in einem Pritschenwagen wartete darauf, ihn zu der Cadillac-Vertretung zurückzubringen. Daß der Fahrer Godwin nicht mochte, war klar: *ihm* hatte Godwin auch keine Drogen angeboten.

Ich gab dem jungen Mann dann einen Scheck, er gab mir eine Quittung, und das gut riechende Auto gehörte mir.

»Schönen Tag noch«, sagte der junge Mann, als er uns verließ. Godwin hatte versucht, Blickkontakt mit ihm herzustellen, aber der junge Mann stand nicht auf Blickkontakt.

»Du bist so verdorben wie sonstwas«, sagte Godwin zu mir. »Und außerdem verantwortungslos. Wahrscheinlich wird Gladys sich mit dem Mercedes zu Tode fahren.«

Aus südlicher Richtung fegte eine Staubwolke die Straße herauf, an deren Spitze sich Gladys befand; sie hatte inzwischen die Tankstelle angerufen und den Mercedes in Gang setzen lassen und machte nun eine Probefahrt in ihrem neuen Auto. Mit circa hundertdreißig raste sie am Haus vorbei; die Staubwolke verschluckte Godwin, ehe sie Gladys in Richtung Norden folgte.

»Sie scheint den Dreh raus zu haben«, sagte ich. »Was dich betrifft, kannst du von Glück reden, daß dich der Automechaniker nicht über den Haufen gefahren hat. Ich fürchte nämlich, bei ihm hat dein Charme nicht gezogen.«

»Ich verschwende meinen Charme selten an alternde Proleten«, sagte er schelmisch. »Vielleicht sollte ich dich bei deiner väterlichen Mission begleiten. Ich könnte deine Unverschämtheiten ignorieren und dich begleiten. Gut möglich, daß du Verwendung für meinen Charme hast, wenn du die junge Dame ausfindig machst.«

»Warum sollte ich? Sie ist *meine* Tochter«, sagte ich. »Wie auch immer, dein Erscheinungsbild relativiert deinen Charme beträchtlich. Ein Blick auf dich genügt, und sie wird nach irgendeinem richterlichen Beschluß verlangen, um mich von meinen eigenen Enkelkindern fernzuhalten.«

In Wirklichkeit war ich versucht, ihn mitzunehmen. Die Aussicht auf ein Treffen mit meiner Tochter versetzte mich immer noch in leichte Panik. Godwin war zwar seltsam, aber wenigstens eine bekannte Größe. Mich unterwegs mit ihm herumzanken zu können, würde meine Nervosität während der Fahrt vielleicht etwas dämpfen.

Doch diese Idee verwarf ich gleich wieder – eine, gelinde gesagt, feige Idee. Sie war *meine* Tochter, und ich hatte viele elende Jahre entgegen jeder Wahrscheinlichkeit auf eine Chance gehofft, ihr zu begegnen. Jetzt bekam ich meine Chance. Sich mit einem Puffer abzusichern, noch bevor es überhaupt soweit war, wäre die Tat eines Mannes, der sich vor seinen Gefühlen fürchtet.

Ein solcher Mann *war* ich zwar, mehr oder weniger, doch ich sah ein, daß ich mir in diesem Fall alle Mühe geben mußte, meinen Hang zur Feigheit zu überwinden. Ich wollte, daß dieses Mädchen *mich* mochte, nicht Godwin.

»Du bleibst besser hier und kümmerst dich um Gladys«, sagte ich. »Was ist, wenn sie das Auto tatsächlich zu Schrott fährt?«

»Du bist bloß geizig«, sagte er. »Du willst deine Tochter nicht mit mir teilen. Wahrscheinlich bringst du sie nicht mal nach Hause. Als Schwein, das du bist, bringst du sie bestimmt irgendwohin, wo du sie ganz für dich allein hast.«

»Da bringst du mich auf einen Gedanken«, sagte ich. »Jetzt, da du es sagst, kann es schon sein, daß ich es so mache. Ich frage mich, ob sie einen Paß hat.«

Ehrlich gesagt hatte ich das zurückgezogene Leben in Hardtop County allmählich satt. Inzwischen träumte ich mediterrane Träume und sehnte mich nach den Mädchen dieser goldenen Strände: Claudia Cardinale und Melissa Mell, Ingrid Pitt, Senta Berger, Françoise Dorleac, Romy Schneider – all meine europäischen Traumfrauen. Vielleicht würde ich ein Haus in Rom mieten und meine Tochter in italienischer Umgebung kennenlernen; die Enkel könnten zweisprachig aufwachsen.

Godwin kannte mich lange genug, um die neue Richtung meiner Gedanken rasch zu erraten.

»Sie arbeitet in einer Milchbar«, erinnerte er mich. »Ich glaube kaum, daß sie einen Paß hat.«

»In einem Hamburgerrestaurant«, verbesserte ich ihn. »In einem Mr. Burger, nicht in einer Milchbar.«

»Da mag es einen Unterschied geben«, sagte Godwin, »aber ich bezweifle doch, daß sie deswegen eine große Kosmopolitin ist.«

Ich stieg aus dem Cadillac und ging meine Taschen holen.

»Gott, bist du ermüdend«, sagte ich. »Wenn ich nicht gleich losfahre, werde ich zu müde zum Fahren sein, nur vom Streiten mit dir.«

»Sieh mal, ich bin ein erfahrener Vater«, sagte er. »Ich habe neun Kinder, du nur eins. Wer weiß, ob du meinen fachmännischen Rat nicht dringend brauchen wirst.«

»Godwin, diesmal nicht«, sagte ich und richtete mich zu voller Größe auf. »Das hier will ich allein machen.«

14

»Selbstparodie ist der erste Vorbote des Alters«, sagte ich mir, als ich durch Jacksboro fuhr, der ersten Stadt auf meiner Fahrt gen Süden. Jacksboro zeichnete sich unter den anderen Kleinstädten der Gegend dadurch aus, daß es einen Block alter Kalksteinhäuser erhalten hatte; die Häuser waren zwar kein bißchen reizvoll, hatten aber etwas Altmodisches, was in dieser Gegend, architektonisch gesehen, eine Seltenheit war. Die Steinhäuser von Jacksboro sahen so aus, als würden sie allesamt zerbröselnd einstürzen, wenn man ihnen ein oder zwei Schläge mit einem großen Holzhammer verpaßte.

Während der Weiterfahrt nach Decatur gelangte ich fröhlich zu der Erkenntnis, daß es im Umkreis von hundert Meilen um mein Haus nicht ein einziges von Menschenhand errichtetes Gebilde gab, das nicht häßlich war. Das Kimball-Museum in Fort Worth, zufällig genau hundert Meilen von meiner Haustür entfernt, ist das erste ansprechende Gebäude, auf das man hoffen darf, ganz gleich, in welche Richtung man von meinem Haus aus losfährt.

»Selbstparodie ist der erste Vorbote des Alters« war nicht etwa eine kleine Mahnung an mich selbst, sondern ein neuer erster Satz meines Romans.

»Der erste Vorbote des Alters ist Selbstparodie«, sagte ich, um zu testen, ob mir eine andere Satzstellung weiterhalf. Meine schwachen Erinnerungen an das Verfassen von Romanen – eine Tätigkeit, die ich leider seit fast zwanzig Jahren hatte ruhen lassen – sagten mir, daß der erste Satz eines Buches von immenser, ja ausschlaggebender Bedeutung war. Fiel einem ein guter ein, konnten all die anderen Sätze gehorsam nachfolgen, flott aus dem Gehirn marschieren, wie gut gedrillte Soldaten.

Mir war klar, daß der Satz mit den Freunden meiner Freundinnen nicht funktionierte, obwohl ich mein Herz daran gehängt hatte. Mit Sicherheit gab er mein Leben treffend wieder, und auch wenn ich seltsam bin, bin ich womöglich *so* seltsam auch wieder nicht. Etliche meiner Freundinnen hatten inzwischen Freunde, die von mir väterlichen Rat erwarteten. Allwöchentlich verbrachte ich Stunden um Stunden damit, den verwirrten jungen Männern Ratschläge zu erteilen, die – oftmals zu ihrer großen Überraschung – von meinen älteren, aber immer noch verwirrenden Freundinnen als Freunde adoptiert worden waren. Natürlich war es eine Ironie des Schicksals, daß man ausgerechnet von mir väterlichen Rat erwartete; schließlich hatte ich mein eigenes Kind weder je gesehen noch ihm bislang je Ratschläge erteilt, aber vielleicht war das nicht nur Ironie, sondern auch ein Fingerzeig des Schicksals.

Merkwürdiger war womöglich der Umstand, daß ich mich mit diesen glücklichen jungen Männern selten direkt unterhielt. Ich ließ ihnen meinen Rat über oft unpräzise Mittler, ihre Freundinnen, zukommen. So sagte ich etwa zu Jeanie Vertus: »Warum erzählst du das nicht Carver? Du könntest einfach erwähnen, daß ich es erwähnt habe.«

Oder zu Nema Remington: »Ich glaube, A. B. sollte sich mal dieses und jenes durch den Kopf gehen lassen.« Nema, die sich jeden brauchbaren Gedanken bereitwillig zu eigen machte, rief dann prompt ihren Mann an und verlangte, er solle sich mal dieses und jenes durch den Kopf gehen lassen.

Auf diese Weise schritt das Leben voran. Der Vorgang erinnerte mich ein wenig an ein in den fünfziger Jahren unter Teenagern beliebtes Partyspiel, bei dem Mädchen auf Zahnstocher aufgespießte saure Drops an Jungen weitergaben. Es war ein Spiel, bei dem man an Küssen dachte, und doch stand ein spitzer Gegenstand zwischen einem selbst und dem Kuß. Spitze Objekte standen auch zwischen den Freunden und mir, nämlich die Freundinnen. Dagegen, daß die Freundinnen angespitzt waren, hatte ich nichts einzuwenden. Schließlich hatten ihre Spitzen ja ursprünglich mein Interesse an ihnen geweckt. Das Leben ist zu kurz, um es mit langweiligen Frauen zu verschwenden, von denen es viel zu viele gibt, und die fast alle beim Fernsehen arbeiten; jedenfalls war das damals mein Eindruck.

Ein oder zwei Freunde meiner Freundinnen waren tatsächlich jung – der von Mirella Miracola zum Beispiel –, aber die, die offenbar am meisten Rat brauchten, waren nur geistig jung geblieben.

»Er ist ein Kind, weißt du«, erklärten mir meine Freundinnen oft in ernstem Ton, wenn sich ein Freund eines besonders dämlichen Verhaltens schuldig gemacht hatte.

»Er ist nie erwachsen geworden«, war eine weitere, in diesen Gesprächen häufig geäußerte Ansicht.

»Er ist ein riesengroßer Hosenmatz«, sagte Jeanie über einen Liebhaber. Jeanie fand oft brillante Formulierungen.

Im Gegensatz zu ihren Liebhabern war ich in den Augen der meisten meiner alten Freundinnen durch und durch erwachsen. Sie waren sogar übereinstimmend der Ansicht, daß ich nur *zu* erwachsen war. Keine von ihnen war Pedro je begegnet, aber sie wußten von ihm und fanden wohl, daß ich in für sie entscheidenden Punkten kaum jünger war als er. Genau gerechnet, war ich dreißig oder vierzig Jahre jünger als Pedro, aber meine Freundinnen gaben nicht viel auf Jahreszahlen. Allesamt waren der ebenso festen wie unsinnigen Überzeugung, man sei nur so alt, wie man sich fühle.

Ich vertrat einen realistischeren Standpunkt. Ich hielt mich für so alt, wie ich eben war, also einundfünfzig. Mit achtundvierzig war ich anders; mit fünfundvierzig erst recht. Doch einundfünfzig schien für mich das Alter zu sein, in dem man am ehesten endgültig die Schwelle zur Parodie seiner selbst überschritt; deshalb trug ich mich mit dem Gedanken, meinen ersten Satz zu ändern.

15

Das Gerichtsgebäude in Decatur sah aus, als gehöre es nach Bayern. Es war aus rotem Granit und wurde von einem grotesken Turm mit Turmuhr überragt. Die Uhr stand seit Jahren still – und das gleiche galt für die Stadt, über der das Gerichtsgebäude thronte. Decatur hatte Ähnlichkeit mit einer stehengebliebenen Uhr, aber seine Einwohner waren sehr stolz auf ihr Gerichtsgebäude und beleuchteten es die ganze Nacht über mit Scheinwerfern. Mir kam es vor wie ein kleineres Schlößchen des verrückten Ludwig II. An der Donau hätte das Gerichtsgebäude nicht fehl am Platz gewirkt, doch leider stand es nur am Highway 287, einem öden Asphaltstrom, der einen gen Norden Amarillo und dem trostlosen Landzipfel von Oklahoma zuführte.

Manchmal verkürzte ich mir die Fahrzeit, indem ich das, was ich gerne für meinen scharfen Blick hielt, auf die vielen nichtssagenden Ortschaften richtete, durch die ich fuhr. Offenbar gab es keine Garantie dafür, daß ich es als Romancier zu etwas bringen würde – ich hatte meine Phantasie zu lange eingemottet. Vielleicht mußte ich mich auf die Reiseschriftstellerei verlegen. Mein Verstand war nicht völlig dahin, hatte aber einen Hang zu Abschweifungen entwickelt. Es kam mir so vor, als könne ich aus der Not eine Tugend machen und mit meinem Verstand umherschweifen. Ich hatte einen Freund, der Jack McGriff hieß und von Beruf Antiquitäten aufspürte. Jack brachte sein Leben auf den amerikanischen Highways zu und entdeckte wunderbare Dinge, wo er auch hinfuhr. Während der neun Jahre, die ich an ein Fernsehstudio in Culver City gekettet war, hatte ich keinen so beneidet wie Jack. Er schien das ideale Leben zu führen, konnte fahren, wohin er wollte, und – aus meiner momentanen Perspektive noch wichtiger – nicht hinfahren, wo er nicht hinwollte.

»Ich verbringe sehr wenig Zeit in Gary, Indiana«, hatte er mir einmal anvertraut. In seiner Branche kannte man ihn wegen seiner Vorliebe für Autos, wie ich gerade eines durch Decatur steuerte, als »Cadillac Jack«.

Während Jack McGriff die schönsten Landschaften Amerikas genoß, verbrachte ich damals vierzehn Stunden täglich inmitten einer der häßlichsten, sprich in Culver City, dem Gary der Unterhaltungsindustrie. Während meiner Zeit dort muß ich im Durchschnitt mindestens zwei Auseinandersetzungen die Stunde mitgemacht haben. Ich hatte Auseinandersetzungen mit Autoren, mit Schauspielern, Beleuchtern, Toningenieuren, Kameraleuten, Requisiteuren und – am allerschlimmsten – mit Produzenten.

Produzenten sind eine äußerst verschriene Spezies, und das zu Recht. Normalerweise haben sie Kleister statt Grips im Kopf, und es läßt sich nur per Brüllwettbewerb mit ihnen kommunizieren. Tag für Tag brüllte ich mich bei dem Versuch heiser, ihre verkleisterten Denkprozesse ein wenig anzuleiern, was oft völlig mißlang; an solchen Tagen beneidete ich Jack McGriff am meisten. Warum verschwendete ich mein Leben mit dem Anbrüllen von hirnverkleisterten Scheißern in zwölfhundert Dollar teuren Anzügen?

Die Antwort lautete, daß meine Fernsehshow die höchsten Einschaltquoten erzielte und seit sechs vollen Jahren die Nummer eins war – etwas noch nie Dagewesenes. Meine Kreationen, Al und Sal, waren ein normales Mittelstandsehepaar, das mit seinen drei Mittelstandskindern, Bert, Betsy und Klein-Bobby, in Reseda, Kalifornien, lebte. Sie erlebten die normalen Belastungsproben, die normalen Freuden, die normalen Tragödien des amerikanischen Alltags, und zu meinem Erstaunen entschieden sich allwöchentlich achtzig oder neunzig Millionen Amerikaner dafür, diese Belastungsproben, Freuden und Tragödien mit Al und Sal und deren Kindern zu teilen.

Als ich den Pilotfilm für »Al und Sal« verfaßte, wohnte ich in einem Motelzimmer in Blythe, Kalifornien. Ich war ein Einzelgänger und ein Versager, der so ungefähr auf jedem Gebiet gescheitert war: als Romancier, als Dramatiker, als Ehemann und, immer und immer wieder, als Liebhaber. Nie hatte ich auch nur einen Tag eines normalen häuslichen Ehelebens genossen, und ich wußte recht gut, daß mir das sehr wahrscheinlich auch nie gelingen würde. Dann, unerklärlicherweise, schuf ich in einer Art letztem Versuch aus meinen Phantasien darüber, wie Familienleben sein könnte, eine Situationskomödie, die nicht nur neun Jahre lang Amerika in ihren Bann schlug, sondern sogar jetzt noch Leute – *mit* Familienleben – in so abgelegenen Ländern wie Pakistan, Finnland oder Brasilien dazu brachte, ihre eigenen, vollkommen normalen Familien zu vernachlässigen, um sich eine Serie anzusehen, die meinen einst aus Verzweiflung geborenen Phantasien entsprungen war.

Man hört nicht so einfach auf, Numero Uno zu sein, nicht einmal beim Fernsehen, wo fast jedermann tagtäglich davon träumt, daß er eines Tages aufwacht und nicht mehr beim Fernsehen arbeitet. Diese Hoffnung hatte ich neun Jahre lang mit mir herumgetragen, aber die Nummer eins läßt man doch nicht so ohne weiteres sausen und macht sich aus dem Staub; noch in unserem letzten Jahr, als die Serie sich gerade noch in den Top Forty hielt und ich für über hundert Millionen gehandelt wurde, fiel mir der Abschied schwer.

Ich zog mich in gemessenen Etappen zurück, erst in ein Schlößchen auf den Felsen bei Laguna, dann in ein anderes Schlößchen jenseits der Hügel in Rancho Mirage, dann in eine weitläufige Hacienda in Patagonia, Arizona, wo mir die Ehre zuteil wurde, als erster Gringo-Millionär von dem berühmten grenzüberschreitenden Robin Hood, Vega Vega, überfallen zu werden, über dessen Karriere ich einen Pilotfilm für eine Serie produzierte, die nach vier Folgen einging – mein Publikum, falls ich eines hatte, wollte ein neues, frisches, auf Yuppies getrimmtes »Al und Sal«, nicht irgendeine absurde Komödie über einen mexikanischen Banditen. »Cheech ohne Chong« lautete das Urteil eines gehässigen Rezensenten.

Mit meinem langsamen, etappenweisen Rückzug nach Laguna Beach, Rancho Mirage und Patagonia kopierte ich, nur stilvoller, einen Rückzug, den ich in den sechziger Jahren schon einmal unternommen hatte; damals hatte ich L.A. verlassen, war von einem billigen Motel zum nächsten gezogen, von East Hollywood nach Azusa, von Azusa nach San Dimas, von San Dimas nach Calimesa, von Calimesa nach Banning, von Banning nach Indio und zu guter Letzt von Indio nach Blythe, wo ich, im entlegensten Winkel Kaliforniens, den unsterblichen Pilotfilm für »Al und Sal« schrieb.

Einmal, früher im Leben – ja, es war an dem Tag, an dem meine Tochter geboren wurde – hatte ich das Manuskript meines mißglückten zweiten Romans bei Roma, Texas, im trüben Rio Grande versenkt. Ich war in der Stimmung gewesen, mich selbst gleich mitzuversenken, aber diese Stimmung war vorübergegangen. Als ich mir vorstellte, wie gräßlich es wäre, tatsächlich Wasser in den Lungen zu haben, überlegte ich es mir anders, watete aus dem Fluß, trampte nach L.A., legte den Hanna-Barbera-Test ab – die erste Stufe auf der Leiter zum Star-Drehbuchautor –, bestand, und schrieb die nächsten drei Jahre Dialoge für Zeichentrickfilme.

Zehn Jahre nachdem ich aus dem Rio Grande gewatet war, geriet ich in Blythe in ein anderes von einem Fluß beherrschtes Grenzgebiet; diesmal war es der grüne Colorado. Ich war deprimiert, fast verzweifelt gewesen, als ich dort ankam, doch der Colorado tröstete mich, wie Jahre zuvor der Rio Grande. Ich fühlte mich gräßlich, wollte aber nicht sterben, und ich hatte keinen Grund anzunehmen, daß es mir einen Deut besser ginge, wenn ich mich über diese fließende Grenze in eine Art Exil begab.

Wie in allen großen Flüssen stecken im Colorado Kraft und Schönheit. Ich folgte ihm, beobachtete seine Strömung, ließ Steine auf ihm tanzen und träumte davon, wie ich die eine oder andere der Beziehungen wieder aufnehmen könnte, die ich während meines Abstiegs vermasselt hatte.

Meine übrigen Tage und Nächte verbrachte ich in einer schäbigen Wüstenabsteige, nach der einzigen, verfaulenden alten Palme, die in ihrem Hof stand, »Old Palm Inn« genannt. Dort schrieb ich den Pilotfilm, der kaum acht Monate später die Unterhaltungswelt eroberte, um zum Renner aller Einschaltquoten zu werden. Als es soweit war, war ich viel zu beschäftigt, um traurig an Flußufern entlangzuspazieren, obwohl ich in Culver City zeitweilig eine Eigentumswohnung an einem Flußufer bewohnte und aus meinem Fenster den Betonviadukt sehen konnte, in dem der Los Angeles River fließt wie in einem Bewässerungskanal, der sich irgendwie in das Ballungsgebiet verirrt hat.

Als »Al und Sal« nach den neun Jahren nicht mehr produziert wurde und ich mich nach Patagonia in Arizona zurückgezogen hatte, fand ich bald heraus, daß mein neuer Wohnort lediglich der abgelegenste Vorort von L.A. war. Eine ganze Menge der hirnverkleisterten Produzenten, mit denen ich während meiner glorreichen Zeit in Culver City Brüllwettbewerbe ausgefochten hatte, hatten ebenfalls weitläufige Landsitze in Patagonia. Die Dynamischeren unter ihnen züchteten Araberpferde und verkehrten ungezwungen mit den faschistischen alten Republikanern, die in Südarizona alle Fäden in der Hand halten.

Fest entschlossen, irgendwohin zu gehen, wohin Culver

City mir aller Wahrscheinlichkeit nach nicht folgen würde, zog ich mich den ganzen weiten Weg ins Hardtop County hinauf zurück und baute Los Dolores, meine Villa auf dem Hügel. Damals gab es gerade die ersten Nonstopflüge von Dallas nach Paris, London oder Frankfurt. Dies nutzte ich oft und flog im Anschluß mit einem Airbus gleich weiter nach Rom oder an die Riviera. Ich flog nach China, nach Indien, Ägypten, Schweden. Der einzige Ort, den ich mied, war L.A.

Ich fuhr auch nie nach Austin, Texas, aber Austin kam in Gestalt von Godwin Lloyd-Jons ungebeten zu mir – die Universität hatte es endlich geschafft, ihn aus seinem Griechisch-Lehrstuhl zu hieven. Godwin hatte nie ein Geheimnis aus der Tatsache gemacht, daß er an der Uni war, um herumzuvögeln. »Jungs im Sommer, Mädchen im Winter«, lautete sein Motto, wie ich nur zu gut wußte, da meine Exfrau eines seiner Wintermädchen gewesen war. Die Universität von Texas, wohl wissend, daß wir in einer prozeßsüchtigen Zeit lebten, kam zweifelsohne zu dem Entschluß, daß sie sich die Belastung durch einen Professor mit solchen Ansichten – und Praktiken – nicht gut leisten konnte.

Ich hatte Godwin seit Jahren nicht mehr gesehen, geschweige denn an ihn gedacht, als er mir eines Tages in der Zollschlange auf dem Flughafen von Dallas/Fort Worth über den Weg lief. Godwin, der noch nie ein Geheimnis aus seinen Gefühlen gemacht hatte, weinte gerade bitterlich über den Verlust eines jungen Mannes, der ihn auf dem Flughafenparkplatz in Rio ausgeraubt, zusammengeschlagen und verlassen hatte, und das nach wiederholten Versprechen, ihn nach Texas zu begleiten.

Die anderen Fluggäste in der Zollschlange waren über den Anblick eines weinenden Mannes entsetzt, doch ich hatte gerade einen dreiundzwanzigstündigen Rückflug von Kairo hinter mir, und es hätte eines mittleren Massakers bedurft, eine Gemütsregung meinerseits hervorzurufen.

»Godwin, bist du es?« fragte ich – damals mit Sally hatte er, wie mir einfiel, viel geweint.

»Na so was, Daniel, bist du aber dick geworden«, sagte er und wischte sich mit dem Ärmel seines Trenchcoats die Tränen ab.

»Auf Reisen nehme ich meistens zu«, behauptete ich, obwohl ich tatsächlich meistens dabei abnehme.

Es war kein sehr vielversprechendes Wiedersehen, aber das fiel Godwin nicht auf. Die Zollschlange war lang. Als Godwin seine Tränen getrocknet hatte, gab er einen langen und detaillierten Bericht über Talente und Neigungen seines verflossenen brasilianischen Liebhabers zum Besten. Ich hörte nicht richtig zu, aber da war ich offenbar der einzige; die Schlange wurde im Nu kürzer, da die Leute vor seinen Offenbarungen flohen, und ehe ich mich's versah, standen wir draußen und blinzelten wie zwei Eulen in die grelle texanische Sonne.

Das letzte Stück jeder Reise ist die Fahrt durch die Mondlandschaft des DFW, so das Kürzel für diesen Flughafen, mit dem ratternden, computergesteuerten Airtrans, der die Fluggäste von einem Terminal zum anderen bringt. Außerdem bringt er ankommende Fluggäste zu entfernten Parkplätzen, die so abgelegen sind, daß man sie in Nord-Waxahachie vermutet, einem Städtchen gut fünfzig Kilometer südlich vom Flughafen.

Auf unserer längeren Airtrans-Fahrt stellte sich bei mir eine leichte Paranoia bezüglich Godwins Absichten ein. Ich hatte ihn seit über zwanzig Jahren nicht gesehen, doch er folgte mir wie ein Schoßhündchen, als stünde außer Frage, daß wir von nun an zusammengehörten. Er nahm den gleichen Airtrans wie ich, obwohl ich stark bezweifelte, daß in Nord-Waxahachie ein Fahrzeug auf ihn wartete.

Während der langen holprigen Fahrt ergötzte er mich mit den sexuellen Highlights seiner Reise nach Rio und Buenos

Aires. Auch ein abgebrühter Priester, der eine Million Beichten angehört hatte, wäre bei Godwins Darstellungen noch erbleicht oder errötet. Der angesehene Altphilologe Godwin machte keinen Unterschied zwischen Sexuellem und Textuellem; er sprach so ausführlich und unbefangen über Analverkehr, wie über eine Korrektur bei Euripides. Ich war zu müde, um mir viel daraus zu machen, doch nicht alle unserer Mitreisenden waren von einem dreiundzwanzigstündigen Flug betäubt. Sobald sich die Türen des kleinen Zuges an einer Haltestelle öffneten, stoben die Fahrgäste davon wie aufgescheuchte Ratten. Nach sechs oder acht Haltestellen merkte Godwin endlich etwas.

»Was ist los mit diesen Leuten?« fragte er. »Man könnte meinen, wir hätten eine ansteckende Krankheit.«

»Nun ja, Godwin, nach allem, was du eben beschrieben hast, hast du vielleicht eine«, gab ich ihm so dezent wie möglich zu verstehen.

»Ach Unfug, totaler Unfug!« sagte er und stierte wütend die restlichen Fahrgäste an, die sich allesamt mißtrauisch am anderen Ende des Wagens versammelt hatten. An der nächsten Haltestelle, Fernparkzone Süd A und Autovermietung, drängten alle zur Tür, ganz offensichtlich bestrebt zu flüchten, sobald sie aufging .

Dieser Anblick brachte Godwin auf die Palme; er war schon immer ein leicht reizbarer Mensch gewesen. Kurz bevor der Zug anhielt, sprang er in die Höhe, wand sich und zuckte, als wollte er einen Veitstanz vollführen. Dann taumelte er zu den Fahrgästen und röchelte ihnen ins Gesicht.

»Ich habe eine neue Krankheit«, brüllte er unvermittelt, »sie heißt Superseuche. Es handelt sich dabei um eine Pilzerkrankung, welche die schlimmsten Aspekte der Lepra und der Hautflechte in sich vereint. Sie wird durch menschlichen Atem übertragen – bald wird sie ganze Volksstämme ausgerottet haben. Ich hab sie mir im Urwald am Amazonas beim Affen-Bumsen geholt.«

Er keuchte sie noch eine Weile an.

»Tut mir furchtbar leid, aber jetzt sind wir alle nicht mehr zu retten«, sagte er, als sich gerade die Türen öffneten und den verängstigten Passagieren die Flucht ermöglichten.

Ein stämmiger Fahrgast in Levis-Jeans und mit einer Schirmmütze auf dem Kopf, der aussah, als käme er gerade von einer Bohrinsel im Golf oder vielleicht aus Alaska, nahm sein Todesurteil nicht so nebenbei hin. Er schleuderte Godwin eine kleine Einkaufstasche ins Gesicht, in der rollenweise Silberdollar gewesen sein müssen, da sie Godwin zu Boden schlug und ihm die Nase brach. Er blutete wie ein angestochenes Wildschwein und wälzte sich zu meinen Füßen auf dem Boden.

»Superseuche! Superseuche!« grölte Godwin, als sich die Türen schlossen. Die Fahrgäste waren in Sicherheit, aber was war mit mir?

»Ich hoffe, du hast dir das bloß ausgedacht«, sagte ich, als ich ihm ein Taschentuch reichte. »Ich hoffe, du hast nicht wirklich einen Affen gefickt.«

Sein Anzug war über und über mit Blut beschmiert, doch seine Stimmung hatte sich wesentlich gebessert.

»Würd ich nicht versuchen, die Viecher beißen«, sagte Godwin.

16

Endlich kamen wir zu meinem Auto. Godwins Nase blutete immer noch stark; allmählich ängstigte mich sein Zustand. Mit glasigem Blick lief er im Zickzack über den Parkplatz und war in Hochstimmung.

»Seltsam, wie einem fließendes Blut neue Kräfte verleiht«, sagte er. »Muß mit der Evolution zusammenhängen.«

»Ich glaub, es hängt mit Wahnsinn zusammen«, sagte ich. »Ich glaube, du solltest dich schonen. Du verlierst eine beträchtliche Menge Blut.«

»Unsinn, von dem Zeugs hab ich literweise«, sagte er. »Möchtest du in eine Kneipe? Es ist ewig her, daß wir beide uns zuletzt unterhalten haben.«

Zehn Sekunden später brach er auf dem Asphalt zusammen. Ich begann zu hyperventilieren – das hatte Godwin schon immer bei mir geschafft. An Erste-Hilfe-Maßnahmen erinnerte ich mich nur verschwommen, wußte aber, daß ich etwas unternehmen mußte. Gott sei Dank war er ein kleiner Mann, der sich leicht ziehen ließ. Ich legte ihn der Länge nach auf den schmalen Gehweg vor meinem Mercedes und kramte ein dreckiges T-Shirt aus meinem Gepäck. Mit dem T-Shirt versuchte ich, die Blutung zu stillen.

Dann, als sie ein wenig nachzulassen schien, rannte ich zum Schalter der Autovermietung, der, wie sich herausstellte, weiter weg war als vermutet. Als ich ihn endlich erreichte, war ich in normales Gehtempo zurückgefallen und so außer Atem, daß ich kaum noch stottern konnte.

»Wohl nicht besonders in Form, Mister, was?« sagte das fröhliche junge Mädchen hinter dem Tresen. »Haben Sie in letzter Zeit mal Ihren Cholesterinspiegel prüfen lassen?«

Nach dem langen Flug von Kairo war eine Gesundheitsfanatikerin das letzte, womit ich zu tun haben wollte; selten verging ein Tag ohne irgendeine Kritik an meinem Cholesterinspiegel und meiner Gleichgültigkeit gegenüber Leibesübungen, Rohkost und anderen angeblich gesunden Sachen. Tausendmal hatte ich Frauen klarzumachen versucht, daß die Medizin – von der Ernährungslehre ganz zu schweigen – eine wacklige Wissenschaft ist und Dinge wie Vitamine und Cholesterin lediglich die herrschenden Gesundheitsmythen unseres Zeitalters sind, kein bißchen wissenschaftlicher als die Theorie der Temperamente, die in der Spätrenaissance Hochkonjunktur hatte.

Keiner meiner Freundinnen gefiel meine kleine Rede über Gesundheitsmoden; sie hielten die gängigen, Sport, Vitamine und dergleichen propagierenden Orthodoxien für unumstößliche Wahrheiten. Über Gesundheitstheorien (und ich bestand darauf, daß alle Verlautbarungen zum Thema Gesundheit graue Theorie seien) stritt ich mich seit jeher mit etlichen Frauen, und ich hatte nicht die geringste Lust, an Autoverleihschaltern mit Gesundheitsfreaks zu diskutieren, während Godwin Lloyd-Jons meines Wissens auf dem Parkplatz gerade verblutete.

»In der Fernparkzone B liegt ein Verwundeter«, japste ich. »Vielleicht verblutet er.«

»Huch, da wollen wir mal rasch den Krankenwagen rufen«, sagte die junge Dame und angelte sich ein Telefon.

Bis ich über etliche Hektar Asphalt wieder dorthin zurückgestolpert war, wo Godwin lag, war der Krankenwagen mit seinem wirbelnden Rotlicht da, und Godwin war – es läßt sich kaum anders benennen – dabei, den beiden jungen Trägern, die ihn auf eine Bahre zu schnallen versuchten, Avancen zu machen. Beide jungen Männer sahen ebenso ländlich-sittlich aus wie die junge Dame von der Autovermietung; vermutlich merkte keiner der beiden, daß der in seinem eigenen Blut schwimmende, kleinwüchsige, geistesschwache Engländer sie anmachen wollte.

»Fast wie Fesseln«, sagte er glücklich, als sie ihn endlich auf die Bahre geschnallt hatten.

»Ich sollte dich wohl besser in die Notaufnahme begleiten«, erklärte ich. »Vielleicht bist du kränker, als du denkst.«

In der Notaufnahme, irgendwo in dem scheußlichen Labyrinth aus Planquadraten und Vergnügungsparks, aus denen Arlington, Texas, bestand, machte uns das blasierte Notaufnahme-Team bald klar, daß Godwin ihrer Meinung nach nicht krank genug war, um behandelt zu werden.

»Aber heute abend ist nicht viel los – wir wollen mal gnädig sein und Ihr Nasenbluten stoppen«, sagte ein cooler junger Assistenzarzt herablassend.

Sie säuberten ihn grob, pappten einen Verband auf seine Nase und erleichterten mich um hundertfünfzig Dollar. Godwin war natürlich völlig pleite aus Brasilien zurückgekehrt, ein Umstand, der seiner guten Laune überhaupt keinen Abbruch tat. Die junge Krankenschwester, die ihn mit einem Schwamm wusch, faszinierte ihn so sehr, daß er den Versuch unternahm, sie mit seiner Hochschulbildung zu beeindrucken.

»Wissen Sie, ich habe da ein Büchlein über Catull verfaßt, das Ihnen gefallen könnte«, behauptete er. »Eine Bagatelle, aber vielleicht erheitert es Sie ein, zwei Stunden. Wenn Sie mir Ihre Adresse geben, lasse ich es Ihnen umgehend zukommen.«

»Ist das der Bursche, der *Die Möwe Jonathan* geschrieben hat?« fragte sie. Godwin schien noch nie etwas von der *Möwe Jonathan* gehört zu haben. Seine Miene zeugte von Ratlosigkeit.

»Nein, der, den er meint, war Lyriker«, erklärte ich.

»Ach«, sagte das Mädchen. Sie trug auffällig mehr Lidschatten als unter Krankenschwestern üblich – silbrigen, der wahrscheinlich zu ihren weißblonden Haaren passen sollte.

»Manchmal schreibe ich Gedichte«, sagte sie. »Allerdings lese ich nicht viel – Sie sollten Ihr Büchlein nicht an mich verschwenden.«

Godwin war noch nicht ganz bereit, die absurde Idee aufzugeben, die Lektüre seines Buches über Catull müsse das junge Mädchen geradewegs in seine Arme treiben.

»Es liest sich wirklich ganz flott«, sagte er hoffnungsfroh.

»Nee, Lesen deprimiert mich meistens nur, wissen Sie«, sagte das Mädchen. »Das ist so ein Gefühl, wie wenn man merkt, daß das Leben an einem vorbeirauscht.«

»Das Gefühl hab ich auch oft«, gestand ich. Langsam gefiel mir die junge Krankenschwester, aber Godwin sah nur verdattert drein. Er konnte sich wohl nicht vorstellen, das Leben zu verpassen.

»Ein Büchlein über Catull kann Ihnen nicht schaden«, insistierte er. »Es hat ausgezeichnete Kritiken bekommen.«

»Nee, behalten Sie's man«, sagte das Mädchen und inspizierte flüchtig seine Nase. »Ich gebe Ihnen etwas Watte mit, glaube aber nicht, daß Sie das brauchen. Müßte schnell gerinnen.«

17

»Du hast dich kein bißchen verändert«, sagte Godwin, als wir hoffnungslos durch Arlington fuhren – hoffnungslos deshalb, weil das Stadtgebiet von Arlington so ziemlich die höchste Konzentration von Sackgassen westlich des Mississippi aufzuweisen hat. Drang man tief genug in diese Stadt ein, war es praktisch unmöglich, ohne einheimischen Führer wieder herauszufinden: in ausgeklügelter, aber entmutigender Reihenfolge folgte Sackgasse auf Sackgasse.

Der entrückte Teil von mir, der eines Tages ein gewissenhafter Reiseschriftsteller zu werden hoffte, nahm sich im Geiste vor, einen »Arlington: Stadt der Sackgassen« betitelten Reisebericht zu schreiben; unterdessen deprimierte den erschöpften Teil von mir, der seit dreiundzwanzig (mittlerweile fünfundzwanzig) Stunden von Kairo Richtung Heimat unterwegs war, der Gedanke, daß ich um die ganze Welt geflogen war, um mich in hundert Meilen Entfernung von meinem Haus hoffnungslos zu verirren. Fort Worth lag nur fünfundzwanzig Kilometer in westlicher, Dallas fünfundzwanzig in östlicher Richtung entfernt. Ich war mir sicher, ich würde mich rasch aus dem Labyrinth, in dem ich mich verfangen hatte, befreien können, wenn ich nur einen Blick auf die Silhouette einer der beiden Städte erhaschen könnte, doch in keiner Richtung war ein Gebäude zu sehen, das größer gewesen wäre als die Millionen häßlicher einstöckiger Häuser, die Groß-Arlington ausfüllten. Während unseres Krankenhausaufenthalts war es dunkel geworden, und nachts sah in Arlington alles gleich aus.

Eine andere Sackgasse, aus der ich nicht herausfand – in diesem Fall eine moralische –, war die Anwesenheit von

Godwin Lloyd-Jons. Das Blut war geronnen, genau wie die junge Krankenschwester prophezeit hatte, doch allem Anschein nach hatte er nicht das geringste Interesse daran, für sich selbst zu sorgen. Offensichtlich hatte er sich in den zweiundzwanzig Jahren seit unserer letzten Begegnung nicht im mindesten verändert.

»Warum fahren wir in dieser häßlichen Kleinstadt herum?« fragte er einigermaßen unverschämt. »Ich möcht in eine Kneipe. Ich brauch einen Drink. Diese junge Krankenschwester war ausnehmend unhöflich zu mir.«

»Sie war nicht unhöflich, sie fand dich nur nicht attraktiv«, sagte ich. Meine Erschöpfung öffnete allmählich einen tief in meine Erinnerung hinabführenden Tunnel – viele abscheuliche Dinge, die eben dieses Männlein vollführt hatte und an welchen hauptsächlich meine damalige Frau beteiligt gewesen war, hüpften nun wie Grillen auf dem Boden des Tunnels herum.

»Aber mein Buch hätte ihr bestimmt gefallen«, sagte Godwin wehmütig. »Vielleicht hätte sie die Lektüre entgegenkommender gestimmt.«

»Du bist viel zu alt für sie, und deine Chancen, sie zu verführen, standen sowieso gleich Null«, rückte ich ihn unfreundlich zurecht, während wir uns aus der etwa achtzigsten Sackgasse dieser Nacht quälten.

Dann ließen uns Lichter am Himmel erneut Hoffnung schöpfen. Die Lichter gehörten zu Flugzeugen, die in eleganten Schleifen auf dem Flughafen landeten, den wir zuvor verlassen hatten.

»Sieh mal, da drüben ist der Flughafen«, sagte ich. »Wenn ich einfach auf die Flugzeuge zuhalte, kommen wir irgendwann hier raus.«

»Ich bin mir sicher, daß sie mit der Zeit entgegenkommender mir gegenüber geworden wäre«, sagte Godwin, in Gedanken immer noch bei der Krankenschwester mit den Silberlidern. »Deine Anwesenheit hat alles verdorben. Und jetzt schmollst du, Daniel, ja, du schmollst. Wahrscheinlich, weil du dick geworden bist.«

»Wo ist dein Auto, Godwin?« fragte ich. »Ich möchte dich zu deinem Auto bringen.«

»Ich hab's leider einem Freund geliehen«, erwiderte er. »Er hatte wohl vor, nach Seattle zu fahren, oder irgendwohin in die Gegend von Alaska.«

Genau das hatte ich nicht hören wollen.

»Und wo wolltest du hin?« fragte ich.

»Ich nehme mir nie etwas vor, ist mir zu kleinbürgerlich«, sagte er. »Warum bringst du mich nicht zu einer Bar?«

»Godwin, ich komme gerade aus Kairo«, sagte ich. »Ich will nach Hause. Ohne dich wäre ich jetzt übrigens auch zu Hause.«

»Ein großer Globetrotter kannst du nicht sein«, sagte er. »Sieh dich doch an. Du findest ja nicht mal aus Arlington raus.«

Godwin und ich hatten uns nie besonders gut ergänzt. Seine Energie schien meine Passivität nur zu verstärken. In dem Moment, als er zu mir zog, glitten mir die Hände vom Steuer meines Schicksals, um es geschwollen auszudrücken.

Das geschah übrigens noch in derselben Nacht. Ich fand schließlich aus Arlington heraus, aber statt auf direktem Wege heim nach Los Dolores zu fahren, ließ ich mich dazu überreden, vor einer Spelunke in der Viehhofgegend von Fort Worth Halt zu machen.

Eigentlich verfolgte ich finstere Absichten, als ich vor der Spelunke hielt. Bis dahin hatte Godwin praktisch jede Person zu verführen versucht, die uns seit Verlassen des Flughafengeländes begegnet war. Zweifellos würde er seine Versuche fortsetzen, und vielleicht würde ihm ja tatsächlich Erfolg beschieden sein. Vielleicht fand er eine geile Bardame oder einen schwulen Cowboy – egal, Hauptsache, ich wurde ihn los. Offenbar gelang es ihm tatsächlich noch immer, jede Menge Leute zu verführen; nicht ausgeschlossen also, daß er auch in Nord-Fort-Worth Glück hatte.

Natürlich geschah nichts dergleichen. Die Cowboys in der Spelunke interessierten Godwin mehr als die Barfrauen, doch diese Cowboys, mehrheitlich wohl Teppichverkäufer oder Maurer, schienen nicht schwul zu sein. Keiner von ihnen wußte Godwins eindeutige Angebote zu schätzen, und den einen oder anderen schien es in den Fingern zu jucken, ihn gehörig zu vertrimmen. Während er sich immer sinnloser betrank, wurden seine Angebote immer eindeutiger.

Schließlich gab ich auf. So ungern ich ihn auch mit nach Hause nahm, wollte ich noch weniger gerne in eine Schlägerei geraten, und eine solche bahnte sich an. Godwin hatte in seinem Leben noch nie eine Schlägerei gewonnen, genausowenig wie ich. In einer Literatenkneipe hätten wir vielleicht noch gewisse Chancen gehabt, aber Peppy's Lounge in Nord-Fort-Worth war alles andere als Elaine's. Wenn man in Nord-Fort-Worth vertrimmt wurde, hatte man die Hucke wirklich voll.

»Godwin, wir gehen«, sagte ich.

»Warum?« fragte er. »Ich bin noch nicht mal richtig betrunken.«

»Mir gefällt das Ambiente hier nicht«, sagte ich. »Es ist ein gewalttätiges Ambiente, wenn du mich fragst.«

»Aber das ist ja gerade der Spaß«, sagte Godwin mit glänzenden Augen. »Ich hab schon in viel schlimmeren Schuppen als diesem eins übergebraten gekriegt, das kannst du mir glauben. Vielleicht stimuliert es mich.«

»Wenn es dich nicht umbringt«, sagte ich. »Ich komme gerade aus Ägypten zurück. Ich bin wirklich nicht in der Stimmung für weitere Notaufnahmen.«

»Ach, nun hör schon auf mit deinem ewigen Ägypten und amüsier dich«, sagte er. »Sind diese Cowboys hier echt, oder ist das die Apothekenvariante?«

»Drugstore, nicht Apotheke«, sagte ich. »Hör zu, ich mein's ernst. Ich verzieh mich. Ich hab keine Lust, mich zusammenschlagen zu lassen. Ich bin kein Masochist.«

»Wohl nicht«, sagte er und musterte mich kühl. »Du scheinst überhaupt nichts zu sein, außer dick.«

»Damit eins klar ist: Ich bin nicht für Sie verantwortlich, Sir«, sagte ich steif. »Es ist nicht meine Schuld, daß dein Auto in Alaska ist. Wider besseres Wissen erkläre ich mich bereit, dich ein paar Tage lang bei mir aufzunehmen. Aber das Angebot läuft in drei Minuten ab. Ich gehe, und wenn du nicht mitkommst, sehen wir uns womöglich nie wieder.«

Godwin verstummte. Er warf einem der Teppichverkäufer sehnsüchtige Blicke zu, während zwei oder drei andere ihn wütend anglotzten.

»Ach, was soll's, wahrscheinlich sind das sowieso bloß Apothekencowboys«, sagte er und leerte seinen Scotch.

Zwei Stunden später kamen wir in Los Dolores an. Seit Kairo war ich vierundzwanzig Stunden am Stück wach geblieben, aber wer schlief, war Godwin, so tief, daß ich ihn im Auto lassen mußte. Am nächsten Morgen hörte ich ein ungewohntes Pfeifen aus der Küche, und als ich eintrat, fand ich ihn, wie er Eier quirlte. Gladys preßte Orangen aus. Offenbar betrachtete sie Godwins Anwesenheit als selbstverständlich, und zu Recht – das war vor fünf Jahren, und seither ist er bei uns.

18

Die Fahrt nach Houston trug wenig dazu bei, den, wie ich hoffte, in mir schlummernden Reiseschriftsteller zu wecken. Das Gerichtsgebäude von Decatur war die letzte Sehenswürdigkeit auf der ganzen Strecke, die man mit Fug und Recht als pittoresk bezeichnen konnte.

Das Gerichtsgebäude von Fort Worth war auch einmal sehenswert gewesen, doch was seinen Reiz ausgemacht hatte – eine Neon-Amerikaflagge mit achtundvierzig Neonsternen –, hatte man abmontiert. Sowohl Fort Worth als auch Amerika waren der Fahne entwachsen. Die USA hatten sich im Schnellverfahren Alaska und Hawaii angeeignet, Fort Worth einen großstädtischen Anstrich. Jetzt war das alte, seiner wunderbar leuchtenden Fahne beraubte Gerichtsgebäude bloß noch ein häßlicher Granithaufen auf den Trinity-Felsen.

Fort Worth hatte mir einmal gefallen. Ich hatte es nie so geliebt wie Houston, aber ich mochte seine provinzielle Vitalität, deren vollkommenster Ausdruck die Neonflagge gewesen war. Dallas würde nie so originell sein, einem Verwaltungsgebäude eine Neonflagge aufzusetzen; Dallas blieb, was es seit langem war: eine mittelmäßige Großstadt, die zwar größer, aber nie interessant wurde.

Ich schoß wie ein Pfeil durch Fort Worth und legte dann eine leichte Ostkurve ein, bis ich auf die I-45 traf, die Autobahn zwischen Houston und Dallas. Einmal auf dieser Autobahn, ging es problemlos, aber langweilig voran. Das schwarze Land südlich von Dallas endete, am Horizont tauchten Wälder auf, doch das war keine dramatische Veränderung; den nächsten interessanten Anblick bot das große Gefängnis von Huntsville, zwei Stunden weiter südlich.

Ich war froh, daß ich den Cadillac gekauft hatte, er überholte ganze Horden von Datsuns und Toyotas so leicht, wie ein Motorboot Kanus passiert hätte. Allein schon das Fahren verlieh mir ein Gefühl von Stabilität, wie ich es nur selten erlebte.

Doch nicht einmal in einem funkelnagelneuen Cadillac war dieses Stabilitätsgefühl von Dauer. Bald fuhr ich durch Kiefernwälder, was bedeutete, daß Houston nicht mehr weit war. Selbst wenn ich mit der offiziell zugelassenen Geschwindigkeit dahinschlich, statt sie, wie es meine Gewohnheit war, zu verdoppeln, würde ich bestimmt in etwa einer Stunde die Ufer des Buffalo Bayous erreicht haben.

Und dann?

Obwohl ich in den zweiundzwanzig Jahren seit der Geburt meiner Tochter viel gereist war, hatte ich Houston nie wieder aufgesucht. Die Stadt hatte oft versucht, mich zurückzulocken; in den Jahren meines Erfolgs, als ich das herrschende Genie des amerikanischen Fernsehens war, hatte Houston mich für sich beanspruchen wollen. Warum auch nicht; schließlich hatte ich dort meinen Bildungsweg absolviert. Man bot mir Empfänge, Ehrentitel, einen Danny-Deck-Gedenktag, die Schlüssel der Stadt etc. an, was ich alles traurig ablehnte.

Traurig deshalb, weil Houston als Stadt meine erste große Liebe war. In meinem mißglückten zweiten Roman, dem, den ich wohlweislich versenkt hatte, waren die einzigen Stellen, um die es eventuell schade gewesen wäre, die Lobgesänge auf Houston, auf die dunstige Schönheit und verschwitzte Kraft der Stadt, ihre Spritzigkeit und Energie. Ich war genau zur richtigen Zeit dort hingekommen, wie ein junger Mann eben manchmal in seiner idealen Stadt landet. In Houston begann ich zu schreiben, formte meine ersten jungen Sätze. Houstons Energien kitzelten die meinen wach; das Heruntergekommene, Träge mancher vergessenen Wohnviertel entzückte mich. Jahrelang ging ich dort glücklich umher, die Gerüche des Flachlands in der Nase. Es war mein Paris, mein Rom, mein Alexandria – eine fruchtbare Stadt, die perfekte Heimstatt für ein junges Talent.

Doch diese Zeit ging zu Ende. Unordnung und frühes Leid von sehr durchschnittlichem Zuschnitt trieben mich hinaus und wehten mich westwärts, wo ich viele Jahre lang auf jedem Gebiet versagte. All die Jahre über fehlte mir Houston, und zwar gründlich. Wenn ich zufällig auf einen Zeitungsartikel über die Stadt stieß, blätterte ich schnell weiter; allein wenn ich den Namen Houston in einer Zeitung sah, sehnte ich mich so nach der Stadt, daß es weh tat.

Ich sehnte mich nach ihr, wie ich mich nach bestimmten Frauen gesehnt habe – und nach manchen Frauen habe ich mich so gesehnt, daß ich mich vor einem Wiedersehen fürchtete: Das Risiko ist zu groß, denn wenn man sich nach all dem Sehnen wiedersieht, könnte sich herausstellen, daß sie einen nicht mehr mögen – oder, was noch noch schlimmer wäre, daß man selbst sie nicht mehr mag –, und dann hätte man etwas Wertvolles für immer verloren.

Als ich berühmt geworden war und angefangen hatte, mich in berühmte Frauen zu verlieben, Königinnen der Leinwand oder des Bildschirms, ging mir allmählich auf, warum ich jede Erwähnung Houstons gemieden hatte. Bald mied ich nämlich genauso jede öffentliche Erwähnung meiner berühmten Angebeteten.

Mögen zwar alle Lieben gewisse Gemeinsamkeiten haben, so gibt es auch deutliche Unterschiede, und mit dem Wagnis, berühmte Frauen zu lieben, deren Fotos regelmäßig in Zeitungen und auf Illustriertentiteln auftauchen, sind Gefahren verbunden, die ausbleiben, wenn man unbekannte Frauen liebt. Diese Gefahren haben natürlich nichts mit den Frauen selbst zu tun – jede Hausfrau kann einen mit einem Obstmesser genauso rasch und tödlich niederstechen wie die überdrehteste Filmschauspielerin.

Nein, die Gefahren lauern in der hell ausgeleuchteten, gut bewachten Arena, die man gemeinhin die Öffentlichkeit nennt. Frauen zu lieben, die mehr oder weniger konstant im Licht der Öffentlichkeit stehen, ist ein mit kleinen Gefahren gespicktes Unterfangen für Spezialisten. Der unschuldige, alltägliche Gang in den Supermarkt an der Ecke, um einen Liter Milch zu holen, gewinnt neue Bedeutung, wenn man zufällig gerade in jemanden verliebt ist, dessen Gesicht regelmäßig in *USA Today* oder dem *National Enquirer* auftaucht. Da ist sie dann – Jeanie, Nema, Marella – mit einem neuen oder abgelegten Ehemann oder einem mutmaßlichen neuen Freund. In der Regel wußte ich jeweils bereits, daß dieser Ehemann gerade out und jener Freund gerade in war, doch dieses Wissen trug wenig zum Abfedern des Schocks bei. Immer gab es einen Moment der Verlegenheit, während ich nach Wechselgeld kramte; manchmal marschierte ich mannhaft hinaus, ohne das Revolverblatt zu kaufen, nur um am 7-Eleven-Supermarkt an der nächsten Ecke anzuhalten und es dort zu kaufen.

So sehr ich es auch verabscheute, den Fotos meiner Freundinnen in diesen Druckerzeugnissen zu begegnen, war ich offenbar doch nicht fähig, selbst der absurdesten und irreführendsten Erwähnung oder dem unvorteilhaftesten Paparazzi-Schnappschuß von ihnen zu widerstehen. Je unvorteilhafter das Foto, desto stärker war sogar die Versuchung für mich; diese Frauen wüst zerzaust zu sehen, mit wirren Haaren, lächerlich gekleidet, irgendeinen Flegel am Arm, warf mich gründlicher um als all die Glamourfotos, die immer wieder auf den Titelblättern von *People, Paris-Match* oder *Vanity Fair* erschienen. Die mit komplettem Aufgebot an Frisur-, Make-up- und Kostüm-Leuten inszenierten Hochglanzaufnahmen zeigten einem mehr oder weniger die Frau, die die ganze Welt lieben wollte; die Arbeit der Paparazzi schenkte einem, so verdammenswert sie auch sein mochte, doch etwas

Wahrhaftigeres – die Frau selbst, unretuschiert in all ihrer Verwirrung, ihrem Temperament und Elan, schön oder unschön weiblich, und für mich immer zutiefst ergreifend: kurz gesagt, *die* Frau, die ich wirklich liebte.

Jahrzehntelang hatte ich weltweit Zeitungskioske aufgesucht, doch im Lauf der Jahre ging ich ihnen nach und nach aus dem Weg, ebenso wie den Drugstores, den Supermärkten und allen anderen Orten, wo mir eine meiner Freundinnen von einem Illustriertencover entgegenlächeln konnte. Ich wollte nicht mit der emotionalen Elektrisierung umgehen, die von solchen kleinen Schocks ausging – und aus ähnlichen Gründen hatte ich in den Jahren, seit ich Houston verlassen hatte, jede Erwähnung der Stadt überlesen. Auch Houston war sexy, schillernd, auffallend, ihre grünen Bäume und glänzenden gläsernen Häuserfronten verlockend für Fotografen jeder Preisklasse. Sogar ein Hochglanzfoto im Bordmagazin einer Fluggesellschaft vertiefte mein Heimweh nach Houston, nach den heruntergekommenen Wohngegenden, den pulsierenden Schnellstraßen und den fischigen Gerüchen des Houston, das ich immer noch liebte.

Ich hatte Sehnsucht, kehrte jedoch nie zurück. Nie gab es einen Danny-Deck-Tag.

Und jetzt kehrte ich also doch zurück, war sogar schon fast da. Huntsville mit seinem Gefängnis lag bereits hinter mir. Meine Nerven, die seit dem ersten Anruf meiner Tochter vor Besorgnis flatterten, schwirrten inzwischen. Nicht nur mußte ich in Kürze mit einem Kind rechnen, das ich noch nie gesehen hatte, sondern auch mit einer Stadt, einst meine große Liebe, die ich seit zweiundzwanzig Jahren vernachlässigt hatte.

Die Frauen, die ich kannte, rächten sich für die geringfügigste Vernachlässigung immer sofort; nicht einmal Gladys schreckte davor zurück, mir Margarine statt Butter auf meine Pfannkuchen zu geben – obwohl ich ihr wiederholt verboten hatte, Margarine auch nur zu *kaufen* –, wenn sie annahm, daß ich ihrer, wie sie es nannte, »Situation« ein paar Tage lang nicht die gebührende Aufmerksamkeit widmete, wobei mit dieser »Situation« ihre unstete Beziehung zu Chuck gemeint war, der in letzter Zeit eine besorgniserregende Tendenz erkennen ließ, sich in so entlegene Orte wie Tucumcari zu verziehen.

Wenn meine treue Köchin Gladys mir Vernachlässigung mit Margarine heimzahlte, was konnte dann eine so mächtige weibliche Größe wie Houston nicht alles anrichten? Würde sie vergeben und vergessen und mich wieder an ihren Busen drücken? Oder nichts vergeben und mich von der Autobahn in eine anrüchige Wohngegend saugen, wo ich von einem jugendlichen Crack-Dealer mit einer Uzi über den Haufen geschossen würde, noch ehe ich überhaupt wußte, wo ich war?

Zweiundzwanzig Jahre sind eine lange Zeit; nach heutigem Maßstab mehr als eine Generation. Obwohl ich an Zeitungskiosken wegschaute und Artikel der *Times* überlas, war mir nicht entgangen, daß Houston gewachsen war; bereits riesengroß, als ich fortzog, war es jetzt noch größer geworden. Die Stadt Conroe lag kaum hinter mir, als schon die ersten pfeilerartigen Glasgebäude auftauchten, erst einzeln, dann in Grüppchen. Im Osten, in der Nähe des Flughafens, schien eine Art Mini-City entstanden zu sein.

Ich war spät losgefahren; der Tag ging zur Neige, und die Pastelltöne eines Sommerabends färbten den Himmel über und hinter der Innenstadtsilhouette, als ich sie schließlich zu sehen bekam. Ein imposantes weißes Schlachtschiff von einer Wolke überquerte den Schiffahrtskanal in Richtung Galveston.

Allmählich entspannte ich mich etwas; obwohl der größte Teil der Innenstadt noch nicht existierte, als ich von hier wegzog, waren die Wolken, der pastellfarbene Sonnenuntergang und der Himmel selbst von wohlbekannter, beruhigender Schönheit.

Gerade als die Schnellstraße über den Buffalo Bayou führte, überholte mich ein Pritschenwagen von rechts – etwas überraschend, da ich immer noch mit lockeren hundertdreißig dahinschoß. Ich sah rechtzeitig hinüber, um noch einen Blick auf die Fahrerin zu erhaschen, eine große, scharf aussehende junge Frau mit langem wehenden Haar. Sie schminkte sich die Augen, während sie mit gut hundertfünfzig über die Innenstadt von Houston hinwegpreschte. Die für das Lenkrad vorgesehene Hand trommelte gleichzeitig den Rhythmus eines für mich unhörbaren Liedes mit.

Die junge Frau mußte meinen Blick gespürt haben; sie sah herüber und schenkte mir ein breites zahnweißes Grinsen, die Augenbrauenbürste noch in der Hand; dann hupte sie laut, wie um zu sagen: Los geht's, und zog vorbei. In der nächsten Kurve war ich noch nah genug, um zu sehen, wie sie einen Lippenstift öffnete.

Ich nahm den Fuß vom Gas und verließ die Autobahn an der nächsten Ausfahrt, entspannt und gutgelaunt. Mir ging es wirklich gut; außerdem war ich zu Hause. Der Geist Houstons konnte dieses Mädchen dazu bestimmt haben, mich eben jetzt zu überholen; wo sonst fahren Mädchen mit hundertfünfzig die Stunde Pick-ups, während sie sich die Augen schminken? Und noch dazu so gut, daß man es absolut nicht leichtsinnig findet? Offenbar kam es darauf an, die Party möglichst früh zu erreichen.

Ich berührte einen Knopf, und meine Fensterscheibe senkte sich und ließ den alten fischigen Geruch Houstons herein, feucht und warm, ein aus vielerlei Facetten zusammengesetzter Geruch. Vor einem 7-Eleven-Supermarkt an der West Dallas Street hielt ich an, schon wieder ganz verliebt in die Stadt. Jetzt mußte ich nur noch ein Telefonbuch aufschlagen, mir eine Liste der Mr. Burgers herausschreiben und meiner Tochter begegnen.

19

Mr. Burger stellte noch keine Bedrohung für McDonald's dar – jedenfalls nicht in Houston. Im Telefonbuch standen nur drei Filialen: Airline Road, Telephone Road und Dismuke Street. Airline lag im Norden – ich war eben erst daran vorbeigefahren. Der hohen Hausnummer an der Telephone Road nach zu urteilen, lag diese Filiale schon fast am Golf von Mexiko.

»Jede Wette, daß sie in der an der Dismuke Street arbeitet«, sagte ich laut.

»Man nennt sie hier nicht mehr Dismuke Street«, sagte ein Mann. Ich sah mich um, konnte aber nicht auf Anhieb erkennen, woher die Stimme kam.

»Heutzutage nennt man sie Pitbull Avenue«, ergänzte die Stimme.

Die Stimme schien von irgendwoher über mir zu kommen, und so war es denn auch. Ein alter Mann mit Turnschuhen und abgeschnittenen Hosenbeinen saß auf dem Rand eines riesigen blauen Müllcontainers.

»Ich glaube, meine Tochter arbeitet in der Dismuke Street«, sagte ich zur Erklärung.

»In dem Fall hat sie Glück, wenn ihr noch kein Bein abgebissen wurde«, sagte der Mann. »Das hier würd ich zwar als eine freundliche Stadt bezeichnen, aber die Dismuke Street bestimmt nicht als eine freundliche Straße. Ich selbst komm aus Nordtexas, vom Panhandle, kann den gottverdammten Landzipfel aber nicht ausstehen. Haben Sie mal was Kleingeld?« Hatte ich nicht, ich hatte nur Hundertdollarscheine. In den letzten paar Monaten hatte sich Gladys um alle meine kleineren Ausgaben gekümmert.

Kleingeld in einem Kaftan, das hätte sowieso nicht funktioniert.

»Tut mir leid, ich habe nur große Scheine«, sagte ich.

»Die kann ich auch ausgeben«, sagte der Mann und bequemte sich von seinem Thron herab. »Ich heiß Kendall.«

»Hallo, Kendall«, sagte ich. »Danke, daß Sie mich vor den Pitbulls gewarnt haben.«

»Lieber wohn ich in einem Müllcontainer in der phantastischen Stadt Houston, als die beste Weizenfarm im Panhandle zu besitzen«, sagte Kendall. »Ich kann Weizen und den Farmbetrieb und den ganzen gottverdammten Panhandle auf den Tod nicht ausstehen. Haben Sie ein Maschinengewehr?«

»Nein, warum?« fragte ich.

»Es ist so ungefähr die einzig wirksame Waffe gegen die vielen Pitbulls hier«, sagte Kendall.

20

Meiner Erinnerung nach lag die Dismuke Street in Lawndale, einem Gebiet zwischen der Golf-Schnellstraße und dem Schiffskanal, in dem es von Lagerhäusern nur so wimmelte. Ich konnte mich nicht entsinnen, daß die Dismuke eine ansehnliche Straße gewesen wäre, und meine Erinnerung trog mich nicht, weder was die Lage, noch was die Unansehnlichkeit der Straße betraf.

Der bloße Umstand, daß ich mich noch so gut an relativ unbedeutende Houstoner Straßen erinnerte – das heißt, an solche ohne Mythologie – schien mir ein gutes Zeichen, was meine ästhetische Zukunft betraf. Vielleicht gelang es mir ja noch, der Balzac dieser Stadt zu werden.

Andererseits schien mir die kurze Begegnung mit Kendall, einem in einem Müllcontainer hausenden, eloquenten Mann, ein schlechtes Zeichen zu sein. Warum war es mein Schicksal, immerzu Exzentrikern vom Kaliber eines Godwin, Kendall und den aberhundert anderen über den Weg zu laufen, wie die Jahre gezeigt hatten? War das ganze Menschengeschlecht exzentrisch, oder zog etwas in mir Exzentriker an wie ein Magnet Feilspäne?

Ja, konstant von Exzentrikern umgeben zu sein, schien die einzige Konstante in meinem Leben zu sein. Nicht einmal meine Rückzugsstrategie hatte mich vor ihnen bewahrt, denn wenn ich sie nicht mehr auf der Straße, in Hotelfoyers oder auf Flughäfen traf, spuckte sie meine Phantasie in einem nicht enden wollenden, besorgniserregenden Schwall aus.

Sogar »Al und Sal«, meine Hymne auf das normale amerikanische Familienleben in hundertachtundneunzig Folgen, wies ihr gerüttelt Maß an Exzentrikern auf, einschließlich

Als, des normalsten Mannes, den ich mir je ausgedacht hatte. Tagsüber Autoverkäufer, wurde Al nachts zum Rasenfanatiker. Ein Hauptlacher dieser Serie, der in mindestens jeder dritten Folge eingesetzt wurde, ergab sich aus Als Vorliebe, um ein Uhr morgens seinen Rasen zu mähen. Er hatte seinen Motorrasenmäher mit Autoscheinwerfern bestückt, um exakte Arbeit leisten zu können. Natürlich protestierten Sal, die Kinder und alle Nachbarn gegen diese spezielle, schlafraubende Marotte Als. Manchmal rissen die Kinder lieber von zu Hause aus, als sich in der Schule dem Spott ihrer Klassenkameraden auszusetzen, einem Spott, der sich ausnahmslos gegen die Marotte ihres Vaters richtete. Sal drohte ständig damit, ihn zu verlassen, falls er nicht versprach, den Rasen nur tagsüber zu mähen, und die Nachbarn versuchten alles, von Prozessen bis hin zu offener Sabotage, um ihn davon abzubringen.

Aber Al, ein halsstarriger Mensch, ließ sich von keinem unterkriegen und fuhrwerkte manchmal bis drei Uhr morgens mit seinem Motormäher und seiner Elektroheckenschere herum. Nachgeben kam für ihn nicht in Frage. »Geh doch!« sagte er zu Sal (was sie nicht tat). »Geht!« zu seinen Kindern (die gingen, aber bald wiederkamen). Zu den Nachbarn sagte er alles mögliche, wobei wir uns so nahe an »Leckt mich am Arsch« heranwagten, wie das bei einem der großen Sender möglich war.

»Ich bin stolz auf meinen Rasen«, sagte Al. »Aufgrund der Tatsache, daß ich für einen Haufen Undankbarer die Brötchen verdienen muß, kann ich mich tagsüber nicht in dem Maß um den Rasen kümmern, wie er es verdient. Daher widme ich die Nacht seiner korrekten Pflege. Ihr wollt, daß ich meinen Rasen vernachlässige? Was seid ihr, Kommunisten? Nur wenn ihr mich darunter verscharrt, werde ich meinen Rasen vernachlässigen. Wem das nicht paßt, der kann mich mal ausblenden.«

Zuerst verweigerte der Sender Al die Erlaubnis, »der kann mich mal ausblenden« zu sagen – mehrere Brüllwettkämpfe galten einzig und allein diesem Thema –, aber dann ließen sie es uns endlich versuchen, und es kam so gut an, daß binnen eines Monats Millionen Amerikaner, die gewohnheitsmäßig »am Arsch lecken« sagten, dies durch »ausblenden« ersetzten.

Al, mein Rasenfanatiker, schaffte es nicht nur, die Sprache ein wenig zu säubern; er überzeugte auch die ganze Nation davon, daß Rasenmähen mitten in der Nacht eine normale amerikanische Beschäftigung sei, eines von etlichen klassischen amerikanischen Grundrechten. Zahlreiche Meinungsumfragen – eine sogar von der *Washington Post* – ergaben, daß mindestens neunzig Prozent der Befragten hinter Al standen. Zwar ließ die Amerikanische Gesellschaft für Rasenpflege aus Furcht vor einer wie auch immer gearteten Graswurzelrevolution verlauten, sie mißbillige den Einsatz von Motorrasenmähern nach Feierabend, doch niemand schenkte dem Beachtung.

Das Verwirrende an diesen Reaktionen war, daß Al Stoppard gar nicht als der Exzentriker der Serie vorgesehen war. Die Exzentrikerin war Jenny, eine drei Häuser von Al und Sal entfernt wohnende Nachbarin. Jenny war ein Vogelnarr und hatte auf ihrem Grundstück über hundert Volieren. Gemeinsam sorgten Jenny und Al für den Lärm in der Nachbarschaft; tagsüber erschallte in dem Block Gezwitscher aus Hunderten von Vogelkehlen, nachts dröhnte Als Rasenmäher. Außerdem zählte Jenny zu Als erbittertsten Widersachern, da das Mähen, wie sie behauptete, ihren Vögeln den nötigen Schlaf raubte.

»Eine meiner Tauben wurde im Flug so schläfrig, daß sie sich zu Tode stürzte«, sagte die trauernde Jenny während einer denkwürdigen Auseinandersetzung mit Al.

»Wem wird die eine Taube denn schon groß fehlen?«

erwiderte ein etwas defensiver Al – insgeheim war er ein bißchen verliebt in Jenny.

»Mir natürlich, Sie Taubenmörder!« kreischte Jenny und schlug ihm einen Sack Vogelfutter um die Ohren.

Diese Folge stieß landesweit auf starke Resonanz, da sie Taubenliebhaber und Rasenfanatiker gegeneinander aufbrachte. In dem Versuch, die Wogen zu glätten, gab ich mehrere Erklärungen ab und konnte mich dann auf dem ganzen Weg zum Büro meines Maklers vor Lachen kaum halten.

Im Lauf der Jahre blieb Al bis auf diese eine kleine Marotte normal, während die arme Jenny immer verrückter wurde; ihr Freund Joe, ein im Viertel hochangesehener Fernsehmechaniker, stieg eines Tages in seinen Firmenwagen und fuhr auf und davon.

»Ich liebe dich, Jenny, aber ich kann keine Vögel mehr sehen«, sagte Joe mit Tränen in den Augen.

Sein Abgang brach Amerika das Herz; Joe war eine beliebte Figur. Genaugenommen lief sein Vertrag aus, und er streckte die Fühler nach einer eigenen Fernsehserie aus, sonst hätte ich dafür gesorgt, daß er es noch ein paar Spielzeiten mit Jenny aushielt. Joe, im wirklichen Leben ein mieser kleiner Aufschneider namens Leland, der seine gesamte Freizeit über in seinem Auto gegenüber der North Hollywood Highschool lauerte, um Schülerinnen aufzugabeln, gehörte nicht zu meinen liebsten Bekannten, und ich war hocherfreut, als die Serie, die er sich dann an Land zog, schon bald nach dem Start durchfiel.

Jenny allerdings verlor gänzlich den Boden unter den Füßen, nachdem Joe sie verlassen hatte. Sie gewöhnte sich an, zu jeder Tages- und Nachtzeit Autobahnen abzufahren, um verletzte Vögel zu retten; bald wimmelte es im Garten hinter ihrem Haus nur so von verdreckten Habichten mit gebrochenen Flügeln. Bei den Nachbarn, die bis zu diesem

Zeitpunkt tolerant gegenüber Jenny gewesen waren, regten sich erste Zweifel. Mehrere Hausfrauen, die zuvor ein Auge auf Joe geworfen hatten, machten jetzt gegen sie Front. Sogar die großzügige Sal war nun gegen sie.

»Joe war das Beste, was Jenny je passiert ist«, erklärte Sal. »Und was hat sie gemacht? Sie hat ihn mit ihren hundert Millionen Vögeln verscheucht!«

»Bitte übertreib nicht«, bat Al. Sal erging sich gern in Übertreibungen, was Al verhaßt war. »Sie hat keine hundert Millionen Vögel«, sagte er. »Ich bezweifle, daß es auch nur zwanzig Millionen sind.«

»Willst du dich scheiden lassen und zu ihr ziehen, oder was bezweckst du mit diesem Gespräch eigentlich?« fauchte Sal mit blitzenden Augen.

Zu meinen persönlichen Mißgeschicken gehört, daß ich mich noch an jede Szene und jede Dialogzeile sämtlicher Folgen von »Al und Sal« erinnern kann. Man wecke mich aus tiefem Schlaf – falls ich je in einen solchen falle – und frage mich, was Al in einer bestimmten Folge zu Sal sagte, und schon murmele ich es her. Ein Jahrzehnt lang war diese Serie mein Leben – mein einziges; und wenn ich hundert Jahre alt werde, ich werde wohl nie auch nur eine einzige von Sals vielen scharfen Erwiderungen vergessen.

Al zog nicht zu Jenny, blieb aber bis zuletzt ihr treuester Beistand. Ihr Abgang war nicht schön. Eines Tages brachte Jenny einen jungen Bussard mit nach Hause, der nicht schnell genug von seinem überfahrenen Beutetier aufgeflogen war. Ein Auto hatte ihn böse erwischt (da ich spürte, daß Amerika nun genug Vögel mit gebrochenen Flügeln gesehen hatte, blieb ich bei den Verletzungen dieses Bussards ziemlich vage). Jenny fand ihn bald, nahm ihn mit nach Hause und verliebte sich in ihn.

Von da an ging es zügig bergab mit ihr. Sie verlor das Interesse an ihren anderen Vögeln und hatte nur noch

Augen für ihren Bussard. Bald fand sie noch einen und noch einen, da es immer weniger Bussarden gelang, schnell genug von ihren toten Kaninchen oder Stinktieren aufzufliegen. Jenny nahm sie alle mit nach Hause. Bedrückt von der Vorstellung, daß ihr wohl nie wieder ein normales Liebesleben vergönnt sein würde, erwachte sie eines Tages mit einer großartigen Vision: Sie wollte ihren Garten in ein Freigehege für Bussarde verwandeln. Sie stellte sich eine Art großen Baldachin vor, unter dem Hunderte von Vögeln in Sicherheit lebten, ohne noch länger hier und dort einen Happen Stinktier erhaschen zu müssen, vom Autobahnverkehr umtost. Jenny wollte nachts selbst losziehen und die überfahrenen Tiere einsammeln; wenn die Bussarde morgens von ihren Stangen hüpften, wartete dann ihr Frühstück auf sie.

Als immer mehr Bussarde Jennys Garten füllten und die Nachricht von ihren Plänen für ein Bussard-Freigehege in der ganzen Nachbarschaft durchsickerte, probten die Nachbarn, deren Geduld nun am Ende war, endlich den Aufstand. Niemand wollte ein Bussardgehege in der Gegend. Die einen hielten Bussarde für Überträger des Aids-Virus; die anderen verwiesen darauf, daß die Grundstückspreise absacken würden.

Als wäre damit nicht genug, begann Jenny, früher Sals einzige Rivalin als Schönheitskönigin der Wohngegend, ihr Äußeres zu vernachlässigen. Sie kümmerte sich ausschließlich um Vögel, insbesondere um Bussarde. Einst eine hochangesehene und -anständige Frau, wurde Jenny nun zu einer Art Stadtstreicherin, und das unter den Augen der Nachbarn (und Amerikas).

In den vielen nun folgenden Diskussionen vertrat Al die Stimme der Mäßigung und Vernunft. Er verteidigte Jenny unermüdlich, betonte etwa, man habe in anderen, teilweise gar nicht so weit entfernten Wohngegenden mit schlimmeren Dingen als Bussarden zu kämpfen – mit Crack beispielsweise und Straßenbanden. Als sie merkte, daß er ihr einziger Verbündeter war, verzieh Jenny Al den Tod ihrer Taube; die beiden kamen sich zwangsläufig näher, von Sal argwöhnisch beäugt.

Die Nachbarn beeindruckte Als Vernunft nicht. Schließlich war er der Mann, der um ein Uhr morgens seinen Rasen mähte. Bald traten bussardfeindliche Gefühle offen zutage. Besonders aufgebrachte Mütter ließen ihre Kinder Schilder mit Parolen wie »Aasfresser raus!« und »Bussarde fressen Stinktiere!« die Straße herauf- und heruntertragen.

Die arme Jenny, die noch nie eine starke Figur gemacht hatte, gab dem Druck der Nachbarn nach. Kleine Kinder, denen sie früher Plätzchen gebacken hatte, marschierten mit häßlichen Schildern an ihrem Haus vorbei. Jenny kämpfte nicht; sie war keine Diane Fossey der Bussarde. Traurig baute sie ihre tausend Volieren ab und setzte ihre geliebten Bussarde an geeignete Stellen in der Wildnis aus, fern von mörderischen Autobahnen. Eines Nachts überraschte sie Al dann beim Mähen. Sie hatte ihren Kombiwagen mit den Resten ihrer Habe vollgeladen; von ihren Tausenden von Vögeln war nur noch ein Sittich übriggeblieben.

Jenny stieg aus ihrem Kombi, küßte Al mit Tränen in den Augen, gab ihm für Sal das Rezept ihrer Lieblingsplätzchen und machte sich wieder abfahrbereit.

»Aber Jenny, wer kümmert sich um dich?« fragte Al entsetzt. »Wo soll ich hingehen, wenn Sal fies zu mir ist?« (Neun Jahre lang hatte er in Jennys Haus Zuflucht vor der fauchenden Sal gesucht).

»Ich war nie der Meinung, daß Sal dich verdient hat«, sagte Jenny zärtlich.

»Aber wer kümmert sich um dich?« wiederholte Al. »Weißt du, niemand wollte wirklich, daß du von hier wegziehst; nur die Bussarde waren ein bißchen zuviel. Wir alle mögen dich wirklich, Schätzchen. Wer kümmert sich jetzt um dich?«

»Niemand«, sagte Jenny. »Ich werde einfach eine übergeschnappte alte Frau mit einem Sittich sein.«

Al, sonst nie um eine schlagfertige Antwort verlegen, entgegnete diesmal nichts. Er spielte mit dem Zündschlüssel seines Rasentraktors herum und sah traurig aus.

»Ich hab dich lieb, Al, du warst mir ein guter Nachbar«, sagte Jenny, als sie in ihren vollgepackten Kombi stieg.

»Aber wer kümmert sich um dich, Jenny?« fragte Al noch einmal trostlos.

Jenny zuckte nur mit den Schultern und fuhr davon. Sie sah fast dreißig Jahre älter aus als vor neun Jahren, da Amerika sie kennengelernt hatte.

Al und Amerika waren entsetzt. Jennys Abschiedsworte waren nicht das, was irgend jemand in Amerika hören wollte, jedenfalls nicht zur Hauptsendezeit. Die Vorstellung, Jenny Sondstrom, diese sympathische, beherzte Frau, gewissermaßen die Mutter Teresa der Vogelwelt, sitze als alternde Stadtstreicherin einsam mit ihrem einen Sittich auf der Straße, wurde von keinem begrüßt. Der Sender begrüßte so etwas jedenfalls nicht; wochenlang flehte man mich an, Joe zurückkehren zu lassen, damit er Jenny von der Straße auflas und ihr auf ihre alten Tage Sicherheit bot. Sal begrüßte diese Entwicklung auch nicht; fast eine ganze Folge lang starrte sie nur in den Spiegel und fragte sich, ob sie ein ebenso trauriges Schicksal erwartete. Sal, deren geistreiche Monologe mit ihrem Spiegel – über Al, über Sex, über die Qualen der Ehe, der Ehe und der Kindererziehung – die ganze zivilisierte Welt unterhalten hatten, gab ihren berühmtesten Fernsehmonolog zum besten, in welchem sie über ihren eigenen unaufhaltsamen Abstieg zur Stadtstreicherin phantasierte.

In der darauffolgenden Woche fiel »Al und Sal« zum ersten Mal seit der Premiere aus den Top Forty der beliebtesten Sendungen; sechs Folgen später war endgültig Schluß.

21

Eigentlich wollte ich mich mit Kendall, dem Mann, der den Panhandle nicht leiden konnte, weder unterhalten noch ihm einen meiner Hundertdollarscheine zustecken, also schrieb ich nur die Adressen der drei Mr. Burger ab, stieg wieder in meinen Cadillac und fuhr Richtung Norden auf den Heights Boulevard, der Leuten, die in den dreißiger und vierziger Jahren in Houston aufgewachsen waren, schlicht als »der Boulevard« bekannt war.

Damals waren die Heights der schickste Stadtteil gewesen, schon deshalb etwas Besonderes, weil er zwei bis drei Meter über dem Meeresspiegel lag, statt einen halben Meter darunter wie fast die ganze übrige Stadt. Früher hatten hier eher elegante einstöckige Holzhäuser mit schmiedeeisernen Balkonen gestanden, die an New Orleans oder Mobile erinnerten.

Jetzt verkam die Gegend langsam, aber sicher; der Zahn der Zeit hatte die alten Häuser so mitleidlos zerstört wie die Spanier die Mayas und Inkas.

Irgendwie war ich nicht so recht in Stimmung, sofort zur Dismuke Street rüberzufahren und herauszufinden, ob meine Tochter gerade Hamburger servierte. Ohnehin war es dunkel, wenn auch noch nicht wirklich spät. Mir schien es vernünftiger, sie tagsüber aufzusuchen, wenn die Wahrscheinlichkeit geringer war, daß sie überarbeitet und gereizt war.

Im Grunde kam ich mir nur dumm vor und hatte große Angst. Ich hatte eigentlich keinen Grund zu der Annahme, meine Tochter sei in Houston; daß sie es nicht abgestritten hatte, war noch lange kein Beweis.

Nicht sie hatte Houston genannt, meine Phantasie hatte sie in Houston angesiedelt – dieselbe Phantasie, die den traurigen Abstieg Jenny Sondstroms, der Mutter Tausender von Vögeln, entworfen hatte.

Irgendwie war meine Stimmung seit ihrem Höhenflug beim Anblick des großen Houstoner Mädchens, das sich bei hundertfünfzig im Auto schminkte, merklich abgesackt.

Um ihr Abgleiten ins Bodenlose aufzuhalten, hielt ich an einer Taco-Imbißbude an der Twentieth Street, neben einem zahnmedizinischen College, und erstand einige ausgezeichnete Tacos, wobei ich über meinen Stimmungsabfall nachgrübelte.

Das in einem vergammelnden grünen Gebäude untergebrachte zahnmedizinische Institut war hell erleuchtet; hinter seinen großen Fenstern erspähte ich eine Reihe von Zahnarztanwärtern, allesamt asiatischer oder spanischer Herkunft, die an einer Gruppe Freiwilliger Bohrtechniken erprobten. Wahrscheinlich bedauerten viele der sich grauenhaft windenden Freiwilligen inzwischen, daß sie sich freiwillig zur Verfügung gestellt hatten. Was zunächst wohl wie eine einmalige Gelegenheit ausgesehen hatte, sich umsonst die Zähne richten zu lassen, funktionierte scheinbar nun doch nicht ganz so, wie sie es sich vorgestellt hatten.

So sehr ich die Tacos auch genoß – ich ging zurück und erstand zwei weitere –, so ließen sie mich dennoch das eine Problem nicht ganz vergessen, das mich in letzter Zeit zunehmend beschäftigt hatte: das Problem der Selbstparodie.

In der halben Stunde, die ich wieder hier war, hatte Houston mich bereits mit der Nase darauf gestoßen: Während die auf der Autobahn sich schminkende Frau diese Stadt so verkörperte, wie ich sie gerne sehen wollte, war Kendall, der Mann auf dem Müllcontainer, nur allzu deutlich die Parodie dessen, was ich mir unter Houston vorstellte; sein

Auftritt hatte lediglich dazu gedient, mich an Jennys Abstieg zu erinnern, was mich wiederum daran erinnerte, daß die »Al und Sal«-Serie gegen Ende ihrer Laufzeit zur Parodie ihrer Hochform geworden war.

In jener letzten Saison zeigte meine Phantasie Ermüdungserscheinungen. Was an der Serie früher charmant und unbeschwert gewesen war, wurde nun unangenehm und reizlos. Die Streitereien zwischen Al und Sal, die früher schmissig und einfallsreich gewesen waren, wurden jetzt so boshaft und erbittert geführt wie zwischen wirklichen Eheleuten, wenn nicht sogar *schlimmer.* Sie kamen einer Parodie der früheren Auseinandersetzungen gerade noch nahe genug, daß man sich an den einstigen Charme erinnern und fragen konnte, wohin er entschwunden war.

Der Gedanke stimmte mich düster, daß die Selbstparodie mittlerweile nicht nur mein Leben beeinflußte, nein, sondern mein Leben *war.* Tag für Tag, Monat für Monat schien alles, was ich tat, sagte oder dachte, irgend etwas zu parodieren, was ich früher energischer und besser getan, gedacht oder gesagt hatte.

Jetzt war ich also in Houston, der Stadt meiner Jugend, die mich nie enttäuscht hatte. Ich hatte sie gerade noch rechtzeitig verlassen, ehe unsere Liebe wie bei Al und Sal in Boshaftigkeit umschlug. In meinen Gedanken war Houston immer noch eine goldene Stadt und der bestmögliche Ort, die Aufgabe zu bewältigen, der ich mich gegenübersah, nämlich mit zweiundzwanzig Jahren Verspätung eine Vater–Tochter-Beziehung aufzubauen. Als mich das Mädchen auf der Autobahn überholte, fühlte ich mich in meinem Entschluß hierherzukommen bestätigt; offenbar war ich noch fähig, gute, nichtparodistische Entscheidungen zu treffen. Doch als mich Kendall, diese Parodie eines Houstoner Exzentrikers wie sie im Buche steht, vom Rand des Müllcontainers aus ansprach, ließ mein Selbstvertrauen nach.

Wenn Houston jetzt auch nur noch eine Parodie der Stadt war, die ich einmal gekannt hatte, was dann? Wenn meine Tochter in Wirklichkeit in Miami war, am anderen Ufer des salzigen Golfs, und noch dazu am anderen Ende des Staates Florida? Wenn sie mich nur mit Anrufen gequält hatte und sich gar nicht wirklich von mir finden lassen wollte? Wenn sie mit ihren Kindern noch am selben Nachmittag in einen Bus nach New York oder L.A. gestiegen war? Wenn ich sie um eine Stunde verpaßt hatte, weil ich dämlicherweise lieber mit meinem Cadillac herfahren wollte, statt ein Flugzeug zu chartern, wie ich es angeboten hatte? Und wenn sie nie wieder anrief, und ich sie den Rest meines Lebens vergeblich suchte?

Daß ich vor dem zahnmedizinischen College geparkt hatte, trug nicht zur Aufheiterung meiner düsteren Stimmung bei. Etliche angehende Zahnärzte hatten Schwierigkeiten mit ihren Freiwilligen, von denen sich etliche offensichtlich nicht länger zur Verfügung stellen wollten. Einem kleinen Asiaten glückte es, sich dem zahnärztlichen Griff zu entwinden; wie der geölte Blitz war er aus der Tür und unten auf der Straße, sein blutbespritztes Patientenlätzchen noch um den Hals.

Die Flucht dieses kleinen Mannes belebte mich wieder. Schließlich war der Schmerz, den *ich* spürte, auch eine Art zu behandelndes Loch ... eine Leere, die nur die Gegenwart meiner Tochter füllen konnte. Ich ließ den Motor an, brauste auf die Stadtautobahn und fand binnen Minuten die Dismuke Street genau dort, wo ich sie vermutet hatte.

Dort war auch der Mr. Burger, ein paar Häuser von Lawndale entfernt; er war hell erleuchtet, und ein paar mexikanische Teenager, manche davon mit krabbelnden Babys zu ihren Füßen, lungerten davor herum.

Langsam, ganz langsam steuerte ich den Cadillac an dem Mr. Burger vorbei. Mein Herz klopfte, wie es noch nie in meinem Leben geklopft hatte; so aufgeregt war ich seit dem Abend, an dem »Al und Sal« zum ersten Mal ausgestrahlt wurde, nicht mehr gewesen.

Aber T. R. war nicht da. An der Kasse stand ein dürres schwarzes Mädchen, eine kleine Asiatin wischte die Tische ab. Die mexikanischen Teenager begafften mein Auto. Ich rollte zum Drive-in-Schalter und ließ mein Autofenster runtersummen. Das schwarze Mädchen zählte erst eine Handvoll Kleingeld, ehe sie herüberschlurfte.

Als sie den Cadillac sah, strahlte sie über das ganze Gesicht. »Schau sich einer das Auto an«, sagte sie. »Wenn ich so 'n Schlitten wie den hätte, würd ich nichts wie weg hier und an den Strand fahren.«

»Entschuldigen Sie bitte, Miss«, sagte ich. »Können Sie mir sagen, ob hier eine junge Dame namens T. R. arbeitet?«

»Klar arbeitet die hier, warum woll'n Se das wissen?« fragte das Mädchen mit mißtrauischem Blick.

»Sie wissen wohl nicht zufällig, wo sie wohnt, oder?« fragte ich, aus irgendeinem Grund nicht gewillt, ihre Frage direkt zu beantworten.

»Weiß ich zwar, sag ich Ihnen aber bestimmt nicht«, sagte das Mädchen. »Warum woll'n Sie's wissen?«

»Ich bin ihr Vater«, sagte ich. Mir wurde ein wenig schwindlig, allein davon, daß ich es aussprach. »Jedenfalls glaube ich, daß ich ihr Vater bin«, korrigierte ich mich. Ich befand mich auf neuem, wackligen Boden.

»Oh yeah, Sie sind Mister *Deck!«* rief das Mädchen, und ihr breites Grinsen kehrte zurück. »T. R. hat gesagt, Sie kreuzen in 'nem Flugzeug hier auf, aber mir war klar, daß das nicht geht, außer vielleicht mit 'nem Hubschrauber. Hier in der Gegend von Lawndale gibt's nun mal keinen Landeplatz für Flugzeuge, nicht daß ich wüßte.«

»Ich habe mich dann doch entschieden, das Auto zu nehmen«, sagte ich kleinlaut.

»Kann ich Ihnen nich verdenken, ich kann die ollen wirbligen Hubschrauber auch nich leiden, außer bei 'nem Notfall oder so«, sagte das Mädchen.

»Wo ist T. R.?« fragte ich.

»Ach du liebe Güte, hab ich wirklich *keine* Ahnung«, sagte sie und winkte die kleine Asiatin zu uns herüber.

»Das ist T. R.s Daddy«, sagte sie und zeigte auf mich. »Er hat sein Flugzeug zu Hause gelassen und is' mit dem Auto da.«

»Hallo, Mr. Deck«, sagte die Asiatin. »Wollen Sie gebratene Shrimps? T. R. hat gesagt, Sie kriegen Rabatt.«

»Was hat sie gesagt, wo sie hin ist?« fragte die Schwarze die Asiatin, die mit höflichem Schulterzucken antwortete.

»Vielleicht ist sie tanzen«, schlug sie vor.

»Natürlich, *bestimmt* ist sie tanzen«, sagte die Schwarze. »Wenn sie abends nich arbeitet, isse tanzen. T. R. schwingt echt gern das Tanzbein.«

Das munterte mich auf – es bedeutete immerhin, daß die Lebensfreude meiner Tochter unter meiner Vernachlässigung nicht gelitten hatte.

»Was macht sie mit den Kindern, wenn sie tanzen geht?« dachte ich laut. In Wirklichkeit war ich neugierig, ob da irgendein Mann dazugehörte, oder wenigstens ein Verehrer.

»Oh, die gehen alle zusammen«, sagte die Asiatin. »Die Kinder kommen immer mit T. R. mit.«

»Also die kleine Jesse, die tanzt selber bald, wenn sie bloß erstmal besser laufen kann«, sagte das schwarze Mädchen. »So, wie die mit den Armen schlenkert, hat sie den richtigen Rhythmus schon voll drauf.«

»Ich wußte nicht, daß Kindern der Zutritt zu Tanzlokalen gestattet ist«, sagte ich.

Die beiden jungen Frauen kicherten.

»Hier in der Gegend gestattet man so ungefähr alles, was T. R. gestattet haben will«, sagte die Schwarze. »Die packt die

Babys einfach auf ’ne Ablage untern Tisch, und wenn sie dann müde wer’n, können sie ja einschlafen.«

»T. R. sehr gute Mutter, Mr. Deck«, sagte die Asiatin, als wollte sie meine eventuellen diesbezüglichen Sorgen verscheuchen.

Vielleicht sah ich merkwürdig aus, aber in dem Moment machte ich mir keine Sorgen. Ich verspürte nur eine ungeheure, adrenalinstrotzende Erleichterung darüber, daß ich richtig geraten hatte. T. R. war in Houston, ja, sie war sogar ganz in der Nähe und schwang das Tanzbein. Mich erwartete nicht unbedingt ein Leben sinnloser, verzweifelter Reue.

»Nett von Ihnen, daß Sie mir das gesagt haben«, sagte ich. Ich hatte plötzlich Lust, etwas zu tun, um den jungen Frauen zu helfen, die mir diese köstliche Erleichterung verschafft hatten. Ich war kurz davor, ihnen alle meine Hunderter in die Hände zu drücken. Doch es gelang mir, diesen Impuls rechtzeitig zu bremsen, der, wie mir mehrere psychiatrisch gut informierte Freunde versichert hatten, nichts als der fehlgeleitete Versuch war, mir Anerkennung zu erkaufen.

»Verraten Sie mir noch, wie Sie heißen?« fragte ich.

»Och, sie hat Ihnen nicht von uns erzählt?« sagte die Schwarze. »Schätze, sie war einfach zu beschäftigt, ihren Daddy kennenzulernen. Ich bin Dew, frisch wie der junge Morgen.«

»Sue Lin«, sagte die Asiatin mit einem Lächeln.

»Ich bin Danny«, sagte ich, langte durch das Ausgabefenster und schüttelte beiden die Hände. »Dew ist ein hübscher Name«, fügte ich etwas hilflos hinzu. »Es sind beides hübsche Namen.«

Plötzlich fühlte ich mich sehr müde.

»Ich habe eine lange Fahrt hinter mir«, sagte ich. »Ich glaube, ich gehe jetzt erstmal schlafen und treffe T. R. morgen. Wenn Sie T. R. sehen, würden Sie ihr wohl ausrichten, daß ich im Warwick bin?«

»Vielleicht können wir Sie ja mal besuchen?« fragte Sue Lin schüchtern.

»Aber natürlich, kommt mich besuchen«, sagte ich. »Und sagt T. R., sie kann mich jederzeit anrufen. Wenn sie nicht anruft, komme ich morgen einfach vorbei.«

»Sie können ausschlafen«, sagte Dew. »T. R. fängt morgen nich vor mittags an.«

»Wissen Sie, Dew, gut möglich, daß ich ausschlafe«, sagte ich.

22

Ich schlief tief und fest, ja träumte sogar, als T. R. anrief.

»Wieso hast du dich doch gegen das Flugzeug entschieden?« fragte sie.

»Welches Flugzeug?« fragte ich, im ersten Moment völlig orientierungslos.

»Das Flugzeug, mit dem du kommen wolltest, wie du gesagt hast«, antwortete sie gereizt. Ihr war offenbar egal, daß sie mich geweckt hatte.

»Ach das«, sagte ich.

»War das bloß eine von deinen Lügen?« sagte sie.

»Nein«, sagte ich. »Was soll das heißen, eine von meinen Lügen? Ich kenne dich erst seit einem Tag. Ich hatte noch keine Zeit, mir Lügen auszudenken.«

»Zum Lügen braucht man nicht viel Zeit«, sagte sie unbeeindruckt. »Ich hab Leute gekannt, die konnten sich ungefähr hundert pro Sekunde ausdenken.«

»Das konnte ich früher mal, aber jetzt bin ich alt«, sagte ich. »Ich werde langsamer. Meine Lügenmaschine hat Rost angesetzt.«

Es entstand eine Pause.

»Du bist alt?« fragte sie mit sanfterer Stimme. »So stell ich mir dich nicht vor.«

Das war interessant – meine Tochter machte sich Gedanken über mich. »Wie stellst du dir mich denn vor?« fragte ich. Langsam fühlte ich mich ein bißchen wacher.

»Jung und schön und reich«, sagte sie.

»Schön war ich nie, jung nur kurz«, sagte ich. »Schließlich bin ich dein Vater. Das läßt auf ein gewisses Alter schließen. Aber reich bin ich.«

»Wärst du doch mit dem Flugzeug gekommen«, sagte sie. »Ich hab den Kindern davon erzählt. Sie werden enttäuscht sein. Die sind überhaupt noch nie im Flugzeug geflogen.«

»Bist du schon mal in einem geflogen?« fragte ich.

»Was kümmert dich das, du hast mich ja *nicht ein Mal* besucht!« brauste sie auf. Dann beendete sie das Gespräch.

23

T. R. hatte mich aus einem Traum gerissen, und zwar aus einem typischen Streit-im-Studio-Traum aus der Zeit mit »Al und Sal«. Nema Remington hatte einen Ausbruch gehabt – nur mit Naturkatastrophen ließen sich Nemas Anfälle adäquat vergleichen. Nicht einmal ihr schlimmster Feind hätte geleugnet, daß sie eine Naturgewalt war; obwohl sie eine kleine Frau war, verglich jedermann die destruktive Kraft, die sie auf eine Komödienserie ausüben konnte, wenn ihr danach war, ausnahmslos mit der eines Wirbelsturmes.

Glücklicherweise ließ sie ihren rohen Kräften nicht allzu oft freien Lauf, da sonst die Serie das erste Jahr nicht überdauert hätte. Eigentlich kam man mit Nema sogar prima aus, solange bestimmte Voraussetzungen erfüllt waren. Essen, Schlaf und Sex waren drei Dinge, die sie im Überfluß benötigte, doch auch wenn sie nur eins davon in ausreichendem Maß bekam, war die Stimmung im Fernsehstudio gewöhnlich rosig. Im großen und ganzen durfte man sie nur tunlichst nicht in einem ihrer Grundbedürfnisse aushungern. Einen gut Teil ihrer Zeit als Schauspielerin hatte sie zuunterst im Haufen als billigstes der Billigangebote auf dem Fleischmarkt namens Hollywood verbracht. Jahrelang hatte sie sich abstrampeln müssen, um auch nur in einem Werbespot auftreten zu können. In manchen Jahren war ihr nicht einmal das gelungen, und sie hatte sich als Kellnerin durchgeschlagen.

Daher verband Nema Ruhm nicht mit der Illusion, das Leben wäre perfekt. Sie erwartete nicht, daß alle Welt ununterbrochen nach ihrer Pfeife tanzte, reagierte aber empfindlich auf Kränkungen und geriet mit ihrem Partner Morgan Underwood, dem Darsteller Als, oft heftig aneinander. Die

Skandalpresse brachte regelmäßig unfreundliche Details über Nemas anmaßendes Betragen während der Dreharbeiten, die Nemas Ansicht nach ausnahmslos von Morgan Underwood lanciert wurden.

Morgan Underwood war kein Engel – man hätte meinen können, das Wort »Chauvinist« sei eigens zur Beschreibung seines Verhaltens geprägt worden –, aber als Produzent und Schöpfer der Serie sah ich die Dinge etwas differenzierter, nämlich so, daß die meisten reißerischen Details, die Nema derart auf die Palme brachten, in Wirklichkeit ohne das Wissen von Morgan Underwood von dessen *Sekretärin* lanciert wurden. Nicht wenige reißerische Details über Morgan hatten ebenfalls ihren Weg in die Skandalpresse gefunden – *jede* Berichterstattung über das Fernsehen ist skandalös – und waren, das wußte ich mit Bestimmtheit, von Nemas Sekretärin verbreitet worden, wovon wiederum Nema nichts wußte.

Ich könnte – und vielleicht tue ich es eines Tages noch – ein Buch über Persönlichkeitsstörungen bei Sekretären und Sekretärinnen von Filmstars schreiben, wobei ich mich auf meine Erfahrungen mit jenen vierzig oder fünfzig stützen könnte, die von Nema und Morgan in den neun Jahren von »Al und Sal« verschlissen wurden. Das Sekretärsyndrom, das Produzenten zu allererst den frühen Herzinfarkt beschert, ist die Neigung, sich völlig distanzlos mit dem Star zu identifizieren, für den man arbeitet. Das Statusbewußtsein von Sekretären und Sekretärinnen richtet sich unweigerlich nach dem Status des Stars; ebenso unweigerlich verfallen sie dem Irrglauben, sie selbst seien der Star – viele mir bekannte Sekretäre von Stars legten sich mehr Allüren zu als ein dreifacher Oscarpreisträger.

In meinem Traum hatte nun Morgan Underwoods Sekretärin gegenüber dem *Enquirer* behauptet, Nema treibe es mit einem Requisiteur, was wiederum Nema derart in Rage brachte, daß sie am nächsten Tag gleich als erstes in die

Schminkkabine marschierte und Morgan Underwood Tränengas ins Gesicht sprühte, das sie zu ihrer Selbstverteidigung stets in der Handtasche hatte.

Dieser Traum war die Wiederholung einer wirklichen Begebenheit: Nema hatte Morgan tatsächlich einmal mit Tränengas traktiert. Weltweit lauteten die Schlagzeilen: »Sal setzt Tränengas gegen Al ein!«

In dem Traum stand ich vor Morgan Underwoods Garderobe und sah ihm beim Würgen und Brechen zu; in der Hand hielt ich eine Stoppuhr, als wäre ich Zeitnehmer bei einem Würg-und-Brech-Wettbewerb. Wahrscheinlich wollte ich berechnen, wie schnell man von einem frisch mit Tränengas besprühten Mann erwarten konnte, an den Drehort zurückzukehren und die Proben wiederaufzunehmen.

Dann hatte mich T. R. geweckt. Als sie aufgelegt hatte, war mir irgendwie unbehaglich zumute, aber nicht, weil ich versehentlich meine Tochter erzürnt hatte, sondern weil ich wissen mußte, ob Morgan sich nun erholt und seine Szene gespielt hatte. Tatsächlich war einmal ein ganzer Tag bei dem Versuch draufgegangen, Morgan zu überreden, daß er Nema nicht verklagte. Es war lächerlich, daß ich wissen wollte, wieviel Zeit in der Traum-Probe verloren wurde, aber so war es. Daß die Serie seit vier Jahren beendet war, spielte keine Rolle. Praktisch mein gesamtes Traumleben spielte sich am Drehort von »Al und Sal« ab. Meine Traumschichten waren nicht tief; nie träumte ich von meiner Kindheit, meiner Ehe; nur selten eine kleine Episode aus meiner Zeit in Europa, die mich dann meistens schwermütig stimmte: ein kurzer Blick auf Romy Schneiders Gesicht, als ich sie das letztemal sah, oder auf Françoise Dorléac, wie sie wenige Tage vor ihrem Unfall auf einer Party tanzte. Die meisten meiner Träume waren amerikanische Träume und fest in Culver City verankert, auf einer so verdreckten Studiobühne, daß sie sich mit einer schwärenden Wunde vergleichen ließ. Alle meine Träume waren voller Anspannung; nicht einmal die wenigen erotischen waren besonders aufregend; der Sex in meinen Träumen gehörte zu der Sorte aus Langeweile geborenem Sex, zu dem etwa Nema sich mit einem einigermaßen netten Regieassistenten herablassen konnte, falls er zufällig im geeigneten Moment ihre Garderobe betrat.

Warum träumte ich immerzu von diesen Dreharbeiten? Ich hatte ein Leben vor »Al und Sal« geführt ... sogar auch eines danach, falls Weiteratmen ein Leben ausmachen kann. Wieso nahm Culver City meine Träume in Beschlag?

Ich wußte es nicht, knipste aber meine Nachttischlampe an, in der Hoffnung, T. R. werde wieder anrufen. Mir war nicht danach, wieder einzuschlafen, wenn das Beste, worauf ich mich freuen konnte, ein soeben mit Tränengas besprühter Schauspieler war.

Fünf Minuten später klingelte das Telefon erneut, und die Vermittlung fragte, ob ich ein R-Gespräch von T. R. annähme.

»Mit Vergnügen«, sagte ich.

24

»Ich glaub, du hast überhaupt kein Flugzeug«, sagte T. R. »Wahrscheinlich bist du nicht mal halb so reich, wie in dieser Zeitschrift stand.« Im Hintergrund hörte ich ein Baby schreien, auch hörte ich Salsamusik und Straßenverkehr.

»Wo bist du?« fragte ich leicht beunruhigt.

»Ich stehe draußen vor dem Circle-K-Supermarkt in dieser blöden Telefonzelle«, antwortete sie.

Es war ein Uhr morgens, und Lawndale war nicht der sicherste Stadtteil Houstons – falls es einen sicheren gab.

»T. R., bist du da sicher?« fragte ich. »Soll ich nicht lieber sofort vorbeikommen und dich abholen?«

»Mich abholen und was mit mir machen?« fragte sie nach einer Pause.

»Dich und die Kinder ins Hotel bringen«, sagte ich. »Ich könnte dir eine hübsche Suite mieten.«

»Nein«, sagte sie. »Ich war tanzen. Ich bin unpassend angezogen.«

»Es kommt nicht drauf an, was du anhast«, sagte ich, »sondern darauf, daß du in Sicherheit bist.«

»Warum hast du mich gefragt, ob ich schon mal in einem Flugzeug geflogen bin?« fragte sie streitlustig.

»Na ja, wir sprachen gerade über Flugzeuge«, sagte ich. »Ich wußte nicht, daß an der Frage was verkehrt war.«

»Ich bin noch nie in einem geflogen, wenn du's unbedingt wissen willst«, sagte sie trotzig. »Wenn mich das zweitklassig macht, dann bin ich eben zweitklassig.«

»Schätzchen, das wollte ich damit bestimmt nicht sagen«, sagte ich sanft. »Du klingst wirklich nicht zweitklassig. Ich finde, du klingst wunderbar.«

Einen Moment lang überdachte sie mein Kompliment. »Ich weiß nicht, woher du wissen willst, ob ich wunderbar bin oder nicht, schließlich hast du mich noch nie gesehen«, sagte sie.

»Ich hab jetzt immerhin deine Stimme gehört«, gab ich zu bedenken.

»Du hast sie hauptsächlich kurz vorm Auflegen gehört«, stellte sie klar.

»Du neigst dazu, einfach aufzulegen«, gab ich zu. »Aber deine Stimme ist liebenswürdig. Eine solche Stimme kann nur zu einem wunderbaren Menschen gehören.«

»Jetzt gerade ist es die Stimme von einer, die sich müde getanzt hat«, sagte sie. »Wenn ich diesen Hörer nicht in der Hand hätte, würd ich mich wahrscheinlich einfach hinsetzen und direkt hier vor dem Circle-K einschlafen.«

»Tu's nicht«, sagte ich. »Da wärst du nicht sicher. Warum darf ich nicht kommen und dich abholen?«

Sie antwortete nicht. Einen Moment lang dachte ich, sie würde ihre Drohung wahrmachen und auf dem Bürgersteig einschlafen.

»Wo sind die Kleinen?« fragte ich.

»Hier, in ihrem Wäschekorb«, sagte T. R. »Ich glaub, Jesse hat gerade ein Geschäft gemacht. Sie macht so ein konzentriertes Gesichtchen, wie immer, wenn sie ein großes oder kleines Geschäft macht.«

»Entschuldige die Frage, aber was machen sie in einem Wäschekorb?« fragte ich.

»Ich hab den Korb in 'nem Billigladen gefunden«, sagte T. R. mit immer schläfrigerer Stimme. »Ist echt hübsch, der Korb, und hat bloß fünfundsiebzig Cent gekostet. Ich pack die Kinder rein, während ich tanze. Wer weiß, wo sie sonst hinmarschieren. Wenn Jesse erstmal in Schwung kommt, kann sie ziemlich schnell abhauen.«

»Ich kann's kaum erwarten, die beiden kennenzulernen«, sagte ich. »Klingt ganz so, als wären es wunderbare Kinder.«

»Hör doch auf, dauernd davon zu reden, wie wunderbar wir sind«, sagte T. R. »Du hast uns noch nie gesehen, und wenn es soweit ist, hast du wahrscheinlich keine Ahnung, was du mit uns anfangen sollst.«

»Zugegeben, ich kann auf keine große Erfahrung verweisen«, sagte ich. »Aber ich bin lernfähig.«

»Allmählich bin ich zu müde, um mir über dich Gedanken zu machen«, sagte T. R. »Little Dwight hat mir heut abend regelrecht die Schuhe durchgetanzt.«

»Darf ich fragen, wer Little Dwight ist?« fragte ich.

T. R. kicherte. »Ich weiß nicht, Daddy«, sagte sie. »Darfst du oder darfst du nicht?«

»Also, wer ist das?«

»Einer von den Leuten, die du vielleicht kennenlernen wirst, wenn du wirklich lernfähig bist«, sagte sie.

Dann wurde sie offenbar ein bißchen munterer.

»Also doch, Jesse hat die Hose voll«, sagte sie. »Man riecht's. Du schläfst jetzt besser wieder ein in deinem Luxushotel, denn wenn du meine Görenbande erstmal kennenlernst, brauchst du mehr als guten Willen – nämlich Energie, und zwar massenhaft.«

»In fünf Minuten bin ich eingeschlafen«, sagte ich.

25

Ich schlief weder nach fünf noch nach fünfzig Minuten. Der Gedanke, daß ich am nächsten Morgen endlich nicht nur väterliche, sondern auch großväterliche Verantwortung übernehmen würde, raubte mir den Schlaf. Ein oder zwei Stunden verbrachte ich mit der Lektüre eines wundervollen Buches über Peru. Es hieß *Behauene Steine und Scheidewege* und überzeugte mich davon, daß die Inkas besser über Steine Bescheid gewußt haben mußten als alle anderen Völker vor oder nach ihnen. Wie ich unter anderem erfuhr, konnten sie Steine so kunstfertig und fein aufeinanderschichten, daß einer an den anderen sogar Erdbebenstöße so weitergab, daß das aus ihnen bestehende Gebäude nicht einstürzte. Über Inkagebäuden errichtete spanische Häuser stürzten in Sekundenbruchteilen ein, während die der Inkas standhielten.

Und doch hatten die Inkas selbst traurigerweise nicht standgehalten, nur ihre einzigartigen steinernen Bauten. Die Inkas waren spanischen Krankheiten und spanischer Habgier zum Opfer gefallen. Ihre Zivilisation erwies sich als zerbrechlich, und das gleiche galt, wenn auch in bedeutend kleinerem Maßstab, für meine Stimmung. Über die traurige Geschichte Perus nachzulesen, bedrückte mich. Mein Entschluß, nie nach Peru zu fahren, half auch nichts. Ich lese unter anderem deshalb so viel Reiseliteratur, weil es mir hilft, Gegenden zu meiden, die mich zu traurig stimmen könnten. Diesmal wurde ich dabei allerdings genauso traurig, als wäre ich über die Straßen Limas oder Cuzcos gewandelt. Ein weiterer Grund für meine Traurigkeit war die Feststellung, daß ich eine Migräne bekam. Mir schien, meine kleinen grauen Zellen waren mehr nach spanischem als nach Inka-

Muster angeordnet; statt die ereignisbedingten Erschütterungen von Synapse zu Synapse weiterzugeben, gestatteten sie denselben, mit erdbebenähnlicher Wucht genau auf mein Hirn zu treffen, woraufhin mein ganzer Körper von Migräne gebeutelt wurde.

Er wurde im Warwick etliche Stunden lang von Migräne gebeutelt. Ich wußte, daß die Angst vor der Begegnung mit meiner Tochter dieses Erdbeben verursachte, das meine grauen Zellen zu Mus zermatschte, doch wie immer half das Wissen darum nichts. Ich schaltete den Fernseher ein, konnte aber kaum etwas sehen – für gewöhnlich geht ein gewisses Maß an Sehstörung mit meinen Migräne-Beben einher. Allerdings glaubte ich die Stimme von Don Ameche herauszuhören.

Ich stand auf, schluckte vier Amphetamintabletten, ließ eine Badewanne mit sehr heißem Wasser vollaufen und sank hinein. Das Aufputschmittel und die Hitze des Wassers milderten bald die Intensität des Anfalls. Ich ließ Wasser nachlaufen, damit es so heiß blieb, wie ich es gerade noch aushalten konnte. Allmählich hörte mein Hirn auf zu pochen, die Nachbeben verebbten, und ich konnte ins Bett zurück. Ich war ein wenig benommen vom Speed, aber das Hauptbeben war überstanden.

Da ich mit all den Tabletten im Körper wahrscheinlich doch nicht sofort einschlafen würde, griff ich zum Telefon und rief meinen Anrufbeantworter an.

Der erste gespeicherte Anruf stammte von Viveca Strindberg, noch eine der europäischen Frauen, die ich geliebt hatte.

»Allo, hier ist Vi-ve-ca«, sagte sie, jede Silbe einzeln betonend. »Ich liebe dich. Ruf mich mal an.«

Ich hätte sie sofort anrufen können; in Paris, wo Viveca lebte, war gerade Vormittag. Aber Viveca war von einer gewissen baltischen Frische, die schlecht zu meiner Nach-

Erdbeben-Stimmung paßte. Mittlerweile arbeitete sie nicht mehr viel, da sie einen reichen Finnen geheiratet hatte, der sie so ziemlich in der Weltgeschichte umherschwirren ließ, wie es ihr gefiel; bei unserem letzten Telefonat war sie gerade in Bangkok und hatte Opium genommen. »Was für ein Kater!« waren ihre Worte dazu gewesen. »Seither bin ich nur noch deprimiert und hab nicht mal mehr Lust auf Sex.«

Ich beschloß, Viveca in ein, zwei Tagen zurückzurufen, und hörte die nächste Nachricht ab, die keine war, sondern nur eine der vielen Gelegenheiten, bei denen Gladys und Godwin zu gleicher Zeit ans Telefon gingen, ohne daran zu denken, daß der Anrufbeantworter mitlief.

»Was wollen Sie jetzt schon wieder?« verlangte Gladys zu wissen. »Ich mach gerade meine Kaffeepause.«

»Ihr ganzes Leben ist eine einzige Kaffeepause«, sagte Godwin gereizt.

»Woher wollen Sie das wissen, in diesem Teil des Hauses halten Sie sich keine zehn Minuten pro Jahr auf«, sagte Gladys. »Ich rackere mich ab wie eine Sklavin, und wen kümmert's?«

»Falls Leroy anruft, während ich dusche, seien Sie bitte höflich zu ihm«, sagte Godwin. »Er ist etwas schüchtern und schreckhaft.«

»Wenn er schreckhaft ist, wieso macht er dann mit einem Triebtäter wie Ihnen rum?« fragte Gladys.

»Tun Sie einfach, was man Ihnen sagt, Sie häßliche Sklavin!« sagte Godwin.

»Von Ihnen werde ich nicht bezahlt!« mahnte ihn Gladys, woraufhin ich auf schnellen Vorlauf schaltete, bis ich ihren Streit weit hinter mir gelassen hatte. Ich geriet mitten in eine Nachricht von Jeanie und mußte ein paar Takte zurückspulen, um den Anfang mitzukriegen.

»Hallo, Danny, war das deine Tochter?« fragte sie. »Bist du da, bist du da? – Anscheinend bist du nicht da«, fuhr sie ein wenig traurig fort. »Aber das kann ja ein gutes Zeichen sein, vielleicht heißt es ja, daß du bei deinem Kind bist. Das muß gut sein, wenn du bei deinem Kind bist. Also, ich hör jetzt lieber auf.«

Ein Klicken ertönte, umgehend gefolgt von Jeanies nächster Nachricht.

»Danny, ich brauch bloß eine Minute, um dir dieses Drehbuch hier zu beschreiben«, sagte sie. »Es handelt von einer Frau, die ihr Leben den Vögeln widmet. Sie ist eine Art Zoologin und hat ein Labor in ihrer Garage. Jetzt kommt's, was daran nicht so gut ist: Sie wohnt in Nebraska, und ich weiß nicht, ob ich jemanden spielen könnte, der in Nebraska wohnt. Ich fürchte, das ist keine sehr urbane Gegend. Andererseits gefällt mir die Frau, und das Drehbuch auch. Sie ist so 'n bißchen wie die, die du in ›Al und Sal‹ hattest, die verrückt nach Bussarden war, bloß daß es diesmal Sandhügelkraniche sind, eine bedrohte Tierart oder so was, nehm ich an. Sie heißt Nellie, das gefällt mir auch – wahrscheinlich könnte ich eine Nellie sein –, und sie wird immer besessener von Kranichen und fängt an, ihren Mann und die Kinder und alles zu vernachlässigen, was mir auch nicht schwerfallen würde, wenn ich welche zu vernachlässigen hätte. Außerdem beleidigt sie noch eine Menge Leute, den Gouverneur und Leute, die die Gesetze über Vögel machen, und zum Schluß klinkt sie irgendwie einfach aus und wird zur verrückten Vogelfrau.«

Es herrschte Schweigen, während das Band weiterlief.

»Jetzt, wo ich es beschrieben habe, glaube ich, ich überlasse die Entscheidung einfach dir, Danny«, sagte sie. »Wenn du findest, ich soll annehmen, ruf mich gleich an. Ich muß ihnen am Montag Bescheid geben.«

Die nächste Nachricht kam auch wieder von Jeanie.

»Weißt du, du brauchst mir hierbei nicht zu helfen, Danny«, sagte sie. »Tut mir leid, daß ich dich aufgehalten habe ... du mußt jetzt an dein Kind denken, das hoffe ich jedenfalls. Das einzige, was mir wirklich Sorgen macht, ist dieses Nebraska – ich weiß wirklich nicht, ob ich so ländlich-sittlich sein kann. Irgendwie hoffe ich ja, daß dem Autor ein bedrohter Vogel einfällt, der ein bißchen mehr in Stadtnähe lebt. Wenn nicht, sollte ich wohl besser einfach absagen, ich mag ihre Besessenheit und alles, aber Nebraska macht mir doch zu viel Kummer. Alles in allem glaube ich, ich sollte bei dem hier lieber passen, Danny.«

Es gab eine längere Pause; ich konnte fast hören, wie Jeanies Stimmung sank.

»Trotzdem, es ist nett, unter Vertrag zu sein, weißt du«, sagte sie. »Sie kamen gleich mit der Kohle angerückt, was heißt, sie wollen mit mir arbeiten. In dieser Branche kann man so leicht in Vergessenheit geraten – erst wollen sie einen, und plötzlich vergessen sie einfach, daß man auch noch da ist, und nehmen jemand anderes unter Vertrag. Das hab ich oft genug erlebt. Irgendwann wird es mir auch so gehen.«

Sie seufzte, dann kam die letzte Pause. »Vielleicht kriege ich das mit Nebraska hin«, sagte sie etwas fröhlicher. »Ich könnte so tun, als wäre es einfach der Park, nur größer. Ich glaube, ich gehe jetzt gleich in den Park runter, mal sehen, ob irgendwelche Schwingungen rüberkommen, die sich nach Nebraska anfühlen. Genau. So mach ich es. Danke für's Zuhören.«

Ich beschloß, mir den Rest meiner Anrufe zu sparen, und las ein bißchen weiter in meinem Perubuch. Doch es blieben noch ein paar Stunden bis Sonnenaufgang, und mein Kopfweh war nicht wirklich vergangen. Es hatte sich gelegt, aber nur, wie sich zurückweichende Brandung legt. Jeden Augenblick konnten die Brecher wieder über mir zusammenschlagen.

Um nicht an diese Möglichkeit denken zu müssen, rief ich

doch wieder meinen Anrufbeantworter an und hatte, wie erwartet, noch einmal Jeanie dran.

»Ich hab diesen Film über die Frau in Nebraska angenommen«, sagte sie mit tiefunglücklicher Stimme. »Ich denke mir, wenn sie mich in meinem Alter noch unter Vertrag nehmen wollen, sollte ich sie lieber lassen – vielleicht wird aus Nebraska noch was anderes, der Autor klang irgendwie überrascht, als ich das vorgeschlagen hab, hat es aber nicht ganz ausgeschlossen. Das war's also, Danny, die Würfel sind gefallen. Ruf mich irgendwann mal an und erzähl mir, wie deine Tochter so ist.«

26

Jeanie Vertus war einundvierzig, was bedeutete, daß für sie jedes Rollenangebot eine Einladung war, auf jenem Grat zu wandern, der kassenträchtige, gefragte Stars von solchen scheidet, die nicht mehr kassenträchtig und für Starrollen gefragt sind. Im Lauf der Jahre hatte ich eine Reihe talentierter, couragierter Frauen bei dieser Gratwanderung beobachtet. Die brillantesten unter ihnen, die vielseitigsten und fähigsten, die mit dem besten Gespür für die richtige Entscheidung, der fotogensten Erscheinung, mit einer gewissen unverwüstlichen Energie und erotischen Ausstrahlungskraft, schafften es vielleicht bis sechsundvierzig, ausnahmsweise sogar bis achtundvierzig oder fünfzig, ehe sie abstürzten – bei alternden Schauspielerinnen summieren sich in der Regel zwei aufeinanderfolgende Flops zu diesem verhängnisvollen Absturz.

Andere rutschten eher ab und bekamen nur noch kleine Rollen in nicht ganz jugendfreien Komödien, oder größere, aber peinlichere Rollen in billigen europäischen Produktionen; da mußten sie sich zwar meist oben ohne zeigen, blieben dafür aber noch ein, zwei Jahre länger im Geschäft, ehe sie endgültig von der Liste der Stars rutschten, an die Produzenten automatisch denken, wenn sie ihre Hauptrollen besetzen.

Jeanie, Nema, Marella balancierten jetzt alle auf diesem Grat, Viveca Strindberg war bereits abgerutscht; sieben oder acht Jahre waren vergangen, seit sie zuletzt in einem Film mitgewirkt hatte, in dem sie ihre Kleider anbehalten durfte.

Deprimiert legte ich wieder auf und zerbrach mir fast die ganze restliche Nacht den Kopf darüber, ob Jeanie sich auf dieser hauchdünnen Schneide, der Star-Laufbahn, halten konnte, indem sie die Nebraska-Version einer Jenny Sondstrom spielte, mit Kranichen statt Bussarden.

Ich entschied, das könne sie nicht, und nahm mir vor, sie gleich am Morgen anzurufen und ihr zu empfehlen, wenn möglich aus der Sache auszusteigen. In meinen Augen konnte man sich am schnellsten von seinem Starruhm verabschieden, indem man Aufträge annahm, nur weil jemand noch bereit war, sie einem anzubieten; dabei handelte es sich meist um Rollen, die von den gerade begehrtesten Schauspielerinnen abgelehnt worden waren, und zwar aus gutem Grund. Anzunehmen, nur weil einem etwas angeboten wurde, brachte einen beim Balanceakt keinen Schritt voran.

Ich rief noch einmal meinen Anrufbeantworter an, obwohl er bisher noch nichts zu jener Art ruhiger Gemütsverfassung beigetragen hatte, die einem über eine Migräne hinweghilft.

»Ich lese da gerade ein Buch«, sagte Nema. »Meine Masseurin hat es mir gegeben. Es heißt *Oraler Sex*. Da werden ein paar Dinge drin beschrieben, die ich wohl noch nie gemacht habe, oder vielleicht doch, vielleicht bringt mich bloß die Terminologie dieses Autors durcheinander. Hoffentlich rufst du mal an, damit ich ein paar der Ausdrücke mit dir besprechen kann. Es ist irgendwie frustrierend, nicht zu wissen, ob man eine bestimmte Nummer schon mal praktiziert hat oder nicht. Du kennst mich ja, ich bin immer bereit, Sachen auszuprobieren, besonders neue Sexualpraktiken. Ist irgendwie eine aufregende Vorstellung, daß es vielleicht ein paar neue gibt, und das in meinem Alter – ich könnte mir einige nette neue Phantasien zulegen, auch wenn es sich in der Praxis als gar nicht so toll erweist, oder wenn ich A. B. nicht dazu animieren kann. Auf sexuellem Gebiet ist er ziemlich phantasielos, läßt sich aber beschwatzen, und ich glaube, ich könnte ihn beschwatzen.«

Eine Pause entstand, und ich hörte, wie sie in ihrem Buch über oralen Sex eine Seite umblätterte.

»Hm«, sagte sie. »Irrumatio. Das kommt mir nicht bekannt vor, kann aber sein, daß ich es mit Joe gemacht habe. Joe war eindeutig nicht in dem Ausmaß phantasielos wie A. B. Ich werde schon vom bloßen Lesen geil – am liebsten würd' ich's jetzt gleich tun.«

Wieder eine Pause. Ich nahm an, daß Nemas Phantasietemperatur anstieg, wie so oft, wenn sie im Geiste intensiv die Möglichkeiten neuer Sexualakte oder alter Sexualakte mit neuen Partnern erforschte. Doch diesmal täuschte ich mich; ausnahmsweise schien die Realität den ewigen Kampf zu gewinnen, den sie um die Kontrolle über Nemas Geist mit der Phantasie führte.

»Da ist so ein junger Typ, für den ich mich interessieren könnte«, sagte sie. »Er ist jünger; ich sehe ihn manchmal auf dem Studiogelände. Er ist Fahrer, aber nicht meiner. Unglaublich süß, Danny, aber nicht besonders helle, soweit ich das beurteilen kann. Der würde in Null Komma nichts diese Irrumatio mit mir machen, und auch sonst alles. Jedesmal, wenn er mir über den Weg läuft, kommt er zwei, drei Tage lang in meinen Phantasien vor. Aber ich weiß nicht – angenommen, ich greife ihn mir? So gut wie in den Phantasien wird's nicht, ausgeschlossen. Entweder kriegt er Angst, und ich muß hinter ihm herrennen, oder er verliebt sich, und ich krieg Probleme, ihn loszuwerden, wenn sich die Lage etwas abkühlt.«

»Ich weiß nicht«, fuhr sie fort. »Früher hab ich mir diese süßen jungen Typen einfach gegriffen und mich dann gestritten, wenn Streit anstand, aber inzwischen bin ich wohl, so scheint's, nicht mehr cool genug. Jetzt greif ich sie mir kaum noch. Ich sage mir, daß die Phantasien zweifellos besser sind als die Realität, und ich belasse es bei den Phantasien.«

»Ich weiß nicht«, wiederholte sie entmutigt. »Irgendwie

schätze ich meine neue Vorgehensweise nicht. Eigentlich möchte ich mir den Knaben bloß greifen, ihn flachlegen und den Rest hinterher regeln. Das wäre mutiger – und macht bestimmt mehr Spaß.«

Sie seufzte. »Aber ich weiß nicht, ob ich das mache«, sagte sie. »Vielleicht bleibt der hier eine reine Phantasie. Ob das daran liegt, daß ich älter bin? – Wenn du die Geschichte mit deiner Tochter geregelt hast, kannst du ruhig mal anrufen«, sagte sie. »Ich möchte Irrumatio und noch ein paar andere Ausdrücke mit dir besprechen. Tschüß.«

Die letzten beiden Nachrichten auf dem Anrufbeantworter kamen beide von Marella Miracola, die von einem Autotelefon irgendwo außerhalb New Yorks angerufen hatte, wo sie gerade einen neuen Film vorstellte. Leider kam mein Anrufbeantworter mit Autotelefonen schlecht zurecht; er interpretierte kleine Zwischensignale als Endsignale und klinkte sich aus, was Marella jeweils nur fünf Sekunden Redezeit ließ.

»Hallo, hier ist Marella, ich fahre rum«, konnte sie gerade noch sagen, ehe sie vom Piepton abgeschnitten wurde.

Der zweite Anruf war nicht weniger kurz, aber die wenigen Sekunden waren vollgepackt mit südländischer Entrüstung.

»Es hat sich ausgeschaltet, ich hasse dein Gerät!« schrie Marella. »Ich hasse es, es macht mich krank!« Das Wort »krank« brachte sie genau vor dem Piepton heraus, danach war nichts mehr von ihr zu hören. Das war höchst bedauerlich, aber ich hatte ihr eine Million mal erklärt, daß mein Anrufbeantworter mit Autotelefonen launenhaft umsprang.

Danach ließ ich mein Band zurücklaufen und hörte mir noch den einen oder anderen Brocken aus dem Streit zwischen Gladys und Godwin an, um herauszufinden, ob er ernst geworden oder rein rhetorisch geblieben war. Zum Glück schien letzteres der Fall zu sein; die beiden würden wahrscheinlich noch mindestens ein, zwei Tage vor Handgreiflichkeiten zurückschrecken, ich mußte also nur daran denken, Jeanie anzurufen und ihr zum Ausstieg aus dem Vogelfrau-Film zu raten, und dann Nema ermutigen, den jungen Fahrer flachzulegen. Wahrscheinlich kam sie doch nicht dazu, aber die Ermutigung würde ihr guttun. Ich fand, Nema war noch etwas zu jung, sich ihre Abenteuerlust nehmen und eine allgemein ratsame Vorsicht walten zu lassen.

Draußen wurde es endlich hell. Ich trat auf meinen kleinen Balkon und schnupperte die neblige, ein bißchen scharfriechende Houstoner Morgenluft – der Geruch ließ mich nicht nur an die zahlreichen Jahre meines früheren Lebens denken, in denen ich die Morgendämmerung dieser Stadt geschnuppert hatte, sondern auch an ein noch früheres, vielleicht zellulares Stadium, an ein Leben im Urschlamm, dem Houston in mancher Hinsicht gleicht.

Am anderen Ende der Stadt, in Richtung Schiffahrtskanal und einer hoffnungslosen Andeutung von Sonne, schliefen T. R. und meine Enkel ... vor meinem inneren Auge war ihr Schlaf paradiesisch, von guten Träumen bewacht. Bald würden sie zum ersten Tag ihres neuen Lebens mit mir erwachen.

Bei dem Gedanken, daß ich die drei bald treffen würde, verspürte ich plötzlich einen Energieschub – ein mir von früher her geläufiges, aber jetzt kaum noch vertrautes Phänomen. Ich hatte mir nie eingebildet, mit hochkarätiger Intelligenz oder hochkarätigem Talent ausgestattet zu sein, ein paar Jahre lang hatte ich aber über hochkarätige Energie verfügt; wer die nicht hat, bringt es auch nicht so weit wie ich beim Serienfernsehen, wo man sowohl die Schnelligkeit eines Sprinters als auch die Ausdauer eines Marathonläufers benötigt, will man die zweiundvierzig Wochen, die eine Spielzeit dauert, lebend überstehen.

Früher hatte ich mich vollkommen auf meine Energie verlassen können; sie war so natürlich wie das Sonnenlicht und schien für die Bewältigung gleich welcher Aufgabe ausreichend. Doch dann ließ sie mich aus keinem medizinisch ersichtlichen Grund im Stich und verschwand so rasch wie die untergehende Sonne im Winter.

Der Erfolg, der mich früher angetrieben hatte, enervierte mich nur noch. Monatelang wurde ich wach und war lethargisch, gelähmt durch das Wissen, daß keine Notwendigkeit mehr bestand aufzustehen. Die Wahrscheinlichkeit war gering, daß ich irgend etwas besonders Interessantes oder Nützliches tun würde, wenn ich aufstand, also verzichtete ich oft darauf. Gladys ließ sich gewöhnlich überreden, mir Orangensaft oder heiße Schokolade ans Bett zu bringen; oft steckte ich einfach noch einen europäischen Krimi in den Videorecorder und sah Franco Nero und Konsorten zu, wie sie schäbige südländische Drogenhändler durch Genua, Neapel oder Palermo verfolgten.

Godwin und Gladys mochten es gar nicht, wenn ich den ganzen Vormittag im Bett blieb und mir diese Krimis ansah. Sie deuteten es als ein Zeichen moralischen Verfalls, worüber ich nicht mit ihnen stritt.

»Der einzige Unterschied zwischen dir und König Faruk besteht darin, daß er fetter war«, pflegte Godwin zu verkünden, während er nervös in meiner Schlafzimmertür stand.

»Tja, kann gut sein, daß ich genauso fett werde, bevor ich darüber weg bin«, sagte ich. Wenn man mir moralischen Verfall vorwarf, gab ich immer heitere Antworten. »Ihr ganzes Problem besteht darin, daß Sie nie einer geregelten Arbeit nachgegangen sind«, belehrte mich Gladys. »Es ist wichtig, daß man sich bewegt, damit das Blut zirkuliert.«

»Ich glaube, es zirkuliert auch, wenn man sich nicht bewegt«, sagte ich ohne jeden wissenschaftlichen Ehrgeiz.

»Wenn man auf einer Schreibmaschine rumhackt, zirkuliert es in den Fingern, schätze ich«, sagte Gladys, in das Thema Blutkreislauf vertieft, »aber auf einer Schreibmaschine rumhacken, würd ich nicht als geregelte Arbeit bezeichnen. Sie haben fünf Kamine hier im Haus, warum hüpfen Sie nicht morgens aus dem Bett und hacken ein paar Holzscheite? Das könnte hinhauen.«

»Auf den Fuß hinhauen könnt ich mir dabei. Wollen Sie das etwa?« fragte ich sie. Ich hatte noch nie in meinem Leben Holz gehackt.

»Immer noch besser, als wenn Sie Ihr ganzes Leben damit verschwenden, Filme anzusehen«, erwiderte Gladys störrisch. Sie ließ nicht gern von ihren Visionen, und in den nächsten Monaten kam sie wiederholt auf das Thema Holzhacken zurück, zweifelsohne von Präsident Reagans Beispiel angeregt; Gladys war eine glühende Bewundererin von Präsident Reagan, auch wenn die First Lady sie eher kaltließ.

»Sie gucken sich da Filme an, die sind nicht mal in Englisch«, sagte sie. »Ich wüßte nicht, wieso man sich einen Film in einer von diesen alten Sprachen ansehen sollte.«

Doch an diesem Morgen schien meine Energie nach langer Abwesenheit endlich zurückgekehrt zu sein. Ich hatte Lust, irgend etwas zu tun, und in Anbetracht der Tageszeit schien mir ein Spaziergang die beste Idee zu sein. Während die Sonne die schwindenden Nebelschwaden färbte, zog ich mich an und ging auf der South Main zur Rice-Universität, in deren verträumten Hainen ich mit Mitte und Ende Zwanzig während des Hauptstudiums so viele Stunden, in irgend etwas vertieft, zugebracht hatte. Damals wollte ich alles Wissenswerte über Literatur in Erfahrung bringen und war vom Gelingen meines Unternehmens überzeugt: Ich hatte vor, die gesamte englischsprachige Literatur zu lesen, von den ersten Runenfragmenten bis hin zu Iris Murdoch, um mich anschließend wie ein grasender Wiederkäuer der Verdauung der Literaturen Europas, der Steppen, Südamerikas,

Asiens zuzuwenden. Alles wollte ich lesen, und in der Zwischenzeit wollte ich schreiben.

Wieder unter den hohen Bäumen der Rice zu stehen, rief bei mir genau die wehmütigen Empfindungen hervor, die mir einem Mann meines Alters und meiner Position angemessen erschienen. Ich hatte eine lange Wegstrecke zurückgelegt, Jahrzehnte und Kontinente nicht der Literatur, sondern der Gefühle umsegelt, ehe ich wieder an diesen Hainen angekommen war; ich hatte einen schwachen ersten Roman geschrieben (und jedes Exemplar davon verbrannt, das mir in die Finger kam), eine Frau geheiratet und verloren und viele andere geliebt und verloren, mir aber, so hoffte ich, immerhin die Zuneigung einiger großartiger Frauen bewahrt. Ich hatte hundertachtundneunzig Folgen einer Ulkserie produziert, ein in neun Jahre gequetschtes Lebenswerk, auch wenn es fast vierzig Jahre gedauert hatte, bis ich reif dafür gewesen war.

Obwohl kein Leben dem Rilkes weniger gleichen konnte als meines, fiel er mir ein, als ich durch die maurischen Säulengänge des alten Verwaltungsgebäudes wandelte. Er hatte ein ganzes Leben gebraucht, bis er reif war, seine *Elegien* zu verfassen, die er in zwei heftigen Schüben niederschrieb, um wenig später zu sterben.

Mir war durchaus bewußt, daß sich ein Komödienproduzent nicht mit einem großen europäischen Lyriker vergleichen sollte, doch fielen mir gewisse Parallelen in unseren Lebensläufen dennoch auf ... Rilke pflegte mit Frauen hauptsächlich brieflichen Umgang, hätte aber zweifellos Anrufbeantworter benutzt, wären sie ihm seinerzeit verfügbar gewesen; das war die erste Parallele. Frauen, die kaum je um ihn waren, hatten ihn dennoch aufgebaut; das die zweite. Und ich hatte mich vierzig Jahre lang abgestrampelt und gezappelt, bevor ich »Al und Sal« ausspuckte, wonach ich gelassen den Tod begrüßt hätte, wäre mir das nur gelungen.

Außerdem war »Al und Sal« mindestens drei seiner neun Jahre lang wirklich gut – die Comedy-Serien-Entsprechung der *Duineser Elegien*, das einzige, was ich je vollbracht hatte und vollbringen würde, das an Kunst heranreichte.

Manche Insekten sterben nach der Paarung; ich habe schon immer jene Künstler bewundert, die nach vollzogener Paarung mit der Kunst aus dem Leben scheiden. Das schien mir eine bessere Lösung, als dazubleiben und eine alte Drohne zu werden, wie Wordsworth.

Während all der Jahre, in denen es mir nicht gelungen war, meine Tochter zu finden, geschweige denn zu treffen, hatte ich mir selbst eingeredet, für einen Künstler sei es besser, nur seine Kunst zum Kind zu haben; aber ich glaubte das nie. Es fehlte mir die rechte Überzeugung, daß ich ein Künstler war – sich als einen zu bezeichnen, genügte nicht. Man mußte auch Kunst schaffen, um ein Recht auf den Titel zu haben, und ich hatte keine geschaffen. Als ich dann schließlich doch ein bißchen davon schuf und quicklebendige, lebensechte Kinder für Al und Sal erfand, machte das nie den Umstand wett, daß ich dem tatsächlich von mir gezeugten Kind kein Vater war. Die Freuden und Leiden von Eltern waren ein ständiges Thema in den Diskussionen, Zwisten und ehelichen Rangeleien zwischen Al und Sal. Sal war für Babys; mit Ende Dreißig sah sie nicht ein, warum sie nicht noch eines haben sollte, und während drei geschlagener Spielzeiten war sie stocksauer auf Al, weil der ihr vorgeschlagen hatte, sich nach der Geburt ihres letzten Kindes sterilisieren zu lassen. Al war gegen Babys; er bearbeitete lieber seinen Rasen und hätte Sal liebend gern zum Sterilisieren gefahren, auch wenn er sich hütete, es ihr noch einmal vorzuschlagen. Der bloße Vorschlag hatte Sal wütender gemacht, als er sie je vorher oder nachher erlebte. »Wenn ich schon mit dir leben muß, kann ich dann nicht wenigstens fruchtbar sein?!« hatte Sal auf dem Höhepunkt dieses denkwürdigen Streits geschrien, eines Streits, der Millionen Amerikaner das Fürchten lehrte – schließlich konnte so etwas in den meisten ihrer Familien vorkommen.

Doch aus Sals Träumen von einem weiteren Kind wurde nichts – so absolut nichts, daß sie irgendwann Al verdächtigte, *er* habe sich heimlich sterilisieren lassen, nur um ihr einen Strich durch die Rechnung zu machen. Ihre gehässigen Bemerkungen über Als Vasektomie häuften sich so sehr und wurden so bitter, daß Al zu trinken anfing; die Diskussion trug wenig zur Förderung seiner Potenz bei, mit der es, wie Sal mit schonungsloser Offenheit ganz Amerika kundtat, ohnehin nicht mehr weit her war. Die Furcht vor weiterem Nachlassen quälte Al während der zwei verbleibenden Spielzeiten der Serie. Er verbrachte immer mehr Zeit auf seinem Rasentraktor, um einen Bogen um Sals Bett zu machen; Sal ihrerseits ließ immer unverhohlener durchblicken, daß sie zu kurz kam. Sie spülte im Negligé und räkelte sich im Bett, wobei sie sich Softpornos auf Kanal Z ansah. Sie lieferte ihrem Spiegel mehrere qualvolle Monologe zu dem Thema, warum ihr Mann sie nicht mehr attraktiv fand. Al kaufte sich zu seinem Schutz einen eigenen Fernseher, den er auf der verglasten Veranda aufstellte, wohin er sich immer häufiger zurückzog, um sich Hockeyspiele anzusehen und sich auf seiner geliebten Couch in den Schlaf zu trinken. Sal verfolgte ihn sogar dorthin. Einmal quälte sich der betrunkene Al aus Furcht vor einem ihrer Annäherungsversuche aus der Tür, fuhr auf seinem Rasenmäher die Straße hinunter und verlor die Beherrschung über sein Fahrzeug, ehe er das Ende des Blocks erreicht hatte. Zum allgemeinen Entsetzen durchpflügte der Mäher die makellos gepflegten Blumenbeete Junes, einer traurigen, kleinen alten Jungfer ein paar Häuser weiter, die nur für ihre preisgekrönten Blumen lebte. June verzieh Al, Sal nicht. »Jetzt bist du hoffentlich zufrieden«, sagte Sal eisig. »Du hast Junes Leben zerstört, und das nur, weil du unbedingt diese blöde Vasektomie haben wolltest. Ich wollte doch nur noch ein einziges Kind.«

So ganz erholte sich Al von dieser tragischen Nacht nie. Indem er die Beherrschung über seinen Rasenmäher verlor, hatte er die Beherrschung über sich und sein Leben verloren. Schließlich glaubte er, er hätte sich wirklich sterilisieren lassen. Sal wurde so gemein zu ihm, daß sich sogar Nema, ihre Darstellerin, Sorgen machte und mich bat, ihre Wut eine Spur zu dämpfen, doch ich konnte es nicht. So wie die Ehe zwischen Sal und Al zerstörte sich auch die Serie selbst und trieb auf eine Götterdämmerung des ehelichen Grolls, der Frustration, Konfusion, Schwäche und Unehrlichkeit zu. Ich war kurz davor, Sal den hübschen jugendlichen Sohn ihrer Nachbarin verführen zu lassen – Nema war sehr für diese Idee; ihr war es schon lange zuwider gewesen, sexuelles Interesse an dem dicklichen Al, also ihrem Partner Morgan Underwood, zu heucheln –, als der Sender, entsetzt von der Vorstellung, was Amerika wohl *davon* halten würde, schließlich den Stecker zog.

Ich für meinen Teil glaubte, daß die neunjährige Debatte über Freuden und Leiden der Kindererziehung, ausschließlich von einem Mann erdacht, der als Vater nie in Aktion getreten war, das eigentliche Erfolgsgeheimnis der Serie darstellte. Den Zuschauerzuschriften entnahm ich bald, daß Millionen Amerikaner, von den Bewohnern anderer Kontinente ganz zu schweigen, ebenso wie Al eine etwas zwiespältige Einstellung zum Thema Kinder hatten. Waren sie es wert? fragte die Serie. Schwer zu sagen, antwortete die Welt.

Während ich so über den stillen Campus der Rice-Uni stapfte, grübelte ich wieder über Rilke nach. Träumte er von den großartigen Wortgefügen seiner *Elegien,* nachdem er sie beendet hatte, so wie ich immer noch Szenen aus »Al und Sal« träumte? Oder wurde sein Schlaf nach Beendigung seines Lebenswerks zur friedlichen Leere, und wenn überhaupt, dann nur von den ihn unterstützenden, eleganten reichen Frauen bevölkert? Anders formuliert, brachte Kunst Frieden? Lohnten die *Elegien* ihrem Schöpfer die ihnen vorausgegangenen Jahrzehnte mühseliger, schwermütiger Neurose?

Ich würde es nie erfahren. Ich wußte nur, daß »Al und Sal« meinem Schlaf keineswegs gutgetan hatte. Ich war glücklich darüber, Multimillionär zu sein, doch mir war überhaupt nicht nach Aufatmen zumute; keine meiner Zukunftsängste war mir durch diese Serie genommen worden.

Gegenüber der Rice-Universität lag an der Main Street das große Medizinische Zentrum mit zwanzig Krankenhäusern. Ich schlenderte über die noch leere Straße und trieb mich zwischen den Krankenhäusern herum, bis ich auf das älteste stieß, dasjenige, in dem T. R. zur Welt gekommen war. Minutenlang stand ich auf dem kleinen Rasen davor und bemühte mich, mir die Gefühle jener schlimmen Nacht vor zweiundzwanzig Jahren ins Gedächtnis zu rufen.

Doch meine Erinnerung an jene Gefühle, einst so schmerzhaft wie eine Verbrennung, war verblaßt und verschwommen, neue Haut war darüber gewachsen. Es hatte geregnet, das wußte ich noch, und ich war sehr müde gewesen, nachdem ich die lange Strecke von San Francisco mit nur kurzen Pausen zurückgelegt hatte. Damals war mein Timing oft katastrophal gewesen, am allerschlimmsten jedoch in jener Nacht; ich erreichte das Krankenhaus just in dem Augenblick, als Sallys Eltern es verließen. Ihr gräßlicher Vater, Mr. Bynum, prügelte so lange auf mich ein, bis ich ins matschige Gras fiel; Mrs. Bynum, ihre ebenso gräßliche Mutter, feuerte ihn an und nannte mir all die vielen Gründe, weshalb ich weder der geeignete Mann für ihre Tochter noch der geeignete Vater für ihr Enkelkind sei. Verwirrt durch die Schläge, sehr müde und sehr naß, hatte ich die Bynums schließlich in die Flucht geschlagen, indem ich einen Schwall von Obszönitäten ausstieß, oder jedenfalls von Wörtern, die sie meines Wissens für obszön hielten: Ficken, Schwanz, Klitoris, Nippel etc. Dann, von Schmerzen geplagt, hatte ich hingenommen, was ich für eine bloß vorübergehende Niederlage hielt. Ich verließ das Krankenhaus, besuchte meine liebe Freundin Emma Horton – inzwischen ist sie an Krebs gestorben – und fuhr Richtung Süden zum Rio Grande, in dem ich meinen miserablen, geistesschwachen zweiten Roman versenkte.

Die Niederlage – also der verspätete Beginn meines Lebens als aktiver Vater – hatte länger gedauert, als ich in jener Nacht vor dem Krankenhaus je hätte ahnen können. Sie hatte erstaunliche und allem Anschein nach unentschuldbare zweiundzwanzig Jahre angehalten.

Doch nun war ich endlich wieder da und hoffte, daß sich das alte Sprichwort »besser spät als nie« bewahrheiten würde. Irgendwo in Lawndale, jenseits der betriebsamen Autobahnen, der Baracken und ungestrichenen Häuser des Dritten Bezirks, schliefen T. R. und ihre kleinen Kinder. Wenn sie aufwachten, würde mein Leben als Vater und Großvater endlich anfangen.

Zweiter Teil

1

Wieder im Warwick, löste meine Fixiertheit auf erste Sätze oder auf Anfänge jeglicher Art sofort Panik bei mir aus. Nicht mehr lange, und ich würde T. R. gegenüberstehen. Welche ersten Worte sollte ich an mein lange verloren geglaubtes Kind richten? War diese Frage nicht zehnmal wichtiger, und somit zehnmal angsteinflößender, als die Wahl eines ersten Satzes für meinen Roman?

Im Falle T. R.s waren die Konsequenzen der Wahl so gewaltig, daß sie mich lähmten. Eigentlich hatten wir unsere ersten Sätze bereits gesagt, wenn auch nur am Telefon, was ihre Wirkung gegenüber von Angesicht zu Angesicht gesprochenen Sätzen etwas abschwächte. Was, wenn ich sie gleich zu Anfang auf die Palme brachte, wie es mir ja schon wiederholt gelungen war? Sie besaß die Ungeduld der Jugend, oder vielleicht war es auch ihre ureigenste Ungeduld. Womöglich war sie anspruchsvoller als der anspruchsvollste Leser; womöglich erwartete sie zu viel – zum Beispiel, daß ich meine zweiundzwanzigjährige Abwesenheit irgendwie mit ein paar ausgewählten Worten wettmachte.

Nach ein paar Minuten hilfloser Angst, in denen ich merkte, daß ich nichts an Kleidern mithatte, als was ich auf dem Leib trug – ich hatte einen Koffer gepackt und in meinem Arbeitszimmer stehenlassen –, beschloß ich, Rat einzuholen, und rief Jeanie an. Doch Jeanie Vertus war nicht zu Haus; ich hörte eine zurückhaltende, in neutralem Ton gesprochene Nachricht, die die Nummer des Anschlusses nannte, den ich soeben erreicht hatte, mehr nicht.

»Hör zu, da ich dich schon mal dranhabe, ich finde, du solltest dich aus diesem Vogelfrauen-Film zurückziehen«, sagte ich. »In Zusammenhang mit meiner verrückten Vogelfrau in ›Al und Sal‹ habe ich etwas herausgefunden, nämlich daß nur sehr wenige Vogelliebhaber je ihre Familien vernachlässigen. Zu neunundneunzig Prozent sind sie ausgezeichnete Nestbauer; absolut alles, was sie machen sollen, machen sie genau wie die Vögel. Hab ich dir nie erzählt, wie sich die Audubon-Gesellschaft und all die anderen Vogelvereine wegen dieser Figur aufgespult haben? Hör auf meinen Rat: *Nimm keine Rolle an, in der du deine Familie vernachlässigst!* Außer du vernachlässigst sie wegen einer leidenschaftlichen Affäre mit Marcello Mastroianni oder so jemandem, und selbst dann ist es riskant. Deine Millionen Fans möchten, daß du dich gut benimmst, und daran solltest du dich halten.«

»Ich bin furchtbar nervös wegen der Begegnung mit meiner Tochter, deshalb bin ich so emphatisch«, sagte ich. »Jetzt, wo es wahrscheinlich zu spät ist, ist mir klarer denn je, wie wichtig Familiensinn ist. Du fehlst mir«, ergänzte ich hilflos. »Ich liebe dich. Tschüß.«

Dann rief ich Nema an, die in ihrem Wohnwagen wenig erfreulichen Phantasien nachhing, während sie sich durch die zweite Spielzeit einer nicht sonderlich energiegeladenen, »Frau Direktor« betitelten Serie schlug, in der sie die mächtigste Managerin Amerikas spielte, eine Art Kreuzung aus Katharine Graham und Sherry Lansing, eine kühl-effiziente Frau, die sich nach Feierabend überhaupt nicht kühl aufführte. Unglücklicherweise waren die Männer, die die Serie produzierten, nicht kühl-effizient; sie wurstelten sich durch eine Folge nach der anderen, machten kostspielige Produktionsfehler und vergeudeten jedermanns Zeit, einschließlich ihrer eigenen.

»Jede Schnecke ist schneller als diese Produzenten«, sagte Nema.

»Du klingst ziemlich gelangweilt«, sagte ich.

»Gelangweilt ist noch geschmeichelt, ich bin abgestumpft«, klagte sie. »Im Moment würde ich wahrscheinlich alles und jeden flachlegen, der durch diese Tür hereinkommt. Das würde mich immerhin ein paar Sekunden lang beschäftigen.«

»Ich hab gerade überlegt, was ich meiner Tochter bei unserer ersten Begegnung sagen soll«, erzählte ich. »Manchmal ist der erste Eindruck entscheidend. Ich möchte ungern einen falschen ersten Eindruck machen.«

»Du bist ihr noch nicht mal begegnet?« staunte Nema. »Sie hat gestern angerufen. Wieso brauchst du so lange?«

»So lange nun auch wieder nicht«, protestierte ich. »Ich mußte erst nach Houston fahren, und als ich hier ankam, war sie gerade tanzen. In ein paar Minuten fahre ich zu ihr, aber ich mache mir Sorgen, was ich sagen soll.«

»Wie wär's mit ›Hi, ich bin dein Daddy‹«, schlug Nema ein wenig spöttisch vor. »Steig ins Auto und fahr zu deinem Kind. Grübel nicht drei Stunden lang drüber nach, was du sagen sollst.«

»Du hast recht, ich breche sofort auf«, sagte ich.

»Ich mach mir allmählich Sorgen, daß mein Reservoir an Phantasien schrumpft«, sagte Nema. »Was meinst du, was kann ich dagegen tun?«

»Ich weiß nicht«, sagte ich. »Vielleicht könntest du einen Kurs belegen, oder so.«

»Einen Kurs – ›Phantasieren leicht gemacht‹?« fragte sie verdutzt. »Von einem Kurs im Phantasieren hab ich noch nie gehört. An der Uni, oder wo?«

»Wer weiß, vielleicht gibt's einen Unikurs«, sagte ich unbestimmt. Die Bemerkung war mir eigentlich nur so herausgerutscht; Nema ohne Phantasien war wie Laurel ohne Hardy. Ich hatte keine Ahnung, ob irgendeine Uni schon so weit gesunken war, einen Phantasiekurs in irgendeinem Studiengang aufzunehmen, doch ausgeschlossen war das nicht; wohl kaum Harvard oder Yale, aber eine Menge Universitäten waren nicht Harvard oder Yale.

»Präzisier das bitte«, sagte Nema. »Es ist mir wichtig. Die Arbeit an dieser dämlichen Serie ist dermaßen langweilig, daß mein Phantasieleben verkümmert. Es kommt noch soweit, daß ich mir kaum mehr vorstellen kann, mit jemandem auf ungewöhnliche Weise zu vögeln – jetzt stell ich mir meist nur noch die Missionarsstellung vor, wenn überhaupt.«

»Ich werd versuchen rauszufinden, ob irgendwer Kurse darin anbietet«, versprach ich, und dann wurde Nema zu den Dreharbeiten gerufen.

»Ruf mich wieder an, sobald du was rauskriegst«, sagte sie. »Eine so erfahrene Frau wie ich sollte von etwas Ausgefallenerem als der Missionarsstellung phantasieren können.«

Als sie aufgelegt hatte, saß ich auf meinem Bett und fühlte mich einsam. Natürlich hatte Nema mir genau gesagt, was zu tun war: Zur Dismuke Street flitzen, T. R. aufstöbern und sagen: »Hi, ich bin dein Daddy.« Nema hatte sieben Kinder und die entsprechende Erfahrung; es gab für mich keinen Grund zu bezweifeln, daß sie das Einmaleins elterlichen Verhaltens beherrschte. Sie mochte Kinder, sie hatte Kinder in die Welt gesetzt, sie zog Kinder groß, und die sie großzog, waren allesamt gesund, munter und gelungen.

Sie war sowohl äußerst sachkundig als auch mit reichlich gesundem Menschenverstand ausgestattet; ihr Rat war naheliegend. Ich mußte mich aufraffen und meinen guten Willen unter Beweis stellen, auch wenn sich dieser gute Wille zu Beginn in unausgefeilten Formulierungen äußerte.

Trotzdem wünschte ich mir unwillkürlich, mit den beiden Anrufen wäre es umgekehrt gewesen, und ich hätte Nemas Anrufbeantworter und Jeanie persönlich erreicht. Jeanie war kinderlos und hätte mir gar keine Ratschläge gegeben, mir aber bei meinem unentschiedenen Hin und Her, welches der richtige Ansatz sei, beigestanden. Vielleicht hatte sie keine

Ahnung, was ich T. R. sagen sollte, aber sie hätte wie ich die Notwendigkeit gesehen, es vorher zu proben.

Ob unter vier Augen oder am Telefon, eigentlich hatten wir einen Großteil unserer gemeinsamen Zeit mit Proben verbracht, wie wir es unumwunden nannten, nur daß wir nicht Szenen aus Stücken oder Filmen probten, sondern solche, von denen wir annahmen, sie könnten im wirklichen Leben bald auf uns zukommen und müßten dann tatsächlich gespielt werden. Häufig rief Jeanie in der Hoffnung an, etwas Zeit für das Proben bevorstehender Ereignisse zu bekommen, die sie in eine gute szenische Form bringen wollte, etwa ein geschäftlicher Termin, eine Wohltätigkeitsveranstaltung, ein Streit mit ihrem Dienstmädchen, eine erste oder eine letzte Verabredung. An der Vorbereitung auf diese echten Dramen arbeiteten wir so eifrig, wie nur je Stanislawski mit Nemirowitsch-Dantschenko gearbeitet hatte, und ließen auch nicht die kleinste Feinheit des nahenden Ereignisses außer Acht.

Wenn es dann stattfand, hatte es natürlich keinerlei Ähnlichkeit mit unseren Proben. Handelte es sich um eine Liebesaffäre, auf deren zartes Keimen Jeanie hoffte, versuchte der Kerl natürlich, sie bei der ersten Verabredung schon zwei Minuten nach seinem Eintreffen im Fahrstuhl zu vögeln; hoffte sie auf einen raschen Anfang, unterließ er es. »Beim Vorsprechen bin ich so gut, warum bin ich bloß im Leben so schlecht?« fragte Jeanie mich oft. »Ich probe und probe, aber nie wird es so, wie ich es geprobt habe.« Beim Vorsprechen war sie tatsächlich glänzend, im Leben weniger, jedenfalls wenn man Techtelmechtel und Konfrontationen mit Filmregisseuren für das Leben hält.

An Jeanie schätzte ich, daß sie die Furcht ernst nahm, welche die Unendlichkeit menschlicher Möglichkeiten manchen Menschen macht, jedenfalls ihr und mir. Wir konnten endlos reden und proben und hörten doch immer so auf, wie wir angefangen hatten, nämlich unentschieden; denn Unentschiedenheit war (in Henry James' Worten) der Hafen, aus dem Gespräche zwischen Jeanie und mir stets ausliefen, wie auch der Hafen, in den sie unweigerlich zurückkehrten.

In unserer zwanzigjährigen Beziehung, während der wir uns fast täglich unterhielten, hatten Jeanie Vertus und ich uns nie so recht entscheiden können, ob wir ineinander verliebt waren. Wahrscheinlich dachten wir beide irgendwann einmal, wir wären es, kamen aber mit unseren Proben nie an den Punkt, daß wir uns eine regelrechte Aufführung zutrauten. Wir konnten uns nicht entscheiden, wie wir es spielen sollten, und genau das gleiche Problem stellte sich mir jetzt bei meiner Tochter.

Ich sehnte mich nach einem Gespräch mit Jeanie, doch Jeanie war nicht da, um mir diese letzte Verzögerung zu gönnen. Also seufzte ich ein paarmal, rief dann die Garage an und bestellte mein Auto.

2

Als ich T. R. das erstemal sah – nachdem ich einen umständlichen, mich aber ruhiger stimmenden Weg in die Dismuke Street gewählt hatte, der eine Schleife auf dem East Tex Freeway einschloß – saß sie auf einer alten Holzbank hinter dem Mr. Burger und aß ein Bananensplit. Bo und Jesse, meine Enkel, greinten erbärmlich und sabberten und streckten die kleinen Hände zu ihrer Mutter empor; Jesse hopste beim Betteln auf kleinen, ziemlich strammen Beinen in ihrem Sportwagen auf und ab. Der Sportwagen, der älter wirkte als Bo und Jesse zusammengenommen, war mit Klebeband umwickelt. Ganz empört darüber, daß ihr ein Teil des Bananensplits vorenthalten wurde, hopste Jesse entsprechend energisch; es sah mir gar nicht danach aus, als ob der Sportwagen das noch lange mitmachen würde.

Bei meinem Eintreffen war das Bananensplit bereits so gut wie vertilgt; seine Reste, eine dicke Erdbeer-Schokoladensoße, füllten das übliche kleine Papierkanu. Wenn sie sich nicht gerade einen Löffel Soße genehmigte, hielt T. R. das Kanu hoch, weit außer Reichweite der Kinderhände.

»Ihr hättet eure Dauerlutscher nicht wegwerfen sollen«, teilte sie ihren Kindern nüchtern mit. Ihre Sachlichkeit fiel mir sofort auf. Diesen Charakterzug mußte sie von Sally haben, denn obwohl ich mich ein Leben lang darum bemüht hatte, war mir echte Sachlichkeit immer abgegangen.

»Die zu lutschen, sollte einen ganzen Tag dauern, deshalb heißen sie schließlich Dauerlutscher«, fuhr T. R. fort, kippte das Kanu etwas und füllte geschickt ihren Plastiklöffel mit Schokosoße.

Als Bo zu dem Schluß kam, er würde wohl nichts von der Soße abbekommen, hüpfte er auf der Stelle, wobei sein Gesicht sich verfinsterte.

»Peng, peng, peng!« rief er und zielte mit dem Finger auf seine Mutter.

In einer geschmeidigen Bewegung, die mich entfernt an Gabriela Sabatinis anmutige Drehungen an der Grundlinie erinnerte, setzte T. R. das Kanu auf der Bank neben sich ab, fing die Hand, mit der Bo auf sie schoß, hob ihn mit einer halben Drehung kurz hoch und verpaßte ihm einen schwungvollen Klaps auf den Po. Nach einer erneuten halben Drehung sah sie ihm fest in die Augen.

»Schieß ja nicht auf mich, auch nicht im Spiel«, sagte sie streng. »Jesus mag nicht, wenn kleine Jungs auf ihre Mütter schießen.«

»Peng, Jesus«, sagte Bo trotzig. Kaum ließ T. R. ihn herunter, drehte er sich um und floh, Phantasieschüsse hinter sich abfeuernd.

»Peng, peng, peng«, rief er aus sicherer Entfernung.

»Peng«, wiederholte Jesse unsicher.

T. R. nahm ihr Bananensplit wieder auf.

»Siehst du«, sagte sie mit einem Blick auf Bo. »Jetzt hast du deine eigene kleine Schwester so weit, daß sie versucht, Jesus und mich zu erschießen. Auf deinen nächsten Dauerlutscher kannst du lange warten.«

Bei genauerem Hinsehen bemerkte ich zwei zitronenfarbene Dauerlutscher, die nicht weit von Jesses Sportwagen im Dreck lagen. Bo, der nur eine winzige Badehose in der gleichen häßlichen Farbe wie die von Godwin anhatte, griff hinein und zog sein Zipfelchen von einem Penis heraus. Nach kurzer, äußerster Konzentration pinkelte er in die Gegend der Lutscher, wobei er seiner Mutter finstere Blicke zuwarf.

»Peng«, sagte Jesse leiser. Sie stand in ihrem Sportwagen,

hopste aber nicht mehr. Sie holte ihr Fingerchen aus der Luft und steckte es in den Mund, während sie ihrem Bruder beim Pinkeln zusah.

T. R., leger mit T-Shirt, abgeschnittenen Levi's und Sandalen bekleidet, reagierte gelassen auf diese Entwicklung.

»Die Lutscher waren sowieso versaut, es ist ganz egal, ob du noch draufpullerst«, erklärte sie Bo. »Du kannst wirklich nicht viele Probleme damit lösen, daß du deinen kleinen Schniepel rausholst und Sachen anpinkelst, aber wenn du's unbedingt ausprobieren willst, nur zu.«

Dann sah T. R. zu mir hoch. Ich hatte ein gutes Stück weiter unten in der Dismuke Street geparkt und mich vorsichtig dem Grüppchen genähert, wie man sich vielleicht einem Rudel Löwen nähert, das gerade in Familienspiele vertieft ist.

Das war ein zutreffender Vergleich, weil T. R. eine große, lässig-anmutige junge Frau war, bei der man unwillkürlich als erstes an eine nachsichtige junge Löwin dachte, die nach Beendigung einer kleinen Zwischenmahlzeit, Antilope vielleicht, mit ihren Jungen spielt. Sie hatte aschblondes Haar, weder ganz blond noch ganz braun, und feine Gesichtszüge, mädchenhaft geschwungene Wangen und viel vollere Lippen als ihre Mutter.

Sogar aus zwanzig Metern Entfernung hatte ich das Gefühl, mich einem edlen Tier zu nähern, sehr schön anzusehen, sehr unberechenbar.

Bevor sie aufsah, hatte sie der näherkommenden beleibten Gestalt auf dem Bürgersteig keinerlei Beachtung geschenkt; diese beleibte Gestalt war natürlich ich. Doch dann betrat ich den von ihr überwachten Kreis, will sagen, ich kam nahe genug, um ihre Jungen zu bedrohen. Nicht daß sie aufstand oder gar zum Sprung ansetzte – nach einem Blick auf mich nahm sie noch einen Mundvoll Bananensplit –, aber nur, weil der eine Blick sie von meiner Harmlosigkeit überzeugt hatte.

»T. R., ich bin dein Dad«, sagte ich schwach und hatte das Gefühl, soeben den dürftigsten ersten Satz meines Lebens geäußert zu haben.

3

»Diese Dew macht tolle Bananensplits«, sagte T. R. Bei aller Sachlichkeit war sie von meinem leibhaftigen Auftreten wohl doch etwas verwirrt – vielleicht funktionierte ich wie Nemas Liebhaber besser als Phantasiegestalt.

»Die beiden Kleinen hier würden ihre scharfen kleinen Zähne für ein Bananensplit hergeben«, setzte sie mit einem hoffnungsvollen Blick auf mich hinzu.

»Ich gebe einen aus, wenn sie Bananensplits essen dürfen«, erbot ich mich und winkte Dew, die mir aus dem Fenster des Mr. Burger zugrinste.

T. R. prüfte die Angelegenheit ein Weilchen, musterte mich und ihre Kinder.

»Ich weiß nicht recht, ob ein kleiner Junge, der auf seinen Dauerlutscher pinkelt, ein Bananensplit verdient«, sagte sie mit einem Blick auf Bo. Der hatte seinen kleinen Urinvorrat erschöpft, fummelte aber immer noch an seinem Penis herum, als erwarte er jeden Augenblick einen weiteren Strahl.

Bislang hatte er mich nicht weiter beachtet, anders Jesse. Sie hatte hellblaue Augen, feines blondes Haar und einen Schmollmund. Nach nur kurzer Prüfung reckte sie mir die Ärmchen entgegen.

»Siehst du, Jesse ist die Freundliche von beiden«, sagte T. R. »Sie ist für singen und tanzen und umarmen. Bo hat's mehr mit Leute prügeln, wenn er nicht versucht, irgendwas anzupinkeln oder Katzen kleinzukriegen. Eben ein richtiger Durchschnittstyp, unser Bo.«

Jesse streckte noch immer ihre Ärmchen nach mir aus, erhöhte dann aber unversehens den Einsatz, indem sie zu schreien anfing.

»Nimm sie schnell hoch, gleich schreit sie richtig«, sagte T. R. »Es ist Erpressung, aber es gibt nichts Schlimmeres, als sich Jesses Schreien anhören zu müssen. Dew kriegt jedesmal üble Kopfschmerzen, wenn Jesse schreit.«

Ich hob das kleine Mädchen aus seinem Wagen und hielt es unbeholfen. Ich hatte noch nicht oft in meinem Leben kleine Kinder gehalten, und es war Jahre her, daß ich mich zuletzt daran versucht hatte. Jesse musterte mich ernst, so ernst, daß ich mir wie auf der Anklagebank vorkam. Bo kam plötzlich angelaufen und trat nach mir. Offenbar paßte es ihm nicht, daß ich seine kleine Schwester auf dem Arm hatte. Da er barfuß war, tat ihm der Tritt mehr weh als mir. Jesse sah selbstgefällig auf ihn herab – ich glaube, sie genoß es, außer Reichweite zu sein.

»Du hast gerade deinen Grandpa getreten«, klärte T. R. ihn auf. »Er ist der Mann mit dem Flugzeug, aber ich weiß wirklich nicht, warum er dich drin mitnehmen sollte, wenn du so eklig zu ihm bist. Geschieht dir recht, wenn du dir am Zeh weh getan hast.«

Jetzt wurden wir von mexikanischen Teenagern umzingelt, denselben, die ich am Vorabend beim Mr. Burger gesichtet hatte. Ein pummeliges Mädchen versuchte Bo zu trösten, der mich haßerfüllt anstierte, seinen dreckigen Dauerlutscher aufhob und sich damit einige Schritte weit zurückzog.

Ein schwangeres Mädchen, das wie etwa fünfzehn aussah, streckte Jesse die Hände entgegen.

»Darf ich Jesse halten?« fragte sie. »Ich muß üben, für wenn ich mein Baby kriege.«

Großväter schienen eine Entscheidung nach der anderen treffen zu müssen. Kaum hatte ich Jesse hochgenommen, da wurde schon von mir verlangt, sie an ein schwangeres, mexikanisches Mädchen weiterzureichen. War das in Ordnung? Ich wußte es nicht.

»Die große Frage ist, ob Jesse einverstanden ist«, sagte T. R.

»Jesse hat ihren eigenen kleinen Kopf. Sie ist die Clevere in der Familie.«

»Sie kennt mich«, sagte die Mexikanerin. »Ich halte sie dauernd.«

Dem unerfahrenen Auge mochte Jesse gewillt erscheinen – sie sah das mexikanische Mädchen mit einem sanften, gütigen Gesichtsausdruck an. Doch sowie ich sie weiterreichen wollte, wurde mir klar, wie ungeschult mein Blick war. Jesse hatte bequem in meiner Armbeuge geruht; kaum machte ich mich daran, sie in die ausgestreckten braunen Hände zu senken, verwandelte sie sich in eine steife Säule aus widerspenstigem Fleisch, und der Schrei, den sie ausstieß, war so laut, daß ich im ersten Moment nicht glauben mochte, daß er von dem winzigen Mädchen auf meinem Arm herrührte. Verglichen mit Jesses Schrei klang eine Krankenwagensirene wie eine Blockflöte. T. R. und Bo steckten sich beide die Finger in die Ohren; die kleine Mexikanerin lief davon. Die anderen Jugendlichen lachten. Ich konnte mir nicht die Ohren zuhalten, ohne Jesse fallen zu lassen. Der Lärm war so betäubend, daß ich für einen Moment die Orientierung verlor; mir war, als hätte ich mich während des Abflugs einer Concorde auf die Startbahn verirrt.

Allerdings wußte ich, daß es sich nicht gehörte, meine Enkelin fallenzulassen, also stand ich es durch. Jesse hörte so jäh zu schreien auf, wie sie angefangen hatte; ihr knallrot angelaufenes Gesicht wurde zusehends heller, und der steife kleine Körper wurde wieder weich und machte es sich zufrieden in meiner Armbeuge bequem.

T. R. nahm ihre Finger aus den Ohren. »So ist das, wenn Jesse schreit«, sagte sie.

4

Mit einem Mal fühlte ich mich etwas schwach; Jesses Schrei hatte eine Reihe von Nachbeben in meinem Nervensystem ausgelöst. Ich befand mich noch im Bannkreis meiner nächtlichen Migräne, und es bedurfte nicht viel, um mich zum Zittern zu bringen. Einen Moment lang fühlte ich mich schwächer als schwach; ich hatte die grauenhafte Befürchtung umzukippen, und verspürte ein aufsteigendes Schwindelgefühl. Durch das Fenster des Mr. Burger sah ich, wie Dew und Sue Lin mich angrinsten, ihre Gesichter flimmerten wie Luftspiegelungen auf einer Autobahn. Ich war entsetzt. Die sonst so festgefügte Welt zitterte wie Wackelpudding; oder vielleicht war nur ich es, der zitterte.

Ich wußte, es wäre kein guter Anfang unseres Familienlebens, wenn ich umkippte und meine kleine Enkelin unter mir zerquetschte. In dem verzweifelten Versuch, diese Katastrophe abzuwenden, ließ ich mich mit zwei zittrigen Schritten neben T. R. plumpsen. Sie hatte ihr Bananensplit neben sich auf die Bank gestellt und fand gerade noch Zeit, es wegzureißen. Trotzdem schwappte etwas Soße über.

»Verzeihung«, sagte ich. »Ich fühle mich etwas schwach.«

»Du hast noch Glück, daß sie nicht mit voller Lautstärke geschrien hat«, sagte T. R. und legte mir mitfühlend eine Hand auf den Arm. »Letzte Woche hat sie einen Polizisten mit voller Lautstärke angebrüllt, der wollte sich nämlich mit ihr anfreunden, aber ihr war nicht danach, und da mußte er sich eine halbe Stunde lang in seinem Streifenwagen hinlegen. Es heißt, daß Babys so brüllen, um Tiger in die Flucht zu schlagen, aber ich weiß nicht. Jesse ist noch nie einem Tiger begegnet.«

»Da«, sagte Jesse, als sie in meiner Tasche einen Kuli erspähte. Sie zog ihn heraus, untersuchte ihn kurz und hielt ihn ihrer Mutter zur Begutachtung hin.

»Ball«, sagte sie bestimmt.

T. R. schüttelte den Kopf. »Du solltest allmählich lernen, daß du nicht alles auf der Welt Ball nennen kannst, Jesse«, sagte sie. »Ich weiß, dieses Wort ist leicht auszusprechen, aber es paßt nicht zu allem.«

Jesse inspizierte den Kuli gründlicher. Sie wedelte ein wenig damit herum, steckte ihn in den Mund, nahm ihn wieder heraus.

»Ball«, wiederholte sie, als habe sie sich die Sache gründlich durch den Kopf gehen lassen und sei zu einem unumstößlichen Ergebnis gelangt.

Eine Sekunde später überfiel mich unerwarteterweise mein Enkelsohn, der sich aus dem Nichts auf mich stürzte und einen Satz nach dem Kuli machte. Sein Schwung trug ihn auf meinen Schoß, wenn auch knapp am Ziel vorbei. Jesse hielt den Kuli in sicherer Entfernung hoch, woraufhin Bo, der mich nur insofern beachtete, als ich eine nützliche Plattform für ihn war, sie mit dem staubverklebten Dauerlutscher schlug, den er aufgehoben hatte. Bo war zwar nicht groß, aber – genau wie Nema – ein kleines Energiebündel. Jesse hielt den Kuli außer Reichweite, und ich hielt Jesse außer Reichweite, doch in den ersten paar Sekunden des Überraschungsangriffs schien Bo es mit uns beiden aufnehmen zu können.

»Peng, tot, peng, tot!« brüllte er Jesse ins Ohr. Er brüllte nicht so laut wie Jesse schrie, aber immer noch laut genug.

Ich war gerade dabei, mich von meinem Schwindelanfall zu erholen, und hatte nicht mit einem kleinen, dreckigen, sich auf meinem Schoß windenden Jungen gerechnet, der mit einem verschmutzten Dauerlutscher auf seine Schwester eindrosch. Während der ersten Sekunden von Bos Attacke wurde man unwillkürlich an den Salt-II-Vertrag erinnert ... mir war, als träfe mich ein Erstschlag, und ich war mit Abschreckungswaffen nicht gerüstet. So wurde ich auf meine Grundprinzipien zurückgeworfen, und mein allererster Grundsatz war, Jesse nicht fallen zu lassen, deren Abschrekkungskapazität gar nicht so ohne war; heftig strampelnd schaffte sie es, ihren Bruder mit beiden Füßen ins Gesicht zu treten.

Liebend gerne hätte ich mir Bo geschnappt, doch ich hatte keine Hand zum Schnappen frei. Mir kam die erstaunlich klare Erkenntnis, daß Gott und/oder die Evolution einen Fehler gemacht hatten, uns Primaten mit nur zwei Händen auszustatten. Welch eine Fehlkonstruktion! Zweifellos brauchten Eltern und Großeltern ein Paar Hände für jedes Kind, wie sollte man sonst das eine halten, während man das andere packte?

Außerdem wurde mir schlagartig klar, wieso sich bestimmte Phrasen in einer Sprache halten können: Während sich meine beiden Enkelkinder in einem totalen Krieg um meinen Kuli befanden, schien mir die Phrase »Die Zeit schien stillzustehen« äußerst präzise. Die Rauferei dauerte höchstens ein paar Sekunden, doch mir, dem Epizentrum des Angriffs, wollte sie endlos scheinen, ein Sechs-Tage-Krieg, nahezu ein Dreißigjähriger Krieg ... ein Krieg, der ganze Generationen verschleißen konnte.

Mein einziger zusammenhängender Gedanke während des Kampfgetümmels war der Entschluß, nie mehr einen Kuli in der Tasche zu tragen. Denn dieser scheinbar harmlose Umstand hatte grauenhafte, unvorhersehbare Folgen gezeitigt.

Dann schnappte T. R. sich Bo und hielt ihn auf Armeslänge Abstand; während sie die Ruhe selbst zu sein schien, trat und wand sich Bo weiter auf das Heftigste. Zum Glück hatte T. R. lange, starke Arme; seine Tritte erreichten sie nicht, und als er versuchte, sie ins Handgelenk zu beißen, kippte sie ihn um und hielt ihn mit dem Kopf nach unten, bis sein Gezappel nachließ.

Als sie ihn wieder auf die Füße stellte, schluckte er kurz, warf seiner Schwester einen kalten, haßerfüllten Blick zu und brach in Tränen aus. Im Handumdrehen heulte er so heftig, daß er kaum noch Luft bekam. T. R. sah ein Weilchen zu, nahm dann die Überreste ihres Bananensplits und bot ihm einen Löffel voll an. Er weinte zu sehr, um dies mitzubekommen, und als er es merkte, hob und senkte sich seine kleine Brust so heftig, daß er eine Weile brauchte, um sich soweit zu beruhigen, daß er ihr Friedensangebot annehmen konnte.

Während ich dieser Verhandlung zusah, hatte ich Jesse ganz vergessen. Ich hielt sie immer noch auf Schulterhöhe.

»Wäh!« sagte sie vernehmlich. Wieder verwandelte sie sich in eine widerspenstige Säule, nur daß es mir diesmal so vorkam, als wolle sie weg von mir. Ich ließ sie auf mein Knie herunter und überlegte krampfhaft, ob sie laufen konnte. Den Kuli immer noch fest umklammernd, wand sie sich augenblicklich von meinem Knie.

»Wäh!« wiederholte sie, ein Zorneslaut, der ihrer Mutter galt.

Rasch arbeitete sie sich an der Bank entlang bis zu T. R. vor und sperrte wie ein Vögelchen den Schnabel auf, damit diese ihr etwas von dem klebrigen Bananensplit fütterte.

»Ich hab nie gesagt, daß du nichts kriegst«, stellte T. R. fest, als sie auch ihr etwas abgab.

»Meine Güte«, sagte ich erschöpft. »Man kommt nicht gegen sie an, was?«

T. R. lachte.

»Du lernst fix, Grandpa«, sagte sie.

5

Nie war ich für den schlichten Halt, den eine Bank bietet, so dankbar gewesen wie diesmal, als ich auf der Bank hinter dem Mr. Burger saß. Ich war erst seit etwa fünf Minuten Familienoberhaupt, aber schon total erledigt, was T. R. nicht entging.

»Du siehst irgendwie ziemlich geschlaucht aus«, sagte sie. »Glaubst du, du hast gleich einen Herzinfarkt, oder was?«

»Ich glaube nicht, daß ich einen bekomme«, sagte ich. Auf die Idee war ich in meinem Leben noch nicht gekommen. Theoretisch wußte ich wohl, daß fünfzigjährige Männer mit Typ-A-Charakter wie die Fliegen an Herzinfarkten sterben, fühlte mich aber trotzdem nicht gefährdet.

»Warum fragst du?« sagte ich. »Sehe ich so aus, als hätte ich einen Herzinfarkt?«

»Du bist ganz schön rot im Gesicht«, sagte T. R. Sie teilte die letzte Soße aus, einen Löffel für Bo, einen für Jesse. Kaum hatte Bo seinen letzten Löffel intus, drehte er sich um und boxte sein Schwesterchen so ins Gesicht, daß sie der Länge nach hinfiel. Dann rannte er zu den mexikanischen Mädchen.

Jesse fing an zu heulen. Ich bückte mich, um sie aufzuheben, aber T. R. war schneller. Sie nahm die Kleine hoch und setzte sie sich auf den Schoß; dann schob sie zu meiner Überraschung ihr T-Shirt hoch und legte Jesse routiniert an die Brust. Jesses Geheul wurde sofort erstickt und bald darauf von leisen Sauglauten ersetzt.

Mir kam es vor, als bestünde das Leben aus einer unerwarteten Aktivität nach der anderen. Direkt an meinem Ellenbogen stillte meine Tochter in aller Seelenruhe meine Enkelin; Jesse ließ eine ihrer winzigen, nackten Fersen auf meinem Bein ruhen.

Bald schlenderten die mexikanischen Teenager wieder zu uns herüber; plappernd und kaugummikauend standen sie vor uns, während Jesse trank. Bo hockte in einiger Entfernung im Dreck und warf uns haßerfüllte Blicke zu, jedenfalls kam es mir so vor.

»Ich wünschte, ich könnte sie stillen«, sagte das schwangere Mädchen.

»Genieß lieber das Leben, solange du noch kannst, Elena«, sagte T. R. liebenswürdig. »Du wirst deins noch früh genug stillen. Au, Jesse ... bitte nicht beißen, 'ne Titte ist kein Cheeseburger.«

Ich sah hinüber und stellte fest, daß Jesses himmelblaue Augen mich eindringlich musterten. Einen Moment lang ließ sie von T. R.s großer Brustwarze ab und lächelte mir zu. Dann stopfte sie sie wieder gierig in den Mund und trank weiter.

»Jesse beißt normalerweise nicht«, erklärte T. R. »Sie ist bloß zu abgelenkt. Interessiert sich so für ihren neuen Grandpa. Bo war schon immer ein Beißer und ist es noch – paß auf, gleich kommt er angerannt und versucht, die andere Brust zu kriegen. Eigentlich interessiert er sich gar nicht fürs Stillen, er mag bloß nicht, wenn Jesse was kriegt und er nicht.«

»Er sieht ein bißchen zu alt aus, um gestillt zu werden«, bemerkte ich.

T. R. warf mir einen kühlen Blick zu, als wollte sie sagen: Was verstehst du davon?

»Aber ich bin kein Experte auf dem Gebiet«, beeilte ich mich zu versichern. »Wahrscheinlich sollte ich mich da besser raushalten.«

Sie lachte. »Du bist 'n komischer Vater«, sagte sie. »Ich hab gedacht, du würdest hier total reich und berühmt ankommen und gleich anfangen, mich rumzuschubsen, so wie Big Pa und alle anderen Männer, die ich kenne. Aber du siehst nicht mal so aus, als ob du Jesse rumschubsen könntest, geschweige denn mich.«

»Ich hab keine Menschenseele je rumgeschubst«, sagte ich. Das stimmte sogar.

Plötzlich kam Bo herübergerast. Er schmiß sich auf T. R.s Schoß, aber die hatte aufgepaßt und hielt ihn geschickt auf Distanz.

Jesse drehte sich soweit um, daß sie die Attacke ihres Bruders beobachten konnte, ohne die Brust loszulassen.

Bo versuchte es weiter, aber T. R. hielt ihn mit einer Hand auf seinem Kopf von sich ab.

»Wenn du ein lieber Junge wärst, könntest du auch 'ne Titte kriegen«, informierte sie ihn. »Aber du bist den ganzen Tag kein bißchen lieb gewesen, da mußt du eben warten, bis du etwas umgänglicher wirst.«

Bo schmiß sich in den Dreck, wo er schreiend um sich trat. Er war offensichtlich ein Kind mit heftigem Temperament. Zwei oder drei junge Mexikanerinnen beugten sich zu ihm hinunter und kitzelten ihn. Erst trat er ungestüm nach ihnen, doch nach und nach verwandelten sich seine Tränen in Gelächter.

Jesse war mit Trinken fertig. Sie fläzte sich auf T. R.s Schoß, ein Bild der Zufriedenheit. Ab und an trat sie mit der Ferse gegen mein Bein.

»Irgendwer hat gesagt, Bo wär vielleicht hyperaktiv, aber da bin ich mir nicht so sicher«, sagte T. R. »Ich glaube, er ist einfach bösartig; wie sein Vater. Kann gut sein, daß Bo von der Seite her was Wildes geerbt hat.«

»Wo ist sein Vater?« fragte ich.

Wieder warf sie mir ihren kühlen Blick zu.

»Entschuldigung«, sagte ich. »Ich wollte nicht rumschnüffeln. Verrat es mir nicht, wenn du nicht willst.«

»Du machst aber auch einen Rückzieher nach dem anderen«, bemerkte sie. »Keine Ahnung, wie du in dieser rauhen Truppe überleben willst, bei der du gelandet bist.«

»Ich bin nicht besonders ans Interagieren gewöhnt«, sagte ich. »Aber vielleicht kann ich's lernen.«

»Vielleicht, vielleicht auch nicht«, sagte sie. »Ich wüßte nicht, wieso du überhaupt mit uns interagieren solltest.«

Dann schaute sie verunsichert auf.

»Mein Wortschatz ist nicht besonders«, gestand sie. »Heißt interagieren zur Familie gehören?«

»Genau das«, sagte ich.

6

Bo lag im Staub, trat, jaulte und schluchzte eine ganze Weile vor sich hin. Der Anblick machte mich nervös, aber T. R., Jesse und die jungen Mexikanerinnen sahen einfach nicht hin und taten, als wäre nichts. Jesse machte ein dezentes Bäuerchen und schlummerte friedlich ein. Die Mexikanerinnen setzten sich auf ein paar hinter dem kleinen Gebäude gestapelte Milchkartons und diskutierten lebhaft mit T. R. über sanfte Geburt. Anscheinend waren alle schwanger oder hatten es für die nächste Zeit vor; T. R., mit zweiundzwanzig eine Art Übermutter, war für sie ein Born der Weisheit. Während sie plauderten, hörte Bo auf zu schluchzen und schlief im Staub ein.

Wie sich herausstellte, war T. R. keine Verfechterin der sanften Geburt.

»Egal, wie man's anstellt, irgendwann wird es ziemlich unsanft«, sagte sie. »Mit Jesse war's halb so wild, aber Bo hat schweinisch weh getan. Ich hab geschrien, sie sollten mich umbringen, bevor sie ihn endlich rausgeholt haben.«

Sie reichte Jesse an mich weiter, die so tief schlief, daß sie aussah, als hätte sie keine Knochen.

»Nach einem Bananensplit eß ich am liebsten panierte Zwiebelringe«, sagte sie. »Sie vertreiben den süßen Geschmack. Möchtest du auch welche, Daddy?«

»Vielleicht nehme ich einfach einen oder zwei von deinen«, sagte ich. T. R. war ungefähr einssiebzig groß und hatte wunderschöne Beine. Die Vorstellung, daß ich eine so vitale junge Frau zur Tochter hatte, schüchterte mich ein wenig ein. Ich wollte sie einfach nur lange Zeit ansehen, nicht weil sie schön war, sondern weil sie meine Verwandte war ...

meine Tochter. Seit meine Großeltern vor fast vierzig Jahren gestorben waren, hatte ich zwar viele Beziehungen gehabt, aber keine verwandtschaftlichen. Selbst auf dem Gipfel meines Ruhmes hatte ich mich ausgeschlossen gefühlt, wenn ich hörte, wie andere Leute von ihren Familien erzählten.

Und auf einmal stand ein Mitglied meiner Familie vor mir und reckte sich; ein anderes schlummerte auf meinem Schoß. Das Flachland meiner mittleren Jahre, noch vor zwei Tagen leer, hatte unerwartete Konturen gewonnen.

T. R. ging durch die Hintertür in den Mr. Burger.

»Wieso haben Sie T. R. bis jetzt noch nie gesehen?« fragte Elena, das neugierigste Mädchen.

»Ihre Mutter und ich haben uns getrennt«, erwiderte ich unglücklich. »Wir sind uns einfach bis heute nie begegnet.«

Ich wußte, das war keine angemessene Antwort. Was konnte eine zweiundzwanzigjährige Abwesenheit erklären? Meine von Jahr zu Jahr zunehmende Furcht vor der Gegenüberstellung war die Erklärung, aber das wollte ich nicht in für Elena verständliche Worte kleiden müssen, nicht einmal in mir selbst verständliche Worte.

Elena, dünn bis auf ihren Ballonbauch, spürte offenbar, daß sie einen wunden Punkt getroffen hatte.

»Aber jetzt sind Sie da, also ist alles in Ordnung«, sagte sie, als T. R. mit einem Pappteller voller Zwiebelringe aus der Tür trat.

»Du kannst Jesse in den Buggy stecken, wenn du willst«, sagte sie. »Wenn sie schläft, schläft sie. Ich kann sie mit dem Kopf nach unten halten, und sie wacht nicht auf.«

»Ich bin genauso«, ergänzte sie. »Die beiden Male, als ich ausgeraubt wurde, hab ich einfach dagelegen und geschlafen. Muddy hat beide Male alles genommen, was ich hatte. Viel war's zwar nicht, aber doch alle meine kleinen Besitztümer.«

»Muddy?« fragte ich. »Ist das ein Mann?«

»Na ja, so eine Art Mann«, sagte T. R. »Jedenfalls Manns genug, um mich zu schwängern.«

»Ach, ist er der Vater?« fragte ich.

T. R., die gerade einen Zwiebelring kaute, antwortete nicht sofort. Sie hielt den Teller in die Mitte. Mehrere Mädchen griffen zu, und ich schließlich auch; die Dinger rochen unwiderstehlich. Das Leben um den Mr. Burger in der Dismuke Street hatte einen wohlriechend-neapolitanischen Zug, der mir allmählich zusagte. Im Freien sitzend, verzehrte man einheimische Spezialitäten und diskutierte dabei mit optimistischen, um nicht zu sagen lebensfrohen, jungen Damen über Gott und die Welt. Genau so hatte ich schon immer leben wollen.

»Muddy ist nicht *der* Vater«, verbesserte mich T. R. mit einem ihrer halbfinsteren Blicke. »Er ist nur Jesses Vater – und wenn das mit den Genen seine Richtigkeit hat, erklärt das auch, warum Jesse so süß ist, denn Muddy ist eigentlich süß wie ein Honigkuchenpferd, nur daß er eben Einbrecher ist und vom Klauen lebt. Er würde dir selber sagen, daß er jeden beklaut.«

»Das ist nicht besonders nett«, sagte ich. »Hat man ihn je erwischt?«

»Muddy?« lachte sie. Alle Teenager brachen in Gekicher aus. »Natürlich hat man ihn erwischt. Er sitzt gerade jetzt. Er ist süß, und er ist ein Gauner, aber keiner hat je behauptet, daß er clever wäre. Ich glaub kaum, daß Muddy öfter als ein- oder zweimal in seinem Leben eingebrochen hat, ohne geschnappt zu werden.«

»Aber die Bullen mögen ihn«, ergänzte sie. »Muddy wikkelt jeden um den kleinen Finger, aber die Bullen mögen ihn hauptsächlich deswegen, weil er sich so leicht erwischen läßt. Er kriegt ab und an ein paar Monate, aber Muddy war nie so lang im Zuchthaus wie Earl Dee.«

Sie hielt inne und beobachtete mich abwartend. Ihr Blick

hatte etwas Prüfendes. Offensichtlich war sie darauf erpicht, herauszufinden, ob ich wirklich etwas von ihr wissen wollte oder nur einen Schaufensterbummel durch ihr Leben unternahm.

Es war nicht das erste Mal, daß ich in den Augen einer Frau einen solchen Blick sah. Trotz meiner vielen Schwächen machte ich keinen Schaufensterbummel.

»Wer ist Earl Dee?« fragte ich.

»Bos Vater«, antwortete sie.

»Ist er auch ein Verbrecher?« fragte ich.

»Ja, aber du darfst sie nicht in einen Topf schmeißen«, sagte T. R. »Muddy ist bloß ein kleiner, nichtsnutziger, fauler Einbrecher, der nicht zum Arbeiten taugt. Er ist kein übler Bursche. Earl Dee ist ein Verbrecher. Er sitzt gerade in Huntsville, mit fünf bis fünfzehn Jahren für bewaffneten Raubüberfall, und wenn ich nicht drei Jobs auf einmal gehabt hätte, um ihm einen Anwalt zu beschaffen, der per Absprache die Körperverletzung vom Tisch bekam, wäre er noch schlimmer dran.«

»Das klingt alles gar nicht nett«, sagte ich.

»Ist er auch nicht, und unter anderem deswegen hab ich dich schließlich angerufen«, sagte T. R. »In Huntsville drüben ist es ziemlich überfüllt. Vielleicht lassen sie Earl Dee eher raus, und wenn das passiert, will ich nicht hier sein.«

»Du glaubst, er wird zur Nervensäge?«

T. R. kicherte, aber es war kein fröhliches Kichern.

»Ich glaube, daß er mich umbringt«, sagte sie tonlos. »Damit hat er gedroht, falls ich mich je mit einem anderen Mann einlasse, und jetzt hat er das mit Muddy und Jesse spitzgekriegt. Wenn er rauskommt, will ich nirgendwo sein, wo er mich finden kann.«

»Ich möchte, daß ihr drei eure Sachen packt und mit zu mir nach Hause kommt«, sagte ich. »Ich hatte sowieso gehofft, daß ihr das wollt.«

Meine Einladung schien T. R. nicht in dem Maße aufzumuntern, wie ich gehofft hatte. Zu ihrer tonlosen Stimme gesellte sich ein ausdrucksloser Blick, und der galt mir.

»Ich hab dich eben erst kennengelernt«, stellte sie fest. »Ich weiß nichts über dich. Was weiß ich, vielleicht bist du schlimmer als Earl Dee. Der hat zwar mein Leben fast zerstört, mich aber wenigstens nicht vernachlässigt, so wie du. Und jetzt verlangst du, daß ich glaube, du würdest mir einfach all meine Sorgen abnehmen.«

»Ich glaube nicht, daß ich dir all deine Sorgen abnehmen kann«, sagte ich. »Ich glaube nicht, daß irgend jemand das kann. Aber ich könnte versuchen, dir ein Zuhause zu bieten, solange du bleiben möchtest.«

»Ich glaube, du magst Bo nicht«, versuchte sie es andersherum.

»Bisher kann ich nicht behaupten, mit ihm warm geworden zu sein«, gab ich zu. »Er macht einen ziemlich obstinaten Eindruck.«

»Er ist Schriftsteller, deshalb benutzt er so komische Wörter«, erklärte T. R. den Mädchen, die uns gebannt lauschten.

»Andererseits habe ich Jesse bereits liebgewonnen«, sagte ich. »Und dich sowieso.«

»Komm mir nicht damit, du bist viel, viel zu spät dran, um von so was zu reden!« sagte sie. »Nie hast du mir auch nur ein einziges Geburtstagsgeschenk geschickt.«

»Habe ich wohl«, sagte ich wahrheitsgemäß. »Deine Mutter hat sie bloß nicht angenommen. Ich habe jedes Jahr eins geschickt, bis sie mir sagte, sie würde sie verbrennen, wenn ich nicht aufhöre damit. Von da an hab ich sie nur gekauft, nicht verschickt. Ich hab sie einfach in einem Wandschrank verstaut.«

»In einem Wandschrank?« sagte sie. Diese Enthüllung überraschte sie wirklich.

»Jawohl«, sagte ich. »Zweiundzwanzig Geburtstagsgeschenke plus zweiundzwanzig Weihnachtsgeschenke, außerdem noch ein paar Osterkörbe und so Sachen. Alle in einem Schrank in meinem Haus. Ich zeige sie dir, wenn wir da sind.«

T. R.s Gesicht lief rot an. Offensichtlich war sie den Tränen nahe.

»Hast du das wirklich gemacht ... mir diese Geschenke besorgt?« fragte sie mit zitternder Stimme.

Ich nickte; es stimmte. Jahr für Jahr war ich losgezogen und hatte die Geschenke geholt, zwar mit einem Gefühl der Hoffnungslosigkeit, aber ich hatte es trotzdem gemacht und jedesmal die Verkäufer gefragt, was sich ein kleines Mädchen – oder später ein nicht mehr ganz so kleines Mädchen – in ihrem Alter wünschen könnte. Alles wartete in einem Wandschrank auf Los Dolores: Barbiepuppen, Puppengeschirr, Schminkköfferchen, ein Zehngangfahrrad und vieles andere mehr.

»Übrigens, wie geht es deiner Mutter?« fragte ich, um sie auf andere Gedanken zu bringen.

»Ich denke, du hast mit ihr gesprochen«, sagte sie. »Du hast gesagt, sie hätte dir damit gedroht, meine Geschenke zu verbrennen.«

»Hab ich auch, aber das ist viele Jahre her«, gab ich zu. »Ich frage mich nur gerade, wie es ihr geht.«

»Sie ist gestorben, als ich zwölf war«, sagte T. R. »An Krebs.«

»Oje«, sagte ich. »Ich schätze, mein letztes Gespräch mit ihr ist länger her, als ich dachte. Tut mir leid, T. R.«

»Mein Vater, der hat jetzt Krebs«, beteiligte sich Elena am Gespräch.

T. R. legte ihr Gesicht in die Hände und brach in Tränen aus. Zögernd legte ich einen Arm um sie. Im nächsten Moment drehte sie sich zu mir um und klammerte sich schluchzend an mich. Zum ersten Mal in meinem Leben spürte ich die Tränen meiner Tochter an meinem Hals. Das war in Ordnung, aber als ich meine Position ein klein wenig veränderte, ließ ich fast die schlummernde Jesse fallen; sie rutschte mir langsam, aber sicher vom Schoß. Indem ich ein Knie etwas anhob, gelang es mir gerade noch, sie aufzuhalten. T. R. schluchzte ununterbrochen und schien immer größer und feuchter zu werden, je fester sie sich an mich klammerte. Ich kam mir vor, als umarmte ich einen Riesen, während ich zugleich verhindern wollte, daß ein Zwerg – Jesse – zu Boden fiel. Bald bekam ich einen Krampf in dem Bein, mit dem ich Jesse stützte.

Außerdem rutschte Jesse immer noch; zwar kaum merklich, aber sie rutschte. Zum Glück hörte T. R. gerade rechtzeitig zu schluchzen auf, ehe Jesse von der zitternden Klippe meines Knies glitt.

T. R. wischte sich mit dem unteren Teil ihres T-Shirts die Tränen aus dem Gesicht.

»Ich will zu dir nach Haus«, sagte sie. »Ich will sehen, ob du echt die ganzen Geschenke besorgt hast.«

»Ich habe sie, sie sind da«, versicherte ich ihr. »Von mir aus können wir sofort aufbrechen.«

7

»Erst muß ich allerdings meine Zwiebelringe aufessen, bevor sie kalt werden«, stellte T. R. fest. »Das ist die erste Verzögerung. Dann müssen wir am Gefängnis vorbei und Muddy sehen, er würde mir nie verzeihen, wenn ich wegziehe, ohne ihn einen letzten Blick auf seine kleine Tochter werfen zu lassen. Dew will bestimmt mit, das weiß ich, Dew ist immer bereit, wo hinzufahren, aber mit Sue Lin ist es was anderes. Bei Sue Lin müssen wir vielleicht etwas Überredungskunst anwenden. – Wir wohnen zusammen, weißt du«, fuhr sie fort und bot mir noch einen Zwiebelring an, den ich nahm; allmählich hatte ich den Eindruck, daß ich für mein neues Familienleben mehr Treibstoff benötigte als für mein altes Junggesellendasein.

»Wir teilen uns die Miete, ich kann sie nicht einfach im Stich lassen«, fügte sie hinzu. »Wie groß ist dein Haus?«

»Och, ziemlich groß«, sagte ich unverdrossen. »Da ist für alle Platz.«

»Dann kommst du besser auch mit, Elena«, sagte T. R. »Du wirst Hilfe mit dem Kind brauchen, wenn es kommt, und überhaupt, Jesse mag dich, sie würd nicht gern wegfahren und dich hierlassen.«

»In Ordnung, ich mach die Babysitterin«, sagte Elena glückstrahlend.

Die anderen Teenager waren davongehüpft, um sich mit ein paar finsteren jungen Männern zu unterhalten, die nicht weit entfernt einen Reifen auf der Ladefläche eines Pritschenwagens aufprallen ließen. Wären sie geblieben, hätte T. R. sie auch eingeladen, dessen war ich mir sicher.

»Jetzt geh ich Sue Lin fragen«, sagte T. R. »Es wäre

ziemlich schwer, ohne Sue Lin auszukommen. Sie ist so ungefähr der einzige Mensch, den Bo mag.«

»Dann muß sie unbedingt mit«, sagte ich. Bo schlief noch, zuckte aber schon. T. R. hatte recht, ich mochte ihn nicht, obwohl ich wußte, daß es lächerlich war, ein Enkelkind nach so kurzer Bekanntschaft zu beurteilen. Vielleicht würde er, wenn er groß war, eher Theologe als Bankräuber werden, doch das bezweifelte ich. Im ersten Moment war es mir ein bißchen viel vorgekommen, neben T. R. und den Kindern noch Dew, Sue Lin und Elena mitzunehmen, doch nach kurzem Abwägen war ich überzeugt, daß die Menge auch eine gewisse Sicherheit bot.

Und was für eine phantastische Überraschung wäre es für Godwin und Gladys, wenn ich mit vier jungen Frauen vorfuhr, eine schwarz, eine gelb, eine braun (und obendrein schwanger) und eine meine Tochter.

»Das Problem ist Granny Lin«, sagte T. R., als sie zurückkam.

»Sie ist etwas wirr im Kopf von den vielen Tagen, als sie auf 'nem Boot rumgetrieben sind und am Verhungern waren und alles. Ich glaube, wir sollten Sue Lins Großmutter am besten auch mitnehmen, sie ist kaum größer als ein Hühnchen. Sonst rührt sich Sue Lin nie vom Fleck, und Dew dann auch nicht. Ich hab wirklich keinen Bock, alle Menschen hierzulassen, die ich kenne, ganz gleich, wie viele Geschenke in dem Schrank sind. Und wenn ich hier unten bleibe, bringt Earl Dee mich um, und wenn er sich das mit dem Umbringen anders überlegt, versucht er, die Kinder bei Kinderpornos oder irgend so 'nem Kram unterzubringen ... in die Richtung gehen Earl Dees Gedanken, wenn er nicht gerade loszieht, um irgend 'nem armen Schwein in einem 7-Eleven-Supermarkt irgendwo eins über den Schädel zu ziehen. Sieht so aus, als sollten wir am besten einfach Grandma Lin aufsammeln und losfahren. Wir sind ein ziemlicher Haufen

– deshalb hatte ich gehofft, daß du mit dem Flugzeug kommst.«

Nach meiner Rechnung brachten wir es auf acht Leute, aber Dew, Sue Lin und Elena waren dünn, und die Kinder Knirpse. Granny Lin war dem Vernehmen nach nicht größer als ein Hühnchen. Nur T. R. und ich waren groß. Ich nahm an, wir würden alle in den Cadillac passen.

»Wir passen alle rein«, sagte ich. »Vielleicht müssen wir dann eben einen Möbelwagen für deine Habseligkeiten bestellen.«

»Habseligkeiten is nich«, sagte T. R. »Muddy hat erst vor drei Tagen alles gestohlen, was wir hatten. Siehst du den Pritschenwagen da drüben, wo die Jungs den Reifen hüpfen lassen? In dem hat er das Bett und den Fernseher weggeschafft – das Bett, in dem sein eigenes Kind schlief, so ein guter Einbrecher ist Muddy. Jesse hat er zurückgebracht, das Bett nicht. Wir haben Glück, daß er uns die Kleider auf dem Leib gelassen hat.«

»Und diesen Menschen willst du im Gefängnis besuchen?« fragte ich.

»Klar, na und?« sagte T. R. »Er war bloß pleite und mußte sich was Marihuana kaufen. Muddy kriegt übles Kopfweh, wenn er kein Marihuana raucht. Unsere alte Glotze hatte sowieso bloß zwei Programme – war alles nur Schrott, was er gestohlen hat. Ich hab in meinem ganzen Leben noch nie was besessen, was nicht Schrott war. Wenn ich Muddy nicht hätte, der das Zeug stiehlt, hätte ich früher oder später wen fürs Entrümpeln bezahlen müssen.«

»Scheint mir wohl eine vernünftige Sichtweise«, sagte ich.

»Das ist die Scheiß-drauf-Sichtweise«, sagte T. R. mit ihrer tonlosen Stimme. »Ich muß mir über andere Dinge den Kopf zerbrechen als über ein paar beschissene Habseligkeiten. Earl Dee zum Beispiel. Ich will nicht mal mehr meine Schicht arbeiten, mal sehen, ob ich eins der Mädchen dazu kriege, daß sie übernimmt. Was ist, wenn sie Earl Dee gestern rausgelassen haben? Er könnte jederzeit hier aufkreuzen.«

Sie beugte sich hinunter und hob Bo aus dem Dreck, wo er seinen Mittagsschlaf hielt. Er rieb sich quengelnd die Augen.

»Elena, du nimmst Jesse, Daddy hat noch nicht gelernt, wie man sie hält«, sagte T. R. »Dew und Sue Lin sind gleich fertig, inzwischen erzähl ich Maria und Josefina, daß sie die neue Besatzung im Mr. Burger sind. Ich würd jetzt gern in die Gänge kommen, bevor dieser beschissene Earl Dee aus'm Busch gekrochen kommt.«

»Deine deftige Sprache gefällt mir«, sagte ich – und das stimmte. T. R.s Ausdrucksweise hatte mich vom ersten Moment an für sie eingenommen.

Aber T. R. war dabei, in die Gänge zu kommen; sie würdigte mich kaum eines Blickes.

»Wo ist dein Auto?« fragte sie.

8

Eine Stunde später waren alle in die Gänge gekommen. Dew und Sue Lin hatten ihre Schürzen abgelegt und ihr Geschick freudig T. R.s Stern anvertraut. Wie sich herausstellte, war der Mr. Burger an der Dismuke Street ein schwammähnliches Gebilde; er saugte die beiden mexikanischen Teenager auf und blieb eine vollkommen funktionstüchtige Cheeseburger-Bude. Alle winkten, als wir abfuhren.

T. R. hatte ihre Habe zu Recht als minimal beschrieben. Mit Sue Lin, Dew, Granny Lin und den Kindern hatte sie in zwei Zimmern über einer Zoohandlung an der Telephone Road gewohnt. Ihre gesamten Habseligkeiten bestanden aus ein paar Second-Hand-Spielsachen, einem Feldbett, zwei Matratzen, ein paar Röcken und Blusen und einem Wok. Granny Lin, eine sehr kleine und steinalte Vietnamesin, saß auf einer der Matratzen und schielte in eine alte Ausgabe des *National Enquirer,* als wir hereinmarschierten.

»Granny gibt nie auf, sie will Englisch lernen«, erklärte Sue Lin.

»Damit?« fragte ich, entsetzt ob der Vorstellung, welche Schlüsse die alte Frau hinsichtlich unserer Kultur ziehen mußte, falls es ihr tatsächlich gelang, den *Enquirer* zu lesen.

»Mach bloß nicht unseren Lesestoff runter«, sagte T. R. »Ich hab ihn im Müll gefunden, und er ist besser als nichts.«

Packen bestand darin, daß T. R. und Dew eine Weile in den Wandschrank starrten und überlegten, ob irgendwelche ihrer Kleider es wert waren, mitgenommen zu werden.

»Ich finde, wir werfen diesen Mist in den Müll«, sagte T. R. »Daddy kann uns tausendmal bessere Klamotten kaufen als die hier. Los, hauen wir ab.«

»Ohne meine Glitzerhose?« sagte Dew und griff sich eine großzügig mit Pailletten besetzte Hose. »Wenn wir mal tanzen gehen, käm ich mir nackt vor ohne meine Pailletten. Man tanzt doch wohl da draußen im Wilden Westen?« fragte sie, an mich gewandt.

»Aber ja«, versicherte ich ihr. »Bei mir draußen tanzen die Leute pausenlos.«

T. R. wollte auch das Spielzeug zurücklassen, aber die Kinder liefen auf ihren bloßen Vorschlag hin vor lauter Geschrei rot an. Der Wok, die Kleider und ein Sortiment schmuddeliger Spielsachen füllten fast den ganzen Kofferraum des Cadillacs. Jesse behielt eine fleckige Stoffpuppe in der Hand, Bo einen kleinen grünen Lkw, mit dem er meinen Nacken hoch- und runterraste, während wir durch die Stadt fuhren.

»Brumm, brumm, brumm!« schrie er ... jedenfalls kam es mir so vor, als ob er schrie. Außer mir schien es niemand zu bemerken.

Granny Lin war der Sitz neben mir zugewiesen worden. Sie hielt immer noch ihren *Enquirer* umklammert – jene fatale Nummer, deren Umschlag ein berühmtes Foto von Nema Remington mit ihrem damaligen Verehrer zierte, dem kleinwüchsigen irischen Terroristen Pinky Collins, wie sie sich in der Brandung von Malibu umarmten. Die Umarmung erinnerte an den berühmten Burt Lancaster/Deborah Kerr-Brandungs-Fick aus *Verdammt in alle Ewigkeit,* nur daß Pinky Collins etwa ein Drittel so groß war wie Burt Lancaster.

Trotzdem war er wahrscheinlich größer als Granny Lin, die eine schwermütige, wenn auch kaum hörbare Melodie summte. Das zarte Geräusch, das ihr Summen erzeugte, war wie eine schwache Erinnerung, in diesem Falle eine asiatische Erinnerung. Ich stellte mir dabei ein in Dunst gehülltes Dorf in einer friedlichen Gegend am Delta vor, mit Reisfeldern und braven Wasserbüffeln, aber während wir an einer

Ampel hielten, berichtete mir Sue Lin, ihre Großmutter sei in Paris aufgewachsen und erst in den fünfziger Jahren nach Vietnam zurückgekehrt, um eine Reiseagentur zu leiten.

»Meine Güte«, sagte ich – wieder eine idyllische Phantasie zerstört.

Ich parkte einen Häuserblock vom innerstädtischen Gefängnis entfernt. T. R. spuckte auf ihren Finger und zwirbelte einige Löckchen in Jesses feine Härchen.

»Muddy denkt gern, er hätte ein lockiges Engelchen«, sagte T. R. »Dieser Muddy ist ein Träumer.«

»Kommst du?« fragte sie und sah mich über den summenden Kopf von Granny Lin hinweg an.

»Klar, wenn du möchtest«, sagte ich tapfer, obwohl ich höchst ungern in Gefängnisse ging. Ich hatte in den letzten paar Jahren etliche aufsuchen müssen, immer, um Godwin nach irgendeiner peinlichen, halbkriminellen Eskapade herauszuholen.

»Ich dachte, wir machen das hier zusammen«, sagte T. R., ein wenig streitlustig. »Zusammen heißt für mich nicht, daß du einfach im Auto sitzenbleibst. Diese Bullen sind widerlich zu mir … die finden, ich sollte lieber mit einem von ihnen schlafen, statt mit einem kleinen Gauner wie Muddy.«

»Ich war mir nicht sicher, ob ich dabeisein sollte«, sagte ich und schnallte mich ab.

Vom Rücksitz hörte ich Dew lachen.

»Wenn Sie nicht mitkommen sollten, wären Sie nicht hier«, sagte sie. »Von jetzt an sind Sie *immer* dabei.«

»Genau«, sagte T. R.

9

Als ich das Gefängnis betrat, wurde mir ein wenig mulmig zumute. Wenn meine Phantasie auch nicht rege genug war, meinen neuen Roman für mich zu schreiben, so war sie doch rege genug, sich das Leben in Gefängnissen vorzustellen. Es war eine lächerlich pingelige, snobistisch-selektive Phantasie. Was Gefängnisse betraf, so überging sie die Dinge, von denen man gewöhnlich las – Mehrfachvergewaltigungen, Messerstechereien, Selbstmord, Schlägereien – und konzentrierte sich auf das scheinbar triviale Thema dreckige Haare.

Dreckige Haare sind mir ein Greuel. Meine wasche ich andauernd – bis zu zweimal täglich. Dreckige Kopfhaut und Haare würden mich am schnellsten in den Wahnsinn treiben. Meines Erachtens sind saubere Haare ein Grundpfeiler der Zivilisation; eine Sichtweise, die natürlich von Shampooherstellern sowie zahlreichen Angehörigen jener Kreise geteilt wird, in denen ich in meinen Jahren als Prominenter ein- und ausging.

Den in Gefängnissen Beschäftigten ist diese Sichtweise nicht eigen, noch viel weniger den Inkarzerierten, oder wie auch immer man die zum Eingesperrtsein verdammten Menschen nennt. Für die meisten von ihnen hat Haarpflege keine Priorität; natürlich ist es albern von mir, so etwas zu wünschen, aber ich wünschte es trotzdem. Kaum betrete ich ein Gefängnis, so stelle ich mir auch schon vor, wie scheußlich ich mich fühlen würde, wenn meine Haare so verdreckt wären wie die der Leute im Wartezimmer, von den Zelleninsassen ganz zu schweigen.

So war es denn auch, als wir das Gefängnis von Houston

betraten. Im Warteraum roch es nach Moder und Salmiakgeist. Die Klimaanlage war ausgestellt, und die Türen nach draußen standen offen, der Modergeruch konnte also gut auf das Konto von Houston gehen. Die meisten Frauen im Wartezimmer waren schwarz, aber fünf oder sechs Spanierinnen und ein, zwei arme Weiße waren auch darunter. Auch ein paar Kinder warteten, die meisten mit Spielsachen in den Händen, die mindestens so schmuddelig waren wie die meiner Enkel. Im Wartezimmer sah man eine Menge glatter, entmutigter, nicht gerade sauberer Haare; für den Haarbereich das Äquivalent der Fotos von ramponiertem Zahnfleisch, wie sie besonders unsensible Zahnärzte gelegentlich in ihre Wartezimmer hängen.

T. R. stürmte in den Warteraum, Jesse auf dem Arm, aber als sie schließlich an das vergitterte Fenster kam, wo Besucher dem Gesetz ihre Reverenz erweisen müssen, hatte ihr Sturmangriff etliches an Elan eingebüßt.

»Ich muß unbedingt Muddy Box sprechen«, sagte sie zu einem Aufsichtsbeamten, der mit der Konzentration eines Semiotikers eine alte Ausgabe von *Teen World* studierte.

Der Beamte sah mißbilligend hoch.

»Muddy wischt«, sagte er. »Er putzt die Ausnüchterungszellen, da watet man meistens knietief in Kotze. Muddy ist unser bester Mann am Mop. Würde er mit Klauen aufhören, könnte er jederzeit als Hausmeister weiterkommen.«

»Hoch soll er leben. Kann ich Muddy sprechen?« fragte T. R. In der Hoffnung, der Anblick eines engelhaften Lokkenköpfchens möge das Beamtenherz erweichen, setzte sie Jesse auf den schmalen Sims vor das Fenster, aber es klappte nicht. Der Mann interessierte sich mehr für *Teen World.*

»Füllen Sie das aus und setzen Sie sich«, sagte er und schob ihr ein Formular zu. »Muddy ist vorläufig nicht abkömmlich.«

»Frag du ihn«, sagte T. R., die sich zu mir umdrehte.

»Sonst müssen wir drei Stunden lang hier rumsitzen und kriegen 'nen Koller.«

Ihr Blick sagte: Also gut, wir machen das zusammen, fang jetzt sofort an, mein Vater zu sein.

Bereits vor dem niedrigsten Vertreter des Staates bin ich so schüchtern wie die meisten Menschen, doch es war klar, daß ich diesmal besser all meinen Mut zusammennahm.

»Mein Herr, es täte mir leid, Ihnen Umstände zu machen, aber wir haben es heute ungemein eilig«, sagte ich.

Zum Glück hatte ich wie immer meinen Paß dabei. Noch besser war, daß ich überdies ein Flugticket hatte, ein offenes Erste-Klasse-Ticket, für den Fall, daß ich einfach genug von Godwin, Gladys, Texas und Amerika bekam. Ich holte meinen Paß und mein Ticket aus einer Innentasche meines Mantels und schob beide durch das Sprechgitter. Außerdem hatte ich noch ein bedeutungsloses kleines Ehrenvisum, das mir die französische Regierung für meinen einmaligen Juryvorsitz beim Filmfestival von Cannes verliehen hatte. Es besaß zwar keinerlei diplomatischen Wert, sah aber eindrucksvoll aus, besonders in den Augen eines Gefängniswärters, der mit knapper Not die *Teen World* entziffern konnte. Ich reichte ihm das Visum und stellte mir vor, ich wäre Charles de Gaulle.

»Wissen Sie, wir müssen einen Auslandsflug erreichen«, sagte ich. »Morgen müssen wir in Frankreich sein. Die Dreharbeiten zum Film meiner Tochter fangen nächste Woche an. Ich versichere Ihnen, wir werden Mr. Box nicht länger als fünf Minuten vom Putzen abhalten und wären Ihnen äußerst verbunden, wenn Sie diesen Besuch ermöglichen könnten.«

Nicht nur der Beamte, sondern alle im Raum waren von den Socken. Etliche andere Wärter, darunter zwei Aufseherinnen, die sich vor Langeweile hinter dem Sprechgitter in den Nasen gebohrt hatten, kamen an, um selbst zu sehen, was hier vorging. Der Klang meiner Stimme schien sie allesamt in leichten Schockzustand versetzt zu haben. Während sie meinen Paß untersuchten, ließ sich ihrem Gesichtsausdruck entnehmen, daß sie der Paß eines Marsmenschen nicht nachhaltiger hätte beeindrucken können.

Dem so in sein *Teen World* vertieften Beamten schien mein dürftiger Gaullismus die Sprache zu verschlagen. Mein kleines französisches Ehrenvisum befingerte er so vorsichtig wie eine Briefbombe.

»Äh, wie sind Sie mit Mr. Box verwandt, Sir?« fragte er nach einem regen Blickaustausch mit seinen Kollegen.

»Ich bin sein Schwiegervater in spe«, antwortete ich mit wachsendem Selbstvertrauen. Allmählich ging mir auf, daß ich diesen einseitigen Wettstreit allein mittels meines Vokabulars gewinnen konnte.

»Wir möchten alles in die Wege leiten, damit er nach seiner Entlassung nach Frankreich kommen kann«, fuhr ich fort. »Dazu müssen wir noch ein paar Formalitäten besprechen. – Sie kennen ja die Franzosen. Wir werden uns übrigens am Cap d'Antibes aufhalten«, schloß ich großartig.

Ich bezweifle, daß irgendeine der Personen, die meine unbedeutenden Papiere untersuchten, die Franzosen kannte – es war nicht einmal klar, ob sie sich gegenseitig kannten –, aber die bloße Tatsache, daß ich ihnen diese Schriftstücke angeboten hatte, ließ sie ihre Absicht vergessen, T. R. zu schikanieren.

»Holen Sie Muddy«, sagte der dürre Beamte zu einer der Aufseherinnen. »Er hat noch den ganzen Tag Zeit, die Ausnüchterungszellen zu wischen.«

Als dann die Aufseherin davonschlurfte, steckte er sich die Daumen in die Ohren, wackelte mit den Fingern, streckte seine Zunge heraus und schnitt eine Grimasse für Jesse, die das gar nicht komisch fand. Sie gab sofort ein Geschrei zum

Besten, das ihre früheren Leistungen auf dem Gebiet allesamt in den Schatten stellte. Alle im Warteraum, ob Besucher oder Wärter, hielten sich entsetzt die Ohren zu. Jesse schrie in dieser Lautstärke etwa zehn Sekunden lang, was den unglücklichen Wärter zum meistgehaßten Mann im Raum machte. Wäre es plötzlich zu einer Gefängnisrevolte gekommen, hätten ihn wahrscheinlich seine eigenen Kollegen stranguliert.

»Ich wollte sie doch bloß zum Lachen bringen«, erklärte er lahm, als Jesse ihr Schreien einstellte.

»Sie kann Leute nicht ab, die ihr die Zunge rausstrecken«, sagte T. R. »Das hätten Sie sich mittlerweile merken können, schließlich passiert es jedesmal, wenn wir hier sind.«

»Sie sieht so niedlich aus«, sagte der Beamte. »Und erst die Löckchen! Ich wollte mich nur mit ihr anfreunden.«

»Ich hab ihr erzählt, Sie sind schuld, daß ihr Papi jetzt nicht bei uns wohnt«, sagte T. R. »Sie rächt sich an Ihnen, weil Sie unsere Familie kaputtmachen. Bin ich froh, wenn wir nach Frankreich kommen und ich nie mehr in diesen lausigen Knast muß.«

»Na, das müßten Sie ja nicht, wenn Muddy einer ehrlichen Beschäftigung nachginge, Hausmeister zum Beispiel«, wehrte der Beamte ab. »Da kommt er schon.«

Auf den ersten Blick sah der nun eintretende junge Mann so aus wie das, was Gladys und ich einen Godwin-Köder nannten. Er war klein, schmal und blond. Er schob einen Eimer mit Mop vor sich her, wie sie von Hausmeistern benutzt werden, war aber selbst nicht größer als der Mop. Auf seiner Oberlippe prangte blonder Flaum, und daß seine Gefängniskluft etliche Nummern zu groß war, ließ ihn nur noch kleiner erscheinen.

Bei seinem Anblick begann Jesse zu gurren. Vor Aufregung wand sie sich fast von dem Sims, auf dem sie hockte. Ihr spontanes Glücksgefühl wirkte ansteckend; angesichts Jesses

Freude hellten sich die abgestumpften Mienen im Wartezimmer vorübergehend auf.

»Dacht' ich mir's doch, daß ich meinen kleinen Schreihals gehört hab«, sagte Muddy, als er Jesse vom Sims hob.

Augenblicklich schlug sie sich verschämt die Hände vors Gesicht.

Muddy stellte sich auf die Zehenspitzen und versuchte, T. R. einen richtigen Kuß zu geben, doch sie tat distanziert und hielt ihm nur die Wange hin.

»Ich muß mit dir reden«, sagte sie, »und das mach ich nicht gern vor tausend Zuschauern.«

Nach einem raschen Blick auf den Beamten, dessen Interesse erloschen war, und die Aufseherinnen, die nie welches gezeigt hatten, hakte sie sich bei Muddy unter und steuerte auf die offene Tür zu.

»Wir setzen uns bloß mal kurz draußen auf die Treppe, um ein bißchen ungestört zu sein«, erklärte T. R. dem Beamten, der wieder in die *Teen World* eingetaucht war.

»In Ordnung, aber laßt den Mop da«, sagte er, ohne aufzusehen. »In dieser Stadt gibt's Leute, die würden einen Mop stehlen, und er gehört dazu.«

»Das hier ist mein Vater«, sagte T. R. schroff, während sie Muddy an uns vorbeizerrte. »Wäre er nicht gewesen, hätten sie uns den ganzen Tag warten lassen.«

Muddy reichte mir eine kleine schlaffe Hand. Er hatte eines jener verträumten Gesichter, denen nicht die geringste Spur von Energie abzulesen ist.

Es war kaum zu glauben, daß so ein schmächtiges Männlein die Kraft aufgebracht hatte, einen Fernseher zu stehlen, noch viel weniger, daß er meine große, energiegeladene Tochter geschwängert hatte ... doch daran gab es ja nun nichts zu deuteln. Zeilen aus einem berühmten Gedicht fielen mir dazu ein, in denen es darum ging, daß tolle Frauen zu einem Stück Fleisch einen verrückten Salat essen. Muddy

Box war die menschliche Ausgabe dieser schlaffen kleinen Salate, wie man sie im ganzen Westen und Süden in Kneipen auf dem Land serviert bekommt – ein paar müde Blätter Kopfsalat, ein, zwei Radieschenscheiben, eine schlaffe Tomate.

Andererseits wußte ich nur zu gut, daß das verwirrende Kräftespiel, gemäß dem in diesem Leben manche Wesen zusammenfanden, sich unmöglich ergründen ließ. So harmlos aussehende Jungen wie Muddy hatten Godwin mehr als einmal halbtot geschlagen und ohne einen Penny auf Flughafenparkplätzen oder am Rande abgelegener Straßen zurückgelassen.

Als wir aus dem Gefängnis kamen, fielen die warmen Strahlen der Golfsonne auf eine leere Straße. Bo war aus dem Cadillac geflüchtet und saß nun auf dem Dach desselben. Elena stand neben dem Auto und versuchte, ihn herunterzulocken. Dew, Sue Lin und Granny Lin warteten. Muddy saß mit Jesse auf dem Schoß auf einer Stufe und versuchte, sie aus der Reserve zu locken – sie bedeckte noch immer ihre Augen mit den Händen. Wenn er behutsam den einen oder anderen Finger beiseiteschob, ließ sie diesen sofort zurückschnappen. Jesse und er waren vollkommen in dieses Spiel vertieft; T. R. nicht. Vor Spannung förmlich knisternd, schaute sie die Straße auf und ab.

»Diese Straße ist absolut leer«, sagte sie. »Außer uns ist keine Menschenseele in Sicht.«

»Na ja, es ist ein Gefängnis«, bemerkte Muddy. »Hier kommen nicht besonders viele Touristen vorbei.«

T. R. schnaubte ihn an; manchmal machte sie ihrer Verachtung und Enttäuschung mit einer Art wildem Schnauben Luft.

»Ehrgeiz hat er überhaupt keinen«, sagte sie und sah mich an, meinte aber Muddy.

Angesichts ihres offenbar anschwellenden Zornes war

Muddy hilflos. Er brachte ein müdes kleines Schulterzucken zuwege. »Ich hab bloß die sechste Klasse geschafft«, sagte er.

»Ach Quatsch, du bist nachher zur Berufsschule gegangen!« sagte T. R. »Das hast du mir doch gesagt, oder war das bloß wieder eine deiner Lügen?«

»Na ja, ein paar Tage bin ich hingegangen«, sagte Muddy. »Ich wollte Dieselmechaniker werden und in 'nem Truck Stop arbeiten, aber Mann, die Scheiße ist schwer. Einen normalen Motor krieg ich meistens repariert, aber bei 'nem Diesel hab ich ausgeschissen.«

Er hatte es aufgegeben, Jesses Finger von ihren Augen zu pellen, woraufhin sie ihre Hände sinken ließ und ihm ein strahlendes Lächeln schenkte.

»Ah«, sagte Muddy überwältigt.

»Wenn du nur ein Fünkchen Ehrgeiz im Leib hättest, würdest du jetzt sofort abhauen«, sagte T. R. »Das wär denen doch egal. Wahrscheinlich würdest du ihnen erst in ein, zwei Wochen fehlen.«

»Nee, nee«, sagte Muddy. »Morgen würde ich ihnen fehlen, wenn sie einen brauchen, der die Ausnüchterungszellen wischt.«

»Ist das alles, was du mit deinem Leben vorhast: im Gefängnis hocken und Ausnüchterungszellen wischen?« fragte T. R.

»Nein, aber es ist besser als 'ne Menge andere Sachen«, erwiderte Muddy bemüht vernünftig.

»Ach, komm schon«, sagte T. R. und packte ihn am Arm. »Los komm, wir gehen. Wir könnten schon halb in Frankreich sein, statt dessen stehen wir rum und streiten.«

Muddy sah entsetzt aus. »Aber ich bin im Gefängnis, du selbst hast mich angezeigt«, sagte er. *»Du* hast mich verhaften lassen.«

»Ich war sauer«, sagte T. R. »Du hättest die Glotze nicht verscheuern sollen. Die Kinder konnten immerhin samstagmorgens Trickfilme gucken; das ist der einzige Tag, an dem ich ausschlafen kann. Na gut, Schwamm drüber, gehen wir. Ich laß Daddys Anwalt einfach einen Brief schreiben, wo drinsteht, daß ich meine Anzeige zurückziehe.«

»Ist ja gut, aber da gibt's noch ein anderes Problem«, sagte Muddy. »Die haben die Sache ausgegraben, als ich damals aus der Entziehungskur abgehauen bin. Davon muß ich noch sechs Monate absitzen, ehe sie sich überhaupt mit dem hier abgeben.«

»Komm schon, ich will hier weg, solange keiner zu sehen ist«, sagte sie und zog ihn halb die Gefängnistreppe hinunter. »Der Anwalt von meinem Daddy kriegt das alles geregelt, wenn wir erst in Frankreich sind.«

Muddy war offenbar nicht mit ganzem Herzen bei dieser Flucht, leistete aber auch nur halbherzig Widerstand, und es gehörte schon mehr dazu, T. R wirkungsvoll zu bremsen.

Ich war über T. R.s Vorgehen genauso entsetzt wie er, wahrscheinlich weil sie es sich in der kurzen Zeit, die wir zusammen waren, angewöhnt hatte, alles, was ich sagte, wortwörtlich zu nehmen. Ihr war nicht aufgegangen, daß ich als Romancier ständig kleine Szenarios erfand, die das Leben angenehmer machen könnten, würden sie umgesetzt. Tatsache war aber leider, daß die meisten davon nicht umgesetzt wurden. Ich hatte den Eindruck, als fiele unsere spontane Frankreichreise in diese weite Kategorie.

Muddy trug immer noch Jesse, die inzwischen jede Schüchternheit abgelegt hatte und hemmungslos mit ihrem Vater flirtete. T. R. hatte uns bald auf den Bürgersteig neben den Cadillac gelotst.

»Komm vom Dach runter und ins Auto, wir fahren!« sagte sie mit einem Fingerschnippen in Richtung Bo. Es war ein so energisches Schnippen, daß er nach einem kurzen prüfenden Blick, ob sie es ernst meinte, gehorchte und vom Auto in Elenas Arme sprang.

»T. R., bist du sicher, daß das eine gute Idee ist?« fragte ich. »Vielleicht wären Muddy und ich besser beraten, ein, zwei Tage zu warten, bis mein Anwalt sich die Sache ansehen und ihn gegen Kaution herausbekommen kann. Auf die Art würde er seine juristischen Probleme nicht verschlimmern.«

»Halt den Mund, du bist nicht gefragt!« fuhr sie mich an. »Wenn er dableibt, entdecken sie vielleicht sechs oder acht andere Straftaten, die er auch noch begangen hat ... die haben jetzt so Computer, wo millionenweise alte Straftaten drin sind.«

»Wenn ich's recht bedenke, könnte ich wahrscheinlich einen Kautionsbürgen finden und Muddy gleich rausbekommen«, sagte ich. Der ganze Straßenblock gegenüber des Gefängnisses bestand aus Bürgschaftsbüros.

»Geht nicht, es ist nicht wegen der neuen Anklage, sondern weil ich damals von der Entziehungsfarm abgehauen bin«, sagte Muddy. »Ich sitz gerade eine alte Strafe ab, so funktioniert das.«

»Funktionieren tut das so: Alle halten ihren dummen Mund und steigen ins Auto!« kommandierte T. R. »Man diskutiert nicht lang rum, wenn man aus dem Gefängnis ausbricht.«

Meine Phantasie entwarf in Höchstgeschwindigkeit Szenarios, die alle nicht am Cap d'Antibes angesiedelt waren. Vielmehr spielten sie in stinkenden, mit sadistischen Hilfssheriffs besetzten Gefängnissen in Ortschaften wie Buffalo, Texas ... meine Phantasie hatte berechnet, daß wir ungefähr so weit kommen würden, ehe sie uns schnappten. Ein Paß, ein Flugticket und ein französisches Visum galten nicht viel in Buffalo, Texas.

Aber T. R. hatte Bo und Elena schon auf dem Rücksitz untergebracht und reichte Jesse an Dew weiter.

»Jetzt sind wir neun«, stellte ich nervös fest. »Es wird ziemlich voll.«

»Muddy wiegt fast gar nichts, der kann auf meinem Schoß sitzen«, teilte sie mir grinsend mit. Die Straße war immer noch leer, ihr Ausbruchsversuch funktionierte, und ihre Stimmung stieg.

Sie quetschten sich ins Auto, und Muddy saß tatsächlich auf ihrem Schoß. Der Cadillac war voll, und als ich endlich hinter dem Steuer saß, war er gerammelt voll. Ich war ziemlich nervös, da ich jeden Augenblick mit aufheulenden Sirenen rechnete. Drei oder vier Versuche, den Zündschlüssel ins Schloß zu stecken, schlugen fehl, bis Granny Lin mir auf den Arm klopfte, die Schlüssel nahm und den richtigen in den Schlitz steckte.

»Siehst du, Muddy paßt prima auf meinen Schoß«, sagte T. R., die über den Erfolg ihres Unternehmens hocherfreut war. Sie kniff Muddy einige Male herzhaft in den Hintern, was ihm ein verlegenes Grinsen entlockte.

»Ich hab auch ein- oder zweimal auf Muddys Schoß gesessen«, sagte T. R., als sie Dew einen Kaugummistreifen anbot. »Das geht auch ganz gut, sonst gäb's nämlich keine Jesse.«

»Aha, so ist das also passiert«, sagte Dew, woraufhin sie und T. R. vergnügt lachend ihre Kaugummis auspackten. Muddy sah noch verlegener aus.

»Juhu, ab durch die Mitte, genau wie bei Bonnie und Clyde«, sagte T. R. Bo fing wieder an, mit seinem kleinen Laster meinen Nacken rauf- und runterzufahren und »Brumm, brumm!« zu rufen.

Ich erwartete Sirenen, eine mobile Einsatztruppe, Handschellen, Schlagzeilen. Zwischen Gefängnis und Schnellstraße begegneten uns drei Polizeistreifen, doch kein Polizist schenkte uns auch nur die geringste Beachtung.

»Was sagst du nun, Muddy? Du bist ein freier Mann«, sagte T. R.

»Frei, bis sie mich kriegen, dann nicht mehr«, sagte Muddy, dessen Tonfall einen gewissen Überdruß verriet.

T. R.s Stimmung wurde immer ausgelassener. Sie zog Muddy fest an sich und drückte ihm drei oder vier schmatzende Küsse auf den Nacken.

»Kein bißchen frei bist du«, klärte sie ihn auf. »Aus'm Knast bist du raus, aber jetzt hab ich dich, und du weißt, was das heißt.«

Wenn Muddy es wußte, sagte er es jedenfalls nicht.

»Es heißt, daß wir unseren Spaß haben werden oben in Daddys Haus, oder in Frankreich drüben, oder wo immer er uns hinbringt«, sagte sie.

»Ich hoffe, du hast Dope dabei«, sagte Muddy. »Im Knast gab's jede Menge, aber ich konnt mir keins leisten.«

10

Das Aufregendste, was sich zu Beginn unserer Fahrt ereignete, war, daß Bo in einem Wutanfall seinen Laster aus dem Fenster warf. T. R. war das »Brumm, brumm« schließlich leid gewesen, das er die ganze Strecke von Houston bis Madisonville pausenlos von sich gegeben hatte. Sie befahl ihm aufzuhören, was er nicht tat; mittlerweile sah der Rücksitz wie ein Schlachtfeld aus, doch T. R. schaffte es, über das Schlachtfeld zu langen, sich ihren Sohn zu greifen, ihn umzudrehen und kurz, aber energisch zu versohlen, woraufhin er seinen Laster aus dem Fenster warf.

Inzwischen hatte ich gelernt, sowohl die Straße als auch den Rückspiegel ständig im Auge zu behalten, obwohl bislang nichts weiter passiert war, als daß T. R., Muddy, Dew und Sue Lin Marihuana rauchten und ab und an einen Joint zu Elena und Granny Lin nach vorne durchreichten. Alle schienen die Fahrt zu genießen; sogar ich genoß sie irgendwie, obwohl ich ständig damit rechnete, daß uns der lange Arm des Gesetzes irgendwo in der Gegend von Buffalo einholte.

Als ich sah, wie Bo seinen Laster aus dem Fenster schmiß, bremste ich sofort, doch T. R. wollte von Anhalten nichts wissen.

»Sein Fehler, soll er damit leben«, sagte sie. »Ich kann diesen Laster sowieso nicht leiden.«

Bo lebte damit, indem er eine Reihe ohrenbetäubender Schreie ausstieß.

»Einfach ignorieren, er will bloß Aufmerksamkeit«, sagte T. R.

Die anderen Autoinsassen schienen im Ignorieren geübt zu sein, ich aber nicht. Ich spürte so etwas wie ein schwaches, migräneartiges Gefühl aufsteigen, ein Gefühl, als wären Kopfschmerzen im Anmarsch. Wir hatten nicht besonders viel Sauerstoff im Auto, und Bos Geschrei machte mir deutlich, in was für eine beengte Lage ich mich begeben hatte. Acht menschliche Wesen waren mit mir im Wagen, jedes mit seiner Art Menschsein befaßt. Seit meinem letzten Drehtag bei »Al und Sal« waren mir keine acht Menschen auf einmal so nah auf den Leib gerückt. Meistens war überhaupt niemand in meiner Nähe; ich frühstückte zwar mit Godwin und Gladys, doch das fand gewöhnlich draußen statt, inmitten der unendlichen Weite der Prärie.

Weniger isoliert als in diesem Moment war ich lange nicht mehr gewesen. Bald lösten die menschlichen Regungen um mich her, deren Extremform Bos Geschrei darstellte, ein besorgniserregendes Pochen in meinen Schläfen aus. Kopfschmerzen kündigten sich an. Ich stellte sie mir bildlich als einen großen schwarzen Sattelschlepper mit zwei Anhängern vor. Dieser ominöse schwarze Laster brach soeben in Dallas auf und raste gen Süden, wir gen Norden; wenn ich nicht ausgesprochenes Glück hatte, würde ich irgendwo bei Corsicana mit der Migräne kollidieren. Und es würde ein furchtbarer Zusammenstoß werden, das spürte ich, einer, nach dem die Leichen meiner mir eben erst zugefallenen Familie wie Streichhölzer am Straßenrand verstreut lägen.

Ich gab es nur ungern zu, aber mir wurde übel. Meine Einsamkeit war zu unvermittelt in Geselligkeit umgeschlagen; meine Synapsen stellten sich nicht rasch genug um. Ich fühlte mich schon zittrig, und meine Schläfen klopften stärker, als der große schwarze Kopfschmerz einen Gang raufschaltete.

»Mir geht's nicht besonders toll«, sagte ich mit, wie ich hoffte, bewundernswerter Selbstbeherrschung. »Möchte vielleicht jemand von euch weiterfahren?«

»Na logo, ich!« sagte T. R. »Halt an, ich muß sowieso Jesse

wickeln, sie macht immer die Hosen voll, wenn sie ihren Papi sieht.«

Sie wickelte Jesse und übernahm das Lenkrad. Elena setzte sich nach hinten, mehr oder weniger auf Muddys Schoß, und ich nahm ihren Platz auf der anderen Seite von Granny Lin ein. Ich schluckte ein paar Tabletten, um, wie ich hoffte, das Kopfweh aufzuhalten; statt eines Frontalaufpralls kam ich vielleicht bloß mit leichtem Blechschaden davon.

Ich schloß kurz die Augen, damit die Migräne glauben sollte, ich schliefe. Das war keine erfolgversprechende Strategie, und sie wirkte auch nicht; bei geschlossenen Augen fiel mir das wütende Pochen in meinen Schläfen noch mehr auf. Als ich die Augen wieder öffnete, ließen wir die sich lichtenden Wälder neben der Straße sehr schnell hinter uns.

T. R. fuhr nicht langsam. Ihre Augen strahlten allerdings, und sie sah glücklich aus. Während ich fasziniert und verstört zusah, rasten wir fast bis an die Stoßstange eines Pritschenwagens heran, der auf der Überholspur dahinschlich.

T. R. traktierte den Pritschenwagen wiederholt mit Hupe und Lichthupe, aber der fuhr nicht rechts rüber. Mir fiel ein, daß mir auf der Fahrt nach Houston mehrmals das gleiche widerfahren war; in Texas hatte man sich noch nicht die guten Fahrbahnwechselmanieren zu eigen gemacht, auf die man sich in Kalifornien gewöhnlich verlassen kann. Offenbar hielten es viele Texaner für ihr gutes Recht, die Überholspur zu benutzen, auch wenn sie nur schlappe hundertzwanzig fuhren.

Ich ärgerte mich genauso wie T. R., wenn ich wegen eines langsamen Fahrers auf der Überholspur bremsen mußte, schluckte aber meinen Ärger herunter, sie nicht.

Als sie merkte, daß der Pritschenwagen nicht weichen wollte, preschte sie rechts daran vorbei. Als wir vorüberzischten, steckte sie den Kopf aus dem Fenster und brüllte zwei verdutzte Cowboys an: »Platz da, ihr blöden Wichser!«

Daraufhin schnitt sie den Pritschenwagen und jagte den Cadillac mit Höchstgeschwindigkeit die Straße hinunter, als wolle sie vorführen, wie schnell die anderen gefälligst zu fahren hatten, wenn sie unbedingt auf die Überholspur wollten.

Wie sie die Cowboys angebrüllt hatte, belustigte mich. »Für eine Jüngerin Jesu benutzt du aber ziemlich grobe Ausdrücke«, sagte ich.

T. R. grinste nun. »Jesus ist es egal, wenn ich einen blöden Wichser einen blöden Wichser nenne«, sagte sie überzeugt.

»Woher willst du das wissen, hast du dich in letzter Zeit mit ihm unterhalten?« erkundigte sich Muddy, während er den Joint weitergab, den sie gerade rauchten.

»Ich glaub kaum, daß er Leute mag, die zu dämlich sind, um zu wissen, auf welcher Spur man fährt«, sagte T. R.

»Huch, Jesse hat gerade ein bißchen gespuckt«, sagte Elena.

»Das macht sie immer beim Autofahren, halt sie einfach mit dem Kopf nach unten«, sagte T. R.

Bo fing an, seine kleine Schwester anzuschreien. »Bäh!« schrie er. »Igitt, bäh!«

»Gebt ihn meinem Daddy rüber«, sagte T. R. »Es wird Zeit, daß er seinen Grandpa besser kennenlernt.«

»Ich weiß nicht, ob das eine so gute Idee ist«, sagte ich. »Mir geht's selber nicht besonders toll.«

Trotzdem packten mehrere eifrige Hände sofort Bo und warfen ihn mit dem Kopf voran zu mir herüber; seine Beliebtheit auf der Rückbank war nachvollziehbar geringer. Ich nahm ihn und setzte ihn mir auf den Schoß. Ich versuchte, ihm zuzulächeln, wofür ich mit einem mürrischen Blick belohnt wurde.

»Du bist Schriftsteller«, stellte T. R. fest. »Erzähl ihm eine Geschichte. Geschichten sind so ziemlich das einzige, was Bo für längere Zeit ruhigstellt.«

Ich dachte an meine im Lauf der Jahre so sorgsam gewahrte Einsamkeit. Früher hatte ich wohl geglaubt, ich wahrte meine Einsamkeit zugunsten meines Romans oder irgendeiner anderen künstlerischen Arbeit, doch in den letzten Jahren war mir aufgegangen, daß dem nicht so war. Ich war vereinsamt, weil ich es so wollte und brauchte. Alleinsein, so war mir inzwischen klar, brauchte kein Kunstwerk als Rechtfertigung; es war durch sich selbst gerechtfertigt, ein Wert an sich.

Aber jetzt war es mit meinem Alleinsein endgültig vorbei. Ich saß mit acht anderen Menschen in einem Auto. Ich hatte meine Einsamkeit gegen eine Tochter eingetauscht, die offenbar nicht den Wunsch hegte, allein zu sein. Vielleicht war sie nie wirklich allein gewesen; mit zwei Kindern war es unwahrscheinlich, daß sie es in nächster Zeit sein würde. Meine Entscheidung stimmte mich nicht traurig; T. R. war da, endlich da, und es hätte eines unnahbareren Mannes als ich einer war, bedurft, um in Erwiderung ihrer Energie, ihrer Vitalität, ihres Mutes nicht die eigene Einsamkeit aufzugeben. Ich war bereit, alles sofort aufzugeben, nur tief drinnen schlummerte ein warm-nostalgisches Sehnen nach meiner alten, tiefen, kultivierten Einsamkeit.

Als das Wort Geschichte fiel, wurde Bo etwas weniger mürrisch. Er sah mich mit neutralem Gesichtsausdruck an, ohne zu schreien. Einen kurzen Moment lang kam er mir fast liebenswürdig vor.

»Fangen Sie lieber mit der Geschichte an«, warnte mich Elena. »Er mag es nicht, wenn keine Geschichte kommt.«

In diesem Moment wurde Jesse, die noch ein wenig nach Erbrochenem roch, von denselben willigen Händen auf den Beifahrersitz bugsiert. Schief lächelnd, machte sie es sich auf meinem anderen Bein bequem.

»Also los, Grandpa«, sagte T. R. »Wir warten. Hoffentlich weißt du eine Geschichte.«

Vor allem wußte ich, daß der schwarze Kopfschmerz-Lkw von irgendwo weiter vorn auf mich zuraste. Er war noch nicht da, aber der Zusammenstoß stand bevor; wenn ich meine wartenden Enkel mit einer Geschichte erobern wollte, mußte ich mich beeilen.

Einmal vor vielen Jahren hatte ich in Paris für Romy Schneiders Töchterlein eine Geschichte erfunden, weil die Babysitterin in einen Autounfall verwickelt gewesen war. Man hatte das Kind für eine halbe Stunde bei mir im Plaza Athénée abgesetzt, während Romy ein Interview gab. Als ich die Kleine fragte, was für Geschichten sie am liebsten hörte, sagte sie, am besten gefielen ihr welche mit sprechendem Gemüse. Ich war an dem Nachmittag kreativ gestimmt und rasselte sofort eine Geschichte über eine Möhre und einen Rettich herunter. Sie kam sehr gut an.

Romys Töchterlein war damals ungefähr vier gewesen; weder Bo noch Jesse waren schon vier. Ob einer von beiden wußte, was ein Rettich war oder auch eine Möhre?

»Ist einem von euch schon mal ein Rettich begegnet?« fragte ich vorsichtig. Vier Augen blickten mich unverwandt und kritisch an – falls eins der Kinder je die Bekanntschaft eines Rettichs gemacht hatte, verriet es mir dies jedenfalls nicht.

Ja, inzwischen war sogar die ganze, noch vor wenigen Minuten so rauhe Truppe im Auto verstummt. Es schien, als hingen alle an meinen Lippen.

»Diese Geschichte spielt im Erbsenland«, hob ich an und versuchte, mich daran zu erinnern, wie ich die Geschichte beim ersten Mal in Gang bekommen hatte.

»Es war einmal eine Möhre, die hieß Jimmy und lebte in der Ecke eines großen Erbsenbeetes. Jimmys bester Freund war ein Rettich, der François hieß« – an dieser Stelle, so erinnerte ich mich, war Romys Töchterlein vor Lachen schier geplatzt. Bo und Jesse blieben sichtlich unbeeindruckt. Natürlich, sie waren ja keine Franzosen.

»Eines Tages gingen Jimmy und François spazieren, und François, der ziemlich dick war, stolperte über eine Erbsenranke und kullerte einen Abhang hinunter auf eine Straße, gerade als ein großer Lastwagen vom Gemüsemarkt angebraust kam.«

Ohne Vorwarnung verlor Bo plötzlich das Interesse an meiner Geschichte und boxte seine kleine Schwester auf den Mund, wodurch er sie auf den Boden zu Granny Lins Füßen beförderte. Jesse, der meine Geschichte, oder wenigstens der Klang meiner Stimme, offenbar gefallen hatte, heulte auf. Granny Lin klaubte sie auf und beschützte sie vor ihrem Bruder, der wohl nicht übel Lust hatte, sie noch mal zu boxen.

»Hulk!« brüllte Bo, und zwar in meine Richtung.

»Bo mag bloß Geschichten über Monster, nur daß er sie Hulks nennt«, sagte T. R. »Er interessiert sich nicht besonders für Möhren und Erbsen, die einen Abhang runterkullern. Kennst du irgendwelche Geschichten über Monster?«

»Nein, aber das werde ich noch, sobald ich Bo besser kennenlerne«, sagte ich. »Er besitzt selbst eine ganze Menge monsterhafte Eigenschaften.«

T. R. zog ein langes Gesicht. Ich wußte sofort, daß ich etwas ganz Falsches gesagt hatte, aber schließlich hatte Bo Jesse gehauen, die nur stillgesessen und meiner Geschichte gelauscht hatte. Ihr hätte die Geschichte bestimmt gefallen, auch wenn sie noch nicht so genau wußte, was ein Rettich war.

»Ich weiß, niemand mag Bo«, sagte T. R. und kämpfte mit den Tränen. »Alle finden ihn schrecklich. Ich hatte gehofft, wenigstens sein Grandpa würde ihn mögen, aber das ist wohl zuviel verlangt.«

»Mit der Zeit werde ich ihn ganz bestimmt liebgewinnen«, sagte ich, jedoch ohne die nötige Überzeugungskraft.

»Nein, keiner kann Bo wirklich leiden, außer mir und

Elena«, sagte T. R. »Muddy kann ihn nicht ausstehen, und jetzt auch noch du.«

»Daß ich ihn nicht ausstehen kann, ist nicht wahr«, protestierte ich. »Nur sein Benehmen sagt mir nicht zu.«

T. R. warf mir ihren ausdruckslosen Blick zu. »Da sitzt er, auf deinem beschissenen Schoß«, sagte sie. »Du bist sein Großvater. Prügel ihn windelweich, er hat's verdient. Warum muß ich die ganze Drecksarbeit allein machen?«

Zur Überraschung aller Mitreisenden vertrimmte ich ihn tatsächlich. Und zwar war ich nicht aufgrund von T. R.s Worten dazu imstande, sondern weil mich das Kind so kalt und unverschämt anstarrte. Ehe er sich's versah, legte ich ihn übers Knie und versetzte ihm drei rasche Klapse mit der flachen Hand. Sie waren nicht besonders fest, aber in dem ruhigen Auto hörten sie sich lauter als erwartet an.

Bo wand sich kreischend. Er schaffte es, sich zu befreien, und warf sich über die Rücklehne in Elenas Arme, wo er schluchzte, als wäre er stundenlang gefoltert worden.

T. R. wirkte überrascht. Der ausdruckslose Blick war aus ihrem Gesicht gewichen.

»Bin ich froh, daß du das gemacht hast«, sagte sie. »Ich hätte nicht gedacht, daß du das Zeug dazu hast. Vielleicht hab ich endlich jemanden gefunden, der mir hilft, einen netten Menschen aus Bo zu machen. Ich will, daß er eines Tages ein netter Mensch ist«, fuhr sie mit unsicherer Stimme fort. »Ich will nicht, daß er nur ein Verbrecher wird wie sein Vater.«

»Das wird er nicht«, sagte ich, von meiner eigenen Leistung beflügelt. »Den kriegen wir schon hin.«

»Den Jungen ändert ihr nicht«, sagte Muddy mit schonungsloser Offenheit. »Wenn ihr mich fragt, fahren wir noch am besten, wenn wir ihn am Straßenrand stehenlassen.«

»Ja, aber dich hat keiner gefragt, Knallsack!« sagte T. R. wütend. »Dich lassen wir am Straßenrand stehen, wenn du nicht den Mund hältst. Noch besser, ich dreh die Kiste um und fahr dich in den Knast zurück.«

Muddy hielt den Mund, ich hielt den Mund, Bo schluchzte. Jesse bekam wieder gute Laune und krabbelte auf meinen Schoß zurück. T. R.s Stimmung war schwer zu beurteilen; gefährlich war wohl das richtige Wort dafür.

»Ich kann's nicht leiden, wie die Leute über Bo reden«, sagte sie. »Er ist doch nur ein kleiner Junge, noch keine drei, und ich hab mir die größte Mühe gegeben. Aber alle, alle außer Elena ziehen über ihn her.«

Niemand stritt das ab. T. R. seufzte schwer; sie hatte das Fahrtempo nicht verlangsamt. Die Laster und Autos, die wir überholten, schienen stillzustehen.

»Mach dir deswegen keine Sorgen, Schätzchen«, sagte ich. »Von nun an wird alles besser.«

Aber bevor es besser wurde, würde es schlimmer werden, das wußte ich. Wir waren fast in Corsicana, und wie nach Plan kam der große schwarze Migränelaster aus dem Norden angebrummt.

11

Die Migräne glich einem schweren Lkw der Marke Peterbilt, ihrer Intensität nach zu urteilen. Mir flimmerte es schon vor den Augen; die Straße vor uns sah wie eine wabernde Fata Morgana aus. Nadelspitze Schmerzen schossen von meinem Nacken in den Hinterkopf hoch, während es alle paar Sekunden direkt über meinen Augen so heftig klopfte, als bearbeite mich dort jemand mit einem Schusterhämmerchen.

Ich schluckte drei weitere Tabletten, um kein Zaubermittel unversucht zu lassen, mit dem sich die Kopfschmerzen ablenken ließen, ehe sie voll zuschlugen.

T. R. sah mich die Pillen schlucken. Sogar bei Tempo hundertvierzig entging ihr kaum etwas. Während sie die Straße entlangpreschte, beehrte sie mich mit zwei, drei forschenden Blicken.

Jesse wußte nichts von meinen Schmerzen und hielt die Zeit für gekommen, mit mir zu flirten. Sie setzte sich sorgfältig rittlings auf eines meiner Beine und lächelte mich noch schiefer als zuvor an – ein Ergebnis von Bos Faustschlag war eine geschwollene Oberlippe.

Nicht einmal mit dem knirschend die Gänge einlegenden schwarzen Laster in meinem Kopf konnte ich Jesse so ganz widerstehen. Sie versteckte ihre Augen hinter den Händen, eine Einladung zu dem Spiel, das sie mit ihrem Vater gespielt hatte. Behutsam löste ich ein paar ihrer Fingerchen, wobei ich besonders vorsichtig sein mußte, weil meine Hände zitterten und ich unbedingt vermeiden wollte, die so vielversprechend zwischen mir und meiner Enkeltochter entstehenden zarten Bande zu zerreißen, indem ich sie ins Auge piekste.

»Was ist mit dir?« fragte T. R. »Du bist weiß wie 'ne Wand und siehst richtig zittrig aus. Hoffentlich steckst du meine Kleinen nicht mit irgend 'ner ollen Krankheit an.«

»Nein, ich hab nur Kopfschmerzen«, sagte ich. »Migräne – manchmal ziemlich heftig. Wenn es jetzt viel schlimmer wird, müssen wir vielleicht eine kleine Pause machen, bis es vorbei ist. Wir haben noch ein gutes Stück zu fahren, bis wir zu Hause sind, und ich fürchte, ich schaffe es nicht.«

T. R. sah verärgert aus.

»Das muß so was wie das prämenstruelle Syndrom sein«, sagte sie. »Bei Dew ist das PMS immer echt übel. Manchmal, wenn sie mit PMS zur Arbeit kommt, kann sie einen Hot dog nicht von einem Cheeseburger unterscheiden, so daneben ist sie dann.«

»Ich kann dann überhaupt nichts mehr auseinanderhalten«, stimmte Dew zu. »Ich fühl mich wie so 'ne blöde alte Zecke, derart vollgesogen mit Blut, daß man mich bloß noch ausquetschen kann.«

»Wir können uns alle ausquetschen lassen, wenn wir noch länger mit diesen Kids im Auto rumsitzen und warten müssen, daß Daddys Kopfschmerzen weggehen«, sagte T. R.

Ich drohte Jesse mit einem wackelnden Finger – die charmanteste Geste, zu der ich mich in meinem belämmerten Zustand aufraffen konnte. Zu meiner Überraschung ergriff sie nach kurzer prüfender Betrachtung meinen Finger, bog ihn nach oben und nach unten und lächelte.

»Ach, ihr müßt nicht im Auto warten«, sagte ich. »Ich kann uns allen Motelzimmer besorgen. Du und die Kinder, ihr könntet schwimmen gehen oder sonst irgendwas tun, was euch Spaß macht. Bestimmt bin ich nach einem heißen Bad und einem Nickerchen ziemlich bald wieder reisefähig.«

Mein Vorschlag schien alle im Auto zu verblüffen, außer Granny Lin, die nicht nur meine Worte, sondern das Leben schlechthin ungerührt ließ. Granny Lin schien sich auf etwas weit Voraus- oder Zurückliegendes zu konzentrieren. Ihre Augen erinnerten mich an die Augen alter Hunde – sie sahen in weite Fernen. Ob Auto, Motel oder schäbige kleine Wohnung, das alles bedeutete Granny Lin nicht viel.

Ohne vom Gas zu gehen, sah T. R. nach den Leuten auf der Rückbank, um festzustellen, wie deren Reaktion ausfiel. Sie grinste über beide Ohren.

»Im Ernst?« fragte sie. »Du meinst, wir könnten alle Motelzimmer kriegen?«

»Klar«, sagte ich. »Halt einfach beim nächsten großen Motel an, das du siehst. Wir nehmen uns alle Zimmer und machen ein paar Stunden Pause.«

»Ich vergeß' immer, daß ich jetzt einen reichen Vater hab«, sagte sie. »Ich halt nicht am nächsten, sondern am besten, das ich sehe. Sucht alle mit – jeder ist stimmberechtigt, außer Muddy.«

»Warum ich nicht? Nie darf ich 'ne eigene Meinung haben«, maulte Muddy, tief gekränkt.

»Wer seiner eigenen Frau das Bett stiehlt, hat nichts zu melden, warum sollte er auch?« erklärte T. R. munter. »Wenn wir uns für eins entschieden haben, darfst du allerdings das Zimmer mit mir teilen. Macht dich das geil oder nicht?«

»Hm«, sagte Muddy, den diese Bemerkung offenbar zu verlegen machte, um weitere Kommentare abzugeben.

»In Ordnung, such ein gutes aus, aber laß dir nicht zu lange Zeit«, sagte ich. »Mir wird ein bißchen schlecht, und vielleicht mache ich eine größere Schweinerei als Jesse.«

»Grandpa geht's nicht gut, rüttel nicht so doll an seinem Finger, Schätzchen«, sagte T. R. zu Jesse. »Warum gibst du ihm nicht einfach einen dicken Kuß? Dann wird ihm bestimmt gleich besser.«

Bereitwillig krabbelte Jesse an mir hoch und gab mir einen dicken Kuß; dann ließ sie sich gegen meine Brust zurückfallen und schlief in Sekundenschnelle ein. Von dem Kuß wurde mir warm ums Herz, doch auf die Kopfschmerzen hatte er keinerlei Einfluß; eine Energiewelle nach der anderen toste durch meine Schläfen. Mir wurde immer elender, und ich hatte grauenhafte Vorstellungen, wie ich die Autotür öffnen und mich übergeben müßte, wobei Jesse oder auch wir beide womöglich herausfallen würden. Ich beschloß, daß es besser war, meinen Sicherheitsgurt auch um Jesse zu legen, aber der Gurt war nicht lang genug für uns beide. Als ich ihn kurz öffnete, schnappte er sofort in die Halterung zurück und kam nicht mehr heraus. Wieder einmal hatte ich bei dem Versuch, das Richtige zu tun, alles nur verschlimmert. Diese Erkenntnis, kombiniert mit einem erneuten wilden Kopfschmerzanfall, gab mir das Gefühl ein, verloren oder zumindest verdammt zu sein.

»Ich hoffe, wir finden recht bald ein geeignetes Motel«, sagte ich. »Mit diesen Kopfschmerzen zu leben, wird nicht gerade leichter.«

»Aber es muß schon ein großes sein«, wandte T. R. ein. »Wir sind ein ganzer Haufen Leute.«

Als das große schließlich gefunden war, lag es in Arlington, Stadt der Sackgassen. Ich hatte meine Augen während der letzten achtzig Kilometer mit eiserner Entschlußkraft geschlossen gehalten, denn mit geschlossenen Augen fühlte ich mich nicht ganz so elend. Als ich sie öffnete, hockten wir vor einem neogotischen Monstrum mit Türmchen, Zinnen und einem Burggraben, das sich »Ye Olde Camelot Inn« nannte. Übergroße Ritterrüstungen, die aus dem Land der Riesen stammen mußten, das Gulliver bereist hatte, rahmten den Eingang.

»Groß genug sieht es jedenfalls aus«, sagte ich.

T. R. war über die Zugbrücke gefahren und parkte direkt vor dem Eingang, machte aber keine Anstalten, auszusteigen und uns anzumelden.

»Ich steh auf alles, was so auf alt gemacht ist«, sagte sie. »In

Lufkin hatten sie 'nen Ye Olde-Minigolfplatz. Am letzten Loch mußte man den Ball ins Maul eines feuerspeienden Drachen schlagen. Bei meiner ersten Verabredung mit Earl Dee ist er mit mir da hingegangen. Ich schätze, das war der Anfang von meinem Ruin.«

»Diese Ritterrüstungen sehen irgendwie gruslig aus«, sagte Dew. »In so was könnte sich ein Vergewaltiger verstecken.«

T. R. musterte die Rüstungen gelassen. »Ich wette, die sind leer«, sagte sie. »Wir könnten Bo in einer versenken und ihn sich die kleine Lunge aus dem Leib schreien lassen, sollten wir einmal keine Lust mehr haben, ihn uns anzuhören.«

»Sieht aus, als könnte ich hier prima meine Migräne loswerden«, sagte ich. »Warum gehst du nicht rein und besorgst uns sieben oder acht Zimmer?«

T. R. wirkte eingeschüchtert; die Türme und Zinnen des Ye Olde Camelot Inn hatten ihr etwas Selbstbewußtsein genommen. So ähnelte sie eher einem nervösen jungen Mädchen als der draufgängerischen jungen Frau, die eben erst einen Gefängnisausbruch angeführt hatte.

»Ich hab noch nie in einem schicken Motel übernachtet«, sagte sie. »Ich hätte Angst, allein da reinzugehen. Außerdem hab ich keinen Cent.« Keiner im Auto wirkte mutiger als T. R. Alle sahen zu Boden, eingeschüchtert von der Pracht des Motels.

Ich fischte etwas Geld aus meiner Tasche und reichte es T. R. Es waren wohl zwei- oder dreitausend Dollar in Hundertdollarscheinen.

»Biete ihnen Bargeld an«, sagte ich. »Dann geben sie dir alle Zimmer, die du brauchst.«

Muddy pfiff. »Seht euch das Geld an«, sagte er.

»Na, sieh es dir lieber nicht zu genau an, Muddy, deins isses nicht«, sagte T. R. und grapschte nach den Scheinen, als erwartete sie, daß er sie sich schnappte und damit durchbrannte, obwohl er fest in der Mitte der Rückbank eingekeilt war.

»Mir wär lieber, du würdest mit mir reingehen«, sagte T. R. bedrückt. »Die denken doch bloß, ich hätte das Geld geklaut, wenn ich damit anrücke. Wo nimmt eine wie ich 'n Bündel Hundertdollarscheine her, denken die sich.«

»Ich weiß nicht, ob ich so weit komme, ohne mich zu übergeben«, sagte ich aufrichtig. »Außerdem wacht Jesse vielleicht auf, wenn ich mich rühre.«

T. R. beugte sich zu Jesse herüber und verpflanzte sie von meinem auf Granny Lins Schoß. Mit einem leisen Schnaufer schlief Jesse seelenruhig weiter.

»Meine beiden Kinder können Autounfälle verschlafen, wenn's sein muß«, sagte T. R. »Du siehst nicht mehr so elend aus wie eben. Komm mit rein.«

Vorsichtig öffnete ich die Tür und stieg aus. Vor meinen Augen verschwamm alles, und meine Beine zitterten, aber T. R. nahm meinen Arm, und wir schafften es, die knapp hundert Meter durch das sogenannte König-Artus-Foyer zur Ye-Olde-Rezeption zurückzulegen, wo ein als Ritter des Hosenbandordens verkleideter Angestellter meine Kreditkarte annahm und uns fast einen ganzen Motelflügel reservierte: drei miteinander verbundene Chefsuiten. Der Mann an der Rezeption erkannte meinen Namen auf der American-Express-Karte, da ich einmal einen ihrer Bezahlen-Sie-mit-Ihrem-guten-Namen-Werbespots gemacht hatte. Karl Malden hatte den ersten gemacht, ich den zweiten.

»Es schmeichelt uns, Sie bei uns begrüßen zu dürfen, Mr. Deck«, sagte der Hotelangestellte. »Wir bringen Sie in der König-Artus-Suite unter, und Ihre Freunde gleich nebenan in Lancelot und Ginevra.«

»Prima«, sagte ich. »Das hier ist meine Tochter. Bitte kümmern Sie sich darum, daß sie und ihre Freunde alle Erfrischungen bekommen, die sie wünschen.«

»Jawohl, Sir, wir schicken sofort ein Willkommenstablett hinauf«, versprach der Angestellte. »Würden Ihnen ein oder zwei Krüge Margaritas zusagen?«

»Dew bestimmt«, sagte T. R. »Die trinkt das Zeug wie Wasser.«

»Dann also drei Krüge«, sagte der hilfsbereite Angestellte. Ohne seine lächerliche Ritter-des-Hosenbandordens-Verkleidung wäre er wahrscheinlich ein netter, gutaussehender Yuppie gewesen. Dem Glitzern seiner strahlend blauen Augen entnahm ich, daß er für T. R.s Reize nicht unempfänglich war.

»Ich glaube, dieser Mann hat sich gerade in dich verschaut«, sagte ich, als wir unsere Riesen-Ye-Olde-Schlüssel auseinanderklamüserten.

»Nö, der war bloß scharf auf mich«, sagte sie mit distanziertem Blick. »Ich mag diese Arschkriechertypen nicht. Wenn er sich nicht benimmt, reiß ich ihm den Kopf ab.«

Wir sahen uns die Suiten an, die weitläufig und häßlich waren, groß genug nicht nur für die Menschenmenge im Auto, sondern auch für das ganze Auto, wenn es in einen Aufzug gepaßt hätte. In jedem Zimmer war ein Whirlpool, und T. R. schleuderte sofort eine Sandale vom Fuß und steckte ihn hinein. Sie wirkte aufgeregt, aber auch ein wenig besorgt.

»Ich hab noch das ganze Geld von dir«, sagte sie. »Was soll ich damit machen?«

»Na, es behalten«, sagte ich. »Kann sein, daß ich ein paar Stunden außer Gefecht bin. Six Flags und ein paar andere Vergnügungsparks liegen direkt auf der anderen Straßenseite. Du kannst mit den Kindern hingehen, wenn du möchtest ... oder Einkaufen gehen. Es wäre keine schlechte Idee, Muddy was zum Anziehen zu besorgen; so wie er jetzt rumläuft, könnte man meinen, er wäre eben aus dem Gefängnis ausgebrochen.«

»Wahrscheinlich hätte ich ihn dalassen sollen, er wird alles klauen wollen, was er hier sieht«, sagte sie. »Die Fernseher und die meisten Möbel wird er abräumen wollen. Er hat schon immer gern Antiquitäten geklaut.«

»Kauf ihm was zum Anziehen«, sagte ich. »Vielleicht stellt ihn das zufrieden.«

»Läßt du die Tür zu deinem Zimmer offen?« fragte sie und wirkte zunehmend nervöser.

»Klar, wenn du möchtest«, sagte ich. »Was ist mit dir?«

»Ich war noch nie in so 'nem großen Motel wie dem hier«, sagte sie mit zittriger Stimme. »Vielleicht krieg ich Angst.«

»Du hast in einem ziemlich rauhen Teil von Houston gelebt, ohne Angst zu haben«, erinnerte ich sie. »Hier tut dir keiner was.«

»Auf der Straße hab ich keine Angst«, sagte sie. »Mit den Straßen komm ich klar. Aber ich weiß nicht, ob ich mit dem hier klarkomme.«

Ich fühlte mich ein wenig wacklig, aber T. R. sah mich eindringlich an. Die Zimmer waren tatsächlich bedrückend, besonders mit geschlossenen Vorhängen. Ich zog die Vorhänge auf und ließ die strahlende Sonne herein. Unsere Suiten lagen im obersten Stock; unter uns, auf der anderen Seite der Schnellstraße, lag ein riesiger Wasser-Vergnügungspark, in dem es von winzigen Badenden wimmelte. Da gab es riesige Wasserrutschen, die einen direkt aus alpinen Höhen hinabzubefördern schienen, und große gewundene Tunnel, durch die Kinder in Autoschläuchen rutschten. In einem Schwimmbecken gab es augenscheinlich sogar Wellen. Künstlich erzeugte Schaumkronen kräuselten sich auf die käfergroßen Badenden zu.

»Sieh dir das an!« sagte T. R. »So einen gibt's auch vor Houston. Muddy und ich, wir wollten immer mit den Kindern hin, konnten's uns aber nicht leisten.«

»Geht jetzt mit ihnen hin«, sagte ich. »Ihr könnt es euch leisten.«

»Du kannst es, meinst du«, erwiderte sie. »Ich hab nicht einen eigenen Cent in der Tasche, und Muddy auch nicht.«

Sie hielt die Scheine in der Hand, die ich ihr gegeben hatte, und sah sie, wie es schien, feindselig an. Dann sah sie mich an, genauso feindselig.

»Das hier ist so viel Geld, daß es nicht wahr ist«, sagte sie. »Für dich ist das wohl wie Spielzeuggeld.«

»Es ist einfach Geld«, sagte ich. »Gib ein bißchen davon aus, und du wirst früh genug feststellen, daß es richtiges Geld ist.«

Plötzlich warf T. R. die Scheine auf den Boden.

»Männer haben mir auch sonst schon Hundertdollarscheine angeboten, nur nicht für nichts«, sagte sie. »Jeden Tag kommen Männer in den Mr. Burger und bieten mir Geld an. Alle sagen sie, sie wollen nichts, sie wollen mir bloß helfen, aber ich hab's ein-, zweimal angenommen, und es stimmt nicht. Immer wollen sie was, und sie warten nicht lange, bis sie einen wissen lassen, was. – Also, was wollen Sie, Mr. Deck?« fragte sie mit zornfunkelnden Augen.

»Ich will ein sehr heißes Bad nehmen«, sagte ich. »Dann will ich schlafen und meine Kopfschmerzen loswerden.«

»Ich meine, was willst du für das Geld?« sagte sie. »Dein Scheißkopfweh ist mir egal.«

»Für das Geld? Nichts«, sagte ich. »Du mußt es nicht nehmen, wenn du mir nicht traust – hol einfach die ganze Bande rein, und ihr guckt Fernsehen oder irgendwas. Aber ich bin anders als diese Männer, die dir Geld angeboten haben, weißt du.«

»Das bezweifle ich – alle Männer sagen, sie sind anders, das hab ich schon zu oft gehört«, sagte sie, immer noch mit sprühenden Augen.

»Bestimmt hast du das«, sagte ich. »Und du wirst es noch oft genug zu hören kriegen. Und trotzdem bin ich anders.«

Sie starrte mich böse an, und ich versuchte, ihrem Blick standzuhalten, aber die Kopfschmerzen hämmerten kräftiger, und das Zimmer verschwamm. Ich fürchtete, in Ohnmacht zu fallen; zumindest würde ich mich bald übergeben müssen.

»Vielleicht ist es zu spät, als daß es jetzt noch etwas bedeutet«, sagte ich, »aber ich bin dein Vater. Ich will dich nicht kaufen, ich will dich nur kennenlernen. Nimm das Geld oder laß es, mir egal. Ich muß jetzt krank sein.«

Ich schleppte mich zitternd in meine Suite und fing an, mich auszuziehen. Ich wollte mich in den Whirlpool sinken lassen, und ich wollte mir ein mit Eiswürfeln gefülltes Handtuch auf den pochenden Kopf legen. Zum Glück gab es einen kleinen Kühlschrank im Zimmer – nicht einmal auf alt getrimmt –, und ich schaffte es, den Eiswürfelbehälter herauszuziehen, aber meine Hände zitterten so, daß mir alle Eiswürfel herunterfielen.

Zu meiner Überraschung hob T. R. sie auf.

»Du zitterst wie Espenlaub«, sagte sie, gar nicht mehr wütend. »Du siehst schlimmer aus als Dew, wenn sie ihr PMS hat.«

»Ich wollte bloß etwas Eis für meinen Kopf«, sagte ich. »Und dann muß ich unbedingt ins Wasser. Solche Migränen hatte ich schon tausendmal. Es geht vorbei.«

T. R. machte mir einen schönen Eisbeutel. Ich hielt ihn mir an die Schläfe und blieb leicht schwankend stehen.

»Ich dachte, du wolltest in die Wanne«, erinnerte mich T. R.

»Will ich auch, aber ich kann mich nicht ausziehen, solange du im Zimmer bist«, sagte ich. »Nicht, daß ich dich rausschicken will.«

»Ich würd' mich rausschicken, wenn ich mich so fühlen würde, wie du aussiehst«, sagte T. R. »Ich gehe auf der Stelle.«

Ich konnte nur daran denken, mich ins heiße Whirlpoolwasser sinken zu lassen. T. R. ging, und ich zog mich aus und tat genau das, während ich den Eisbeutel gegen meinen Kopf preßte.

»Alles in Ordnung, Daddy, ich hab nicht geguckt«, sagte sie von der Tür zur nächsten Suite aus. »Ich wollte dir bloß sagen, ich glaube, ich nehm das Geld. Ich glaube, ich mach mit den Kindern und den Mädchen einen kleinen Einkaufsbummel.«

»Tu das«, sagte ich. »Ein kleiner Bummel ist wahrscheinlich genau das Richtige für euch alle.«

Wieder dachte ich, sie wäre weg; wieder täuschte ich mich.

»Daddy?« fragte sie.

»Ja?« erwiderte ich, kaum noch bei Bewußtsein.

»Schließt du deine Tür bitte nicht ab?« fragte sie. »Kann sein, daß ich wieder zu dir rein muß.«

»Ist gut, Liebes«, sagte ich.

12

Wir blieben drei Tage im Ye Olde Camelot Inn. T. R., Muddy, die Mädchen und die Kinder machten einen Einkaufsbummel nach dem anderen, haufenweise Einkaufsbummel, während ich in der König-Artus-Suite meine Migräne auskurierte.

Noch bevor ich Houston verlassen hatte, wußte ich, daß sich diese Migräne als enorm hartnäckig erweisen würde, und ich hatte recht. Wie ein verhaßter Verwandter richtete sie sich auf einen längeren Besuch ein. Ich hatte sie zwar nicht eingeladen, mir aber auch nicht die Mühe gemacht, die Besuchsbedingungen auszuhandeln; zu sehr war ich mit T. R., den Kindern, dem Umzug, dem Gefängnisausbruch und so weiter beschäftigt gewesen. Stundenlang, während ich gezielte Schritte zur Begrenzung des Besuchs hätte unternehmen müssen, tat ich nichts, daher hatte sich die Migräne bei mir eingenistet.

Als sie erst einmal da war, wollte sie nicht mehr weg: Ich badete, schluckte Tabletten und schlief unter einem Eisbeutel-Iglu, eine Kombination von Maßnahmen, die mir ein gewisses Maß an Kontrolle über die Kopfschmerzen erlaubte – aber nur ein gewisses Maß. Ich unterdrückte die Migräne, konnte sie aber nicht vertreiben. Solange ich mich nicht rührte, war sie so freundlich, sich in entfernte Ecken meines Bewußtseins zu verziehen; doch sowie ich aufstand, mich anzog und so verhielt, als wollte ich mein normales Leben wieder aufnehmen, machte sie sich wieder bemerkbar, wenn auch nur als schwaches, unterbrochenes Pochen.

Nach zwei oder drei erfolglosen Versuchen, mein Leben wieder aufzunehmen, gab ich es auf, ging ins Bett zurück und wartete so geduldig wie möglich darauf, daß sich die Migräne aus lauter Langeweile verzog. Ich spürte, wie sie es genoß, meine wenigen Pläne zu durchkreuzen; die einzige Möglichkeit, sie loszuwerden, schien mir darin zu bestehen, mich so leer und planlos wie möglich zu machen. Wenn ich das tat, würde sich die Migräne vielleicht irgendwann einen Interessanteren zum Quälen suchen.

Zu meinem eigenen Entsetzen rief ich diese ganzen drei Tage lang nicht einmal meinen Anrufbeantworter an. Jeanie, Nema, Marella, Viveca blieben vorübergehend ihrem Schicksal überlassen, von Godwin, Gladys und meinem Agenten ganz zu schweigen. Ich wußte, wenn ich anrief und ihre Nachrichten erhielt, würde ich wieder etwas empfinden; ich würde dem maschinellen Geplauder antworten wollen. Vielleicht waren neue Freunde aufgetaucht; vielleicht führten sich alte Freunde noch schauderhafter auf als zu der Zeit, da sich die Kopfschmerzen bei mir einnisteten. Vielleicht waren aufregende oder niederschmetternde berufliche Ereignisse eingetreten. Irgend etwas hatte sich bestimmt ereignet; meine Freundinnen waren alles andere als passiv. Seit Jahren war ihre Unternehmungslust das Gegengewicht zu meiner mangelnden Aktivität gewesen.

»Du bist immer gleich«, sagte Jeanie oft. »Du bist *immer* gleich.«

Manchmal klang es, als sei sie froh darüber, aber damals hatte es sie eindeutig geärgert.

»Eben, deshalb rufst du mich ja an«, hatte ich gerade gesagt, als sie entrüstet auflegte.

Aber diesmal fragte ich den Anrufbeantworter nicht ab. Als ich mich gesund genug fühlte, um mich von etwas erheitern zu lassen, fand ich den Gedanken leicht erheiternd, zu was für einer Verärgerung das in etlichen interessanten Boudoirs führen konnte. In weniger euphorischen Momenten konnte ich mich allerdings des Verdachts nicht erwehren, daß es mit größter Wahrscheinlichkeit überhaupt niemanden verärgerte; womöglich hatte keine der Frauen bemerkt, daß ich vom Radarschirm verschwunden war. Sie konnten sich alle simultan verliebt oder beschlossen haben, nach Venedig oder Hongkong zu fliegen. Auch wenn ihre Anrufbeantworter meine Anker waren, so traf das Gegenteil doch ganz und gar nicht zu; diese Damen waren größtenteils ungebunden und neigten dazu, jederzeit mit irgendwem überallhin aufzubrechen.

Mehrmals war ich kurz davor, meinen Anrufbeantworter anzurufen, machte aber jedesmal einen Rückzieher, von einem gewissen mulmigen Tiefdruckgefühl in meinem Kopf gebremst. Ich wußte, die Migräne legte es darauf an, daß ich mich wieder in die fernen Strudel des Lebens stürzte. Wir hatten uns auf eine Art Katz-und-Maus-Spiel eingelassen, die Migräne und ich, und die Kopfschmerzen waren die Katze. Ich mußte eine sehr vorsichtige, sehr verschlagene Maus sein, wenn ich sie überlisten und mich wieder ins Leben durchboxen wollte.

Unterdessen schloß ich, wie versprochen, nie die Tür zwischen meiner und der Ginevra-Suite, die T. R., Muddy und die Kinder beherbergte. Wenn die ganze Bande nicht gerade zu einem Einkaufsbummel aufgebrochen war, strömte ein ununterbrochener Geräuschpegel durch die offene Tür: quasselnde oder streitende Stimmen, brabbelnde oder schreiende Kinder, ein Fernsehquiz nach dem anderen, Rockmusik-Videos, Geplansche im Whirlpool.

Diese Geräusche hörte ich zu jeder Tages- und Nachtzeit gern, und ich geriet nie in Versuchung, die Tür zu schließen. Die Geräusche waren eine Art Seil, an das ich mich klammern konnte, um nicht zu tief im Treibsand meiner Kopfschmerzen zu versinken; sie zogen mich nicht wirklich heraus, richteten mich aber auf.

Hin und wieder spürte ich, daß T. R. im Zimmer war und

mich beobachtete. Einmal, als die Kopfschmerzen wieder in die Offensive gegangen waren und der Brechreiz kurz bevorstand, sah ich sie nahe der Tür im Zimmer stehen. Ich hob die Hand zu einem matten Winken. Sie kam näher.

»Wie fühlst du dich?« fragte sie.

»Nach 'nem Kopfschuß«, sagte ich.

»Du hast doch keine Knarre, oder?« fragte sie mit besorgter Miene.

»O nein«, sagte ich. »Ich schieß mir nicht wirklich in den Kopf. Ich hab's nur so gesagt.«

»Das ist auch besser so«, sagte sie nervös. »Wir bringen es hier auf eine ziemliche Hotelrechnung. Ich glaub nicht, daß wir die je bezahlen könnten, wenn du uns wegstirbst.«

Ein anderes Mal, als ich mich etwas besser fühlte, linste sie herein, eine paillettenbesetzte, pinkfarbene Baseballmütze auf dem Kopf.

»Ich hab deinen Tip aufgegriffen und allen was Neues zum Anziehen gekauft«, sagte sie. »Willst du ein paar von uns in den neuen Klamotten sehen?«

»Klar«, sagte ich. »Machen wir eine kleine Modeschau.«

Jesse machte den Anfang. In den letzten beiden Tagen schien sie halbwegs laufen gelernt zu haben. Sie trug einen lila Badeanzug und bedeckte verschämt ihre Augen mit den Händen, als sie merkte, daß ich sie ansah.

»Wir waren sechsmal baden, und jetzt will Jesse bloß noch schwimmen«, sagte T. R.

Sie selbst sah blendend aus in einer gelben Bluse und Stonewashed-Shorts. Bo trug eine winzige Military-Hose; er rannte sofort zu mir herüber und knatterte mit einem Miniatur-AK-47-Maschinengewehr auf mich.

»Bambo«, sagte er trotzig.

»Muddy hat Bo das Gewehr besorgt, damit er beschäftigt ist«, sagte T. R. ein wenig entschuldigend. Sie mußte in die andere Suite zurückgehen und Muddy zu seiner Vorführung förmlich herauszerren. Als ich ihn sah, konnte ich seine Hemmungen verstehen. Er trug knallrote Cowboystiefel, neue Levi's-Jeans und ein Rodeo-Cowboyhemd, seine Haare waren rosa gefärbt und im neuesten Fort-Worth-Punkstil geschnitten. Im Unterschied zu anderen Punks trug er etliche Goldketten um den Hals, die eher nach Las Vegas aussahen.

»Er hatte Geburtstag, deshalb hab ich ihm die Halsketten gekauft«, sagte T. R. »Er wollte sich als Cowboy verkleiden, aber man sieht ja wohl auf den ersten Blick, daß Muddy kein Cowboy ist, also hab ich mir gedacht, machen wir ihn eben punkig. Nach einem Punk mit rosa Haaren suchen die Bullen bestimmt nicht.«

»Ich weiß nicht recht«, sagte ich. »In der Gegend, in die wir fahren, ist man ziemlich konservativ eingestellt. Wahrscheinlich würden sie sogar mich verhaften, wenn ich rosa Haare hätte.«

»Ich hab 'n Hut«, sagte Muddy und strahlte bei dem Gedanken, daß es nötig sein könnte, ihn aufzusetzen.

Er ging und kam Sekunden später wieder, halb versteckt unter einem gigantischen schwarzen Cowboyhut.

»Damit siehste aus wie ein echter Dummbeutel«, informierte ihn T. R. »Er verdirbt den ganzen Punk-Effekt.«

»Ich möchte nicht wissen, was die Jungs mit mir anstellen, wenn ich mit rosa Haaren in den Knast in Houston zurückgesteckt werde«, sagte Muddy. »Lieber versuch ich's mit dem Hut.«

»Du machst mir lange nicht mehr so viel Spaß wie früher, weißt du das?« sagte T. R. »Vielleicht hätte ich dich im Gefängnis lassen sollen – wer weiß, vielleicht find ich hier in der Gegend was Besseres.«

»Bloß weil alle Bademeister drüben im Planschpark scharf auf dich sind, heißt das noch lange nicht, daß da ein guter Fang zu machen ist«, erklärte ihr Muddy. »Die meisten

Bademeister, die ich gekannt habe, hatten klitzekleine Pimmel.«

T. R. lief rot an und schlug ihm den Hut vom Kopf.

»Paß auf, was du sagst, mein Daddy ist krank«, sagte sie. »Ich weiß wirklich nicht, wieso ich dich mitgenommen hab. Du bist weder hübsch noch nett.«

Muddy reagierte nur mit seinem leichten, leeren Lächeln. Ihr unübersehbarer Ärger störte ihn nicht weiter.

»Da-da-da-da«, sagte Jesse. Sie versuchte, auf das Bett zu klettern. Ich beugte mich zu ihr hinüber und zog sie hoch.

Da kam Dew hereinspaziert, extravagant in eine Silberhose und eine Art Bikinioberteil gekleidet.

»Sind Sie noch nicht gesund?« fragte sie. »Sie verpassen den ganzen Spaß.«

»O nein, jetzt nicht mehr«, sagte ich. »Jesse ist hier.«

Kaum war Jesse auf dem Bett, wurde sie wieder von Schüchternheit überwältigt, aber nicht lange; bald spähte mich durch das Gitter ihrer Fingerchen ein himmelblaues Auge an.

»Wo sind Sue Lin, Granny und Elena?« fragte ich.

»Sue Lin ist unten und spielt Videospiele, das einzige, was ihr zur Zeit Spaß macht«, sagte T. R. »Elena hat Heimweh nach ihren Schwestern gekriegt und ist mit dem Bus zurückgefahren; sie erträgt es nicht, von ihren Schwestern getrennt zu sein. Granny Lin versucht immer noch, Zeitschriften zu lesen.«

Jesse krabbelte über meinen Bauch und schaute von der anderen Seite meines Bettes herab. Bo stürmte heran und beschoß sie laut; als er ihr dann den Kolben seines Spielzeuggewehrs über den Kopf ziehen wollte, rettete ich sie aus der Gefahrenzone. Sie betrachtete ihren Bruder gelassen, weder erschreckt noch belustigt.

»Beruhig dich, Bo, du bist nicht Rambo«, sagte T. R. »Wenn du doch nur mal auf irgendwen einen guten Eindruck machen würdest.«

»Er schießt sie lieber über den Haufen«, konstatierte Muddy.

»Tja, du hast ihm die Knarre gekauft«, sagte T. R. »Ich wollte ihm bloß ein paar Ballons geben.«

Das Tiefdruck-Gefühl senkte sich wieder auf meinen Kopf; den Kopfschmerzen gefielen diese Rivalen um meine Aufmerksamkeit nicht. Sie wollten mich ganz für sich allein haben. Obwohl ich irgendwie froh war, alle zu sehen, fing ich tatsächlich schon an, mir zu wünschen, sie würden gehen – jedenfalls einige, bis auf T. R. und Jesse.

»Wir könnten ihm etwas Kokain geben«, schlug Dew vor, der auffiel, daß ich blaß aussah. »Vielleicht kann er sein blödes Kopfweh wegschnupfen.«

»Keine Ahnung, ob er mit Drogen was am Hut hat«, sagte T. R. »Jedenfalls kommt er mit Jesse aus, und das passiert nicht allzu oft. Jesse ist wählerisch.«

»Ist sie nicht, sie flirtet mit jedem«, sagte Muddy.

»Daddy sieht furchtbar aus, gehen wir und lassen ihn in Ruhe«, sagte T. R. »Wenn ich ihn so ansehe, bin ich richtig froh, daß ich keine Kopfschmerzen hab.«

Sie lehnte sich vor, um Jesse aufzuklauben, aber die warf sich augenblicklich auf die andere Seite neben mich.

»Wäh!« sagte sie wütend. Sie lief rot an und schien ihre Kräfte für einen Schrei zu sammeln.

»Das geht in Ordnung, laß sie einfach hier«, sagte ich. »Ich hab Jesse gerne um mich.«

T. R. schoß pfeilschnell um das Bett herum, um sie zu fangen, aber Jesse plumpste genauso schnell über mich weg und zwängte sich zwischen das Kissen und meinen Kopf.

»Wäh!« warnte sie wieder, nur lauter.

»Haltet euch die Ohren zu, sie schreit gleich, wenn ich sie fange«, drohte uns T. R.

»Du brauchst sie nicht zu fangen, laß sie einfach hier«, sagte ich.

»Nee, sie ist zu schnell für dich«, sagte T. R. »Eh du dich versiehst, rutscht sie vom Bett und hopst in den Whirlpool, um dir zu zeigen, wie gut sie schwimmen kann. Ertrunkene Babys, nein danke.«

Sie beugte sich über mich und zog hinter meinem Kopf ein starres kleines Mädchen hervor. Jesse schrie in der Tat. Noch bevor sich dieser Lärm in die Tiefen der anstoßenden Suite zurückzog, war die ganze Gruppe verschwunden, einschließlich Bos, der auf der Schwelle stehenblieb und zum Abschied ein paar Maschinengewehrsalven in meine Richtung feuerte.

Die Barometeranzeige in meinem Kopf sank; so kurz der Besuch von T. R. und ihrer Truppe auch gewesen war, hatte er den Kopfschmerzen doch gestattet, ein gutes Stück verlorenes Terrain zurückzuerobern. In der Hoffnung, daß es ihnen bald wieder langweilig würde, lag ich mit geschlossenen Augen ganz still da. Vielleicht war ich in einen kurzen, drückenden Schlaf gefallen; als nächstes spürte ich, wie die Matratze an einer Stelle absackte, und wachte ruckartig auf.

T. R. saß da und wischte sich Tränen von den Wangen.

»Daddy, stirb nicht«, sagte sie. Sie sah furchtbar elend aus.

»Ich sterbe nicht«, sagte ich. »Ich hab bloß Kopfschmerzen.«

»Du siehst gar nicht so aus, als ob du leben möchtest«, sagte sie. Mir fiel auf, daß sie an einem Auge ein kleines Veilchen hatte.

»Was ist mit deinem Auge passiert?« fragte ich.

»Muddys Faust ist ihm passiert – der kleine Arsch hat mich geschlagen«, sagte sie. »Du siehst echt nicht so aus, als ob du weiterleben willst. Das macht mich noch ganz nervös.«

»Mit einer schlimmen Migräne sieht niemand besonders lebenslustig aus«, sagte ich. »Dabei bin ich tatsächlich lebenslustig geworden, seit ich dich kenne.«

»Blödsinn«, wehrte T. R. ab. »Jetzt, wo du mich kennst,

wirst du wahrscheinlich lieber früher sterben wollen. Ich bin ein einziger Wust an Problemen.«

Ich beugte mich vor und griff nach ihrer Hand, was sie zu überraschen schien.

»Warum hat er dich geschlagen?« fragte ich.

»Weil ich immerzu eklige Sachen zu ihm sag. Ich kann's ihm nicht mal verdenken«, sagte sie.

Sie legte sich neben mich und brach in Tränen aus. Ich legte die Arme um sie und ließ sie schluchzen. Irgendwann hörte sie auf. Ich dachte, sie wäre vielleicht eingeschlafen, aber dann hob sie den Kopf.

»Ich hab dein ganzes Geld ausgegeben«, sagte sie. »Es ist zehnmal soviel Geld, wie ich sonst in meinem ganzen Leben ausgegeben hab'. Keine Ahnung, wie das passieren konnte. Ich hab einfach mit dem Ausgeben angefangen, und schon war's futsch. Ich schätze, ich kann für dich arbeiten und es dir in ein paar Jahren zurückzahlen.«

»Du mußt es nicht zurückzahlen, T. R.«, sagte ich. »Ich habe es dir geschenkt. Ich bin dir nicht böse, daß du es ausgegeben hast. Geld ist nämlich nur dazu da, sich Spaß zu kaufen. Ich hoffe, du hast allen ein bißchen Spaß gekauft.«

»Na ja, Muddy hatte endlich mal 'nen netten Geburtstag«, sagte sie. »Diese Stiefel haben sechshundert Dollar gekostet. Ich dachte einfach, scheiß drauf, warum soll ich sie nicht kaufen? Du hast mich irgendwie verdorben. Bevor ich dich kannte, hätte ich nie im Leben Sechshundertdollarstiefel gekauft.«

»Denk dir nichts wegen des Geldes«, sagte ich.

»Wie soll ich?« fragte sie. »Du hast da was in Gang gesetzt. Ich hätte nie gedacht, daß meine Freunde so habgierig sind. Dew hat mich gerade bedrängt, ich soll mit ihr einkaufen gehen.«

»Sieh in meiner Hosentasche nach«, sagte ich. »Da müßten mindestens noch ein paar tausend drin sein. Nimm sie zu einem letzten Einkaufsbummel mit. Bis heute nachmittag müßte ich wieder auf den Beinen sein, und dann fahren wir nach Hause.«

»Ich wünschte, ich hätte keinen von denen mitgenommen«, sagte sie. »Ich hab mir schon überlegt, ob ich nicht die Bullen anrufen soll, damit sie Muddy abholen. Den kleinen Schnorrer wären wir dann wenigstens los.«

»Wird er oft gewalttätig?« fragte ich.

T. R. schüttelte den Kopf. »Um gewalttätig zu sein, ist er nicht groß genug«, sagte sie. »Er geht bloß manchmal hoch, weil er nicht weiß, was er mit mir anfangen soll.«

»Ich fürchte, das ist ein gängiges männliches Verhaltensmuster«, sagte ich.

T. R. nickte. »Wenn er mich nochmal schlägt, bring ich ihn um«, sagte sie. »Das wäre dann das Ende eines kleinen männlichen Mistkäfers.«

»Andererseits ist er Jesses Vater«, gab ich zu bedenken.

T. R. sah mich unbeteiligt an. »Ist er zwar, wird ihm aber nicht viel nützen, wenn er mir je wieder eine langt.«

Dann stand sie auf, wühlte in meinen Hosentaschen, fischte mein letztes Bündel Hundertdollarscheine heraus, hielt sie zu meiner Begutachtung hoch und ging zur Tür. Ich dachte, sie wollte gehen, doch sie änderte die Richtung, kam zurück und setzte sich erneut auf das Bett. Das Geld legte sie auf den Nachttisch.

»Ich sehe nicht ein, wieso du dein Geld an diese Leute verschwenden solltest«, sagte sie. »Du kennst sie nicht mal. Du hast sie einfach aus Höflichkeit mitfahren lassen. In Wirklichkeit wolltest du nur mich und die Kinder.«

»Das stimmt zwar, ist aber nicht besonders wichtig«, sagte ich. »Deine Freunde sind sehr sympathisch, und gegen Höflichkeit ist nichts einzuwenden.«

»Es könnte aber so was wie übertriebene Höflichkeit geben«, sagte sie. »Meine Schwäche ist das zwar nicht, aber vielleicht deine.«

»Du bist nicht die erste, die so denkt«, sagte ich. »Alle meine Freundinnen halten mich für zu höflich. Sie halten es für schwächlich, und es langweilt sie tödlich. Sie ziehen Männer wie Muddy vor, denen ab und zu der Kragen platzt.«

»Und was sagst du dazu?« fragte T. R. überrascht.

»Ich sage, greif zu«, antwortete ich. »Männer, denen öfter mal der Kragen platzt, sind nicht schwer zu finden.« In meinem Kopf ließ ich kurz Hunderte von Gesprächen mit diversen Frauen Revue passieren, die, von meiner Höflichkeit zur Verzweiflung gebracht, versuchten, mich zu etwas kraftvolleren Äußerungen anzuspornen, oder wenigstens dazu, daß ich meinem Ärger Ausdruck verlieh.

»Hast du viele Freundinnen?« fragte T. R. Ihre Stimmung besserte sich; sie wirkte entspannt und neugierig.

»Einerseits ja, andererseits nein«, sagte ich.

»Kein Wunder, daß sie wütend auf dich werden, wenn dir keine direktere Antwort einfällt«, sagte sie. »Wartet denn irgendeine Frau in diesem Haus, wo wir hinfahren, falls wir je hier wegkommen?«

»Tja, Gladys, aber die ist keine Freundin, sondern meine Haushälterin«, sagte ich.

»Mit anderen Worten, du hast keine Freundin, stimmt's?« fragte sie.

»Im Augenblick nicht«, gestand ich. »Nicht direkt.«

»Wahrscheinlich bist du deswegen nach Houston runtergekommen, um mich zu holen«, sagte sie. »Du wolltest einfach eine Frau um dich haben.«

»Ich wollte meine Tochter um mich haben«, korrigierte ich. Sie schaute ein Weilchen aus dem Fenster. Dann fühlte sie meine Stirn, starrte wieder aus dem Fenster, langte herüber, griff sich ein paar Hundertdollarscheine und stand auf.

»Vielleicht hast du dich diesmal etwas übernommen, Mr. Höflich«, sagte sie, als sie ging.

13

Während T. R. und ihre Freunde einen letzten kleinen Einkaufsbummel unternahmen, hörte meine Migräne endlich auf. Binnen einer Stunde begann das Barometer in dem speziellen Ökosystem meines Schädels zu steigen; der Druck ließ nach, das dichte, bedrohliche Unwetter unter meiner Hirnschale verzog sich, und bald fühlte ich mich so leicht und frisch, als wäre ich gerade an einem schönen Frühjahrsmorgen vor die Tür getreten.

Das Gefühl von Leichtigkeit war besonders trügerisch – ich hatte eine dreitägige Heimsuchung hinter mir, und meine Hand zitterte noch dermaßen, daß ich mir nur mit Mühe die Socken anziehen konnte; aber mein fordernder Besucher, der Kopfschmerz, war fort. Wie immer kam mir die erste Stunde der Erlösung wie ein Wunder vor, fast wie eine Wiedergeburt.

Niemand war da, dem ich meine Rückkehr ins Leben mitteilen konnte, daher griff ich zum Telefonhörer und machte ein paar Anrufe. Der erste galt meinem Anrufbeantworter. Dazu gehörte bei mir immer ein gewisses Maß an schlimmen Befürchtungen, besonders wenn ich abtrünnig geworden war und meine rigorose Anrufbeantworter-Disziplin drei Tage vernachlässigt hatte. Ein Leben kann sich in viel weniger als drei Tagen vollkommen verändern, wie ich sehr gut wußte. Indem ich mich einseitig und ohne Rücksprache zurückgezogen hatte, war ich gewisse Risiken eingegangen: Seit Jahren auf Distanz gepflegte Freundschaften, durch das Telefon ermöglichte, unverbindliche Vertrauensverhältnisse konnten einschlafen, wenn man aus Unachtsamkeit einen kritischen Moment verpaßte; die Distanz, vor der

Jeanie warnte, konnte sich zu tief einfressen und etwas Lebendiges, wenn auch Kurioses, in etwas Förmliches umschlagen lassen.

Ich zitterte also nicht nur wegen der Migräne-Nachbeben, als ich die Nummer eintippte und darauf wartete, daß mein Anrufbeantworter enthüllte, woran wir sozusagen alle miteinander waren. Mir fiel ein, daß ich nach einer anderen migränebedingten Phase der Vernachlässigung zuckend über zwanzig Botschaften Nemas hatte durchhören müssen, bei der es hoch herging, weil nämlich ein manisch-depressiver Schießlehrer, in den sie sich auf einem Schießplatz verliebt hatte, heftigen Stimmungsschwankungen unterlag. Nema, die eine gute Schützin war, übte oft, und sie war durchaus bereit, jemanden abzuknallen, der ihr ernsthaften Ärger machte, doch der Wurm in diesem Apfel war, daß der Schießlehrer – Rick hieß er – ihres Wissens wahrscheinlich noch besser schießen konnte als sie. Nemas Phantasie war alles andere als undramatisch; sie war ein Jungsches Gulasch einander bekriegender Archetypen, gewürzt mit Vorstellungen aus den Niederungen der Trivialkultur. In gewissem Sinne sah sie das Leben, besonders das Liebesleben, als eine Folge von Schießereien, bei denen der schnellste Schütze überlebte. Wie sie zu dieser groben Dramatisierung gelangt war, war mir ein Rätsel. Keine Herrscherin in alten Zeiten, weder Theodora noch Cleopatra oder Katharina die Große, konnte selbstsicherer als Nema gewesen sein, doch diese bezog ihre Selbstsicherheit aus der Überzeugung, daß sie immer als Erste ziehen würde. Vor diesem Hintergrund war ihre Liaison mit dem Schießlehrer eine besonders unglückliche ... irgendwie war sie darauf verfallen, ausgerechnet mit dem schnellsten Schützen weit und breit ins Bett zu gehen.

Daraus ergab sich eine Serie von Nachrichten, die rasch von aufgeregt zu wutentbrannt eskalierten, wobei sich die Wut dem Umstand verdankte, daß ich mich nicht bei ihr meldete. Als ich schließlich meine Kopfschmerzen überwunden hatte und sie zurückrief, war die Krise überstanden und der Schießlehrer inhaftiert. Nicht, weil er versucht hätte, Nema zu erschießen, sondern weil er bei dem Versuch, vollautomatische Maschinengewehre zu verhökern, festgenommen werden war.

»Ich hätte dabei draufgehen können«, behauptete Nema in den darauffolgenden Monaten hartnäckig. »Er war ein Green Beret.«

»Hab ich dir etwa gesagt, du sollst dich mit einem Green Beret einlassen?« fragte ich von einer, wie mir schien, vernünftigen Verteidigungsposition aus.

»Du hast mich nicht davon abgehalten«, sagte sie. Nach ihrem Kodex lief das auf dasselbe hinaus. Sie war fest entschlossen, mir ein Reueeingeständnis abzuringen.

Diesmal war mein Band leer, von einer Drei-Sekunden-Anfrage Jeanies abgesehen.

»Bist du da? Bist du da? Tschüß«, lautete sie.

Darauf folgte ein höflicher, nervöser Anruf der örtlichen Feuerwehr, die mich zu ihrem alljährlichen Picknick einlud. Als großzügiger Spender wurde ich immer zum alljährlichen Picknick eingeladen.

Ich spielte mit dem Gedanken, Godwin und Gladys anzurufen, um ihnen mitzuteilen, daß ich mit einer größeren Gefolgschaft anrücken würde, entschied mich aber schließlich dagegen. Das Leben wartete selten genug mit Überraschungen für Godwin und Gladys auf; im Grunde lebten sie selbstzufrieden vor sich hin. In den letzten beiden Jahren hatte ich nichts anderes gemacht, als mich in den Pausen zwischen Telefonaten mit über die ganze Welt verstreuten Frauen in der Nähe des Hauses herumzufläzen und mir europäische Videofilme anzusehen. Im letzten halben Jahr hatte ich nicht einmal meinen Mercedes angelassen, und sie ihre Autos auch nicht – falls sich das Anlassen eines Automotors als Metapher für eine aktive Bewältigung des Lebens verwenden läßt. In all der Zeit hatte Godwin ganze acht Seiten seines Buches über Euripides und die Rolling Stones geschrieben, und Gladys hatte ihr Betätigungsfeld auch nicht gerade erweitert. Pro forma war sie zwar die Köchin, doch statt hin und wieder ein neues Rezept zu lernen, hatte sie fast alles aus ihrem Repertoire gestrichen, was sie früher konnte, und die panierten Hähnchenschnitzel, Pintobohnen und Sahnesoßen, die sie einst mit einem gewissen Elan aufgetischt hatte, durch eine Speisekammer voller Cornflakes und einen Gefrierschrank voller Tiefkühlpizzas ersetzt.

Ich hätte zum Telefon greifen und sie warnen können, daß diese trägen Tage gezählt waren: T. R. und ihr Gefolge rückten an. Es gab Enkelkinder großzuziehen und eine gemischtrassige Auswahl dauerhafter und weniger dauerhafter Gäste zu versorgen. Gladys mußte womöglich wieder richtig kochen, und Godwin damit anfangen, Kleidung zu tragen, und etwas mehr Diskretion in puncto Personen zu üben, die er mit nach Hause brachte.

Ich stand an dem großen Panoramafenster der König-Artus-Suite, glücklich, zum ersten Mal seit Tagen wieder auf den Beinen zu sein. Ich fühlte mich selbst ein wenig wie König Artus, oder vielleicht wie Richard Löwenherz oder irgendein siegreicher Kreuzritter. Houston war mein Kreuzzug gewesen. Ich war aus tiefem Schlaf erwacht – dem Schlaf meiner Gefühle – und hatte gegen die Gleichgültigkeit gekämpft, diesen bis an die Zähne bewaffneten Sarazenen. Irgendwo in dem sonnendurchfluteten Vergnügungspark auf der anderen Seite der vielbefahrenen Schnellstraße badete wahrscheinlich meine Familie oder vergnügte sich anderweitig. Sie war der Gral, den ich zurückerobert hatte. Am Fenster stehend, vergoß ich die eine oder andere Träne – des Eigenlobs, nehme ich an, aber trotzdem richtige Tränen. Nicht jeder reiche, nicht mehr ganz junge, vollkommen zügellose Mann bekommt plötzlich so unübersehbar- und -hörbare menschliche Wesen wie T. R. und Jesse zum Geschenk.

Ich schlenderte zu der Tür zwischen meiner und der Ginevra-Suite und spähte hinein; Froissarts Darstellung (es war doch Froissart?) der Plünderung Aleppos fiel mir unwillkürlich ein, wenn auch nur, weil ich gerade an Kreuzritter gedacht hatte. Offene Schachteln aus diversen Kaufhäusern lagen überall verstreut, dazwischen stapelweise Einwickelpapier, das neue Kleidungsstücke umhüllt hatte; einiges Papier schwamm nun im Whirlpool. Die neuen Kleider lagen über Sessel- und Sofalehnen ausgebreitet; zusammengenommen wirkten sie ziemlich schrill. Das Spielzeug hatte sich stark vermehrt: Da gab es eine riesige grüne Schildkröte, auf der ein Kind in Jesses Alter reiten konnte, haufenweise halb zusammengesetzte Gummimonster und ein rotes Fahrrad mit Stützrädern. An das Bett gelehnt stand eine richtige, also keine Spielzeug-, AK-47, eine Schachtel mit Munition lag auf dem Beistelltisch. Transistorradios, Minifernseher und riesige Ghettoblaster standen überall herum. Ich warf einen Blick in das Badezimmer, das eine stattliche Sammlung von Make-up, Shampoos, Cremes, Ölen und Parfums beinhaltete. T. R. hatte wahrhaftig gelernt, Geld auszugeben.

Ich ging in meine eigene Suite zurück und bestellte ein paar gegrillte Käsesandwichs sowie etwas Zitronenlimonade. Die beiden Sandwichs schmeckten köstlich. Beim Essen fiel mir ein, daß ich vielleicht meine letzte friedliche Mahlzeit verzehrte, oder zumindest meine letzte Mahlzeit als Einzelgänger.

Nie zuvor hatte ich mir eingestanden, daß ich ein Einzelgänger war – um dieser Tatsache ins Gesicht zu sehen, war vielleicht das euphorische Gefühl von Klarheit erforderlich, das einen ein oder zwei Stunden nach einer schweren Migräne erfüllt. In diesen beziehungsüberladenen Tagen und Zeiten hat niemand allein zu sein; Einzelgänger noch viel weniger. Unser Planet ist mit Büchern über Beziehungen gepflastert, die meisten davon bestenfalls populärwissenschaftlich. Doch für den überzeugten Einzelgänger schien es kein Buch zu geben. Genau so ein Buch zu schreiben, hatte ich mir vorgenommen, ein Buch über Glanz und Elend des Alleinseins, und darüber, was erforderlich ist, um eine kultivierte, zivilisierte Einsamkeit zu unterhalten.

Es wäre Ironie des Schicksals, wenn auch auf dem Gebiet der Literatur nichts Außergewöhnliches, sollte ich dieses Buch gerade zu der Zeit verfassen, da ich jenen Zustand verlor, den zu schildern ich anstrebte – falls ich es verfaßte, es fertigbrachte. Die tiefe Harmonie der Stille würde demnächst von den gellenden Schreien des Familienlebens zerstört werden – laute, schrille Töne von genau der Sorte, die mir mit »Al und Sal« zu meinem Reichtum verholfen hatten. Nur daß ich mir Familienleben diesmal nicht ausdenken würde; diesmal würde ich es leben.

Einen Moment lang ergriff mich die gleiche Panik wie bei T. R.s erstem Anruf; die Befürchtungen, die mich auf meiner Fahrt nach Houston begleitet hatten, stellten sich wieder ein. Diesmal war es weniger die Furcht, als Vater zu versagen, oder die Sorge, ob ich mich mit T. R. und den Kindern verstehen würde. Diese Panik war eher literarischer Natur: Was, wenn ich die Beschaffenheit von Einsamkeit so schnell vergaß, daß ich nicht mehr darüber schreiben konnte? Endlich meine Familie zu haben, war großartig; weniger großartig war die Befürchtung, mein Buch zu verlieren. Ich verlor bereits die nuancierten Einblicke und die scharfsichtige Klarheit des Einsamen. Nach fünf Minuten in einem Zimmer mit T. R. und Jesse beraubte mich deren Direktheit nicht nur meines alten Zustandes, sondern auch meiner Erinnerung daran. Da war ich also, und ich war glücklich darüber; doch was war aus meinem anderen, älteren, vertrauteren, einsamen Ich geworden? Dem Ich, das sein Auto ein halbes Jahr lang stehenließ, dem amerikanischen Oblomow? Was, wenn sich herausstellte, daß jenes zwar gar nicht so sehr mein wahres Ich war – es konnte etliche Ichs geben –, jedoch einfach mein fruchtbareres Ich?

Solch besorgniserregende Fragen ließen sich nicht über einem Käsesandwich und einem Glas Limonade in einem Motel à la König Artus in Arlington beantworten. Jedenfalls beschloß ich, am nächsten Morgen gleich als erstes Blackwell's anzurufen und alle Bücher über Einsiedler und Eremitentum zu bestellen, die sie hatten. Auch wenn ich selbst kein Einsiedler mehr war, konnte ich doch immer noch über Eremiten lesen: über den heiligen Antonius, den heiligen Simon Stylites und diverse andere, die vierzig Jahre lang in Höhlen gelebt oder auf Säulen gehockt hatten. Ich fürchtete mich weniger davor, nicht mehr einsam zu sein, als davor, die Erinnerung daran zu verlieren, wie es war, einsam zu sein. Vielleicht würden mir die Bücher helfen.

Zu allem Überfluß war es in England bereits Nacht, sonst hätte ich unverzüglich bei Blackwell's angerufen; ich folgte immer noch gern einer plötzlichen Eingebung. Statt dessen rief ich Jeanie Vertus an. Ich erreichte nicht sie, sondern ihren Anrufbeantworter mit der tonlosen, vollkommen neutralen Aufforderung, eine Nachricht zu hinterlassen.

»Hallo«, sagte ich. »In drei Stunden bin ich zu Hause. Ich hab meine Tochter gefunden. Sie ist großartig und meine Enkelin auch. Ich nehme acht Leute mit nach Hause, hauptsächlich ihre Freunde. Der Vater meiner Enkelin ist auch darunter, wir mußten ihn aus dem Gefängnis schmuggeln.«

An diesem Punkt meiner Nachricht legte ich eine Denkpause ein. Derartige Neuigkeiten erschreckten Jeanie bestimmt sehr. Ich überlegte, ob ich ihr erklären sollte, daß Muddy nur ein Einbrecher und nicht wirklich schlimm oder gefährlich war. Aber wenn ich mit umständlichen Erläuterungen anfing, würde meine Nachricht Stunden dauern.

»Ich habe dir noch eine Menge zu erzählen«, sagte ich, als ich mich gegen eine ausführlichere Variante entschieden hatte, »aber ich kann hier nicht so lange telefonieren. Küßchen, ruf mich bald an.«

Aus irgendeinem Grund war ich mit meiner Nachricht nicht zufrieden – sie wurde der Übergangsstimmung, in der ich mich befand, nicht gerecht, wohingegen Jeanies brillante Botschaften ihren häufigen und in vielen Fällen äußerst subtilen Veränderungen immer Rechnung trugen. Eine schlichte Veränderung ihres Outfits konnte für Jeanie einen bedeutenden Schritt darstellen, da für sie meist eine Entscheidung damit verbunden war, wer sie zu bestimmten Anlässen sein wollte.

Der Übergang von Einsamkeit zu Familienleben, den ich vollzog, war komplizierter, als ein Outfit zu verändern; ich würde mein *Leben* verändern – oder es zumindest versuchen. Das war eine große Umstellung, und wenn ich eine verständliche Nachricht über diese Veränderung hinterließe, würde ich nicht nur Jeanie darauf vorbereiten, sondern auch mich selbst. Meine Nachricht wäre dann die moralische Entsprechung des ersten Satzes in einem Buch – dem Buch meines neuen Lebens.

Ein paar Sekunden verstrichen; je länger ich über die Veränderung nachdachte, desto unvorbereiteter fühlte ich mich, meine Erwartungen auf einem Anrufbeantworter zusammenzufassen, auch wenn die Maschine Jeanie gehörte, mit der ich mich von allen Menschen am engsten verbunden fühlte. »Alles wird anders werden«, fügte ich hinzu, ohne im geringsten zu ahnen, was ich damit meinte. Die Worte kamen mir außerdem unzureichend vor, doch selbst als einige weitere Sekunden verstrichen waren, fiel mir nichts Annehmbareres ein – jedenfalls nichts, das nicht mindestens so lang wie ein ganzes Kapitel geworden wäre. Schließlich, nach einer weiteren Denkpause, sagte ich einfach »Tschüß« und legte auf.

Dritter Teil

1

Godwin trug nichts außer seiner verlotterten alten grünen Badehose, als er die Haustür von Los Dolores öffnete und zum ersten Mal mit unserer Bande konfrontiert wurde. Er sah aus, als hätte er eine mehrtägige Orgie in Form von Drogenkonsum und Rolling-Stones-Musik via Kopfhörer hinter sich.

»Wo ist der Garten?« fragte T. R. und musterte mein teures Heim aus Adobeziegeln abschätzig. »Dieses blöde Haus sieht aus, als wär's aus Schlammkuchen gebaut.«

»Drinnen ist es hübsch«, sagte ich kleinlaut.

T. R. und Muddy hatten sich während der ganzen Fahrt von Arlington gestritten, und T. R. war, vorsichtig ausgedrückt, nicht gut gelaunt. Ehe ich Granny Lin überhaupt aus dem Cadillac helfen konnte – sie war während ihres Aufenthalts in Arlington besorgniserregend steif geworden –, kam es zu dem köstlichen, an Henry James erinnernden Moment, als Godwin und T. R. einander das erste Mal sahen: T. R., hübsch trotz ihrer furchtbar geschmacklosen neuen Klamotten, wie sie mit Jesse auf der Hüfte auf das Haus zusegelte, der Inbegriff amerikanischer Jugend, amerikanischer Schönheit, amerikanischer Ignoranz, amerikanischen Elans; und Godwin Lloyd-Jons, der endgültige Euro, von Drogen-, Sex- und Kunstexzessen verwüstet, außer Hirn nichts mehr übrig.

»Wer sind Sie? Jede Wette, daß ich Aids kriege, wenn ich Ihnen bloß die Hand gebe, küssen Sie ja nicht meine Kinder«, sagte T. R., die vom Anblick dieser hageren, zahnlosen Gestalt in der Tür überrascht war.

Dabei war Godwin noch nicht einmal ganz so weit jenseits von Gut und Böse, um in die Jamessche Gleichung zu passen, in die ich ihn pressen wollte. Beim Anblick einer solch prachtvollen jungen Frau fingen seine Augen sofort an zu glitzern. Dieses Glitzern löste bei mir ein starkes Déjà-vu-Erlebnis aus, da es vor einem Vierteljahrhundert bei Sally, T. R.s Mutter, ganz genauso gewesen war; Godwin war auf seine ekelhafte Art so etwas wie ein Überlebenskünstler.

»Meine Liebe, ich bin Godwin, und ich versichere Ihnen, ich habe in den letzten Jahren das Leben eines keuschen Gelehrten geführt«, sagte er artig. »Ich kannte Ihre Mutter gut, kommen Sie doch herein, was für hübsche Kinder Sie haben.«

»Ich bin Gladys, ich koche hier«, sagte Gladys, die ungläubig dreinsah. T. R. setzte Jesse ab, und Jesse, froh, dem Auto entkommen zu sein, stapfte sofort auf Gladys zu, deren verschrumpeltes Herz sie binnen einer halben Sekunde eroberte.

»Nein, so ein entzückendes kleines Mädchen«, sagte Gladys. Sie beugte sich vor wie ein Shortstop beim Baseball und hob Jesse hoch.

»Sie sollten sich was anziehen, ich will nicht hier rumstehen und Ihre häßlichen Rippen zählen müssen«, sagte T. R. zu Godwin. »Wir haben 'ne Menge Sachen reinzutragen, wenn Sie was anhätten, könnten Sie uns helfen.«

»Klaro«, sagte Godwin folgsam und tat wie geheißen. Gladys und ich waren beide höchst überrascht – wir befahlen ihm ständig, sich etwas anzuziehen, jedoch ohne Erfolg.

Bevor das Vorstellungsritual weitergehen konnte, sorgte Bo für die erste Krise unseres neuen Lebens, indem er zum Swimming-pool flitzte und sich mit seiner AK-47 auf das äußerste Ende des Sprungbretts pflanzte. Das Problem dabei war, daß man das Wasser zwecks Reinigung aus dem Becken gelassen hatte; wenn er herunterfiel, fiel er vier Meter tief auf gefliesten Boden.

»Muddy, hol ihn da runter!« befahl T. R.

Muddy, die echte AK-47 umgehängt, musterte seine neue

Umgebung besorgt. Eigentlich gab es nicht viel zu sehen – das Haus stand auf einer Klippe, gen Norden erstreckte sich die weite Prärie, gen Süden ein paar blaue gewellte Hügel. Doch vor allem blickte man in den weiten westlichen Himmel, ein Umstand, der Muddy Box offenbar nicht behagte. Er zeigte sich keine Spur interessiert daran, Bo vom Sprungbrett zu retten.

»Das liegt hier ja mitten in der Pampa«, stellte er verblüfft und entsetzt fest.

»Stimmt, Daddy ist extra hergezogen, um dich aus dem Verkehr zu ziehen, Muddy«, sagte T. R. »Keine Wohnhäuser hier, aus denen du Fernseher klauen könntest, keine Einkaufszentren, die zum Ladendiebstahl einladen. Ich glaub wirklich nicht, daß du hier was Spannendes tun könntest.«

»Ich glaub, hier gibt's für niemanden was Spannendes«, sagte Dew. Auch sie sah etwas besorgt aus bei der Vorstellung, von solch öder Aussicht umgeben leben zu müssen.

»Also, es gibt jede Menge zu lesen«, sagte ich nervös, doch noch während ich das sagte, ging mir auf, daß sich diese Truppe wahrscheinlich wenig aus meinen zehntausend eklektisch ausgewählten Büchern machen würde. Vielleicht lenkten sie ja ein paar tausend Schallplatten und Hunderte von Videocassetten ein Weilchen von ihrem momentanen Aufenthaltsort ab.

Muddy ignorierte T. R.s Befehl, Bo vom Sprungbrett zu retten, und schlenderte mit geschulterter AK-47 über den Hügel davon.

T. R. war empört, und zwar so hochgradig, daß alle nervös wurden. Kaum hatte ich Granny Lin ins Haus geholfen, kehrte sich T. R.s Empörung gegen mich.

»Das ist dein Enkel, der da draußen gleich vom Sprungbrett purzelt und sich den Schädel einschlägt«, sagte sie. »Wenn er runterfällt und stirbt, verklag ich dich um deine ganzen dreihundert Millionen Schadenersatz, mein Vater hin oder her. Warum tust du nicht wenigstens so, als könntest du was unternehmen und ihn runterholen? Was denkst du dir dabei, kein Wasser im Schwimmbecken zu lassen, wenn Kinder in der Nähe sind, die reinfallen können?«

»Ich wußte nicht, daß sie diese Woche den Pool reinigen«, sagte ich. »Mal sehen, was ich machen kann.«

Ich ging zum Schwimmbecken hinüber. Bo lag inzwischen bäuchlings auf dem Sprungbrett und schien nicht unmittelbar gefährdet herunterzufallen. Als ich näher kam, richtete er sein Spielzeug-MG auf mich.

»Hi, Bo, warum guckst du nicht mal, was es im Haus gibt?« sagte ich. »Kann sein, daß du was findest, womit du gerne spielen möchtest.«

»Bambo«, sagte Bo. Dann ahmte er eine Kugeln speiende Ak-47 nach, diesmal in meine Richtung.

T. R. war mit ihrer Truppe in Los Dolores verschwunden; Muddy Box hatte den langen Hügel bereits zur Hälfte überquert. Zum ersten Mal in unser beider Leben war ich allein mit Bo. Er ließ nicht erkennen, daß er das Sprungbrett zu verlassen wünschte.

Als eine mögliche Lösung kam mir Bestechung in den Sinn. Auf meinen Streifzügen durch die Zoo- und Parkanlagen dieser Welt hatte ich viele Male verzweifelte Eltern bei Bestechungsversuchen an ihren Kindern beobachtet. Nicht immer wurde den Kindern Bargeld angeboten; Eis, Zuckerwatte oder noch ein Besuch im Kleinsäugerhaus taten es auch. Die Tatsache aber, daß diesen Eltern kein anderer Ausweg als Bestechung blieb, war immer an ihren schuldbewußten Mienen abzulesen.

Was für diese Eltern gut genug war, war es für mich schon lange. Ich griff in meine Tasche, fand jedoch nur ein Bündel Hundertdollarscheine. In einer idealen Welt, in der ich meine Taten vor niemandem rechtfertigen müßte, hätte ich Bo kurzerhand das Geldbündel gegeben, wenn ich nur die leiseste Chance gewittert hätte, ihn damit vom Sprungbrett zu holen.

Aber die Welt war nicht ideal; in dieser Welt schossen Probleme wie Pilze aus dem Boden. Bo hatte wohl kaum Interesse an Hundertdollarscheinen – schließlich war er erst drei –, und falls er sie annehmen und sich in ein gehorsames kleines Wesen verwandeln würde, hätte ich immer noch mit dem Problem der Ablehnung meiner Tat durch die Gruppe zu kämpfen. Ich konnte mir gut vorstellen, wie man mich verspotten würde, wenn Bo ins Haus marschierte und alle Welt wissen ließ, daß ich ihm achtzehnhundert Dollar gegeben hatte, damit er von einem Sprungbrett herunterkam. Alle würden mich für geistesgestört halten, für unfähig sowieso, auch wenn mir achtzehnhundert Dollar nicht mehr bedeuteten als Bo, und alle, die mich verurteilten, genau das gleiche gemacht hätten, wären sie so reich und im Umgang mit Kindern so ungeübt wie ich.

»Bitte komm von dem Sprungbrett runter«, flehte ich. Da mangels Kleingeld Bestechungsversuche nicht in Frage kamen, blieb mir nur noch kriecherisches Betteln.

Damit kam ich leider auch nicht weiter. Bo blieb auf dem Bauch liegen und zielte weiter mit seinem Spielzeuggewehr auf mich.

Da kam mir zu meiner eigenen Überraschung ein praktischer Gedanke. Warum nicht einfach das Wasser einlaufen lassen? Ich hatte das schon ein paarmal gemacht und war mir ziemlich sicher, daß es mir gelingen würde. Der Pool-Mann würde schimpfen, wenn er zurückkam, weil er dann alles wieder ablassen mußte, um die Reinigung zu beenden, doch als ich die beiden Möglichkeiten gegeneinander abwog, kam ich zu dem Schluß, daß ich lieber ihn als T. R. gegen mich aufbringen wollte. Ich brauchte das Wasser ja nur etwa einen Meter hoch einlaufen zu lassen, genug, damit Bo sich bei einem möglichen Fall nicht den Schädel einschlug.

Ich ging zur Pumpapparatur hinüber und drehte den Haupthahn auf; zu meinem Entzücken rauschte sofort Wasser ins Becken. Auf eine praktische Idee gekommen zu sein und diese auch noch in die Tat umgesetzt zu haben, flößte mir unvermittelt neues Selbstvertrauen ein. Offenbar entwickelte ich mich; von den Strapazen des Großvaterseins ließ ich mich nicht etwa unterkriegen, nein, sie stimulierten mich.

Meine Euphorie war von kurzer Dauer. Bo blickte über den Sprungbrettrand und sah unter sich das Wasser hereinströmen. Zu meiner Überraschung reagierte er mit Schrekken und Entsetzen. Seine Waffe umklammernd, sprang er augenblicklich auf die Füße und tanzte schreiend auf dem Sprungbrett herum. Mehrmals schien er drauf und dran, über den Rand zu tanzen. Natürlich waren noch keine zwei Zentimeter Wasser im tiefen Beckenende, so daß er in ebenso großer Gefahr schwebte wie zuvor.

»Ist ja schon gut, ist ja schon gut«, sagte ich. »Ich laß nur Wasser ins Becken laufen. Schwimmst du nicht gern?«

Bo schrie nur lauter, hysterisch aus Angst vor dem rauschenden Wasser unter ihm. Jetzt war klar, daß er herunterfallen *mußte,* da ihm Tränen die Sicht nahmen. Ich hatte das Sprungbrett seit Jahren nicht mehr betreten, aber jetzt war ich in Sekundenschnelle oben. Ich kam gerade noch rechtzeitig, um Bo am Arm zu packen und herunterzuziehen; sein Gewehr fiel ins Wasser und wurde zum flachen Beckenende geschwemmt. Bo schrie, boxte und trat weiter, was ich kaum bemerkte; ich zerrte ihn mit mir zu einer Chaiselongue in der Nähe und setzte mich. Er war zwar außer sich vor Wut, aber auch sehr klein, und es war gar nicht so schwer, ihn festzuhalten. Ich erlitt einen so heftigen Adrenalinschock, daß mir ganz schwach wurde, hatte Bo aber immer noch fest im Griff.

»He, Daddy, du besserst dich«, sagte T. R. Ohne daß ich sie

bemerkt hatte, war sie neben dem Schwimmbecken aufgetaucht – sie sah umwerfend aus. Neben ihr stand Godwin, jedoch ein verwandelter Godwin: er trug ein sauberes leichtes Leinenhemd zu einer makellos weißen Hose; hätte ich nicht ohnehin schon unter Schock gestanden, hätte ich bei seinem Anblick einen erlitten – in wenigen Minuten war aus dem blassen, intellektuellen Penner ein Bilderbuch-Kolonialherr geworden, der aussah, als verwalte er eine Teakholzplantage auf Ceylon. Nicht nur sah er besser aus als je zuvor seit seinem Einzug bei mir, es war ihm auch rasch gelungen, sich mit T. R. anzufreunden; lässig ließen sie gerade einen Joint von einer Hand zur anderen wandern.

»Ich nehme alles zurück, was ich über dein Haus gesagt habe«, meinte T. R. »Von außen sieht es nach Schlammkuchen aus, aber innen ist es ganz nett ... bloß eine Menge von den Büchern müssen raus. Im halben Haus stehen so viele Bücher rum, daß man die Wände nicht mehr sehen kann.«

»Ich nehme an, Bo ist wasserscheu«, sagte ich in der Hoffnung, ein wenig Aufmerksamkeit auf meine Rettung in letzter Sekunde zu lenken. »Ich habe ihn gerade noch rechtzeitig erwischt«, fügte ich hinzu, doch weder T. R. noch Godwin schenkten dem auch nur die geringste Beachtung. Anscheinend unterhielten sie sich über Post-New-Wave-Rockgruppen und hielten es für selbstverständlich, daß Bo nicht tot war.

»Ich hatte eine ganze Reihe gute Heavy-Metal-Kassetten, aber die hat Muddy geklaut«, erzählte T. R. »Muddy klaut alles, was nicht festgenagelt ist, und wenn man ihm viel Zeit läßt, nimmt er alles mitsamt den Nägeln mit.«

»Wir werden ein Auge auf ihn haben müssen«, verkündete Godwin ernst. »Er scheint ein recht liebenswürdiger Junge zu sein.«

»Solang man ihm nicht in die Quere kommt«, sagte T. R. »Dann bläst er sich nämlich auf wie so 'n blöder Frosch.«

Bo riß sich von mir los und schlang sich um ein Bein seiner Mutter. Er schluchzte weiter, legte aber kleine Pausen ein, in denen er verzweifelt auf sein nun in der Mitte des Beckens schwimmendes Maschinengewehr zeigte.

»Da wir gerade vom Teufel sprechen, wo steckt Muddy?« fragte T. R.

»Ich schätze, er macht einen Spaziergang«, antwortete ich. »Er ist mit seinem Maschinengewehr den Hügel raufgelaufen.«

»Möchtest du gern schwimmen?« fragte Godwin. »Der Pool wird ziemlich bald voll sein. Ich kann uns ein paar Bloody Marys mixen, und wir schwimmen eine Runde.«

»Mach Margaritas draus, und ich sag nicht nein«, erwiderte T. R. »Dew und ich haben uns haufenweise neue Bikinis gekauft, die wir unbedingt anprobieren müssen.«

In dem Moment hörten wir, wie unterhalb des Hügels die AK-47 zu rattern begann. Eine Salve folgte der nächsten, ein so lautes und unerwartetes Geräusch, daß sogar Bo zu heulen aufhörte.

»Das ist Muddy«, sagte ich. »Ich frage mich, auf was er da wohl schießt. Unten am Hügel gibt's nicht viel außer ein paar Öltanks.«

Kaum hatte ich das gesagt, traf uns der Krach wie ein gewaltiger Schlag. Der Lärm, den die Tiefflieger machten, war läppisch im Vergleich. »Schlag« ist wohl zutreffend, was die Plötzlichkeit betrifft, wird aber der Gewalt dieses Krachs nicht ganz gerecht; schon die Bezeichnung »Krach« ist unzulänglich. Das Leben, die ganze Welt bestanden vorübergehend nur aus Krach, jede andere Sinneswahrnehmung war ausgeschaltet. Wir alle drehten dem Hügel instinktiv den Rücken zu und duckten uns, hilflos und stumm. Unfähig, auch nur zu denken oder mich zu bewegen, schloß ich die Augen. Als ich sie wieder öffnete, fühlte ich mich losgelöst von mir selbst, als wären meine Gedanken (falls ich welche hatte) und ich in verschiedene Richtungen geblasen worden. Ich bemerkte Bo, der sich fest an die Beine seiner Mutter klammerte. T. R. hielt ihren Kopf mit den Armen bedeckt. Der zusammengekauerte Godwin lächelte immer noch sein verrücktes und zu allem Überfluß zahnloses Lächeln.

Ich sah, wie T. R.s Lippen sich bewegten, aber die normale Schallgeschwindigkeit schien sich verändert zu haben; der gewaltige Krach hatte sie verlangsamt und bedächtig gemacht.

»Ich glaube, das ist das Ende der Welt, Daddy«, sagte T. R. »Ich möcht's aber lieber nicht wissen.«

Eine riesige kohlschwarze Rauchsäule quoll aus der Steppe am Fuße des Hügels auf. Wie aus einer gigantischen Rauchpistole geschossen, stieg sie schnurgerade gen Himmel.

»Das Ende der Welt ist es nicht, T. R.«, sagte ich, »nur das Ende der Öltanks.«

»Wenn du dich da mal nicht täuschst! Ich mach die Augen erst wieder auf, wenn du dir sicher bist«, sagte T. R. mit fest geschlossenen Augen.

Ich beobachtete den schwarzen Rauch, der in den Himmel quoll; wie schwarzer Schaum stieg er über dem Hügel auf.

»Ich bin mir sicher, Liebes«, sagte ich.

2

Es war eindeutig das Ende meiner Öltanks, und beinahe auch das Ende von Muddy Box. Erdöl der Sorte West Texas Intermediate Crude im Wert von achtundfünfzigtausend Dollar, also fast der gesamte Monatsertrag meiner diversen kleinen Ölquellen, ging in Rauch auf ... eine Menge Rauch. Bis Godwin und ich T. R. schließlich davon überzeugt hatten, daß die Welt nicht untergegangen war, hatte sich die Hälfte aller Ölpumper, Cowboys und Feuerwehreinheiten aus zwei oder drei umliegenden Countys auf meinem tiefergelegenen Weideland versammelt. Sie kratzten sich am Kopf und sahen gebannt zu – viel mehr war nicht zu machen. Zum Glück fand einer von ihnen Muddy in einem Gebüsch. Er hatte keine Brandwunden, war aber bewußtlos. Wiederbelebungsversuche der Umstehenden blieben erfolglos, also forderte man per Funk einen Rettungshubschrauber an. T. R. weigerte sich, mitzufliegen und lehnte überhaupt jede Verantwortung für den bewußtlosen Muddy ab. Irgendwie redeten sie und Godwin mir ein, logischerweise sei ich derjenige, der Muddy nach Dallas begleiten müsse, wo besser ausgerüstete Notärzte warteten. Mir kam das nicht ganz richtig vor – ich wurde das unheimliche Gefühl nicht los, daß die Ereignisse mich weit flußabwärts von der Stelle forttrieben, an der ich sein wollte –, aber schließlich lag der arme Muddy allem Anschein nach im Sterben; jemand mußte mit, also kletterte ich in den Hubschrauber, und wir wirbelten gen Himmel.

Die nächsten drei Tage wartete ich hauptsächlich in einem kleinen Warteraum der Parkland-Klinik in Dallas darauf, daß Muddy Box wieder zu Bewußtsein kam. Er war nicht hirntot, versicherte man mir. Als ich zu Hause anrief, um T. R. diese gute Nachricht zu übermitteln, schnaubte sie.

»Wer kein Hirn hat, kann auch nicht hirntot sein«, bemerkte sie, »und wer ein Hirn im Schädel hat, schießt nicht mit MGs auf Öltanks.«

Aus dem Hintergrund tönte ziemlich laut Post-New-Wave-Rock'n'-Roll.

»Und wie kommt ihr alle da oben zurecht?« fragte ich nervös. Ich fühlte mich niedergeschlagen und übergangen.

»Ach, das ist 'ne lange Geschichte. Ich erzähl's dir, wenn du wiederkommst«, sagte T. R.

»Ich hab hier nichts zu tun außer warten«, hielt ich ihr vor. »Kannst du mir nicht jetzt schon etwas erzählen?«

»Nee«, sagte sie noch, bevor sie auflegte.

Da der Warteraum ein Krankenhauswarteraum war, warteten lauter traurige, besorgte Leute darauf, zu erfahren, ob ihre Angehörigen noch lebten oder sterben würden. Muddy war für mich kein richtiger Angehöriger; ich kannte ihn kaum und engagierte mich emotional nicht sonderlich für seine Wiederherstellung, doch während aus einem Tag zwei wurden und aus zwei Tagen drei, stimmte mich allmählich traurig, daß mir die rechte Traurigkeit fehlte. Zwar ist laut Dr. Donne niemand eine Insel, doch war mir ganz so, als sei ich eine; der Warteraum selbst kam mir wie eine Insel vor, mitten zwischen den Kontinenten von Leben und Tod, den Archipeln der Hoffnung und Hoffnungslosigkeit gelegen. Wir Inselbewohner brachen teils in die eine, teils in die andere Richtung auf.

Nachdem ich mich zügig durch die ausliegenden *National Geographics, Sports Afields* und *Texas Monthlys* gearbeitet hatte, bestellte ich mir ein Taxi und fuhr in eine Buchhandlung. Die ganze Fahrt über nagten Schuldgefühle an mir, als hätte ich die Insel ohne Erlaubnis verlassen; als ich schließlich in der Buchhandlung ankam, beschloß ich, das Taxi warten zu lassen, damit es mich umgehend zur Insel zurückschiffen konnte. Mittlerweile war ich zu nervös und zu sehr von schlechtem Gewissen geplagt, um mir darüber im klaren zu sein, was ich lesen wollte; hastig raffte ich sechs Bücher über Wittgenstein und eine Biographie über Alexandra David-Néel zusammen und raste ins Krankenhaus zurück.

Die Entdeckung, daß Muddy während meiner Abwesenheit nicht gestorben war, erleichterte mich ungemein; er lag immer noch brav in seinem Koma, die Hirnströme so kräftig wie eh und je.

Meine Erleichterung wich bald einer gedrückten Stimmung, als ich so abwechselnd über Ludwig Wittgenstein und Alexandra David-Néel las, zwei Menschen, die einer Reinheit und Konzentration fähig gewesen waren, wie ich sie gewiß nie erlangen würde. Im Vergleich zu den beiden war ich nichts weiter als ein stümperhafter Dilettant. Andererseits kam ich mir wie ein snobistischer Spinner vor, weil ich ausgerechnet im Warteraum eines Krankenhauses über diese beiden las. Alle anderen dort begnügten sich entweder mit den zerlesenen Zeitschriften oder lasen wahlweise Sidney Sheldon oder Danielle Steel. Warum las ich über eine abgehobene Mystikerin und einen noch abgehobeneren Philosophen? Nach und nach bildete sich bei mir der Drang heraus, die Bücher zu verstecken oder so zu tun, als läse ich sie nicht wirklich; zugleich verspürte ich das zwanghafte Bedürfnis, sie zu durchstöbern und sämtliche Hinweise aufzusaugen, die ich finden konnte. Ich suchte den Schlüssel zur Vollendung eines Lebenswerkes. War es dazu wirklich erforderlich, so egoistisch zu sein? Oder nahm man, wenn man so intelligent wie Wittgenstein oder so besessen wie David-Néel war, die Umwelt unwillkürlich in Beschlag, daß herkömmliche Vorstellungen von Egoismus und Großmut obsolet wurden?

Ich wußte es nicht, verspürte aber den Drang, es zu wissen; die Lektüre dieser Bücher machte mich nervös und mutlos, ohne daß ich das Wesen meiner Mutlosigkeit genau bestimmen konnte. Schließlich wollte ich weder Philosoph sein noch durch Tibet reisen; ich wollte lediglich ein Buch schreiben, in dem ich mich selbst wiederfand. Bei allem Erfolg schien »Al und Sal« nichts mit mir zu tun zu haben. Vielleicht stand es in gewisser Weise für die amerikanische Familie; ich selbst hatte erst seit drei oder vier Tagen eine amerikanische Familie, und meine bescheidenen Erfahrungen als Pater familias wiesen keinerlei Ähnlichkeit mit irgendwelchen Vorgängen in der Serie auf.

Wie immer, wenn ich an einem gewissen Punkt der Mutlosigkeit angelangt war, ungefähr in der Tiefe des Pleistozäns, ging ich zu einem Telefon und rief Jeanie Vertus an. Ohne den geringsten Beweis hatte ich mir eingeredet, daß sie in Europa war, und rechnete mit ihrem Anrufbeantworter. Ich hatte einen trübseligen Monolog über meine Erfahrungen wie auch meine Zweifel und Ängste vorbereitet und erschrak regelrecht, als Jeanie noch während des ersten Klingelns an den Apparat ging.

»Hallo«, sagte sie. Was ihre Stimmung anging, klang sie auch, als hätte sie das Pleistozän noch nicht sehr weit hinter sich gelassen.

»Warum sitzt du so nahe am Telefon?« fragte ich, und war so erfreut, ihre Stimme zu hören, daß ich meinen trübseligen Monolog ganz vergaß.

»Wenn ich deprimiert bin, ruf ich manchmal Leute an, und wenn die dann nicht beim ersten Klingeln drangehen, überleg ich's mir anders und lege auf«, sagte sie. »Ich hab mir gedacht, du wirst inzwischen deprimiert sein, und weil dein Hirn so ähnlich funktioniert wie meins, hab ich mein Funktelefon einfach in die Bademanteltasche gesteckt, für alle Fälle.«

»Und warum bist du im Bademantel?« fragte ich. »Es ist weder Morgen noch Abend.«

Eine dumme Frage, aber ich war immer noch verwirrt davon, Jeanie tatsächlich erreicht zu haben.

»Gibt es ein Gesetz, das einem untersagt, seinen Bademantel zu anderen Zeiten zu tragen?« fragte Jeanie besorgt. Jeanie hoffte immer, sich korrekt zu verhalten; bereits die leiseste Andeutung, sie könne etwas Verkehrtes oder auch nur geringfügig Unorthodoxes tun, reichte oft aus, um ihre Hoffnungen zunichte zu machen. Dabei *tat* sie fast immer das Richtige, aber niemand, nicht einmal ich, hatte sie je davon überzeugen können ... schon meine alberne Frage wegen des Bademantels ließ sie daran zweifeln.

»Natürlich nicht, wie albern von mir, ich hab einfach nicht damit gerechnet, daß du rangehen würdest«, sagte ich. »Ich war darauf vorbereitet, einen Monolog zu hinterlassen.«

»Oh«, sagte Jeanie. »Na ja, das kannst du immer noch. Ich kann ja auflegen und ins andere Zimmer gehen. Dann sprichst du den Monolog, und ich komm gleich zurück und hör ihn mir an.«

»Nein, das ist lächerlich«, sagte ich.

»Es ist zwar lächerlich, aber wir können's trotzdem so machen, wenn es dir lieber ist«, sagte Jeanie. »Du hörst dich dünnhäutig an. Vielleicht fühlst du dich stärker, wenn du nur auf den Apparat sprichst.«

»Nein, das ist absurd«, sagte ich. »Der Apparat macht sich gar nichts aus mir, du schon.«

»Das stimmt zwar, muß aber nichts heißen«, sagte Jeanie. »Manchmal, wenn ich mich dünnhäutig fühle, bin ich etwas so Unkalkulierbarem wie einem menschlichen Gespräch einfach nicht gewachsen. Weil ich nämlich feige bin. Ich schätze, du hast genauso das Recht, ein Feigling zu sein, wie ich, obwohl es mir im Grunde meines Herzens lieber wäre, du würdest mit mir reden statt mit dem Apparat. Wenn ich auflegen muß, während du dich so anhörst, weine ich gleich, und ich hab wegen all dem schon geweint.«

»Weswegen?« fragte ich.

»Du hast was von einem Gefängnisausbruch erzählt, ist das vielleicht kein Grund zu weinen?« sagte Jeanie mit zittriger Stimme. »Du hast mir nicht mal verraten, warum du im Gefängnis warst. Ich hatte ja keine Ahnung, daß du ein Verbrecher bist. Ich hab mich aufgeregt, als ich mir ausmalte, was für ein Verbrechen du wohl begangen hast. Das hättest du wirklich noch auf Band sprechen können, weißt du, dann wäre mir diese ganze Ungewißheit erspart geblieben. Ich kann mir alle möglichen Verbrechen vorstellen, aber dich nicht als Verbrecher, außer du wärst verrückt geworden, und wenn du verrückt geworden bist, könntest du irgendwo in einer Anstalt landen, wo ich dich nicht anrufen kann, oder du könntest wieder verhaftet werden, was weiß ich denn? Erst erzählst du mir überhaupt nichts, und dann soll ich aus dem Bademantel steigen und so tun, als führte ich ein ganz normales Leben, wo ich schon kein normales Leben geführt habe, bevor du mich angerufen und in Angst und Schrecken versetzt hast.«

Dann fing sie an zu weinen. Ich war entsetzt. Ich versuchte, mich an den genauen Wortlaut der Nachricht zu erinnern, die ich ihr damals aus Arlington auf Band gesprochen hatte; das war erst vor ein paar Stunden gewesen, kaum lange genug her, um sich in eine derartige Panik hineinzusteigern. Aber Schuldgefühle hatte ich trotzdem. Ich konnte mich an meine Nachricht aus Arlington nicht mehr genau erinnern. Vielleicht hatte ich unabsichtlich anklingen lassen, *ich* hätte im Gefängnis gesessen; wie auch immer, eine so melodramatische Botschaft war unentschuldbar, wenn man berücksichtigte, daß sich Jeanies Gefühle mit Lichtgeschwindigkeit fortbewegten und ihre Phantasie der meinigen zumindest ebenbürtig war, wenn es darum ging, sich unwahrscheinliche Katastrophen auszumalen.

»Tut mir leid, tut mir leid, tut mir leid«, sagte ich vielleicht ein dutzendmal, während ihr Schluchzen in Schniefen und schließlich in Schweigen überging. Als sie still wurde, erklärte ich ihr, daß Muddy Box im Gefängnis gesessen hatte, nicht ich.

»Aber du weißt doch, wie meine Phantasie funktioniert«, sagte sie. »Du solltest mir keinen solchen Schrecken einjagen. Das Leben ist beängstigend genug, da brauchst *du* mich nicht auch noch zu erschrecken.«

»Ich weiß, tut mir leid, ich verspreche, es ganz bestimmt nie wieder zu tun«, sagte ich.

Jeanie schnaubte – ihr Humor regte sich. »Quatsch mit Soße«, sagte sie. »Wenn du eine gute Geschichte hättest, würdest du es heute nachmittag wieder tun.«

»Tja, ich will damit bloß erreichen, daß sich mein Leben interessanter anhört, als es ist«, sagte ich. »Aus alter Gewohnheit.«

»Ja, aber jetzt hast du T. R. gefunden, und du hast Enkel«, wandte Jeanie ein. »Dein Leben wird ohnehin interessant sein ... du mußt dir nichts mehr ausdenken.«

»Auch wenn es interessant ist, weiß ich nicht, ob ich aufhören kann, mir Sachen auszudenken«, sagte ich. »Ich mach's aus Gewohnheit, so wie ich meine Frühstückseier salze.«

Plötzlich war es still. Sofort fiel mir auf, daß ich einen Fehler gemacht hatte.

»Danny, ich dachte, du würdest dich vernünftiger ernähren«, sagte sie schockiert. »Daß du tatsächlich Eier ißt ... und dann auch noch mit *Salz!*«

»Jeanie, es ist nur eine Prise«, sagte ich. »Es ist schließlich kein Opium.«

»Ich weiß nicht, was schlimmer ist, das Salz oder das Ei«, sagte sie und klang noch schockierter.

»Keins von beidem ist besonders schlimm«, sagte ich. »Ich bin doch nicht Hitler, bloß weil ich Eier esse.«

»Hitler nicht gerade«, gab sie widerwillig zu, »aber das hier ist eine entschieden negative Wendung der Dinge. Entschieden negativ. Du machst mich wütend und stirbst.«

»Ich sterbe nicht«, widersprach ich. »Ich bin gerade in einem Krankenhaus und absolut gesund.«

»Du bist im Krankenhaus?« sagte sie mit neu aufflammender Besorgnis. »Kein Wunder, daß du im Krankenhaus bist, wenn du gesalzene Eier gegessen hast, ohne mir was davon zu sagen.«

»Ich mein doch nur, daß ich von einem Krankenhaus aus anrufe«, verbesserte ich mich. »Ich bin nicht der Kranke.«

Verzweifelt begann ich ihr die Sache mit Muddy, der AK-47 und den Öltanks zu erklären. Minutenlang hörte Jeanie mir gekränkt und skeptisch schweigend zu – sie wußte, ich wollte sie nur von meiner Verfehlung mit den Eiern ablenken. Doch nach und nach, und unter Aufbietung all meiner schlummernden Talente als Geschichtenerzähler, erweckte ich ihr Interesse. Der Wendepunkt war erreicht, als ich den Kaufrausch der Mädchen erwähnte; Jeanie ging selbst für ihr Leben gern einkaufen. Ihre Neugierde hatte die Skepsis bald besiegt, und wir ergingen uns in einer langen, entspannten Plauderei, während der ich mich genötigt sah, haarklein zu beschreiben, was für Kleider, Radios und CDs die Mädchen gekauft hatten.

Während ich alles der Reihe nach aufzählte – das meiste davon frei erfunden –, tippte mir ein junger Arzt auf die Schulter.

»Ihr Patient wacht auf«, sagte er.

»Hast du das gehört?« fragte ich sie. »Muddy wacht auf.«

»Warum sie ihn wohl Muddy genannt haben?« wollte Jeanie wissen.

»Es wird wohl bloß so ein Spitzname sein«, sagte ich.

»Ich wüßte gern, ob es daran liegt, daß er einen undurchsichtigen Charakter hat, oder was«, spekulierte sie.

»Du kannst ja runterkommen und ihn kennenlernen, wenn du möchtest«, sagte ich.

»Kann passieren«, antwortete sie. »Andererseits will ich gar nicht dran denken, wie böse ich werde, wenn ich dich tatsächlich Salz auf ein Ei streuen sehe.«

»Ich wäre wohl kaum so unbesonnen, mich vor deinen Augen dazu hinreißen zu lassen«, sagte ich.

»Du kannst gar nicht besonnen genug sein.«

»Es muß nett sein, wenn man ernährungsmäßig so tugendhaft ist«, sagte ich, da ich bei diesem Thema höchst ungern anderen das letzte Wort überließ. »Ich schätze, es ist heute an die Stelle sexueller Tugendhaftigkeit getreten.«

»Jawohl«, sagte Jeanie. »Und weißt du auch, warum? Weil es einem das Gefühl von Unsterblichkeit verleiht – die sexuelle Tugendhaftigkeit nicht. Von der wird einem bloß so sterbenslangweilig, daß einem alles, auch die Unsterblichkeit, egal ist.«

»Interessanter Gedanke. Ich werd drüber schlafen«, sagte ich.

»Leg ja nicht auf, ich hab noch eine letzte Anweisung«, sagte sie.

»Und die wäre?«

»Vergiß die Eier«, sagte Jeanie. »Vergiß auch das Salz, oder vergiß es und basta!«

»Vergiß es?« fragte ich. »Und basta womit?«

»Basta mit uns«, sagte sie spröde.

»Ach, hör schon auf«, sagte ich. »Ich finde, du solltest mir nicht mit Verbannung drohen, bloß weil ich ein Ei gegessen habe.«

»Na, na«, sagte sie fröhlich. »Bitte keine Widerrede. Du hast mir für heute genug Kummer gemacht. Es war nicht bloß ein Ei, es war ein *gesalzenes* Ei. Beinahe unverzeihlich. Mach's gut.«

3

Die Ärzte bestanden darauf, Muddy eine Woche lang in der Klinik zu behalten, denn er war zwar wach, aber deswegen nicht unbedingt gesund, erklärten sie. Es könnten noch Komplikationen auftreten.

Dies erklärte ich wiederum T. R. in mehreren kurzen Gesprächen aus der Telefonzelle im Krankenhaus. Sie nahm es, gelinde gesagt, mit Skepsis auf.

»Der faule kleine Wichser läßt sich einfach gern bedienen. Wenn nicht im Krankenhaus, dann eben im Gefängnis. Der will sich bloß vor allem drücken, was man von ihm erwartet. Sag ihm, er soll schleunigst aus dem Bett aufstehen, herkommen und mir helfen, seine Tochter großzuziehen, sie treibt mich noch in den Wahnsinn.«

»Wie kann Jesse jemanden in den Wahnsinn treiben?« fragte ich. »Sie ist keine zwei.«

»Was verstehst du davon? Zweijährige haben Millionen Leute in den Wahnsinn getrieben«, behauptete T. R. »L. J. hat ihr Dame beigebracht, und jetzt will sie nichts anderes mehr spielen. Mit ihrem Damespielen hat sie uns alle fix und fertig gemacht. Sag Muddy, er soll aus dem Krankenhaus raus und nach Hause kommen. Er wird ja wohl nicht zu hirngeschädigt sein, um Damesteinchen rumzuschieben. Jesse spielt sowieso nicht gern, wenn sie nicht gewinnt, und Muddy ist der einzige, den sie schlagen könnte. Der hat nämlich den Grips eines Einjährigen.«

»Augenblick mal, wer ist L. J.?« fragte ich.

»Na hör mal, dein Freund natürlich«, sagte sie. »Dein englischer Freund.«

»Godwin?« fragte ich.

»Klar, aber wer nimmt schon gern so ’nen Namen in den Mund?« sagte T. R. »Jetzt nennen wir ihn alle einfach L. J. Ich halt’s ganz gern so normal wie möglich.«

»Na dann viel Glück mit Godwin«, sagte ich gehässig. Wahrscheinlich war ich bloß eifersüchtig, weil er bei ihr war und ich nicht.

»Ich weiß, aber das Leben ist nicht perfekt«, gab T. R. zu. »Irgendwo muß man anfangen, also haben wir damit angefangen, ihm einen normalen Namen zu geben.«

Ich richtete Muddy aus, T. R. wolle, daß er rasch nach Hause komme. Ich nahm an, das würde ihn aufheitern, doch statt dessen simulierte er prompt ein weiteres Koma. Seine stümperhaften Bemühungen, so zu tun, als liege er wieder im Koma, belustigten die Ärzte und Krankenschwestern; sie gaben ihm jede Stunde eine Spritze, bis er aufgab und Fernsehen guckte. Selbstverständlich sah er als erstes eine Wiederholung von »Al und Sal«, und zwar die berühmte Folge, in der Sal aus dem ehelichen Schlafzimmer auszieht und sich auf dem Sprungbrett ihres Swimmingpools einrichtet; wenn Al im Bett schon eine echte Niete ist, dann will sie wenigstens ins *Guinness Buch der Rekorde* als diejenige eingehen, die am längsten auf einem Sprungbrett gewohnt hat. Allerdings hält sie es auf dem Sprungbrett nur eine Nacht aus, gerade lang genug für eine urkomische Folge. Muddy und die halbe Schwesternschaft seiner Etage lachten darüber, aber ich verließ gleich zu Anfang das Zimmer in dem niederschmetternden Gefühl, von meiner Vergangenheit verfolgt zu werden. Ich ging zurück in den Warteraum und unternahm den vielleicht zehnten erfolglosen Versuch, den *Tractatus logico-philosophicus* zu lesen. Dieses Mal entmutigte mich mein Scheitern noch mehr als die neun Male zuvor; Vermessenheit schien dabei eine Rolle zu spielen – vielleicht nicht im strengen Sinn, aber dennoch Vermessenheit. Ich beschloß, »Al und Sal« nicht geschrieben zu haben, müsse eine Vorbedingung dafür sein, Wittgenstein lesen zu können, auch wenn letzterer eine Schwäche für alberne Filme gehabt hatte und »Al und Sal« ihm vielleicht gefallen hätte.

Ich hatte mich bald davon überzeugt, daß ich gar nicht erst versuchen sollte, Wittgenstein zu lesen, und kehrte zur Lektüre über ihn zurück. Dabei kam mir die Idee für ein leichtverdauliches Buch, das ich schreiben könnte. Es sollte *Zweiundvierzig Wochen im Gulag* heißen und eine Rekapitulation meiner bitteren Erfahrungen beim Verfilmen einer Saison von »Al und Sal« werden. Ich ging zur Telefonzelle, rief meinen Agenten an, gab ihm den Titel meines Buchprojektes durch und forderte ihn auf, es sofort zu verkaufen; der eisige Lufthauch finanzieller Paranoia der Sorte, wie Multimillionäre sie oft erleben, war gerade durch mein Hirn geweht.

Mein Agent hängte sich ans Telefon und fügte meinem Nettowert sofort theoretische zwei Millionen hinzu; fast noch bevor er das Geschäft abgeschlossen hatte, spürte ich, wie mein Interesse an dem Buchprojekt erlahmte. Wieso hatte ich mir eingebildet, ich wollte über diese blöde Fernsehserie schreiben? Wieso hatte ich angenommen, irgend jemand würde etwas über meine Schlachten mit allen möglichen geistesschwachen Managern lesen wollen?

Meine Versuche, Anteilnahme für meine Voreiligkeit zu erringen, stießen auf taube Ohren – Jeanies. Sie war mir immer noch böse wegen dem Ei.

»Ich finde, du solltest deinen gesamten Vorschuß der Cholesterinforschung spenden«, sagte sie spitz.

»Cholesterin ist bloß ein Mythos«, versicherte ich ihr, woraufhin sie auflegte.

Das nächste Licht, das im Warteraum aufging, wo ich, wie es mir scheinen wollte, nun schon wohnte, war die strahlende, fast schon blendende Erscheinung T. R.s, die unerwartet auftauchte; in Anlehnung an Gladys hatte sie sich eine orangefarbene Fallschirmspringerhose und ein passendes

Top gekauft. Hinter sich her zerrte sie Jesse in einem leuchtenden Oshkosh-Overall, und beiden folgte ein großer Mann mittleren Alters in der Uniform eines Sicherheitsdienstes aus Fort Worth, der Bo an der Hand hielt.

»Wo ist Muddy? Er hat sich lang genug gedrückt«, sagte T. R. ohne lange Vorreden.

»In seinem Zimmer ... Ich weiß nicht, ob gerade Besuchszeit ist«, sagte ich ziemlich verdutzt. Da ich inzwischen das Gefühl hatte, im Krankenhaus zu wohnen, hatte ich den Zeitplan des Hauses zu meinem eigenen gemacht; ich verstieß nicht gegen meine eigene Hausordnung.

Diese spezielle Ordnung erklärte T. R. mit einer kurzen Handbewegung für null und nichtig. »Besuchszeit ist jetzt«, sagte sie. »Kommen Sie, Buddy.«

Buddy war der große Leibwächter; er schaute ein wenig verlegen drein. »Buddy Modine«, stellte er sich vor.

»Hallo«, sagte ich. »Sind wir in Gefahr?«

»Ich schon. Earl Dee ist draußen«, sagte T. R. und zerrte Jesse durch den Saal, aber erst nachdem diese mir ihr berühmtes Grinsen geschenkt hatte. Schon davon, daß sie sich an mich erinnerte, wurde mir warm ums Herz.

Als ich in Muddys Zimmer kam, hatte ihn T. R. bereits wachgerüttelt und unterzog ihn einem hochnotpeinlichen Verhör über die Sache mit den Öltanks.

»Ich hab bloß auf ein Karnickel geschossen«, sagte Muddy kleinlaut. »Ich wußte nicht mal, daß da die ganzen Öltanks waren.«

»Das ist furchtbar«, sagte T. R. Mir war klar, und Muddy wahrscheinlich auch, daß ihr Besuch unter anderem dazu diente, Muddy so viele Schuldgefühle wie irgend möglich einzuflößen.

Mir war das klar, weil ich ein Mann bin, dem Frauen über weite Strecken seines Lebens Schuldgefühle angehängt haben, häufig Frauen, zu denen ich im großen ganzen richtig nett gewesen war. Ich kannte sämtliche Spielarten einer Schuldgefühle einimpfenden, kleinen Sitzung. Da Muddy meine Erfahrung fehlte, wurde er nicht augenblicklich von Schuldgefühlen gequält, noch nicht einmal niedergeschlagen wirkte er. Er sah lediglich so aus, als wäre er alle gern los, damit er weiter fernsehen konnte.

T. R. erhöhte den Einsatz, indem sie Jesse auf das Bett setzte. Jesse versteckte ihre Augen hinter ihren Fingern.

»Jesse ist vernarrt in Häschen«, sagte T. R. kalt. »Wie kannst du auf ein Häschen schießen, wo du weißt, daß deine eigene Tochter Häschen so gern hat? Draußen im Auto hat sie ein Plüschhasi.«

»Na ja, ich hab sowieso danebengeschossen«, erwiderte Muddy. »Ist doch kein Weltuntergang. – Der Hase läuft immer noch irgendwo da unten rum«, fügte er zur Verstärkung seines Arguments hinzu. Dann lächelte er Jesse an und pellte ihr vorsichtig einen Finger von einem Auge.

»Äh, Ma'am, wollen Sie mich drinnen oder draußen haben?« fragte Buddy.

»Ach, warten Sie einfach draußen im Flur, Buddy«, sagte T. R. »Wenn Earl Dee am Fenster auftaucht, schreie ich.«

»Gut, in Ordnung«, sagte Buddy. »Bo und ich warten einfach draußen im Flur.«

»Wer ist auf die Idee mit Buddy gekommen?« fragte ich. »Hältst du Earl Dee wirklich für so eine große Gefahr?«

»Für mich schon«, sagte T. R., »schließlich will er mich umbringen, das hat er versprochen. L. J. fand, wir sollten Buddy anheuern, wenigstens bis du wieder da bist, und bis jetzt hat es hervorragend geklappt mit ihm. Selbst wenn er mich nicht vor Earl Dee retten sollte, hat er immerhin Bo ruhiggestellt. Bo vergöttert Buddy.«

»Doch, er wirkte ruhiger«, gab ich zu.

»Muddy, mach schnell, wir müssen los ... Ich hab das Auto im Parkverbot stehen«, sagte T. R.

»Aber ich soll hier gar nicht weg«, sagte Muddy. »Ich bin im Krankenhaus, krank.«

»Du machst dir bloß'n schönen Lenz, und jetzt hopp«, sagte T. R. »Ich mag keine Strafzettel.«

»Du hast vor nichts eine Achtung, T. R.«, sagte Muddy, ein wenig verdrossen. »Erst zerrst du mich aus dem Knast, und jetzt aus einem Krankenhaus ... als ob ich in meinem eigenen Leben überhaupt nichts mehr zu melden hätte.«

»Stimmt, hast du auch nicht, ich mag nicht mehr allein schlafen«, sagte T. R.

Dann wurde sie sanfter und sah ihn verschmitzt an.

»Nicht, daß ich nicht vorhätte, dich für alles zu entschädigen«, sagte sie. »Wenn du dich hier verziehst, eh ich 'nen Strafzettel kriege, entschädige ich dich vielleicht schon heut nacht ein bißchen.«

Muddy grinste matt, ehe er Jesse aufsammelte und sie zu ihrem grenzenlosen Entzücken mehrmals auf den Hals küßte.

»Womöglich verträgt ein kranker Mann nicht allzuviel Entschädigung auf einmal«, sagte er und blinzelte T. R. zu. »Womöglich müssen wir den Spaß irgendwie auf drei oder vier Nächte verteilen.«

T. R. betrachtete mich nachdenklich. Mich vor dem Hintergrund eines Krankenhauszimmers in meiner mittlerweile ganz und gar zerknitterten Verfassung zu sehen, schien ihr eine neue Perspektive auf mich zu eröffnen, und zwar, alles in allem, eine mitleidige Perspektive.

Sie sah mich an, während sie Muddy zuhörte. Jesse fing an zu kichern, und T. R. lächelte.

»Dieser Mann hier schafft mit seiner großen Klappe zehnmal mehr Ärger, als er mit seinem Schwanz wieder gutmachen kann«, sagte sie. »Glaubst du, die meisten Männer sind so, Daddy?«

»Scheint für eine ganze Menge zuzutreffen«, erwiderte ich.

4

Mein Cadillac, kaum eine Woche alt, sah nicht mehr wie ein neuer Cadillac aus. Er sah aus wie die Innenstadt von Beirut, wie *Hundstage;* er sah aus, als hätten die Marx Brothers eine ihrer wüsteren Farcen darin gedreht.

T. R. bat mich nicht zu fahren. Sie setzte sich ans Steuer, als gehörte es von Rechts wegen ihr, und bald fuhren wir mit hundertvierzig Sachen auf dem Stemmons Freeway Richtung Norden. Muddy Box war so mühelos aus dem Krankenhaus marschiert, wie er aus dem Gefängnis marschiert war. Er ging einfach raus, immer noch mit Jesse schäkernd, und wer die beiden sah, mußte lächeln. Niemand vom Personal schenkte Muddys Abgang auch nur die geringste Beachtung, allerdings versuchte eine Krankenschwester, mich aufzuhalten.

»Verzeihen Sie, Sir, hat Ihr Arzt Sie entlassen?« fragte sie.

»Ich bin hier nicht Patient«, erklärte ich ihr.

»Sir, haben Sie bezahlt?« fuhr die Krankenschwester fort, als hätte ich nichts gesagt.

»Ich bin hier nicht Patient«, wiederholte ich. »Ich war hier nie Patient. Ich habe nur jemanden besucht.«

»Na ja, Sie sehen so aus, als ob Sie irgendwo Patient sein sollten«, entgegnete die Schwester etwas verstimmt.

T. R. fand das komisch.

»Fette Leute geraten oft unter Beschuß, nehm ich an«, sagte sie. »Wenn du abnimmst, halten dich die Leute bestimmt für gesund.«

Das Auto war voller neuer Spielsachen, die größtenteils bereits kaputt waren; auf dem Boden verstreut lagen Kassetten diverser New-Wave- und Post-New-Wave-Gruppen und vermengten sich großzügig mit halb geleerten Tüten Dorito-

Chips, Cheesix und anderen Delikatessen. Auch schienen sich alle außer Buddy zwei- oder dreimal während der Fahrt umgezogen zu haben, wobei Windeln in dem Durcheinander abgelegter Kleidungsstücke dominierten.

»Dieses Auto sieht aus wie ein Schlachtfeld«, stellte ich fest.

»Weil es von lebenden Menschen benutzt wurde«, sagte T. R. mit einem vielsagenden Blick. »Lebende Menschen müssen die Schlacht des Lebens schlagen. Wenigstens hat mich keiner verdächtigt, Patientin in einem Krankenhaus zu sein.«

»Du wirst als Patientin in 'ner Leichenhalle landen, wenn Earl Dee dich findet, und ich auch«, sagte Muddy. »Ich war nicht drauf gefaßt, daß dieser Mistkerl rauskommt. Wann zischen wir ab nach Frankreich?«

»Ich weiß nicht; wann geht's nach Frankreich, Daddy?« fragte T. R. »Glaubst du, wir erwischen noch heute abend einen Flieger?«

»Ein Flugzeug könnten wir erwischen, aber da wäre noch das Problem mit Pässen und Visa«, antwortete ich. »Ich hab einen, aber von euch hat wahrscheinlich keiner einen Paß. Wenn wir alle zur Meldestelle gehen, kriegen wir sie vielleicht in ungefähr zehn Tagen – oder schneller, wenn wir ihnen sagen, daß es dringlich ist.«

»Nicht umgebracht werden wollen ist doch wohl dringlich«, sagte Muddy. Jesse schlief auf seinem Schoß.

»Also, Ma'am, Sie machen sich alle zuviel Sorgen wegen diesem Mr. Dee«, sagte Buddy Modine etwas förmlich. »Ich bezweifle nicht, daß er durch und durch Verbrecher ist, aber wenn einem kriminelle Elemente mit etwas drohen, ist das in der Regel reiner Bluff. Ich habe die Sheriffs von allen Countys hier im Umkreis über Mr. Dee unterrichtet, die Autobahnpolizei auch, und *ich* weiß auch Bescheid. Falls er hier aufkreuzt und sich mies aufführt, schnappen wir ihn uns garantiert, bevor er viel anrichten kann.«

T. R.s Reaktion bestand darin, die Geschwindigkeit um

etwa fünfzehn Stundenkilometer zu erhöhen. Offensichtlich fand sie Buddys Bemerkung nicht besonders beruhigend.

»Wie viele Verbrecher haben Sie in Ihrem Leben schon geschnappt?« platzte Muddy heraus. Er war mit Buddy nicht warm geworden, und den schien diese offene Anzweiflung seiner Glaubwürdigkeit ein wenig zu kränken.

»Mitgezählt hab ich nicht, aber es waren eine ganze Menge«, erwiderte er steif. »Ich war zirka acht Jahre lang Hilfssheriff drüben in Wichita Falls. Und zwar im Überfallkommando. Zugegeben, ich hatte nicht allzu viel mit Schwerverbrechen zu tun, aber bei Einbrüchen hatten wir eine ganz ordentliche Aufklärungsquote.«

Muddy lächelte sein mattes Lächeln.

»Sei still, Muddy, und Sie auch, Buddy!« sagte T. R. »Kein Wort mehr darüber, kapiert? Jetzt wollen wir doch die nette Heimfahrt genießen.«

»Wie geht's allen zu Hause?« fragte ich und stellte mir dabei vor, wie nett es wäre, ein Bad zu nehmen und mich in meinem eigenen Bett zu räkeln. Die tagelangen vergeblichen Versuche, in einem Krankenhauswarteraum Wittgenstein zu lesen, hatten mich zermürbt. Jetzt versuchte ich, das Problem Earl Dee anzugehen. Wenn es für Godwin schwerwiegend genug war, um einen Mann vom Sicherheitsdienst anzuheuern, war es bestimmt etwas, das ich angehen sollte, doch irgendwie gelang mir das nicht. Earl Dee war ein Gespenst aus T. R.s Vergangenheit – für sie eine Bedrohung aus Fleisch und Blut, für mich aber nur eine Art philosophisches Abstraktum, eine Behauptung Wittgensteins oder eines der vielen anderen Philosophen, die zu lesen mir nie gelungen war. Behauptungen, die jeden anderen zu überzeugen schienen, wie etwa die Drohung, Leute ohne lange Umstände zu erschießen, waren für mich nichts als vage Ideen, und in meinem mitgenommenen Zustand konnte ich mich nicht darauf konzentrieren.

»Tja, Dew ist nach Houston zurückgefahren, und Sue Lin

auch«, sagte T. R. »Dew und ich sind zwei geschlagene Tage durch diesen Teil der Welt gefahren und haben höchstens einen oder zwei Schwarze gesehen. Da hat Dew Heimweh gekriegt und ist nach Houston zurück. Sue Lin hatte auch Heimweh und ist mitgefahren.«

Sie klang ein wenig niedergeschlagen, als sie Houston erwähnte, und sah aus wie eine junge Frau, die gleich weint, und tatsächlich quollen ein, zwei Tränen hervor und rannen ihre Wange hinunter.

»Houston muß man lassen, daß es dort haufenweise gute Tanzschuppen gibt«, sagte sie. »Ich wär mitgefahren, wenn dieser Drecksack Earl Dee nicht wär. Mir machen diese alten schäbigen Tanzschuppen ziemlich viel Spaß.«

»Bestimmt finden wir ein paar schäbige für dich in Fort Worth«, sagte ich.

T. R. schüttelte den Kopf. »Schon geguckt«, sagte sie. »Kannst du vergessen, Dew und ich sind vorgestern abend bis nach Oklahoma City gefahren und haben gesucht. Da oben haben wir absolut nichts gefunden, also sind wir zurück und haben in Fort Worth gesucht, aber da war die Auswahl so bescheiden, daß wir kurz nach dem Frühstück schon wieder zu Hause waren. Mit diesen Städten hier draußen ist nichts los. Zu viele Cowboys. Mit nichts kann man auf 'ner Tanzfläche weniger anfangen als mit 'nem Cowboy.«

»Wenn du Cowboys nicht magst, warum haste mir dann die Sechshundertdollarstiefel gekauft?« fragte Muddy.

»Weil du Geburtstag hattest, Blödmann«, sagte T. R. und bot ihm einen Kaugummi an.

»Du hättest mir ein Motorrad kaufen können«, stellte Muddy fest. »Ich wär schon mit 'nem gebrauchten ganz zufrieden.«

»Ich hab dir das Maschinengewehr gekauft, um das du gebettelt hast, und was hast du damit gemacht? Daddys Öl im Wert von fünfzigtausend Dollar in die Luft gejagt«, sagte T. R.

»Du hast kein bißchen Mitgefühl mehr mit mir, T. R.«, sagte Muddy. »Schließlich hab ich mich selber auch fast in die Luft gejagt.«

»Genau, darum kutschen wir dich auch gerade vom Krankenhaus heim«, stellte T. R. fest. »Und darum kriegst du auch kein Motorrad.«

»Was kann ich mit 'nem Motorrad schon groß in die Luft jagen?« überlegte Muddy.

»Wie wär's mit deinem häßlichen Schädel?« gab T. R. zurück. »Du bist Jesses Vater, du hast jetzt Verantwortung zu tragen. Es ist deine Pflicht, am Leben zu bleiben.«

»Dann ziehen wir besser nach Frankreich«, sagte Muddy.

Plötzlich fiel ihm etwas ein. »Haben sie mein Maschinengewehr gefunden?« fragte er. »Wenn er mitkriegt, daß wir ein Maschinengewehr haben, überlegt Earl Dee sich's vielleicht noch mal.«

T. R. lachte und traktierte eine langsame Corvette, die sich auf die Überholspur verirrt hatte, sieben- oder achtmal mit der Lichthupe.

»Wenn Earl Dee sich etwas noch mal überlegen wollte, müßte er ja vorher schon mal überlegt haben«, sagte sie. »Und denken ist nicht grade seine Stärke. Sonst wär sein Strafregister nicht so lang wie dieses Auto.«

Die Corvette machte rasch Platz, und wir brausten vorbei.

5

Das interessanteste Ereignis während meiner Abwesenheit von Los Dolores war, daß Granny Lin mit dem alten Pedro eine Beziehung eingegangen war und nun mit ihm in seinem Häuschen auf dem westlichen Hügel wohnte. Wie üblich gingen die Meinungen darüber auseinander, was dort wirklich los war.

»Das ist doch kein Geheimnis, die sind bis über beide Ohren verknallt«, behauptete Gladys steif und fest. »Ich wünschte, mir würde das passieren.«

»Gladys, du hast einen ausgesprochen netten Mann«, sagte ich, da ich selten eine Gelegenheit ausließ, auf Chucks Vorzüge hinzuweisen.

»Igitt, glaubt ihr wirklich, Granny Lin und Pedro treiben es miteinander?« fragte T. R. Die Möglichkeit, die beiden könnten es miteinander treiben, schien ihr eben erst in den Sinn gekommen zu sein und sie unangenehm zu berühren.

»Wahrscheinlich tun sie's«, sagte Godwin, höchst neugierig, wie sie darauf wohl reagierte. Noch mehr als bei unserem Abflug sah er wie der Verwalter einer Teakholzplantage aus; er hatte sich sogar eine Brücke für seine fehlenden Schneidezähne besorgt. In mancher Hinsicht war er jetzt attraktiver als vor zwanzig Jahren, als er T. R.s Mutter umworben hatte. Dieses lang hinausgeschobene Aufpolieren betrachtete ich als ein unheilvolles Zeichen: Der einzig denkbare Grund dafür, daß er sich so in Schale warf, war die Hoffnung darauf, es mit T. R. treiben zu können. Ich wollte keine Zeit verlieren und ihm klarmachen, daß er dazu schon über meine Leiche gehen müßte.

»Was'n schon dabei, wenn alte Leute geil sind?« fragte Muddy. »Ist doch prima, wenn man's noch bringt.«

»Nicht in *dem* Alter!« rief T. R. aus, immer noch entsetzt. »Wenn man *so* alt ist, wird es lächerlich. Sieh dir meinen Daddy an. Der ist ein ganzes Stück jünger als die beiden, und er ist nicht geil. Das find ich süß.«

Darüber brach Godwin in gurgelndes Gelächter aus, während meine finsteren Gedanken um die Wiederbelebung altindischer Meuchelmordmethoden kreisten. Meine Phantasie hatte Godwin mittlerweile irgendwo auf diesen asiatischen Subkontinent versetzt – sehr weit weg von T. R., aber gut erreichbar für geheime Mordkommandos.

»Also wenn's 'ne Hochzeit gibt, müssen Sie mir Hilfspersonal besorgen«, sagte Gladys. »Ich schaff keine Hochzeit mehr; jetzt will ich den Rest meines Lebens bloß noch mit Jesse spielen.«

Als eine weitere Entwicklung an der Heimatfront zeichnete sich ab, daß Buddy Bo die sanfte Kunst des Angelns beibrachte. Buddy besaß eine große Angelrute, Bo eine winzig kleine; wir waren keine zwanzig Minuten wieder zu Hause, da brachen die beiden mit ihrer Angelausrüstung auch schon zum nächsten Fischtümpel auf.

»Fang Mami einen Fisch zum Abendessen«, sagte T. R.

»Ich geh mein Maschinengewehr suchen«, sagte Muddy. »Der Leibwächter wird uns 'ne Menge nützen, wenn er gerade am Angeln ist, während Earl Dee angefahren kommt.«

»Buddy ist immerhin nett zu Bo«, sagte T. R.

»Gut, dann adoptiert er ihn vielleicht, wenn wir tot sind«, sagte Muddy. »Ich such jetzt mein Maschinengewehr. Ich hoffe bloß, daß es nicht irgend so 'n dämlicher Ölbohrheini inzwischen geklaut hat.«

Meine erste Aufgabe nach unserer Rückkehr bestand darin, das Damespielen nach Jesses Regeln zu erlernen.

Diese Spiele wurden in der Küche ausgetragen, wo sich Jesse bequem in ihrem Hochstuhl lümmelte. Ich nahm auf einem Barhocker Platz. Jedesmal, wenn ich über einen ihrer Steine sprang, warf Jesse meinen Stein kurzerhand auf den Boden. Wenn ich nur um ein Feld vorrückte, war ihre Methode subtiler: mit spitzem Finger schob sie meinen Stein dezent drei oder vier Felder hinter seine Ausgangsposition zurück.

T. R. füllte eines meiner großen Eistee-Gläser etwa zur Hälfte mit Wodka, den sie dann mit Grapefruitsaft verdünnte. Godwin ging nervös auf und ab. Trotz seines adretten Äußeren wirkte er leicht angespannt.

»Würdest du wohl aufhören, hier rumzutrotten?« fuhr T. R. ihn an. »Geh raus, wenn du unbedingt auf- und abtrotten mußt.«

»Entschuldigung, 'tschuldigung, 'tschuldigung«, sagte Godwin, dreimal nacheinander. Genau wie ich entschuldigte er sich manchmal übereifrig für unbedeutende Vergehen, wenn er es mit einer schlechtgelaunten Frau zu tun hatte. T. R. war eindeutig schlechter Laune, doch ich konzentrierte mich jetzt auf mein Damespiel und überließ ihn seinem Schicksal als Blitzableiter.

Da kamen Granny Lin und Pedro herein. Sie wirkten genauso schweigsam und unergründlich wie immer schon, nur daß sie jetzt unübersehbar ein Paar bildeten. Als Pedro seinen Sechserpack Budweiser aus dem Kühlschrank geholt hatte, öffnete er vorsichtig die erste Dose und reichte sie Granny Lin. Dann machte er sich eine auf, und sie setzten sich ein paar Minuten zu uns an den Tisch, nur der Höflichkeit halber, wie ich vermutete. Schweigend nippten sie an ihrem Bier.

»Hallo!« rief Jesse laut – das war ihr neues Allzweckwort. Doch Pedro und Granny Lin waren sogar für Jesses Charme unerreichbar, was Jesse ziemlich rasch erkannte. Ein, zwei Minuten lang betrachtete sie die beiden eindringlich. Währenddessen zog ich einen meiner Damesteine vor. Sobald sie ihre Überprüfung des alten Pärchens beendet hatte, streckte sie einen Finger aus und schob meinen Stein seelenruhig wieder zurück.

T. R. nahm ihren Wodka und verließ wortlos den Raum, Wolken schlechter Laune hinter sich herziehend.

»Sie trinkt ziemlich viel Wodka«, sagte Godwin.

»Na und, du doch auch, L. J.«, sagte ich. »Willst du damit andeuten, sie sei Alkoholikerin, oder was?«

»Aber nein, sie ist ein wunderbares Mädchen«, sagte Godwin. »Wahrhaft wunderbar. Ich halte sie für eine Zierde ihres Geschlechts. Im Gegensatz zu ihrer fürchterlichen Mutter hat sie ein Herz, und noch dazu Köpfchen. Jedesmal, wenn ich eine kleine, aus dem Leben gegriffene Beobachtung anbringe, stelle ich fest, daß sie mir um Längen voraus ist. Sie bringt es fertig, daß ich mir ziemlich schal vorkomme.«

Was er da sagte und wie er es sagte, fand ich regelrecht rührend. Er ging immer noch nervös auf und ab.

»Wenn du ihre Mutter so fürchterlich fandest, warum hast du dann versucht, sie mir auszuspannen?« fragte ich.

»Wer hat versucht, sie dir auszuspannen? Ich nicht«, erwiderte Godwin mit entsetzter Miene. »Von dem Moment an, als ich Sally das erste Mal gebumst hatte, dachte ich nur noch an Flucht.«

»Gebumst?« sagte ich. »Gebumst? Seit wann reden wir hier von Bumsen?«

»Na ja, wir könnten doch vor deinen Enkelkindern nicht weiterhin dieses F-Wort verwenden«, sagte er. »Dir ist doch klar, wie unpassend das wäre, oder etwa nicht?«

»Schon möglich«, sagte ich. »Ich hätte nur nie gedacht, daß ausgerechnet du mir zu einer gemäßigteren Ausdrucksweise verhelfen würdest. Jedenfalls erinnert mich das Wort ›bumsen‹ an die Sprache der Zeichentrickfilme, für die ich während meiner Zeit bei Hanna-Barbera die Geräuscheffekte schrieb. Für mich klingt es eher nach Familie Feuerstein als nach Geschlechtsakt.«

»Hallo«, sagte Jesse, diesmal drohend. In diesem Tonfall bedeutete »hallo« wohl, man solle sich gefälligst nicht mehr über irgendein F-Wort, sondern lieber über Dame den Kopf zerbrechen.

Ich sah wieder auf das Spielbrett, aber meine Gedanken waren woanders; sie waren T. R. aus dem Zimmer gefolgt, hatten sich aber von ihr abhängen lassen. Nun standen sie verloren im Flur herum und fragten sich mehr oder weniger, wie es weitergehen sollte.

Das reichte Jesse nicht, die sofort erst einen, dann noch einen Damestein in die Spüle warf und mich dabei unablässig kühl musterte.

»Wenn Sie mit Jesse spielen wollen, müssen Sie spielen«, sagte Gladys. »Sie macht sich nichts aus Gegnern, die bloß wie betäubt dasitzen.«

Ich war wirklich wie betäubt. Godwin hatte sich rührend über T. R. geäußert, rührend, aber besorgniserregend. Ich entnahm seinen Worten, daß ich nun eine Verantwortung trug, der ich mich noch nicht gestellt hatte. Ehe ich meine Gedanken sortieren und ihn fragen konnte, was ich seiner Meinung nach mit T. R., ihren Trinkgewohnheiten oder meiner Verantwortung anfangen sollte, fing Jesse an, sämtliche Damesteine auf den Boden zu werfen. Es war ein bewußter, vorsätzlicher Akt – wie hatte ich, als ihr Großvater, zu reagieren? Sollte ich bloß über ihre Laune lächeln, oder ihr freundlich, aber bestimmt klarmachen, daß brave kleine Mädchen nicht alle ihre Damesteine durch die Gegend schleuderten, nur weil ihr Großvater ein Weilchen nicht bei der Sache war?

Mir kam es so vor, als starrten mich plötzlich alle an: Godwin, Gladys, Pedro, Granny Lin und natürlich Jesse. War für mich der Zeitpunkt gekommen, Jesses sittliche Erziehung in Angriff zu nehmen, oder war das Schmeißen mit Damesteinen eine ganz normale Aktivität für ein noch nicht einmal zweijähriges kleines Mädchen? Seit jenen Tagen, da ich als Herrscher über »Al und Sal« tagtäglich meine widerstrebende Armee in die Schlacht geführt hatte, war ich nicht mehr das Ziel so vieler wachsamer, um nicht zu sagen richtender Augen gewesen.

Leider war eine rasche Entscheidung gefragt. Nachdem Jesse ein halbes Dutzend Damesteine in die Ecke gefeuert hatte, änderte sie ihre Taktik und fing an, sie mit einem drallen Ärmchen vom Spielbrett zu fegen. In Kürze würde das Damebrett leergefegt sein, und ich hätte *die* Gelegenheit versäumt, die sich mir hier offenbar bot, eine zum moralisch Guten führende Kraft im Leben meiner Enkelin zu werden.

Um die Wahrheit zu sagen, ich verpaßte meine Gelegenheit. Ich hatte das Gefühl, etwas sagen zu müssen; ich wußte, daß es falsch, ja lächerlich war, mir von einem achtzehn Monate alten Kind auf der Nase herumtanzen zu lassen, doch genau das geschah.

»Ich schätze, damit ist dieses Damespiel beendet«, sagte ich lahm. »Wer wohl gewonnen hat?«

Die anwesenden Erwachsenen, einschließlich meiner selbst, wußten sehr wohl, wer gewonnen hatte, und Jesse wußte es auch. Sie lächelte triumphierend und streckte Gladys die Ärmchen entgegen.

»Hallo«, sagte sie, als Gladys kam, um sie aus ihrem Stühlchen zu heben.

6

An diesem Abend ging ich früh zu Bett, völlig erschlagen von meiner eigenen Unentschlossenheit, meinem mangelnden Selbstvertrauen, und in der Überzeugung, daß ich mein Leben lang in kritischen Momenten nie wirklich gewußt hatte, was zu tun war, und auch nicht spontan etwas getan hatte, was mir im nachhinein als das einzig Richtige erschienen war; doch ich döste kaum, als ich in meinem Kopf auch schon ein unangenehmes Pulsieren spürte. Eine Migräne schlich sich an. Manchmal stellte ich sie mir wie einen Komantschen vor: als ehemaliger Herrscher über diese Prärie, auf der ich, mehr oder weniger, lebte, verbarg sich die Komantschen-Migräne unauffällig in der Höhle meiner Unentschlossenheit, meiner Angst, meiner bruchstückhaften Überzeugung, um zum Angriff überzugehen, sobald ihr der Moment günstig schien. In diesem Fall näherte sie sich verstohlen, leise, etappenweise, und wäre bei jedem, der weniger Erfahrungen mit schleichendem Kopfschmerz hatte als ich, unbemerkt durchgekommen.

Ich ließ mich jedoch nicht überlisten. Selbst als sich die Migräne als der gewiefte Komantsche, der sie war, eine halbe Stunde lang hinter einen Strauch kauerte und ihr quälendes Pulsieren dämpfte, um mich in tieferen Schlaf zu wiegen, ließ ich mich nicht täuschen. Ich wußte, wenn ich mich irreführen ließ und in zu tiefen Schlaf fiel, würde sich der Komantsche auf mich stürzen und mir das Messer an den Skalp setzen.

Trotz aller Müdigkeit hatte ich in dem Moment keine Lust, mich von einer Migräne abstechen zu lassen. Schließlich gehörten zwei zum heimlichen Anschleichen. Ich beschloß, aufzustehen und zu versuchen, um die Kopfschmerzen herumzuschleichen, sie sozusagen zu umgehen. Manchmal funktionierte diese Taktik, manchmal nicht. Ich hatte im Bett einen Kaftan getragen, also brauchte ich mich nicht anzuziehen; ich stand einfach auf und glitt lautlos über den Flur.

Es kam mir so vor, als hörte ich Elvis-Presley-Musik aus dem Videoraum, und so war es auch. Muddy, Buddy und Gladys sahen sich *Acapulco* an; Elvis hatte gerade einen Song beendet und hüpfte eher unschuldig mit Ursula Andress über die Tanzfläche. Ich sah nur zwei Minuten lang zu, fühlte mich aber alt und traurig, weil die beiden so jung und unschuldig aussahen. Alle paar Jahre geht in Hollywood eine Ära zu Ende; *Acapulco* beschwor eindeutig eine vergangene Ära herauf. Ich war dabeigewesen und hatte diese Ära selbst miterlebt, hatte Elvis ein paarmal und Ursula Andress oft gesehen. Ursula mischte immer noch kräftig mit, aber Elvis war nicht nur verblaßt, sondern gestorben, und das Hollywood, in dem Filme wie *Acapulco* entstanden waren, schien nun kurioser und weiter entfernt als das Paris der Belle Epoque.

»Wir gucken Elvis«, teilte Gladys mir mit. Mehrere andere Elvis-Videos lagen verstreut herum.

»Wo ist T. R.?« fragte ich.

»Die hat die Schnauze voll«, sagte Muddy ohne weitere Erklärung.

»Na dann viel Spaß bei eurem Filmfestival«, sagte ich.

Nachdem ich T. R. im übrigen Haus vergebens gesucht hatte, fand ich sie auf der Terrasse. Ich hatte, sehr zum Abscheu meines Architekten, auf einer kleinen Terrasse bestanden – wer wollte schon ein Haus ohne Terrasse? An schönen Sommerabenden saß ich sehr gern dort, besonders bei Vollmond; im Mondlicht wirkte die Prärie zeitlos, das fahle Gras wunderschön. Die Sterne, die in mondleeren Nächten einen herrlichen Anblick boten, konnten in solchen Nächten nicht mit der Mondhelle konkurrieren; sie schrumpften zu blassen Flecken.

Die Terrasse war sofort zu einem beliebten Aufenthaltsort der Kinder geworden. Ich mußte mich durch ein Minenfeld aus Spielsachen kämpfen, um bis zu der Couch vorzudringen, auf der T. R. saß. Sie trank immer noch.

Von der Straße vor dem Haus her hörte ich ein Geräusch, das wie das Knacken eines Polizeifunks klang.

»Ist das Buddy, der seinem Funkgerät lauscht?« fragte ich.

»Denkste, das ist Gene«, sagte T. R. »Buddy ist das Tagschwein, Gene das Nachtschwein. So nennt Muddy die beiden. Muddy kann Cops nicht ausstehen.«

Trotz meiner Vorsicht setzte ich mich auf ein Spielzeug, irgendein Plastikmonster. Der Kopf brach ab.

»Ich fürchte, ich hab ein Spielzeug geköpft«, sagte ich.

T. R. zuckte nur mit den Schultern.

»Kann ich mich zu dir setzen und ein bißchen reden?« fragte ich.

»Du hast mir diesen Wandschrank mit den Geschenken noch nicht gezeigt«, sagte sie. »War das 'ne Lüge?«

»Nein«, sagte ich. »Wenn du willst, kann ich sie dir jetzt sofort zeigen.«

Sie reagierte nicht. Weit hinter dem Hügel leuchteten die gelben Lichter eines Bohrturms.

»Ich möchte wissen, ob es hier in der Gegend irgendwelche netten Kerle gibt«, sagte T. R. »Ich hab schon mit 'ner ganzen Menge harter Kerle getanzt, aber seit der High-School bin ich mit keinem mehr ausgegangen, und der damals war so 'n Ölturm-Malocher. Johnny – an den erinner ich mich noch. Der war vielleicht sexy!«

»Was ist mit ihm passiert?«

»Alaska ist ihm passiert«, sagte T. R. »Er hat mir zweimal geschrieben. Wir hatten ziemlich viel Spaß damals. Ich hatte vor, ihn da oben zu besuchen – er wollte mir die Reise bezahlen –, aber das war eine von den Sachen, aus denen nie was wurde.«

»Ist Godwin weggegangen?« fragte ich, denn mir fiel ein, daß ich ihn auf meinem Gang durch das Haus nicht gesehen hatte.

»Klar, ich hab ihm den Kopf abgerissen, da ist er gegangen«, sagte T. R. »Ich weiß bloß nicht, wie weit er kommt ohne Kopf. – Und nenn ihn nicht dauernd Godwin. Wenn ich so einen Namen höre, wird mir ganz anders. Nenn ihn L. J., das ist kürzer, und es sind außerdem ungefähr seine Anfangsbuchstaben.«

»Ich werd's versuchen«, versprach ich.

»Ich hab Leute wie ihn unten in Houston gekannt«, sagte T. R. Ihre Laune schien sich zu bessern.

»Ich begreif die einfach nicht«, sagte sie. »Wieso sollte irgendwer lieber ein Arschloch ficken, wenn er 'ne Möse ficken könnte? Das macht doch keinen Sinn.«

Ich lachte, und T. R. kicherte auch, als ginge ihr gerade auf, daß ich ihre Ausdrucksweise vielleicht für nicht ganz salonfähig halten könnte. Natürlich gefiel mir ihre Direktheit, aber diesmal schien es ihr ein wenig peinlich zu sein.

»Es macht nun mal keinen Sinn!« verteidigte sie sich. »Findest du's schlimm, drüber zu reden?«

»Natürlich ist es nicht schlimm, drüber zu reden«, sagte ich. »Es ist nie schlimm, über irgendwas zu reden.«

»Vielleicht nicht mit irgendwem, aber mit dem eigenen Vater?« sagte sie. »Ich hätte nie gedacht, daß ich mal mit meinem Vater über Mösen und all so was reden würde. Ich weiß nicht, ob das unbedingt anständig ist.«

»Willst du denn anständig sein, T. R.?« fragte ich.

»Könnte sein, wenn ich wüßte, was das ist«, sagte T. R. »Damals als Teenager wollte ich unbedingt anständig sein, so daß es weh tat. Ich hab gedacht, wenn ich bloß lernen könnte, wie man sich anständig verhält, dann wär das Leben vollkommen.«

»So habe ich auch mal gedacht«, sagte ich. »Für mich war der Inbegriff von Anständigkeit eine nette Küche mit einer netten Frau drin. Ich kannte mal eine sehr nette Frau, und die verbrachte die meiste Zeit in ihrer Küche. Ich dachte, wenn ich nur so eine wie sie heiraten und in einer Küche leben könnte, die ihrer irgendwie glich, wäre ich endlich anständig. Und von da an wäre das Leben im Lot.«

»Wie hieß die Frau?«

»Emma hieß sie«, sagte ich.

T. R. musterte mich etwas traurig. Ich glaube nicht, daß ihr mein Kaftan gefiel, doch sie verkniff sich einen Kommentar.

»Vielleicht kannst du's ja immer noch versuchen«, sagte sie.

»Kann ich nicht«, antwortete ich. »Emma ist tot.«

T. R. dachte eine Weile schweigend über das quälende Thema Anstand und fehlender Anstand nach.

»Für mich hieß es bloß, zu so einem Ball im Country Club in Tyler eingeladen zu werden«, sagte sie. »Ich hab mir so sehr gewünscht, mich fein anziehen und zu so einem schikken Ball gehen zu dürfen, daß ich es auf der Zunge schmekken konnte.«

»Und bist du je hingekommen?«

»Irgendwann schon«, sagte sie. »Ein dämlicher kleiner reicher Junge hat schließlich allen Mut zusammengenommen und mich eingeladen, obwohl seine Eltern dagegen waren. Er hat mich zwar hingebracht, aber dann hat er sich plötzlich für mich geschämt und sich den ganzen Abend nicht in meine Nähe getraut. Aufgefordert haben mich bloß ein oder zwei alte Suffköppe, und ein paar von den College-Jungs.«

»Es war echt öde«, sagte sie. »Einfach ein einziger Reinfall. Ich wollte meinem Partner nicht mal einen Kuß geben, als er mich nach Hause gebracht hatte. Der war vielleicht sauer!«

»Es war eben einfach ein einziger Reinfall«, wiederholte

sie. »Nichts hatte ich mir mehr gewünscht, aber als ich dann durfte, fand ich's zum Kotzen. Gleich danach bin ich von der Schule runter und von zu Hause abgehauen. Ich schätze, mir ist klargeworden, daß ich sowieso nie im Leben anständig werde. Da hab ich mir gedacht, ich kann genausogut mit der Träumerei aufhören und bei den Kriminellen mitmischen.«

Plötzlich warf sie ihr Glas von der Terrasse, die Wodkaflasche hinterher, und brach in Tränen aus, das Gesicht in den Händen vergraben. Ich wartete kurz, rutschte dann zu ihr hinüber und legte meinen Arm um sie. T. R. sträubte sich nicht.

»So ist das manchmal im Leben«, sagte ich. »Wenn man dann tatsächlich kriegt, was man sich so sehr gewünscht hat, dann stellt man häufig fest, daß es das Wünschen gar nicht wert war.«

Sie nahm die Hände von ihrem tränennassen Gesicht.

»Geht es dir so, wenn du an die Küche von dieser Frau denkst?« fragte sie.

»Nein, das ist ein anderes Problem«, antwortete ich. »Wegen ihr hätte sich das Wünschen schon gelohnt. Das Problem dabei war eher, daß ich unfähig gewesen wäre, in dieser Küche zu leben, selbst wenn ich eine Chance bekommen hätte. Ich wäre dafür nicht geeignet gewesen. So könnte ich nicht leben.«

T. R. musterte mich; sie schniefte noch, aber ihr Weinen war im großen und ganzen vorüber.

»Warum nicht?« fragte sie. »Wenn sie dich geliebt hat und es wollte, warum dann nicht?«

»Ich weiß nicht, ob ich das so eindeutig beantworten kann«, erwiderte ich. In meinen Schläfen pochte es jetzt stärker, während meine Kopfschmerzen an Boden gewannen. »Seit zwanzig Jahren denke ich darüber nach, aber ich weiß keine richtig befriedigende Antwort. Ich bezweifle einfach, daß es funktioniert hätte.«

»Wahrscheinlich bin ich eben ein Einzelgänger«, ergänzte ich nach einer kurzen Pause.

T. R. prustete. »Wenn es das ist, steckst du in Schwierigkeiten«, sagte sie. »Denn jetzt bist du bestimmt nicht allein. Dir steht eine gesellige Zukunft bevor, außer du schmeißt uns alle raus.«

»Ich schmeiß euch bestimmt nicht raus«, versicherte ich ihr.

Daß ich jetzt nicht allein war, ging in Ordnung; aber T. R.s quälender Wunsch, auf Bälle des East-Texas-Country-Clubs zu gehen, löste beunruhigte Reaktionen bei mir aus, denn er widersprach dem Bild, das ich mir seit vielen Jahren von ihrem Leben gemacht hatte. In meiner Vorstellung war T. R.s Leben immer anständig gewesen, und zwar nicht nur im Wunschdenken eines sträflich nachlässigen Vaters. Sicherlich, ich hatte sie sträflich vernachlässigt, hatte aber doch nie ganz die Tatsache aus den Augen verloren, daß ich irgendwo auf der Welt ein Kind hatte. Während ich durchs Leben stolperte, suchte mich oft Reue heim – Reue wegen eroberter, verlorener oder schlicht verpaßter Frauen, Reue wegen verpfuschter oder nie ausgeführter Kunstwerke –, doch nichts hatte mich so unablässig heimgesucht wie das Wissen um mein fehlendes Kind; schon vor langer Zeit hatte ich mir für diskrete Nachforschungen einen Detektiv genommen. Der Detektiv hatte einen überzeugenden und beruhigenden Bericht abgeliefert, den ich noch besaß. Als gesicherte Tatsache ging aus besagtem Bericht hervor, daß T. R. – in der Akte heißt sie Rosemary – in den Genuß einer tadellos korrekten Kindheit kam. Ich hatte Fotos von ihr, etwa neun Jahre alt, auf ihrem Fahrrad; von der äußerst normal aussehenden Schule, die sie besuchte; von dem schmucken einstöckigen Holzhaus, in dem sie wohnte; von ihr, wie sie mit anderen kleinen Mädchen auf einem gepflegten Rasen einen Cheerleader-Stab wirbelte. Aus dem Bericht ging eindeutig hervor, daß sie als Angehörige der kleinstädtischen osttexanischen Oberschicht heranwuchs. Hohe Bäume standen in dem von einem Lattenzaun umgebenen Garten. Jedes Mädchen, das in einer texanischen Kleinstadt in solch einem Haus aufwuchs, mußte automatisch als anständig gelten. Sie wäre auf Bällen im Country-Club höchst willkommen gewesen und hätte sich nie nach so einem armseligen Beweis ihrer Zugehörigkeit sehnen müssen.

Doch T. R. *hatte* sich gesehnt, so sehr, daß sie immer noch nicht mit fester Stimme darüber reden konnte. Da stimmte etwas nicht, eine Erkenntnis, die das Vorrücken meiner Migräne wohl kaum hinauszögern würde. Zwischen dem Leben, das ich mir für T. R. vorgestellt, und dem, das sie womöglich in Wirklichkeit geführt hatte, tat sich plötzlich ein jäher Abgrund auf.

Ich verspürte den überwältigenden Drang, diese Kluft rasch zu überbrücken.

»T. R., sei bitte nicht böse, wenn ich dir Fragen stelle«, sagte ich. Sie hatte sich wieder in meine Arme gekuschelt.

»Dann frag lieber freundlich«, sagte sie müde.

»Wieso wurdest du nicht als anständig angesehen?« fragte ich.

»Wie hätte ich?« erwiderte sie. »Ich bin doch bei Big Pa und Big Ma aufgewachsen.«

»Aber ich dachte, dein Großvater hat einen erfolgreichen Autohandel betrieben«, sagte ich. »Ich dachte, deine Großmutter war Verwaltungsangestellte in eurem County. Und man hat mir gesagt, deine Mutter arbeitete in der Bank.«

»Wie kommst du denn da drauf?« fragte T. R. überrascht. »Mama hat nie in irgendeiner Bank gearbeitet. Big Pa war auch kein Autohändler, außer wenn du mit Händler *Hehler* meinst, und Big Ma war keine Verwaltungsangestellte. Sie hat 'ne Zeitlang beim Gericht gearbeitet, aber bloß, damit sie alte Dokumente und so Zeugs klauen konnte. Big Ma war die halbe Zeit im Gefängnis. Big Pa hat es immer so gedreht, daß sie in den Knast mußte, wenn die beiden geschnappt wurden, und Big Ma war so einfältig, daß sie es ihm nie übelgenommen hat. Viermal hat sie gesessen für Sachen, die in Wirklichkeit Big Pa gestohlen hatte.«

»Stimmt das?« fragte ich entsetzt. In mir brach eine lange gehegte Vorstellung zusammen, zerbröselte wie ein wacklig gebautes Haus bei den ersten Stößen eines Erdbebens.

Das wacklig gebaute Haus war natürlich meine Überzeugung, T. R. hätte die untadelige amerikanische Kindheit einer höheren Tochter genossen, inklusive eines korrekten Zuhauses, angesehener, hart arbeitender Großeltern, einer normalen Schule und Schulbällen im Country Club, auf denen sie das mit Abstand beliebteste Mädchen war.

»Wie bist du da drauf gekommen?« fragte sie wieder.

»Ich wollte sicher sein, daß es dir gutgeht«, antwortete ich. »Ich beauftragte einen Detektiv damit, dich in Texas aufzustöbern. Damals hatte ich nicht so viel Geld, aber ich hielt ihn für einen fähigen Detektiv. Seinen Bericht hab ich noch. Er machte Fotos von dem Haus, in dem du gewohnt hast, und von der Schule, die du besucht hast. Es sah alles so nett aus.«

»Zeig's mir«, sagte T. R. »Klingt, als hätten sie dich reingelegt.«

Die Akte zu finden, war nicht einfach; was ich hochtrabend mein Arbeitszimmer nannte, war das am wenigsten genutzte Zimmer in einem Haus, dessen Räume fast alle selten betreten und noch viel seltener genutzt wurden. Mein bisheriges Berufsleben lag dort in einem großen Aktenschrank komprimiert, der vor lauter Verträgen aus meinen »Al-und-Sal«-Jahren schier überquoll. Auf einem Bücherbord neben diesem Schrank bewahrte ich die Drehbücher sämtlicher hundertachtundneunzig Folgen auf, alle in bescheidenes Saffianleder gebunden.

Einen Moment lang befiel mich Panik, als ich die angehäuften »Al-und-Sal«-Verträge durchwühlte, manche vom Umfang eines Telefonbuches. Vielleicht *hatte* ich den Bericht des Detektivs gar nicht mehr, und dann glaubte T. R., ich hätte gelogen und nie wirklich Erkundigungen nach ihr eingezogen.

Schließlich fand ich in der untersten Schublade ein paar alte Unterlagen aus meiner eigenen beruflichen Frühgeschichte, noch Jahre vor »Al und Sal«. Da lagen nicht nur meine Verträge mit den Hanna-Barbera-Studios, sondern auch einige über die zwei oder drei angefangenen Romane, die ich nie beendet hatte. Dazwischen lag der Bericht der A-Triple-AAA-Detektivagentur, zufälligerweise die erste im Telefonbuch von Los Angeles. An den Detektiv, einen gepflegten Latino mittleren Alters namens José Guerra, konnte ich mich gut erinnern; seine Sekretärin, eine ältliche, weniger gepflegte Weiße, nannte ihn José Cuervo.

José wies keinerlei Ähnlichkeit mit legendären Schnüfflern wie Sam Spade, Philip Marlowe oder Lew Archer auf. José hatte in der Kanzlei eines in L.A. angesehenen Scheidungsanwalts als Buchhalter gearbeitet; wenn ich mich recht erinnerte, war dieser Anwalt sogar mit einer von Nemas Scheidungen betraut gewesen. Besagter Anwalt hatte mir José empfohlen; damals hatte sich José so nüchtern wie ein untergeordneter Buchhalter gekleidet. Zuerst hatte ich gewisse Bedenken, einen Latino nach Osttexas zu schicken, doch nach ein, zwei Begegnungen mit ihm kam ich zu dem Schluß, daß José Guerra in Wirklichkeit der Nation der Buchhalter, nicht der mexikanischen Nation angehörte. Selbst wenn ich ihm an einem Schreibtisch gegenübersaß, nahm ich ihn kaum wahr; er paßte sich seiner Umgebung so gut an, daß er fast mit ihr verschmolz.

Ich schickte ihn nach Texas, und einen Monat später lieferte er seinen detaillierten Bericht ab, einschließlich

Polaroidaufnahmen von Haus, Schule, kleinen tambourstockwirbelnden Mädchen, und so weiter. Diese so überzeugend amerikanische Normalität dokumentierenden Polaroidaufnahmen hatten in all den Jahren meine Sicht von T. R.s Kindheit geprägt. Als ich sie T. R. übergab, begann diese sofort, den Kopf zu schütteln.

»Das mit dem Tambourstock bin ich«, sagte sie. »Einen Tambourstock hatte ich tatsächlich. Mein Fahrrad war das allerdings nicht, und das war eindeutig nicht unser Haus. Das war Annie Elgins Haus. Wir waren eine Zeitlang beste Freundinnen; ihrem Vater hat die Bank gehört. In dem Haus war ich auf 'ner Menge Pyjamapartys, bis ich meinen schlechten Ruf weghatte und nicht mehr eingeladen wurde. Annies Eltern waren gar nicht so übel. Sie wußten, daß Big Pa und Big Ma Gauner waren, aber eine Zeitlang durfte Annie mich trotzdem zu sich nach Hause einladen.«

»Du hast also nicht in diesem Haus gewohnt?« fragte ich, obwohl sie mir genau das soeben erzählt hatte.

T. R. schüttelte den Kopf. »Wir haben zwei Häuserblocks vom Niggerviertel entfernt gewohnt«, sagte sie. »Wir waren ungefähr so nahe dran, selber Nigger zu sein, wie das in Tyler überhaupt ging, wenn man weiß war.«

Sie sah mich etwas besorgt an, um festzustellen, wie ich diese Neuigkeit aufnahm, und machte sich dann daran, den Bericht zu lesen. Sie ließ sich Zeit. Ich fühlte mich immer mieser. Ich hatte das Bedürfnis, mich pausenlos zu entschuldigen, obwohl T. R. den Bericht ganz ruhig las, hin und wieder innehaltend, um einen großen Schluck Wodka zu nehmen. Als sie fertig war, schlug sie den Hefter zu und gab ihn mir zurück.

»Stimmt denn gar nichts davon?« fragte ich.

»Alles stimmt«, sagte T. R. »Nur daß es ein Bericht über Annie Elgins Leben ist, nicht über meins. Big Pa ist nicht blöde – deshalb hat er ja nie gesessen, obwohl er sein Leben lang ein Gauner war. Er hat immer gedacht, du würdest mich irgendwann suchen kommen. Tausendmal hat er mir erzählt, wie furchtbar du wärst, daß du Rauschgift nimmst und nicht an Jesus glaubst und all so was. Er kennt jeden Polizisten und jede kleine Gerichtssekretärin in Osttexas. Die Polizisten besticht er, läßt sie umsonst ihre Autos in den Gaunerwerkstätten aufmöbeln, mit denen er gemeinsame Sache macht. Den dusseligen alten Weibern bei Gericht redet er ein, er würde sich lieber heute als morgen von Big Ma scheiden lassen und mit ihnen durchbrennen. Wahrscheinlich wußte er, daß dieser Detektiv in Tyler war, bevor der Mann auch nur einen Parkplatz gefunden hatte. Wetten, daß er ihn bestochen hat, noch bevor der seine Sachen ausgepackt hatte?«

»Darauf bin ich nie gekommen«, sagte ich. Das war die beschämende Wahrheit.

»Was soll's«, sagte T. R., »ich finde nicht, daß es jetzt noch viel ausmacht. Big Pa hat's eben einfach so gedeichselt, daß du denkst, ich würd' wie Annie Elgin leben. Er hat schlauere Leute als uns reingelegt, schätze ich.«

»Ich bin dem Mann nur einmal begegnet«, sagte ich. »Ich hätte nie gedacht, daß er so gerissen ist.«

Wir saßen eine Weile schweigend da. T. R. schien der von uns aufgedeckte Betrug weder zu überraschen noch zu stören.

Ich war allerdings überrascht und verstört. Ich fühlte mich gräßlich.

»Ich hab in letzter Zeit nicht mehr an Annie Elgin gedacht«, sagte T. R. »Wir waren richtig gut befreundet. Wie schön, daß sie eine gute Kindheit hatte. Diese Fotos eben haben mich wieder daran erinnert, wie nett sie war.«

»Was ist aus ihr geworden?«

»Sie ist letztes Jahr bei einem Autounfall ums Leben gekommen, mit ihren beiden kleinen Söhnen«, antwortete T. R. »Ein Lkw ist sozusagen einfach über sie rübergefahren ... das hat man mir wenigstens erzählt. Also guck nicht so bedeppert wegen dem doofen Detektiv. Annie hatte eine prima Kindheit, ich weniger, aber ich bin am Leben und hab wunderbare Kinder, während sie und ihre Kinder tot sind. Das ist viel, viel trauriger als alles, was mit uns passiert ist.«

»Das stimmt«, sagte ich. »Aber ich find's trotzdem schlimm, daß ich so ein Trottel war.«

»Zeig mir die Geschenke«, sagte T. R. »Wenn du die Geschenke wirklich hast, warst du vielleicht gar nicht so ein Trottel. Vielleicht wußtest du bloß nicht, was du sonst machen solltest.«

Das stimmte allerdings – ich hatte nicht gewußt, was ich sonst machen sollte. Die ersten ein, zwei Jahre nach T. R.s Geburt, als ich wieder in Hollywood und auf meinem absoluten Tiefpunkt angelangt war, hatte ich Sally oft angerufen, in der Hoffnung, daß ihre Wut auf mich inzwischen nachgelassen hatte. Das war nicht der Fall; kaum hörte sie meine Stimme, legte sie auch schon auf. Dann ließ sie sich geheime Telefonnummern geben. Die ersten kleinen Geschenke, die ich T. R. kaufte, wurden postwendend zurückgeschickt. Wahrscheinlich hätte ich nie erfahren, wo die beiden sich aufhielten, hätte Sally nicht von mir erwartet, daß ich sie weiterhin finanzierte. Von den Paketen, die ich schickte, las sie meine Adresse ab, und bald trudelten Rechnungen ein, hauptsächlich für Autoreparaturen. Sie schien andauernd Autos zu Schrott zu fahren; ich kratzte immer das nötige Geld für die Rechnungen zusammen, weil ich auf diese Weise nie ganz die Spur von Sally und meinem Kind verlor. Vermutlich hegte ich die Hoffnung, eines Tages werde Sally zu mir zurückkehren und unsere Tochter mitbringen. Das tat sie zwar nicht, aber sie schickte die Rechnungen, und ich konnte die diversen Umzüge der beiden verfolgen, von Lake Charles nach Lufkin, von Lufkin nach Sherman, von Sherman nach Tyler. José Guerra hatte nicht bei Null anfangen müssen. Ich hatte immer gewußt, wohin ich T. R.s Geschenke schicken mußte.

Ich führte sie zu dem Wandschrank, in dem ich alle Geschenke aufbewahrt hatte. Hin und wieder war ich versucht gewesen, sie wegzuwerfen oder den Kindern von Freunden zu schenken. Die Vorstellung, wie sie da ungeöffnet und ungesehen in ihrem Schrank lagerten, über vierzig waren es inzwischen, kam selbst mir etwas zu schrullig vor. Diese Schrulligkeit hatte etwas Bedrückendes; ich glaube, ich hätte Gladys früher oder später wirklich einfach angewiesen, alles fortzuschaffen, aber zum Glück war es nie dazu gekommen. Statt dessen war T. R. gekommen.

Jedes Jahr an ihrem Geburtstag und zu Weihnachten diese Geschenke zu kaufen, war ein Ritual, von dem ich nicht lassen konnte – es war der Beweis, daß ich ein Kind hatte –, obwohl ich mich innerlich oft wand, wenn mich die Verkäuferinnen in den feinen Spielwarengeschäften in Beverley Hills ganz unschuldig fragten, was meiner kleinen Tochter denn gefiele. Das Schlimmste am Spielzeugkauf waren diese Fragen; das, und die Geschenke postwendend zurückzuerhalten. Ich hatte jedes einzelne hoffnungsvoll abgeschickt – Sally würde doch sicher früher oder später zulassen, daß T. R. eines behielt – und resigniert wieder entgegengenommen, aber ich kaufte immer wieder neue.

T. R. hatte mir wohl nicht wirklich geglaubt ... nicht bis zu dem Augenblick, da sie den Wandschrank mit den Geschenken betrat. Sie war zwar einigermaßen betrunken, aber es lag wohl nicht am Wodka, daß ihre Hände zitterten, als sie das erste Geschenk aus dem Regal nahm. Bis auf das Zehngangrad steckten alle noch in ihren Originalverpackungen, die jetzt teilweise so aussahen, als gehörten sie in ein Geschenkpapiermuseum.

Sie sah mich an, und ihr Blick hatte etwas Ängstliches. »Ich hätte nie gedacht, daß das wirklich passiert, Daddy«, sagte sie. »Ich zitter, verflucht, wie Espenlaub. Was soll ich machen?«

»Du sollst deine Geschenke auspacken«, sagte ich. »Warte, ich hol dir einen Stuhl.«

Ich holte zwei Stühle – zum Glück war es ein großer begehbarer Wandschrank. Ich setzte mich auf einen der Stühle, T. R. auf den anderen, und wir feierten die seit zweiundzwanzig Jahren aufgeschobenen Geburtstage und Weihnachten nach. So wie der Embryo alle Stadien der Menschheitsentwicklung durchläuft, so rekapitulierten T. R. und ich unsere eigene Geschichte, eine Geschichte, die bis zu dieser Stunde ungeboren in unser beider Bewußtsein umhergetrieben war. Von Plüschtieren – Waschbären, Opossums, ein riesiger Koalabär, der den halben Schrank einnahm – tasteten wir uns über Barbiepuppen und Puppenhäuser, Puppengeschirr, Spielzeugtelefone, Radios, Schminkköfferchen zu einem für ein zehnjähriges Mädchen gedachten Kaninchenfellmantel vor; weiter ging es vom jungen Mädchen zum Teen und Twen, wie sie sich in der jeweils aktuellen Mode präsentierten: von Schultertaschen, Walkmen, Lederjacken, Ketten, Armbändern und Armbanduhren bis hin zu Kleidungsstücken der Sorte, wie sie meine Freundinnen aus den extravagantesten Boutiquen der Welt an Gladys schickten.

Zunächst fand das Auspacken unter feierlichem Ernst und ohne große Worte statt. »Was für ein süßes Opossum«, sagte T. R. ohne rechte Überzeugung; ich glaube, sie konnte immer noch nicht ganz glauben, daß es die Geschenke wirklich gab. Auch ich war verlegen, denn ich hatte noch nie viel Vertrauen in meine Geschenkauswahl gehabt; mich plötzlich mit meinen zehn, zwanzig Jahre alten, zögerlichen Entscheidungen konfrontiert zu sehen, trug nicht gerade zur Beruhigung des Pochens in meinem Schädel bei. Wahrscheinlich waren wir beide eingeschüchtert, und zwar so sehr, daß es eine Zeitlang aussah, als ginge der Schuß nach hinten los. Wir redeten sehr förmlich miteinander; statt uns einander näherzubringen, flößten uns die Geschenke, oder das von ihnen verkörperte verlorene Leben, ein verzweifeltes Gefühl des Getrenntseins ein. Ich wurde immer nervöser, und T. R. sah mich kaum noch an, während sie sorgfältig von allen Geschenken die Bänder löste.

Wer anderes kam da anspaziert als Jesse, ihre verdreckte alte Lumpenpuppe hinter sich herschleifend. Beim Anblick der Spielsachen und Plüschtiere wurden ihre großen Augen noch größer; sie steckte sich einen Daumen in den Mund. Verwundert starrte sie erst einmal den Koalabären an, entschied aber, daß der eine Nummer zu groß für sie war. Stattdessen ließ sie ihre Lumpenpuppe fallen und griff nach dem Opossum, womit sie T. R. wieder zum Leben erweckte. Vorübergehend vergaß diese, daß sie eine Mutter war, und stürzte sich wie eine Schwester auf Jesse.

»Leg das gefälligst hin und dann marsch, raus hier!« fauchte sie. »Du hast genug Spielzeug. Das ist mein Opossum.«

Ich war entsetzt – schließlich war es nur ein Plüschtier, das unbedeutendste der Geschenke –, aber nicht so entsetzt wie Jesse, die das Tier wie eine heiße Kartoffel fallenließ und auf dem Absatz kehrtmachte, um sich unter lautem Geheul zu Gladys, ihrer Bastion, zu flüchten.

»Es war bloß ein Opossum«, sagte ich so beiläufig wie möglich.

T. R. schien von ihrem Ausbruch selbst verwirrt.

»Keine Ahnung, was mit mir los ist, ich muß sinnlos betrunken sein«, sagte sie. »Jetzt hab ich auch noch Jesse den Kopf abgerissen. Siehst du, was du mir angetan hast? Es ist dieses ganze Zeugs! Dieses ganze ... Zeugs.«

Bevor ich antworten konnte – ich weiß nicht, was ich geantwortet hätte – barg sie laut schluchzend ihren Kopf im

Schoß des Riesenkoalas. Als ich ihr eine Hand auf die Schulter legte, schüttelte sie sie ab und klammerte sich nur noch fester an den Koala. Mit dem Knie warf sie ihr Glas um, und ich mußte den Kaninchenfellmantel vom Boden reißen, damit er nicht von Wodka durchtränkt wurde. In dem Moment tauchte Bo mit seiner Spielzeug-AK-47 auf. Da er offenbar den Eindruck hatte, der Koalabär, nicht ich, sei an der ganzen Aufregung schuld, machte er sich daran, ihn mit imaginären Kugeln zu durchsieben. T. R. ließ sich davon in ihrem Schluchzen nicht unterbrechen. Muddy Box, wo auch immer er gerade war, spürte, daß etwas nicht stimmte. Vorsichtig schlich er sich über den Flur heran und spähte in den Wandschrank.

»Sieht so aus, als bräuchtet ihr ein paar Küchentücher«, sagte er ruhig und ging in die Küche, um welche zu holen. Ich stand auf und half ihm, einen Teppich aus Papiertüchern auszubreiten. Das meiste des Wodkas saugten sie auf, nur ein kleines Rinnsal war unter den Koala gelaufen.

»Laß ihn mich nur kurz anheben, T. R.«, sagte Muddy. »Wir wollen doch nicht, daß sich der alte Bär nasse Eier holt.«

T. R. ließ den Bären los und packte Muddy, den sie fest an sich drückte, während sich ihre Gefühle in Schluchzen und Hicksen Bahn brachen. Muddy flüsterte ihr beruhigende Worte ins Ohr und streichelte ihr über Nacken und Rücken.

Dann tauchte Gladys auf, eine tränenüberströmte Jesse im Arm, die aussah, als wollte sie jeden Augenblick ihr Gesicht in Gladys Busen verstecken, falls ihre Mutter sie noch einmal anschrie. Aber T. R. schrie nicht; unter Muddys geduldigem Zuspruch beruhigte sie sich. Bo quetschte sich an mir vorbei in den Wandschrank und untersuchte die Beute, von der ihn nicht viel interessierte. Während seiner Begutachtung stürzte er sich auf mein Knie und reichte mir sogar kurz sein Maschinengewehr, um das Spielzeugtelefon auszuprobieren.

Als sie das sah, wand sich Jesse augenblicklich aus Gladys' Armen und eroberte das Opossum zurück. Den Waschbären wollte sie auch, aber Bo kam ihr zuvor, indem er sich auf ihn setzte. Mit einem Auge nach ihrer Mutter schielend, beschloß Jesse, ihr Glück nicht herauszufordern. Das Opossum fest an sich gedrückt, zog sie sich in eine sichere Position zwischen Gladys' Beinen zurück, ehe sie dem Plüschtier die gründliche Begutachtung zuteil werden ließ, das es ihrer Ansicht nach verdiente.

»Hallo«, sagte sie nach einem Weilchen und hob das Opossum hoch, damit Gladys es sehen konnte.

In dem Moment drehte T. R. sich um, und Jesse erstarrte.

»He, was macht ein Opossum, Jesse?« fragte T. R., wobei sie sich zwar erschöpft, aber zurechnungsfähig anhörte.

Jesse betrachtete achselzuckend das Opossum, als wollte sie sagen, sie habe keine Ahnung, was ein Opossum macht. »Hallo«, wiederholte sie.

»Ein Opossum rollt sich zusammen und stellt sich tot, damit T. R. nicht in Versuchung gerät, ihm den Arsch zu versohlen«, sagte Muddy und rollte sich wie ein Opossum auf dem Boden zusammen.

»Muddy, steh auf, du zerbrichst noch mein Puppengeschirr«, sagte T. R., doch Muddy, der von seiner Imitation eines Opossums selbst ganz hingerissen war, blieb still liegen, bis T. R. ihn kitzelte, woraufhin er sich wand und aufsetzte.

»Kein Opossum kann sich's leisten, so kitzlig zu sein wie du«, klärte ihn T. R. auf. »Los komm, ich will ins Schlafzimmer und ein paar von diesen abgefahrenen Klamotten anprobieren, die Daddy mir geschenkt hat. Manche sehen aus, als wären sie für 'n Jungen zugeschnitten; wenn du brav bist, geb' ich dir vielleicht was davon ab.«

»Vielleicht bin ich aber nicht brav«, überlegte Muddy laut.

Bo stand auf, holte sich sein Maschinengewehr und mähte den Waschbären laut und aus kürzester Entfernung nieder.

»Wäh!« quakte Jesse böse, erzürnt ob dieser Roheit.

»Recht hat sie, schieß nicht auf Waschbären, die sind niedlich«, sagte T. R.

Sie stand auf, sammelte die neuesten Geschenke auf, darunter zwei oder drei noch ungeöffnete, und stieg über Muddy und einen Berg von Geschenkpapier hinweg aus dem Wandschrank.

»Sie kommen auch mit, Gladys, Muddy versteht absolut nichts von Damenkleidern«, sagte sie. »Und du gehst jetzt besser schlafen, Daddy. Du siehst etwas mitgenommen aus.«

»Dieses Geschenkpapier scheint zum Teil älter zu sein als ich«, sagte Gladys. »Ich seh selten was, das älter ist als ich.«

»Ich bin älter als Sie«, erinnerte ich sie, aber ich glaube nicht, daß irgend jemand mich hörte. Bo war gerade dabei, den Koalabären zu erklimmen, der prompt umfiel, wodurch Bo sich eine aufgeplatzte Lippe zuzog. Gladys hob ihn auf und trug das schreiende Kind in die Küche, um ihm das Blut abzuwaschen. Jesse zog ihren Vorteil aus der Verletzung ihres Bruders und zockelte stillvergnügt mitsamt Opossum und Waschbär davon, während T. R. und Muddy, die Arme voller Kleidungsstücke, sich in Richtung Schlafzimmer davonmachten.

Von mir nahm keiner mehr Notiz. Ich knipste das Licht im Wandschrank aus und blieb ein paar Minuten auf dem Stuhl sitzen, während die Nachwehen der Krise verebbten. Vielleicht war es nicht schlimmer oder überhaupt anders – weder großartiger noch enttäuschender – als irgendeine normale Geburtstagsfeier oder eine x-beliebige Weihnachtsbescherung gewesen. Ich konnte das nicht beurteilen; ich war nur froh, daß wir es alle überlebt hatten.

Dann ging ich ins Bett, und kaum hatte ich mich hingelegt, da drang auch schon die Migräne, dieser lauernde Komantsche, unter Kriegsgeheul durch das Fenster ein.

7

Ich schlafe immer mit dem Kopf nach Osten, denn wenn nachts häufiger ein Komantsche längere Zeit bei einem im Schädel zeltet, sind die ersten Schimmer und Strahlen des Tageslichts bedeutsam. Die Sonne war die einzige Macht, die den Komantschen zum Rückzug zwingen konnte, und ein sich rötender Horizont vor meinem Fenster schien meinen Zellen Hoffnung einzuimpfen.

Andererseits verhieß eine graue Dämmerung, bis zum Horizont mit Wolken zugeknöpft, nichts Gutes, wenn ich gerade Kopfschmerzen hatte. Statt im Optimismus, den die Sonne mit sich brachte, schwelgte ich in Pessimismus, Depression, morbiden Gedanken; wie ein trauriger Balte wurde ich, so schwermütig von meinem Kopfweh, als lebte ich in Göttingen oder Königsberg oder sonst irgendwo, wo Kant oder Hegel gewohnt haben mochten – jedenfalls in Nordeuropa, wo die Gedanken schwerfällig unter einem jahrein, jahraus bleiernen Himmel daherstapfen. An bedeckten Tagen rührten sich meine eigenen Gedanken kaum von der Stelle.

Leider tagte es auf baltische Art, stürmisch und dunkelgrau. Ich spürte, wie der Komantsche sich breitmachte. Im Lauf der Nacht hatte er nicht übermäßig viel gejohlt und getanzt, sondern sich mit einem Lagerfeuer in der Gegend meiner rechten Schläfe begnügt, aber er ließ nicht erkennen, daß er sich verabschieden wollte.

Ich ließ meine Augen ein Weilchen geschlossen, in der Hoffnung, den Morgen falsch gedeutet zu haben. Wenn ich sie wieder öffnete, hatte die Sonne vielleicht Fortschritte gemacht; vielleicht würde die Wolkendecke aufreißen und ein, zwei Strahlen durchlassen.

Die Wolken blieben, wo sie waren, meine Kopfschmerzen blieben, wo sie waren; aber zum Glück waren T. R. und Jesse auf den Beinen. T. R. spähte mit Jesse auf dem Arm zur Tür herein.

»Bist du krank?« fragte sie.

Ich winkte schwach; ich war mir nicht sicher.

»Kommt rein«, sagte ich.

T. R. setzte sich vorsichtig auf mein Bett. Jesse, immer noch ihr Opossum umklammernd, beachtete mich ausnahmsweise nicht, sondern griff nach einer Brust, bis sie, nach vielem Hin- und Her-Gewackel und Gegrapsche an T. R.s Kleid, schließlich eine erwischte. T. R. ließ sich gegen die Kopfstütze des Bettes plumpsen, während Jesse gierig saugte und dazu einen Fuß durch die Luft schwenkte.

»Immer langsam, ich bin keine Zapfsäule«, sagte T. R. Sie wirkte niedergeschlagen – vielleicht hatte sie meine Abhängigkeit von der Sonne geerbt.

»Haben die Kleider gepaßt, so ungefähr wenigstens?« fragte ich.

»Oh ja, es ist wie ein Wunder«, sagte T. R. »Auf einmal hab ich einen Haufen ausgeflippte neue Klamotten. Danke.«

Das sagte sie in so eindeutig unzufriedenem Tonfall, daß ich zusammenzuckte, und sie sah mich zucken.

»Es war wohl doch keine so gute Idee, die Geschenke aufzuheben, was?« sagte ich.

»Nein, aber ich weiß nicht, warum«, sagte T. R. »Du hast nicht gelogen. Du hast mir die Geschenke besorgt. Es macht mich sauer auf Mama. Sie hätte mir ein oder zwei geben können, dann hätte ich wenigstens gewußt, daß es dich gibt, irgendwo.«

»Sie hätte dir alle geben sollen«, sagte ich. »Aber das hat sie nicht, und es war dumm von mir, zu glauben, sie würden irgendwas wiedergutmachen. Es ist bloß Zeugs, wie du gestern abend gesagt hast. Das kann nie und nimmer genausogut sein, wie einen Vater zu haben.«

Jesse nahm einen fliegenden Brustwechsel vor, so daß T. R.s Kleid, meine Kissen und etliches mehr neu arrangiert werden mußte. Ich sah zu Jesse hinüber, die mich aus halb geschlossenen Lidern beobachtete. T. R. legte sie mechanisch an; in Gedanken war sie noch bei den Geburtstagsgeschenken. Beiläufig streichelte sie Jesses helles Haar.

»Manchmal wünschte ich, ich wär Jesse«, sagte sie. »Die hat's gut. Sie denkt nur ans Nuckeln. Die verschwendet keine Minute mit diesem ganzen deprimierenden alten Kram.«

»Aber niemand außer Jesse ist Jesse«, erwiderte ich. »Du und ich, wir müssen nun mal über deprimierende Dinge nachdenken. Die Zeit, die wir verloren haben, werden wir nie aufholen; andererseits sind wir nicht sehr alt – nicht mal ich bin *sehr* alt – und haben noch eine Menge Zeit vor uns. Wetten, daß unsere Zukunft sehr viel glücklicher sein wird als unsere Vergangenheit?«

Jesse setzte sich, schien sich auf etwas zu besinnen und stieß auf.

»Hallo«, sagte sie und hob ihr Opossum auf.

»Hallo, Jesse«, sagte ich.

T. R. schien meine optimistische Vorhersage nicht aufzumuntern. Sie wirkte jung, unsicher und einsam. Ich hatte Lust, sie in den Arm zu nehmen, aber in dem Moment sah sie nicht wie eine Frau aus, die von einem Mann in den Arm genommen werden wollte.

»Muddy hält dich für den merkwürdigsten Mann, der ihm je begegnet ist«, sagte sie. »Was nicht heißen soll, daß er dich nicht mag; er sagt bloß, er hätte nie gedacht, daß er mal jemand so Merkwürdigem begegnen würde, wie du es bist. Hast du immer noch diese üblen Kopfschmerzen?«

»O ja«, sagte ich.

»Man sollte meinen, du könntest dir ein paar Tabletten dagegen besorgen, reich wie du bist«, sagte sie.

»Ich habe Tabletten«, entgegnete ich. »Aber ich mag diese

Kopfschmerzen nicht einfach mit Betäubungsmitteln erschlagen. Hin und wieder mach ich das, aber es ist keine schlaue Idee. Wenn man es nicht schafft, den Kopfschmerz restlos loszuwerden, verzieht er sich bloß in ein Versteck, bis er irgendwann wiederkommt und noch gemeiner zubeißt.«

T. R. war nicht mehr ganz bei der Sache. Sie wirkte müde, aber auch nervös.

»Muddy hat recht«, sagte ich. »Ich bin merkwürdig. Ich glaube, das hauptsächlich hat mich davon abgehalten, dich zu besuchen. Ich hab mir selber eingeredet, du würdest in einer netten Stadt ein normales glückliches Leben mit netten Freundinnen führen. Als du klein warst, hatte ich keine Freunde, hatte auf jedem Gebiet versagt und wußte zu allem Überfluß, daß ich merkwürdig war. Ich hatte nicht wirklich Angst vor deiner Mutter oder deinen Großeltern, sondern vor dem, was du sagen würdest, wenn ich plötzlich in dein nettes normales Leben reinschneien würde. Du hättest finden können, ich wär grob oder abstoßend oder so.«

Ich machte eine Pause. Sie sah mich nicht an, hörte aber zu.

»Vielleicht findest du das ja ohnehin, jetzt, wo du mein Haus kennst und weißt, wie ich lebe«, sagte ich.

»Es geht nicht darum, wie du lebst, sondern wie du nicht lebst«, sagte T. R. »Mann, ich geh gern aus und mach einen drauf. Was machen L. J. und du hier draußen den ganzen Tag? Ich weiß, L. J. kifft gern, aber was machst du den ganzen Tag?«

»Nun ja, ich schreibe ein Buch«, sagte ich. »Ich kann nicht so viel um die Häuser ziehen, wenn ich schreibe.«

»Ich will es lesen«, sagte T. R. »In diesem Haus gibt's so viele Bücher, daß ich nicht weiß, wo ich anfangen soll, wenn ich was lesen möchte. Da fang ich eben mit deinem Buch an. Wann kann ich's lesen?«

Ihr Interesse schmeichelte mir, aber mir wurde schmerzhaft bewußt, daß ich eigentlich nichts vorzuweisen hatte. Bereits der erste Satz meines Buches war zweifelhaft; seit ich T. R. begegnet war, hatte ich noch nicht einmal Zeit gehabt, über die diversen ersten Sätze nachzudenken, die ich einmal in Erwägung gezogen hatte. Das Leben hatte die Kunst verdrängt, doch das wollte ich vor T. R. natürlich nicht zugeben. »Du kannst es lesen, wenn ich etwas weitergekommen bin«, sagte ich. »Ich habe allerdings ungefähr zu der Zeit, als du geboren wurdest, ein Buch veröffentlicht. Damit könntest du anfangen, wenn du magst.«

Sie sah sich in meinem Schlafzimmer um, das hauptsächlich aus drei mit vollgestopften Bücherregalen bestückten Wänden und einer abschließenden, verglasten Südwand bestand, einer Art Kinoleinwand, auf die sich das strahlende Sonnenlicht projizieren konnte. Vor manchen Büchern standen Fotos der fünf oder sechs Frauen, die mir am wichtigsten gewesen waren. Jeanie war darunter, ein hübscher Schnappschuß von ihr mit ihrem gewinnendsten Lächeln, den ein Straßenfotograf in Paris gemacht hatte. Was ihre Fotos anging, war Jeanie so streng, daß sie dieses ohne weiteres aus meinem Schlafzimmer herauszensiert hätte, wenn sie je zu Besuch gekommen wäre und es gesehen hätte. »Ich möchte lieber nur einen Platz in deinem Kopf haben«, hatte sie einmal feierlich bemerkt, als das Thema Fotos zur Sprache gekommen war.

Da waren Marella Miracola und Antonella Napthi, die strahlendsten und beständigsten meiner diversen italienischen Lieben. Außerdem hatte ich ein paar Fotos von Frauen, die zwar nie meine Freundinnen gewesen waren, aber dennoch in meinen Erinnerungen an Europa eine herausragende Rolle spielten: Pier Angeli, Françoise Dorléac, Romy Schneider; sie leuchteten immer in meiner Phantasie auf, wenn ich an Paris oder Rom dachte. Ich schätzte sie nicht so wie Jeanie Vertus, eine Liebe fürs Leben, aber sie alle waren als wunderbare junge Frauen leuchtende Fäden im Gobelin meiner Vergangenheit. Ich bewahrte ihre Fotos auf, die jetzt von T. R., meiner Tochter, gemustert wurden; mir kam es vor, als läge so etwas wie Eifersucht in ihrem Blick.

Wie konnte sie, ein Mädchen aus einem Ölstädtchen im Westen, mit diesen großen Schönheiten der Welt konkurrieren? Das las ich in ihrem Blick.

»Vögelst du mit irgendeiner von diesen Frauen?« fragte sie mit ausdrucksloser Stimme, in der sich Wut und Resignation zu mischen schienen.

»Nö«, sagte ich. »Warum fragst du?«

»Ich will bloß wissen, ob demnächst irgend so 'n Filmstar hier aufkreuzt und bei dir einzieht und anfängt, mich rumzukommandieren«, sagte sie.

»Das wird nicht geschehen«, sagte ich. »Ich habe gerade die einzige Frau zu mir geholt, mit der ich wohl je zusammenwohnen werde.«

»Ich bin aber kein Star«, sagte T. R. »Mit mir ist überhaupt nicht viel los.«

Sie schien in den Abgrund mangelnden Selbstvertrauens zu rutschen, der unter den meisten, wenn nicht sogar allen Frauen gähnt; selbst Monolithen weiblicher Arroganz, von denen ich etliche gekannt habe, fallen gelegentlich in diese Grube.

»T. R., jetzt kommt eine Banalität, die Eltern andauernd zu ihren Kindern sagen, aber ich sag's dir trotzdem, weil das hier meine erste Gelegenheit ist«, erklärte ich. »Du stehst noch ganz am Anfang deines Erwachsenenlebens. Du bist zweiundzwanzig und gesund. Du kannst so schön wie jede dieser Frauen sein, oder so gebildet, oder so berühmt, falls dich Ruhm interessiert. Du bist nicht Nichts, und du kannst alles aus dir machen, was du willst. Du kannst aufs College gehen oder auf eine Schauspielschule, du kannst alles studieren, was du willst, oder wir können ein, zwei Jahre reisen und etwas von der Welt sehen. Ich selbst habe nichts Dringenderes zu tun, als all die verlorene Zeit mit dir wieder aufzuholen.«

T. R. ignorierte meinen Einwurf; sie betrachtete die Fotos.

»Wer ist das?« fragte sie und zeigte auf eine düstere kleine Aufnahme von Jill Peel. Darauf saß Jill allein in einer Gondel in Venedig; ihr Sohn hatte den Schnappschuß kurz vor seinem Selbstmord gemacht. Ich hatte die beiden nach Venedig eingeladen, um sie aufzuheitern. Die Reise war schön gewesen und hatte sie tatsächlich aufgemuntert. Jill sah mit jener zurückhaltenden Fassung zur Kamera, zu ihrem Sohn und mir auf, die manche Leute vielleicht aufbringen, wenn sie sich einem Hinrichtungskommando gegenübersehen. Sie zeigte das Gesicht einer Frau, die ihr letztes Spiel spielte, diese Tatsache hinnahm und dennoch froh war, in Venedig zu sein. Eigentlich konnte ich das Foto nicht leiden; ich nahm mir oft vor, es aus meinem Regal zu verbannen. Doch Jill hatte es mir geschenkt. Es wegzulegen, wäre eine Bestätigung der Feigheit gewesen, deren sie mich so oft bezichtigt hatte. Da stand es also, vor meiner Gesamtausgabe von Frazers *Der goldene Zweig,* und plagte mich, sobald mein Blick daran hängenblieb, wie Jill es immer getan hatte.

»Sie hieß Jill Peel«, sagte ich. »Sie ist tot. Das mit ihr ist eine traurige Geschichte.«

»Immer, wenn ich was von Tod höre, frag ich mich, wo Earl Dee ist«, sagte T. R. und rückte näher an mich heran.

»T. R., mach dir keine Sorgen«, sagte ich. »Wir verreisen ein paar Monate nach Europa. Noch ehe wir wiederkommen, sitzt er wahrscheinlich wieder hinter Gittern. Oder er hat vergessen, daß er dich umbringen wollte.«

»Earl Dee vergißt das nicht«, sagte sie. »Earl Dee hält sein Wort. Das muß man ihm lassen.«

»Dann lasse ich noch mehr Leibwächter kommen«, sagte

ich, »Nur bis wir unsere Pässe haben. Ich postiere einen mit einem Walkie-Talkie rund um die Uhr oben an der Landstraße. Earl Dee bringt dich schon nicht um. Du mußt aufhören, dir Sorgen zu machen.«

»Erzähl mir mehr von der Frau«, sagte T. R.

»Na ja, es ist nicht unbedingt die geeignetste Geschichte für dich, solange du in dieser Stimmung bist«, sagte ich und wünschte, ich hätte das Foto längst weggepackt.

»Ich will mehr von ihr wissen«, sagte T. R. »Sie sieht so aus, wie ich mich jetzt fühle, vielleicht taugt's als Gegengift.«

»Na schön«, sagte ich, während sie sich an mich kuschelte.

8

Jill Peel und ich kannten uns seit Menschengedenken, seit meinem ersten Aufenthalt in Hollywood, direkt nach der Veröffentlichung meines ersten Romans. Ein Filmproduzent hatte sich eine Option auf den Roman gesichert, und ich war nach Hollywood gekommen, um das Drehbuch mit ihm zu besprechen. Jill sah ich das erste Mal im Flur der alten Columbia Studios an der Gower Street; ein – nun wohl ehemaliger – Freund hatte ihr gerade eine heruntergehauen, und sie stand weinend im Flur.

Damals lebte ich in San Francisco. Sally, die gerade mit T. R. schwanger war, hatte mich verlassen und war zurück nach Texas gegangen. Jill und ich verliebten uns ineinander, und sie kam mit mir nach San Francisco, aber die Liebe hielt nicht lange vor. Sie war damals eine ziemlich berühmte Trickfilmzeichnerin und hatte gerade für den Kurz-Trickfilm *Mr. Molekül* einen Oscar gewonnen. In allem – Kunst, Essen, Kleidung, Innenarchitektur, Möbel, Regisseure, sogar in puncto Tageslicht – hatte sie einen so viel besseren Geschmack als ich, daß ich mich seither oft gefragt habe, ob aus mir wohl ein gebildeter Mensch geworden wäre, wenn Jill Peel sich nicht bereitgefunden hätte, ein paar Monate ihres erfolgreichen Lebens zu opfern, um mir auf die Sprünge zu helfen.

»Wenn sie so perfekt war, warum ist dann nichts draus geworden?« fragte T. R., als ich so weit gekommen war.

»Ich habe nicht gesagt, daß sie perfekt war«, erwiderte ich. »Sie war alles andere als perfekt. Zum Beispiel hatte sie ein furchtbar konfliktbeladenes Verhältnis zu ihrem Sohn. Aber einen unfehlbaren Geschmack, den hatte sie.«

»Kotz«, sagte T. R. ungehalten.

»Wie bitte?«

»Ich hab Kotz gesagt!« wiederholte T. R. »Von unfehlbarem Geschmack muß ich mich übergeben. Wer, außer reichen Leuten, scheißt da nicht drauf? Unfehlbaren Geschmack find ich das Allerletzte. Wahrscheinlich bin ich einfach von Haus aus geschmacklos.«

»Wenn du sie wegen etwas zum Kotzen findest, was ich dir über sie erzähle, warum sollte ich dir dann mehr über sie erzählen?« fragte ich. »Du brauchst nicht mit ihr zu konkurrieren, weißt du. Sie ist tot.«

»Ich schätze, ich weiß selbst am besten, mit wem ich konkurrieren muß«, sagte T. R. »Ich glaub, du weißt rein gar nichts, außer wie man fürchterliches Kopfweh kriegt.«

Es ließ sich schwer übersehen, daß meine Tochter wütend auf mich war; steif wie ein Brett lag sie neben mir. Jahrzehntelanges Ausgeliefertsein an weibliche Wut hatten mich durchaus noch nicht abstumpfen lassen. Ich habe so große Achtung davor wie Großwildjäger angeblich vor verwundeten Löwinnen. (Ich war im Besitz einer umfangreichen Sammlung von Großwildjägermemoiren, die ich einmal ausgiebig für einen Film studiert hatte, der nie gedreht wurde; was einem an diesen Jägern immer wieder besonders auffiel, war ihre Achtung vor verwundeten Löwinnen.)

Ich hörte zu reden auf und betrachtete die Sträucher vor dem Fenster. Diese Taktik machte T. R. noch wütender.

»Wollen wir hier einfach bloß rumliegen?« fragte sie. »Was ist passiert, nachdem ihr beide euch getrennt habt?«

»Ich verzog mich für ein paar Jahre«, sagte ich. »Ich fuhr nach Texas, um zu sehen, ob deine Mutter mich wieder haben wollte, aber sie wollte nicht.«

»Wen wundert's«, sagte T. R. »Wieso sollte sie dich wieder haben wollen, nachdem du mit 'ner anderen mit unfehlbarem Geschmack rumgevögelt hattest?«

»Meine Güte, bist du sauer auf mich!« sagte ich. »Du bist maßlos sauer auf mich.«

Diese Bemerkung belustigte sie. Ich konnte erkennen, daß sie weich wurde, ja sogar lächelte.

»Wenn du mich so schon maßlos sauer findest, wirst du dich aber wundern, falls du mich wirklich mal maßlos sauer erlebst«, sagte sie. »Ich muß diese Frau nicht mögen, bloß weil sie guten Geschmack hatte.«

»Nein, das nicht«, räumte ich ein. »Du mußt dich bloß entscheiden, ob du die Geschichte zu Ende hören willst oder nicht.«

Sie zuckte mit den Schultern. »Schätze schon«, sagte sie. »Ich will wissen, ob sie gekriegt hat, was ihr in die Wiege gelegt war.«

Ich erzählte ihr von dem Film, bei dem Jill Regie geführt hatte: *Weibliche Wege,* ein wundervoll inszenierter, schauspielerisch guter Low-Budget-Film der sechziger Jahre. Er paßte genau in die aufkommende feministische Gesinnung und war recht erfolgreich. Jill erhielt ihren zweiten Oscar, diesmal für Regie; in den folgenden Monaten war sie der heißeste Tip in Hollywood. Ihre Zukunft schien auf Erfolg programmiert; der Film kam auch in Europa gut an, und eine Zeitlang gehörte Jill international in die erste Liga, stand ganz oben neben Truffaut und Bertolucci.

Sie hatte selten Glück bei der Wahl ihrer Liebhaber und vergeudete ein gut Teil ihres Elans in Affären mit einer Reihe von bestenfalls langweiligen, schlimmstenfalls schauderhaften Männern, die nichts verband als der Neid auf Jills Ruhm. Dann vergingen die Jahre, und was immer von ihrem Schwung geblieben war, verlor an Kraft, wie das in Hollywood üblicherweise der Fall ist. Ein Projekt nach dem anderen wurde geplant, aber irgendwie kamen die Filme nie zustande. Jill hatte ihre Ansprüche und scheute sich nicht, diese zu verteidigen – schließlich hatte sie ihre beiden Oscars. Sie ging selten diplomatisch vor und zeigte keinerlei Neigung, nachzugeben. Bald war sie mit jedem Studioboß am Ort verkracht. Diese Studiobosse wurden meist sehr schnell durch andere ersetzt, mit denen Jill sich aber ebenso prompt verkrachte. Dann stritt sie sich nicht mehr mit Studiobossen: *Weibliche Wege* war sieben oder acht Jahre alt, in Hollywood-Maßstäben ein erdgeschichtliches Zeitalter. Die Studioangestellten, bei denen Jill Termine bekam, waren immer jünger und immer weiter von den Machtzentren entfernt.

Am Ende hatte sie nichts zustande gebracht und war pleite. Man bot ihr Aufträge als Drehbuchschreiberin, als Koproduzentin, in der Produktion an, aber sie lehnte alle ab. Wer auf sie zu sprechen kam, beklagte sich nur über sie; sie war schwierig, sie war unmöglich, sie war fertig.

In den Jahren ihres Ruhms hatte ich mich sorgfältig vor Jill versteckt. Los Angeles ist eine große Stadt, in der man sich verstecken kann, ohne sich zu große Beschränkungen aufzuerlegen. Während sie sich mit Bernardo und François vergnügte, war ich der kleinste Fisch bei Hanna-Barbera. Ich wollte sie nicht in Verlegenheit bringen, indem ich mich im Ma Maison über ihren Tisch beugte und sie an alte Zeiten erinnerte. Ins Ma Maison wäre ich ohnehin nicht reingekommen, und wenn, hätte ich es mir nicht leisten können. Ich wohnte im Valley. In Beverly Hills redet man vom San Fernando Valley, als benötigte man einen Paß, um dort eingelassen zu werden. Von meiner Zweizimmerwohnung an der Toluca Cabana aus konnte ich die Hollywood Hills sehen, wo Jill wohnte. Ich wußte, in welcher Straße sie wohnte, fuhr aber nie dort entlang. Ich machte einen Bogen um ihr Haus, die Hügel, die ganze Gegend. Ich wohnte im Valley und las in der Fachpresse über Hollywood.

Die Jahre vergingen, und ich las immer weniger über Jill; unter anderem konnte ich mir die Fachpresse nicht immer leisten. Ein- oder zweimal im Jahr gab ich vielleicht vor, ich ginge immer noch aus, und leistete mir ein Frühstück in der Sportsmen's Lounge, mit Fachpresse und allem Drumherum, aber da hatte schon mein weiterer Abstieg ins Tal begonnen; weiter hinunter und dann raus aus dem Tal und durch den ganzen Staat bis nach Blythe, in mein Exil. Erst als der Pilotfilm für »Al und Sal« kurz vor der Produktion stand, und mein Ruhm nur noch einen Wimpernschlag entfernt war, kehrte ich in die Umgebung von Los Angeles zurück. Eines Tages aß ich in der Verpflegungsstelle von Warners eine Portion Chili, als mir am Nebentisch eine Frau auffiel. Diese Frau war Jill Peel. Sie weinte zwar nicht richtig, sah aber so aus, als würde sie sich besser fühlen, wenn sie ihren Tränen freien Lauf ließe.

»Was ist eine Verpflegungsstelle?« fragte T. R.

»Bloß eine Kantine«, sagte ich. »Dort füttern die Studios ihre Sklaven.«

»Was war aus ihrem unfehlbaren Geschmack geworden?« wollte T. R. wissen.

Die Frage ignorierend, fuhr ich mit meiner Geschichte fort. Natürlich benahm ich mich in dem Moment, als ich Jill sah, so, als hätte ich sie nicht gesehen. Mir wurde körperlich schwach bei der Vorstellung, ich könnte versuchen, wieder in Jills Leben einzutreten. Es gab natürlich keinen Grund zu der Annahme, sie würde mich wieder in ihrem Leben haben wollen; aber die Möglichkeit genügte, um mir den Appetit auf das berühmte Warner-Brothers-Chili zu verderben.

Ich litt nämlich unter dem Schäfer-Syndrom. So, wie sich ein Schäfer einem Cowboy unterlegen fühlt, so empfindet der Fernsehschreiber seine Leibeigenschaft im Vergleich zum Filmemacher. Jill mochte in den letzten zehn Jahre nicht viel gearbeitet haben, aber sie war immer noch Filmemacherin, ich nur Fernsehautor.

Doch als die Kellnerin ihre Rechnung brachte und Jill unterschrieb, geriet ich in Panik. So sehr ich mich auch vor ihr fürchtete, ertrug ich es auch nicht, sie einfach davonziehen zu lassen. Sie war einmal meine engste Freundin gewesen.

Ich warf beinahe meinen Tisch um, als ich aufstand, um zu ihr zu eilen.

»Hallöchen«, sagte ich.

»Glückwunsch«, sagte Jill. »Ich hätte nicht gedacht, daß du den Mut dazu hast.«

»Ich bin selbst überrascht«, gab ich zu.

»Ich auch; komm, essen wir Nachtisch.«

»Warum siehst du so aus?« fragte ich. Das war wahrscheinlich die direkteste Frage, die ich seit unserer Trennung einer Frau gestellt hatte. In meinem Umgang mit dem weiblichen Geschlecht, sporadisch wie er war, drückte ich mich mittlerweile so vollendet umständlich aus wie Henry James. Im allgemeinen wollte ich nicht, daß andere, insbesondere Frauen, zu rasch herausbekamen, was ich meinte, falls ich überhaupt etwas meinte.

Diese Taktik kam bei Jill allerdings nicht an, genausowenig, wie sie bei T. R. angekommen wäre. Offenbar geriet ich trotz aller Vorsichtsmaßnahmen immer mal wieder in meinem Leben an eine schonungslos offene Frau.

»Ich sehe so aus, weil Joe Percy gestorben ist«, sagte Jill.

»Oje«, sagte ich. »Wann?«

»Vor einem Monat«, sagte sie. »Ich habe ihn gefunden.«

Joe Percy war ihr ältester Freund gewesen. Wie ich war er ein Tagelöhner gewesen, ein Fernsehautor. Ich war ihm nur ein- oder zweimal begegnet, wußte aber, daß er Jill vergöttert, angebetet, sehr geliebt hatte. Wahrscheinlich ist das falsch formuliert: er liebte die Frau und vergötterte ihr Talent. So etwas kommt in Hollywood ziemlich oft vor: ein untalentierter oder bestenfalls halbtalentierter Mensch verliebt sich in einen anderen, der richtiges Talent hat. Joe Percy hatte zu Jill gehalten, seit ich zurückdenken konnte. In den Jahren, in denen ich nur ihre Fotos in der Fachpresse sah, bei diversen Preisverleihungen und festlichen Anlässen, war für gewöhnlich Joe Percy, ein korpulenter Mann, ihr Begleiter gewesen. Soweit ich das beurteilen kann, war aus ihrer Beziehung nie wirklich Leidenschaft geworden, aber sie hatte eine seltene Ergebenheit hervorgebracht. Man konnte sich Jill nur schwer ohne Joe Percys Ergebenheit vorstellen, und doch saß sie nun hier, allein.

»Er starb in seinem Sessel«, sagte Jill. »Ich war am Abend zuvor aus Europa zurückgekommen und zu müde, ihn zu besuchen. Jetzt bereue ich es.«

Erst tags zuvor hatte mir jemand im Studio erzählt, sie glaubten, Jill habe gerade in Europa bei einem Film Regie geführt; der erste Hinweis darauf, daß sie wieder arbeitete.

»Hast du einen Film gemacht?« fragte ich.

»Ich habe Chaos gemacht«, sagte sie.

Wir bestellten etwas Kuchen und beäugten einander argwöhnisch, während wir darin herumstocherten. Wahrscheinlich fragten wir uns beide, ob in dem heruntergebrannten Feuer unserer interessanten Freundschaft noch so viele Funken glühten, daß man daraus etwas machen konnte. Die Asche von anderthalb Jahrzehnten hatte sich darübergehäuft, und wir waren beide nicht die Typen, die leichtfertig Freundschaften schlossen.

»Wenn es beim ersten Mal nicht funktioniert hat, warum sollte es dann beim zweiten Mal funktionieren?« fragte T. R.

Bevor ich antworten konnte, tauchten Jesse und Bo in der Tür auf und schauten herein. Sie starrten uns kurz an, witterten von T. R. ausgehende, atmosphärische Störungen und verzogen sich wieder.

»Das erste Mal hatten wir versucht, ein Liebespaar zu sein«, rief ich meiner Tochter ins Gedächtnis. »Diesmal hätten wir uns beide mit jemandem zufriedengegeben, mit dem man ab und zu ein Häppchen ißt und plaudert.«

»Ich glaub, du wolltest immer noch mit ihr vögeln«, sagte T. R. »Wer will schon bloß rumsitzen und Kuchen essen?«

»Wenn du nur nicht so sauer auf mich wärst«, sagte ich.

»Ich glaub nicht, daß du je die Wahrheit sagst«, fuhr sie unbeirrt fort. »Alles, was du sagst, hört sich verkehrt an, kein Wunder also, daß ich sauer bin. Ich schätze, es ist deine Sache, wenn du dein ganzes Leben bloß mit gräßlichen Frauen Kuchen essen willst, aber es macht mich verflucht sauer!«

»Warum?« fragte ich.

»Is' eben so«, sagte T. R. und zuckte mit den Schultern. »Ich hab keinen unfehlbaren Geschmack, wie deine ganzen Freundinnen. Ich hab auch keinen unfehlbaren Verstand. Ich hab noch nie'n guten Job gehabt.«

Ich gab auf. Ich hatte das Gefühl, von zweierlei Schmerz erdrückt zu werden, dem Schmerz, den mir das Nachdenken über Jill bereitete, und dem Schmerz über T. R.s verbitterte Wut. Wahrscheinlich hatte ich beides verdient, aber das machte das Erdrücktwerden nicht angenehmer.

»Ach, red weiter«, sagte T. R. »Ich geb's auf.«

»Du gibst auf?« sagte ich. »Gibst was auf? Ich erzähl dir bloß, was aus einer alten Freundin wurde. Warum willst du aufgeben?«

Wieder ein Schulterzucken. »Du machst doch nichts anderes, als mit Frauen reden«, sagte sie. »Da solltest du eigentlich begreifen, warum ich aufgebe.«

»Nein, ich begreife es nicht!« erklärte ich. »Du bist zweiundzwanzig. Du bist gesund. Du hast zwei wunderbare Kinder. Jetzt hast du sogar einen Vater.«

»So halbwegs«, sagte sie und wiederholte dieses Achselzucken junger Leute, wenn sie einem zu verstehen geben wollen, daß ihnen alles sinnlos vorkommt.

»Nicht halbwegs«, widersprach ich. »Da ist nichts Halbes dran. Ich liebe dich sehr. Es gibt nichts, wobei du nicht mit meiner Unterstützung rechnen könntest.«

»Ich fühl mich aber nicht wie ’ne Tochter«, sagte sie ausdruckslos. »Mehr so, als wär ich bloß eine von deinen vielen Freundinnen.«

»T. R., du bist nicht bloß eine von meinen vielen Freundinnen – und überhaupt sind es gar nicht so viele«, sagte ich. »Wir kennen uns gerade erst seit ein paar Tagen. Ich kann nicht in ein paar Tagen die ganze lange Zeit wiedergutmachen. Aber ich bin dazu entschlossen. In einem Jahr wirst du vielleicht wissen, daß ich es ernst meine. Vielleicht fühlst du dich dann wie eine Tochter.«

Mir kam allerdings inzwischen auch allmählich alles sinnlos vor. Ihre Überzeugung war stärker als meine. Da tauchte Muddy in der Tür auf. Genau wie die Kinder schien er lediglich die Atmosphäre testen zu wollen, die er, wie die beiden, als gewittrig einstufte.

»Hau ab, du Aas!« schrie T. R. ihn an. »Ich rede mit Daddy.«

»Großer Gott«, sagte Muddy kleinlaut und machte sich aus dem Staub.

»Erzähl zu Ende«, sagte T. R. »Hast du wieder mit ihr gevögelt oder nicht?«

»Nein«, sagte ich. »Wir waren schon beim ersten Durchgang als Liebespaar nicht besonders erfolgreich gewesen. Ich weiß nicht, warum du das so furchtbar wichtig nimmst.«

Wieder das Schulterzucken, das mir langsam verhaßt wurde. An Jill zu denken, war auch für mich nicht leicht, obwohl ich T. R. das nicht zu erklären versuchte. Jill und ich waren in der rollenden Brandung mittleren Alters untergegangen, oder hatten uns zumindest auseinanderdriften lassen. Alle Bemühungen, unsere Freundschaft neu zu beleben, blieben erfolglos. Zum einen lief »Al und Sal« gerade an. Binnen sechs Monaten war ich das neue Fernseh-Genie. Die Presse bekam nicht genug von mir. Keine Party der A-Liste kam ohne mich aus, während Jill, was Listen betraf, das Alphabet so weit heruntergerutscht war, daß sie gar nicht mehr erfaßt wurde. Die Stadt vergaß sie einfach. Sie gehörte zu den Hunderten begabter, halbberühmter oder ehemals berühmter Leute, die ihre Jahre in Hollywood verlebten. Fünf Jahre ohne richtige Arbeit sind in dieser Stadt wie ein Jahrhundert, und Jill Peels Name, der in der Filmgemeinde einmal zu den meistgeachteten gezählt hatte, klang nun genauso exotisch wie der von Theda Bara oder Francis X. Bushman.

Jill war zu recht über diese Vernachlässigung ihrer Person verbittert und empfand, durchaus verständlich, einigen Groll wegen meines blendenden Erfolgs. Sie wußte, was ich einmal werden wollte – kein Fernsehautor. Sie erinnerte sich an meine alten Ansprüche, bei deren Entwicklung sie ja Pate gestanden hatte, und wußte, wie tief darunter ich angelangt war. Immerhin leistete ich *etwas.* Den *Zauberberg* würde ich zwar nie schreiben, doch wenigstens ließ mich meine Energie nicht im Stich. Die weltberühmten einhundertachtundneunzig Folgen *wurden* gedreht.

Ich lud sie ein paarmal zum Essen ein. Wir unterhielten uns höflich, aber leblos miteinander. Das einzig Lebendige war Jills Groll – manchmal ließ sie ein bißchen davon raus, traf mich mit einer kleinen Spitze, aber meistens erfuhr ich nur hinten herum davon. Jill hat dies über dich gesagt, hörte ich. Jill hat das über dich gesagt. Kleine Bemerkungen, die sie gemacht oder angeblich gemacht hatte, wurden mir zugetragen.

Es war traurig. Ich brauchte Jill nur anzusehen, und mir war klar, daß sie mir viel bedeutete, aber ich wußte wirklich nicht, wie ich es ausdrücken sollte. Außerdem hatte ich zu tun; man kann sich einer Fernsehserie oder dem Leben verschreiben, beides zugleich geht schlecht. Die nächsten ein, zwei Jahre liefen Jill und ich uns immer mal wieder über den Weg; ich spürte, daß sie auch ein wenig traurig wegen uns war, wahrscheinlich eher traurig als böse, aber ich konnte nicht damit umgehen.

Eines Tages rief sie mich zu meiner grenzenlosen Überraschung an und bat mich um einen Gefallen.

»Ich habe ein Drehbuch gefunden, das ich realisieren möchte«, sagte sie. »Es ist wirklich gut, Danny – das erste richtig gute Drehbuch, das mir seit zehn Jahren in die Finger gekommen ist. Ich möchte, daß du mir hilfst, es zu verwirklichen.«

»Sehr gern«, sagte ich sofort. »Möchtest du, daß ich bei dir vorbeikomme und es abhole?«

»Ach, das ist nicht nötig«, sagte sie mit einem Anflug von Panik in der Stimme – der Gedanke, mich in ihrem Haus zu haben, sagte ihr offenbar nicht recht zu. »Ich schick's dir einfach rüber.«

»Schick's rüber, ich lese es noch heute abend«, sagte ich.

»Ich hätte dich gern als Produktionsleiter«, sagte sie. »Die Story ist ein bißchen düster. Aber du bist jetzt der Kaiser des Fernsehens. Wenn du sagst, du produzierst es, wird vielleicht etwas daraus.«

»Wenn es so gut ist, wie du sagst, gibt es keine Probleme.«

Bereits als ich auflegte, wurde mir klar, daß ich da vier verhängnisvolle Worte gesagt hatte. »Es gibt keine Probleme« ist ein Satz, den man in Hollywood nie sagen oder auch nur denken darf. In diesen Hügeln nisten ausschließlich Probleme.

Das Drehbuch kam an und war tatsächlich hervorragend, wenn auch düster. Es ging um Selbstmord unter Jugendlichen und spielte in England. Der Schauplatz an sich war schon ein Problem, doch bei diesem Drehbuch dachte ich mir, er könne sich zu unseren Gunsten auswirken. Amerika sah es nicht gern, wenn sich amerikanische Teenager umbrachten; englische Teenager würde man vielleicht gerade noch akzeptieren. Ich telefonierte ein wenig herum und bekam ein positives Echo, und in dem Hochgefühl, das bereits ein eingeschränktes Ja in Hollywood auslösen kann, gelang es Jill und mir beinahe, unsere Freundschaft wiederaufleben zu lassen. Wir begannen mit der Arbeit an dem Drehbuch, das ein paar Probleme barg, und kamen recht gut voran. Jills Verstand hatte nichts eingebüßt – er war eine Nadel, wie dazu geschaffen, Löcher in Drehbüchern zu stopfen. Das war nicht allzu überraschend; mich überraschte vielmehr, daß auch mein Verstand kaum nachgelassen hatte.

»Er ist nicht tot, er hat nur geschlafen«, sagte Jill über meinen Verstand. Etwa drei Wochen lang waren wir fast wieder die alten, wenn wir uns spätnachmittags trafen, um ein, zwei Stunden an dem Drehbuch zu arbeiten. Wir lachten sogar. Wir besetzten die Rollen und besetzten sie um, und während der Arbeit nahm Jills Energie zu. Auch ihr weiblicher Glanz kehrte zurück; Männer warfen ihr in Restaurants Blicke zu, und in der Fachpresse tauchte erneut ihr Name auf. Wir einigten uns auf ein Studio und erarbeiteten einen Vertragsentwurf; Jill flog nach England, um Drehorte zu finden und britische Schauspieler vorsprechen zu lassen. Ich wollte ihr folgen, sobald »Al und Sal« Pause hatte.

Ich war zuversichtlich, und Jill auch. Wir telefonierten ständig über den großen Teich miteinander; allmählich nahm die Produktion Gestalt an. Es kam der Tag, an dem wir nur noch grünes Licht vom Studio brauchten, doch statt dessen wurden wir, zu meiner Bestürzung, gestoppt. Es war vorhersehbar gewesen; ich *hätte* es vorhergesehen, hätte ich nur einmal innegehalten und mir die Sache fünf Minuten lang gründlich durch den Kopf gehen lassen. Was ich natürlich nicht getan hatte. Berauscht von dem Erfolg, der mir schon seit einigen Jahren mit »Al und Sal« zuteil wurde, hatte ich angenommen, sie würden es nicht wagen, ein Projekt von mir abzulehnen.

Aber sie wagten es.

Es war ein Schock, obwohl es das nicht hätte sein müssen. In Hollywood gehen tagtäglich Projekte an den Start, doch dann fällt der Startschuß nicht. Das wußte ich nur zu gut und

Jill ebenfalls; wir hatten es Hunderte von Malen miterlebt, und doch hatten wir uns eingeredet, meine Macht würde ausreichen, uns vor diesem Schicksal zu bewahren. Es war pure Selbstüberschätzung. Natürlich hatte ich das Projekt dem Studio angeboten, das »Al und Sal« produzierte; die Serie hatte dem Studio Hunderte von Millionen eingebracht und schnitt selbst damals, in ihrer vorletzten Saison, nicht schlecht ab. Die Annahme, sie würden jemanden, der ihnen Hunderte von Millionen eingebracht hatte, einen Zwölf-Millionen-Film drehen lassen, schien mir nur recht und billig.

Recht und billig, aber falsch. Sie lehnten ab. Zunächst blieb ich höflich. Ich diskutierte mit dem Studioboß; dann überging ich ihn und wandte mich an den Direktor des multinationalen Konzerns, dem das Studio gehörte. Beide waren von ausgesuchter Höflichkeit, aber es blieb beim Nein. Aus Jills Film wurde nichts, jedenfalls nicht bei dieser Gesellschaft.

»Der Kaiser des Fernsehens hat keine Kleider an«, sagte Jill, als ich ihr diese Neuigkeit überbrachte. »Und was jetzt, Kaiser? Muß ich nach Hause zurück?«

»Untersteh dich«, sagte ich. »Mach Ferien. Fahr ein paar Tage nach Frankreich oder Italien. Das hier ist nicht das einzige Studio am Ort. Ich handele anderswo einen Vertrag für uns aus.«

Jill tat wie geheißen und fuhr nach Frankreich. Unterdessen ging ich zu Paramount, Fox, MGM-UA, Columbia, zu allen. Und alle lehnten ab. Ich brachte nicht einmal einen Kuhhandel zustande: Jills Film für irgendeine große Komödie oder sonst etwas, das ich für sie produzieren, inszenieren, schreiben konnte. Komödien waren jede Menge zu haben, aber von Jills Film wollte niemand etwas wissen. Schließlich mußte ich sie nach Hause kommen lassen.

Aufgrund dieses Fiaskos war das, was wir von unserer Freundschaft zurückerobert hatten, endgültig verloren. Es war nicht mein Fehler, daß der Film nicht zustande kam; ich tat alles, was in meiner Macht stand, und zwar noch lange nachdem Jill selbst aufgegeben hatte. Aber Hollywood wich und wankte nicht, und Jill und ich gingen wieder getrennte Wege. Nicht etwa, weil sie mir das Scheitern des Projektes vorwarf; sie war so gerecht, mich nie ein Wort der Kritik darüber hören zu lassen, wie ich die Sache gehandhabt hatte.

Doch mittlerweile kam für mich eine andere, sehr herbe Enttäuschung hinzu: Als das Filmprojekt gescheitert war, sahen wir wieder der Tatsache ins Gesicht, daß auch *wir* irgendwie gescheitert waren. Es gab keine fröhlichen gemeinsamen Essen mehr. Immer wenn ich Jill über den Weg lief, fühlte ich mich nervös, niedergeschlagen, schuldig. Ihr neuer Glanz war verblaßt; sie wirkte matt und zerstreut. Ich machte mir dann Sorgen und rief sie an, nur um festzustellen, daß ich ihr kaum etwas zu sagen hatte. Auf meine Frage, was sie mache, sagte sie, sie zeichne wieder. Jill hatte schon immer wunderschön gezeichnet; ursprünglich hatte sie sich zur Kunst, nicht zum Film berufen gefühlt.

»Lad mich irgendwann zu dir ein«, schlug ich vor. »Ich würde sehr gern deine Zeichnungen sehen.«

»Tja, vielleicht«, sagte sie.

»Ich glaub, sie wußte, daß du immer noch mit ihr ins Bett wolltest, und hatte kein Interesse«, sagte T. R. »Mit vielleicht hat sie nein gemeint.«

»Du hast sie nicht gekannt und könntest dich täuschen«, antwortete ich geduldig. »Vielleicht meinte Jill, daß sie es sich überlegen wollte. Wenn sie nein gemeint hätte, hätte sie nein gesagt.«

»Glaub, was du glauben willst«, sagte T. R.

»Du bist zu streng«, sagte ich und überlegte, ob junge Leute mit ihren Mitmenschen durchweg härter ins Gericht gingen als alte Leute.

»Wie auch immer, das waren die letzten Worte, die ich von ihr hörte«, sagte ich. »Drei Tage später wurde sie getötet.«

»O weh«, sagte T. R., die plötzlich ängstlich aussah.

»Sie wurde zu Hause umgebracht«, sagte ich. »Erschlagen, augenscheinlich von einem Einbrecher, den sie überrascht hatte. Wer es war, nahm das Geld in ihrem Portemonnaie an sich, sonst nichts. Der Mord wurde nie aufgeklärt – jedenfalls bislang noch nicht.«

Lange saßen wir schweigend da. Ich erinnerte mich an den Schock, den ich empfunden hatte, als ich meine *L.A. Times* aufgeschlagen und gelesen hatte, daß Jill tot war. Noch während ich es las, kamen die ersten Anrufe von Leuten, die es mir erzählten. Ich hörte nicht wirklich hin. Dem Schock eilte in diesem Fall der Zorn voraus. Die Nachricht stand ganz unten auf der ersten Seite, »unterm Falz«, wie es in der Zeitungssprache heißt. Das erschien mir grausam. Jill Peel hatte der Filmbranche so viel gegeben wie nur irgendeiner in dieser Stadt; *Weibliche Wege* war einer der wenigen herausragenden amerikanischen Filme der sechziger Jahre. Warum stand sie unterhalb des Falzes?

Ich hatte mit Jill nie über den Tod gesprochen ... nicht einmal über die größte Tragödie in ihrem Leben, den Selbstmord ihres Sohnes. Doch am Tag nach ihrem Begräbnis – ihr Kameramann war dagewesen, als einzige Hinterbliebene ihre alten Eltern, dann ein alter Chauffeur, der während ihrer kurzen Glanzzeit ihre Limousine gefahren hatte, ein oder zwei Regisseure, das alte Scriptgirl, das, so vermutete ich, ihre beste Freundin gewesen war, und noch ein paar andere, die aussahen, als gehörten sie in die Requisite oder die Maske, ein Beleuchter, ein Studioarbeiter, wer weiß? –, rief mich ihr Anwalt an, um mir mitzuteilen, sie habe mich als ihren Testamentsvollstrecker eingesetzt.

Auf meinen eigenen Anwalt konnte ich die lästigen juristischen Formalitäten abwälzen, doch war klar, daß ich nicht darum herumkommen würde, irgendwann in ihr Haus zu gehen und über ihre Habe zu verfügen, wie ich sie vorfand.

Einen Monat lang schob ich es auf, aber eines Tages, als ich mich einigermaßen gefestigt fühlte, fuhr ich die kleine, in die braunen Hügel führende Straße hinauf, eben jene Straße, die ich in den Jahren ihres Ruhms und meines Schattendaseins gemieden hatte. Mit Hilfe des Schlüssels, den ihr Anwalt mir gegeben hatte, betrat ich das Haus. Ich zitterte so, daß ich mich setzen mußte – all die Liebe zu Jill, die noch in mir war, die Liebe, aus der nie etwas geworden war, drängte an die Oberfläche und blendete mich. Es dauerte lange, bis ich mit wackligen Knien durch das Haus taumeln konnte. Hätte irgend etwas zum Drüberstolpern herumgelegen, ich wäre darüber gestolpert, doch Jill war das Musterbeispiel einer Minimalistin; das Haus, von innen betrachtet, war so dürftig wie ihr Leben, von außen betrachtet. Sie hatte ein Bett besessen, ein paar Stühle, einen Arbeitstisch, ein kleines helles Atelier, etwas Kunst an den Wänden, einen Wandschrank voll der Bilder, die nicht an die Wände paßten, etwas Geschirr, eine Teekanne, ein kleines Schwimmbecken, ein paar Kleider und zwei Oscars.

In ihrem Arbeitszimmer fanden sich Unmengen von Zeichnungen aus jeder Lebensphase. Als ich sie durchsah, kam ich mir wie ein Voyeur vor. Jill war immer sehr verschwiegen gewesen – selbst als wir ein Paar waren, erzählte sie mir nur, was sie mich wissen lassen wollte –, und über nichts hatte sie sich so ausgeschwiegen wie über ihre Kunst. Doch so traurig es auch war, ich mußte irgendwie über diese Zeichnungen verfügen; ich mußte sie durchsehen. Und es gab Tausende davon. Ich kam mir vor, als hätte ich unter Emily Dickinsons Bett gespäht und jene zweitausend Gedichte gefunden.

Jill war vielleicht nicht ganz so bedeutend gewesen wie Emily Dickinson, aber ich hatte doch das Gefühl, als habe ihr zu solcher Größe nicht viel gefehlt. Je mehr Zeit ich im Atelier verbrachte, Schublade um Schublade voller Zeichnungen durchstöbernd, desto nachhaltiger veränderte sich mein Eindruck von Jills Leben. Sie hatte viel Energie drauf verwendet, Filme zu machen, doch mir kam es so vor, als habe sie noch mehr in ihre Kunst investiert – eine Kunst, so einsam wie die Kafkas, eine Kunst, die kaum jemand je gesehen hatte.

In einer der langen Schubladen fand ich zwischen einem Haufen Skizzen eine kleine Mappe; in dem Atelier gab es etliche davon, kleine Serien von Zeichnungen, die Jill zusammenhalten wollte. Diese trug allerdings einen sorgfältig aufgemalten Titel: *Soll der Fremde entscheiden.* Ich schlug sie auf; die erste Zeichnung wurde von einem kleinen Stück Papier eines Notizblocks überdeckt. Darauf stand »Für Danny« – sonst nichts. Die Mappe enthielt zweiundzwanzig Zeichnungen, lauter Selbstporträts. Jill hatte in den Badezimmerspiegel geschaut und sich selbst skizziert; auf manchen hatte sie ein Handtuch oder eine Haarbürste in der Hand, auf anderen nichts, auf mehreren sah man nur ihr Gesicht, auf einigen den ganzen Körper, auf manchen trug sie einen Bademantel, andere waren Aktzeichnungen; auf allen sah sie direkt in den Spiegel, fast immer aus nächster Nähe. Beim Betrachten der Porträts hatte ich das Gefühl, ihr in gewisser Weise direkt ins Gesicht zu schauen: alte Freundin und alte Liebe, eine Frau, deren Anmut und Traurigkeit weitgehend unbemerkt geblieben waren, selbst von mir, dem sie sich einst hätte anvertrauen können. Die letzten der Porträts waren sparsam bis zur Unvollständigkeit – man sah nur einen Wesenszug, kein vollständiges Gesicht, keine geschlossene Form; es waren gespenstische Zeichnungen, angefertigt von einer Frau, die langsam aus ihrem eigenen Blickfeld zu schwinden schien.

Ich tat meine Pflicht als Nachlaßverwalter; Haus und Bilder wurden verkauft. Das Geld ging zum einen Teil an das Heim für betagte Schauspieler, zum anderen an ihre Eltern, die beide binnen zwei Jahren starben. Jills Zeichnungen vermachte ich der Universität von Kalifornien in L.A., an der sie studiert hatte. Das einzige, was ich behielt, war *Soll der Fremde entscheiden* – offenbar hatte sie es mir zugedacht.

Ein- oder zweimal im Jahr sah ich die Mappe durch, in der Hoffnung, mit der Zeit zu verstehen, was ich ihrem Wunsch nach beurteilen sollte. Meinte sie den Umstand, daß ich für sie ein Fremder geblieben war, oder sollte ich mich für oder gegen *sie* entscheiden? Sie war Mitte Vierzig gewesen, als sie diese Porträts anfertigte; sie hatte es nicht darauf abgesehen gehabt, sich selbst zu schmeicheln, spielte aber ihre Reize auch nicht herunter – ihre Klarheit, ihre Offenheit, ihr Entgegenkommen. Nie sah ich mir die ganze Mappe auf einmal an; schon ein oder zwei Zeichnungen auf einmal genügten, und ich spürte, wie sehr sie mir fehlte. Oft genug betrachtete ich nur die eindringlichen Skizzen am Ende, wo Jill ihr Verschwinden, ihre Selbstauflösung dokumentiert hatte.

Nach und nach machte ich mir so meine Gedanken über Jill. In den Jahren, in denen wir versucht hatten, unsere Freundschaft zu erneuern, hatte ich sie nie nach ihrem Liebesleben gefragt, und sie mich nie nach meinem. Ich hatte damals keines, und ich bezweifle, daß Jill eines hatte. Ich kannte einige ihrer Freunde, und sie hatten nie einen Mann erwähnt. Aber vielleicht hatte es doch einen gegeben, oder vielleicht hatte sie gerade einen kennengelernt. Sie hatte zwar zurückgezogen gelebt, war aber nicht unbedingt vorsichtig gewesen; vielleicht hatte sie sich am Ende dem falschen Mann gegenüber entgegenkommend gezeigt.

Sie war tot; es war nicht mehr wichtig, und doch ließ mir als altem intimen Freund die Neugier keine Ruhe. Irgendwann rief ich dann den Kriminalbeamten an, der ihren Tod untersucht hatte; er reagierte zunächst gelangweilt, entpuppte sich aber als großer »Al und Sal«-Fan und suchte mir zuvorkommend die Akte heraus, als er erfuhr, wer ich war.

»Sie hatte eben erst das Haus betreten, als sie getötet wurde«, sagte er. »Ihre Schlüssel steckten noch. Wahrscheinlich ist sie nur irgendeinem Fixer und Rumtreiber in die Quere gekommen.«

Ich schämte mich für meine Fragen. Wie konnte ich annehmen, ihr Tod hätte etwas mit einem Geliebten zu tun gehabt? Was war da bei mir faul? Stellte ich mir vor, die Gewalt der Liebe bereite ein annehmbareres Ende als die Gewalt eines zufälligen Zusammenstoßes? Ich fand nie eine Antwort auf diese Fragen, aber ich bereute, den Inspektor angerufen zu haben.

Ich beendete meine Erzählung, indem ich dieses Bedauern zum Ausdruck brachte. T. R. seufzte. Alle Angriffslust war von ihr gewichen. Sie wirkte sehr jung und sehr traurig.

Zu meiner Überraschung fragte sie: »Kennst du den Gouverneur?«

»Nun ja, ich wurde ihm mal vorgestellt«, sagte ich. »Daß ich ihn kenne, würde ich nicht behaupten. Warum?«

»Ich hab früher immer von dir gelesen«, sagte T. R. »Du weißt schon, kleine Zeitungsmeldungen, etwa, daß du mit dem Gouverneur auf einem Fest warst.«

»Ich war auf zwei oder drei Partys mit ihm«, sagte ich.

»Na ja, aber du bist berühmt, also würdest du am Telefon zu ihm durchkommen, oder?« sagte sie. »Wenn du willst, kannst du ihn anrufen und ihn was fragen, stimmt's?«

»Wahrscheinlich schon«, stimmte ich zu.

»Mach's«, sagte T. R. »Frag ihn, ob Earl Dee wirklich draußen ist. Wenn er frei ist, will ich's wissen. Ich hab zwei kleine Kinder großzuziehen. Ich will nicht genauso enden wie deine Freundin. Bitte frag den Gouverneur, Daddy. Ruf ihn jetzt sofort an.«

Als ich den Arm um sie legte, zitterte sie.

»Ich ruf ihn sofort an«, sagte ich.

Zum ersten Mal machte ich mir ein wenig Sorgen wegen dieses finsteren Mannes – Earl Dee.

9

Ich rief den Gouverneur an, der mir den Namen des Leiters der Gefängnisbehörde nannte; dieser wiederum reichte mich an den Gefängnisdirektor der Huntsville-Abteilung weiter, und der kratzte sich erst einmal am Kopf und sagte, er müsse in der Registratur anrufen, um Earl Dee ausfindig zu machen.

Wie sich herausstellte, war auch der Gefängnisdirektor ein Fan von »Al und Sal«, er rief umgehend in seiner Registratur an, und binnen dreißig Minuten verkündete mir eine junge Registrierdame die gute Nachricht, Earl Dee säße noch ein.

»Jawohl, er war nämlich an 'ner Schlägerei beteiligt und hat 'nem anderen eine Zellentür vor den Schädel geknallt«, sagte die junge Frau mit osttexanischem Akzent. »Den lassen wir frühestens in zwei Monaten hier raus.«

»Danke«, sagte ich. »Das ist eine sehr große Erleichterung für uns.«

Gerade als ich den Hörer auflegte, hörte ich einen entsetzlichen Schrei von T. R., die schwimmen gehen wollte, während ich telefonierte. Es war ein derart markerschütternder Schrei, daß mir das Blut in den Adern gerann – ich folgerte unwillkürlich, die junge Dame in der Registratur habe mich soeben angelogen. Earl Dee war *doch* frei, hatte uns gefunden und brachte gerade T. R. um. Es gelang mir, meine Starre zu überwinden und aus der Tür zu wanken. Ein Blick auf den Swimmingpool genügte, um mich eines besseren zu belehren. T. R.s Schrei resultierte daher, daß Godwin Lloyd-Jons mit dem Gesicht nach unten auf dem Wasser trieb. Die Kinder beäugten seinen reglosen Körper neugierig, aber kaum beunruhigt.

»Er ist tot, ertrunken!« sagte T. R. mit zitternder Stimme.

»Hol ihn raus, Daddy ... vielleicht können wir ihn Mund-zu-Mund beatmen.«

»Er ist nicht tot«, versicherte ich ihr; dabei wünschte ich, ich könnte das Adrenalin, das in mir produziert worden war, als T. R. ihren Schrei ausgestoßen hatte, durch bloße Willenskraft in seine Kanäle oder Drüsen, oder woher Adrenalin auch immer kam, zurückzwingen.

»Hol ihn raus!« verlangte T. R. »Ich faß tote Sachen nicht an, sonst würd' ich ihn selber rausziehen.«

»Er macht nur seine Atemkontrollübungen, irgendeine fernöstliche Disziplin, in der er sich übt«, sagte ich. »Er schwimmt andauernd mit dem Gesicht nach unten im Pool herum und erschreckt die Leute.«

T. R. trat näher an den Schwimmbeckenrand. Godwin schien völlig nackt zu sein, wie so oft, wenn er seine Atemübungen vollführte.

»Ich weiß nicht recht, Daddy«, sagte sie. »Ich finde, der sieht tot aus.«

Er sah wirklich tot aus. Ich hätte das gleiche vermutet, hätte ich ihn nicht schon so oft mit dem Gesicht nach unten auf dem Wasser treibend entdeckt, nur um ihn gleich darauf wie einen Tümmler prusten zu sehen, wonach er sich ein paar Luftzüge gestattete, ein paar kräftige Züge machte und wieder ganz der unausstehliche alte war.

Muddy kam aus dem Haus gelaufen, seine AK-47 im Anschlag. Er rannte zum Pool und kauerte sich hinter das Sprungbrett.

»Wo ist er?« fragte er, womit Earl Dee gemeint war.

»Immer noch in Huntsville«, sagte ich. »Ich hab soeben die gute Nachricht erhalten.«

In diesem Moment begann Godwin, wie ein Tümmler zu prusten. Bis zu dem Augenblick hatte T. R. meine Meinung, daß er am Leben sei, mit äußerster Skepsis aufgenommen.

»Siehst du, hab ich's doch gewußt«, meinte ich. »Godwin

treibt für sein Leben gern mit dem Gesicht nach unten im Pool.«

Als Godwin lässig zum Schwimmbeckenrand schwamm, wurde er von T. R. erwartet.

»Was bist du eigentlich für ein kleiner Spinner, so rumzulaufen und die Leute zu erschrecken?« fragte sie.

Godwin war weitgehend taub, selbst wenn er kein Wasser in den Ohren hatte.

»Meine Liebe, offenbar habe ich meine Badehose vergessen«, sagte er. »Hoffentlich kannst du mir verzeihen. Nichts für ungut.«

»Ist das Wasser da drin warm oder kalt?« fragte ihn T. R. »Ich spring nicht gern in ein Becken voll kaltem Wasser.«

»Ich höre leider nicht sehr gut«, gab Godwin zu.

T. R. faßte nach unten und befühlte seinen Arm, der anscheinend warm genug war, um ihr die Angst vor kaltem Wasser zu nehmen.

»Jetzt, wo ich weiß, daß Earl Dee noch sitzt, macht mir das Schwimmen bestimmt viel mehr Spaß«, sagte sie. »Wie lange wollen sie ihn noch dabehalten?«

»Mindestens zwei Monate«, antwortete ich.

»Mensch, dann können wir den Sommer ja genießen«, sagte sie und sprang kopfüber ins Wasser.

Muddy Box schien ein wenig enttäuscht darüber, daß er nicht auf Earl Dee schießen konnte. »Ich schätze, wenn er gekommen wär, hätt' er gemerkt, daß wir keine leichte Beute sind«, stellte er fest.

Der Tag, der mit meinen Kopfschmerzen, T. R.s Wut und der traurigen Geschichte von Jill Peel so schlecht begonnen hatte, wurde zu einem der schönsten, den wir alle miteinander verbrachten. Godwin lieh sich Jesses Handtuch und machte sich damit präsentabel. Kaum hatte er seine Blöße bedeckt, so mixte er auch schon Unmengen Singapore Slings. Gladys brachte uns etwas Avocado-Dip und beschloß dann, auch schwimmen zu gehen. Ihr archaischer Brustschwimmstil faszinierte Jesse dermaßen, daß T. R. und Muddy sie abwechselnd durchs Becken bugsieren mußten, damit sie Gladys beobachten konnte.

»Sieh mich nicht so an, Jesse – es geht in Ordnung, wenn Köchinnen schwimmen«, sagte Gladys.

Buddy kam angestapft, um Bo zu ihrem täglichen Angelausflug abzuholen. Die Nachricht von Earl Dees fortgesetzter Inhaftierung nahm er gelassen auf.

»Irgendwer schlägt ihm früher oder später den Schädel ein«, stellte er fest. »Egal, wie groß und gefährlich man ist, es gibt immer wen, der noch größer und gefährlicher ist.«

Da er aufgrund dieser Nachricht mit seiner Kündigung rechnete, trank Buddy viele Singapore Slings und diverses anderes Zeug, bis er ziemlich betrunken war. Ich teilte ihm mit, ich hätte nicht die Absicht, ihn zu entlassen; er sollte während unserer Europareise das Haus bewachen.

»Was für Länder liegen in Europa?« fragte T. R. »Erdkunde war mein schlechtestes Fach in der Schule – für 'nen anderen Ort als Tyler hab ich mich noch nie interessiert.«

»Ich schätze, ich weiß, wofür du dich interessiert hast«, sagte Muddy. Er nahm an der allgemeinen Hochstimmung nicht so recht teil. Mit seinem Maschinengewehr rauszulaufen und dann keinen Earl Dee zum Erschießen vorzufinden, hatte offenbar ein gewisses Gefühl der Leere bei ihm hinterlassen.

»Woher willst du das wissen, du bist in Louisiana aufgewachsen, du kleines Spatzenhirn«, sagte T. R. liebevoll. »Du hattest überhaupt noch nie von mir gehört, bevor ich nach Houston gezogen bin.«

Godwin hatte gewisse Schwierigkeiten, die Augen von T. R. zu lassen, die einen äußerst knappen Badeanzug trug. Um Eindruck bei ihr zu schinden, rasselte er in Sekundenschnelle alle europäischen Länder herunter, angefangen bei Island, von wo er sich ostwärts bis Griechenland vorarbeitete.

»Und was ist mit Australien?« fragte T. R. »Das hast du nicht erwähnt. Ich hab gedacht, Australien wär irgendwo drüben in Europa. Ich wollte schon immer mal ein Känguruh sehen.«

Hin und wieder fiel Godwin, wenn er aufgeregt war, in seine alte professorale Attitüde zurück. Dann neigte er dazu, einen Schwall an Gelehrsamkeit auszuspucken, meist ohne jeden Zusammenhang mit der an ihn gerichteten Frage oder mit irgend etwas, was ein normales menschliches Wesen erfahren wollte. Dieses Mal ließ er sich über Ptolemäus und Strabo aus. Bald blieb uns keine andere Wahl, als neidlos einzugestehen, daß wir es mit einem hochgebildeten Mann zu tun hatten. Godwins gelehrsamer Redeschwall stimmte mich mürrisch, T. R. schläfrig, und ließ Muddy weitgehend unberührt. Während Godwin seine Weisheit versprühte, kamen Pedro und Granny Lin aus ihrer Hütte anspaziert. Auf der Suche nach Bier gingen sie weiter ins Haus.

»Du hast es mit dreizehn das erste Mal getrieben«, sagte Muddy unvermittelt. »Das hast du mir damals erzählt, als wir im Meer gebadet haben.«

»Na und?« sagte T. R. »Was geht dich das an, wann ich's zum ersten Mal getrieben hab? Damals hab ich dich noch nicht mal gekannt.«

»Mit dreizehn anzufangen, ist ziemlich früh«, sagte Muddy ärgerlich. »Bei mir war mit fünfzehn das erste Mal, und ich bin ein Junge.«

»Es gibt kein Gesetz, das Mädchen verbietet, früher anzufangen als Jungs«, hielt T. R. dagegen. Offenbar bahnte sich ein Ehezwist an. Godwin ließ sich über die Eigenheiten von Strabo und Ptolemäus aus, ganz unbeirrt von der Tatsache, daß sich keiner von uns dafür interessierte.

»Und dann wäre da noch Euklid«, fuhr er fort. »Ein wirklich erstaunlicher Verstand.«

»Muddy hat auch einen erstaunlichen Verstand«, sagte T. R. fröhlich. »Der sitzt bei ihm nämlich im Schwanz. Ich hab noch zwei, drei andere Männer gekannt, die ihr bißchen Hirn im Schwanz hatten.«

»Du kennst bestimmt einige, wenn du mit dreizehn angefangen hast«, sagte Muddy grollend.

»Weshalb hätte ich auch warten sollen«, sagte T. R. und sah ihm in die Augen. »Wenn du wartest, passiert weiter nichts, als daß du älter wirst. Älter bin ich zwar geworden, aber ich hab dabei immerhin mehr Spaß gehabt als du. Zwei Jahre mehr Spaß.«

»Manchmal wünsch ich, ich wär im Knast geblieben«, sagte Muddy.

Zehn Minuten später knutschten sie auf dem Sprungbrett. Kurz darauf zogen sie sich eine Weile zurück. Jesse holte ein Eimerchen mit Damesteinen aus dem Haus, leerte es in den Swimmingpool und sah zu, wie sie sich auf dem Wasser verteilten. Bo hatte gelernt, unter Wasser zu schwimmen, und tauchte wie ein Frosch; unter Wasser war er als Enkel wesentlich pflegeleichter. Gladys hielt ein Nickerchen auf einem Handtuch, während Godwin mit seiner Vorlesung über Euklid fortfuhr.

»Godwin, ich bin dein einziger Zuhörer«, ließ ich ihn wissen. »Bitte erzähl mir nichts mehr über Euklid. Erzähl mir auch nichts mehr über Strabo, Ptolemäus, Plinius, Herodot, Martial, Catull, Euripides oder sonstwen. Das macht meine Kopfschmerzen nur noch schlimmer.«

»T. R. ist wirklich wunderschön«, sagte Godwin. »Ich könnte sie in einem Jahr erziehen, wenn nicht sogar schneller, wäre da nicht das Hindernis Muddy.«

»Wäre nicht das Hindernis Muddy, wärst du jetzt längst mit deinem Latein am Ende«, sagte ich.

»Unsinn, ich bin überzeugt, daß T. R. und ich einander sehr glücklich machen würden«, behauptete er. »Was wäre das doch für eine köstliche Ironie des Schicksals, wenn ich als dein Schwiegersohn enden würde!«

»Godwin, wenn du sie zu vögeln versuchst, bring ich dich um«, sagte ich nicht sehr überzeugend. Ich wußte nur zu gut, daß er versuchen würde, sie zu vögeln, wenn sie nur das geringste Entgegenkommen zeigte, vielleicht sogar auch ohne das; außerdem war mir klar, daß ich ihn nicht umbringen würde – schlimmstenfalls würde ich ihn wahrscheinlich nur von Los Dolores verbannen, keine besonders abschreckende Strafe. Jedoch konnte ich mir nicht erklären, was es ausmachte, oder was für ein Recht ich hatte, mir mehr als eine unverfängliche Meinung über T. R.s Wahl ihrer Sexualpartner zu bilden. Schließlich war sie erwachsen, und ich hatte nie versucht, sie während ihrer entscheidenden Jahre zu beeinflussen. Möglicherweise nähme sie es mir übel, falls ich ihr auch nur vorschlagen würde, Godwin oder sonst irgend jemanden abblitzen zu lassen; alle meine Freundinnen nähmen es mir mit Sicherheit übel, falls ich ihnen vorschlagen würde, irgend jemanden abblitzen zu lassen. Sie würden es als einen Bruch unseres stillschweigenden Abkommens betrachten, einander in diesem Bereich nicht in die Quere zu kommen. Vielleicht hatte T. R. zu Beginn dieses Tages mit ihrer Bemerkung ins Schwarze getroffen, sie fühle sich eher wie eine meiner Freundinnen als wie meine Tochter. Was gehörte eigentlich dazu, um sich wie ein Vater oder wie eine Tochter zu fühlen? Ich wußte es nicht, und mir wurde ganz anders bei dem Gedanken, daß ich es vielleicht nie lernen würde ... dann würde meine Tochter für mich nie mehr als für einen Freund empfinden. *Sie* war für *mich* schon mehr als eine Freundin, und doch ließ sich der Unterschied schlecht konkretisieren.

Meine Stimmung sank, was Godwin auffiel.

»Ach Scheiße«, sagte er, »du bist schon wieder deprimiert. Deine Tochter ist absolut wunderbar. *Warum* bist du deprimiert?«

»Genau, warum?« sagte Gladys und setzte sich auf. Gladys besaß unter anderem die erstaunliche Fähigkeit, umgehend aus dem Tiefschlaf in einen vollständigen, ja aggressiven Wachzustand überzuwechseln. Den einen Moment schnarchte sie, den nächsten beleidigte sie einen.

»Weil es so schwer zu verstehen ist, was das alles bedeutet«, sagte ich. »Irgendwie habe ich mein Denken gern wenigstens annähernd mit meinem Fühlen gekoppelt. Von euch versteht das keiner, weil ihr euch nie die Mühe macht, zu denken.«

»Das kommt daher, weil Sie reich sind und wir nicht«, sagte Gladys. »Sie haben so viel Geld, daß Sie denken können, bis Sie schwarz werden. Ich für mein Teil muß mich abrackern. Wenn ich rumsitzen und denken würde, würd ich nichts schaffen.«

»Meine Rede«, sagte Godwin selbstgefällig.

»Deine Rede?« staunte ich. »Was redest du da? Du machst nie irgendwas. Du bist ein verwöhnter Gast. Du genießt das totale Nichtstun. Wie kommst du auf den Gedanken, du hättest keine Zeit zum Denken?«

Statt zu antworten, ließ Godwin sich ins Wasser rollen, wo er wieder mit dem Gesicht nach unten liegenblieb. Das machte er oft, wenn man ihm seine Ungereimtheiten vorhielt. Es war eine sehr lästige Angewohnheit. Ich ertappte mich bei dem Wunsch, daß ihm seine Atemübungen plötzlich mißlängen und er einfach ertrank – oder, wenn schon nicht ertrank, so doch wenigstens ein paar Minuten lang Wasser spuckte.

Ich sah Pedro und Granny Lin den Hügel überqueren, zurück zu ihrer Hütte. Gemeinsam trugen sie einen Sechserpack, und zwar hatte jeder einen der kleinen Plastikringe in der Hand, von denen solche Bierdosenpacks zusammengehalten werden. Zumindest auf Abstand, und mit Hilfe eines bildhübschen Sonnenuntergangs, wirkten sie vollkommen harmonisch. Der Anblick ihrer Harmonie stimmte mich einsam und traurig. Ich bemitleidete mich bereits, weil ich nicht wußte, was Vatersein bedeutete; der Anblick dieser offensichtlich zufriedenen zwei alten Leutchen stürzte mich noch tiefer in Selbstmitleid. Würde ich je einen Menschen haben, mit dem ich bei Sonnenuntergang den Abhang des Lebens hinunterschreiten konnte? Oder würde ich die Sonne immer nur allein untergehen sehen, grübelnd und elend, wie schon so oft?

»Sie sehen glücklich aus«, sagte ich zu Gladys.

»Die beiden, die streiten sich wie zwei Kampfhähne«, erwiderte Gladys. Sie kickte Bos Wasserball in den Pool, um Godwin damit zu treffen, schoß aber daneben.

»Ich hasse Krampfadern«, fügte sie hinzu. »Immer wenn ich mir meine Beine ansehe, wünschte ich, ich wär nie auf die Welt gekommen.«

Mit dieser düsteren Bemerkung ging sie ins Haus und überließ es mir, in Selbstmitleid zu schwimmen, während Godwin auf dem Wasser schwamm. Pedro und Granny Lin stritten sich wie zwei Kampfhähne? Wann denn? Und woher wußte sie das? Worüber stritten sie sich? Gladys hatte freilich eine rege Phantasie. Sie stellte sich alles mögliche vor. Vielleicht stellte sie sich diese hahnenkampfähnlichen Streitereien nur vor. Vielleicht stritten sich die beiden Alten nie; vielleicht hatte Gladys sie mit sich und Chuck verwechselt. Die beiden stritten sich wahrhaftig oft genug, wenn auch mehr wie Menschen als wie Hähne.

Ich selbst mochte Streitereien nicht. In meinen Augen wurde die Bereicherung des Gefühlslebens, die sie gesunden Paarbeziehungen einbringen sollte, überschätzt, jedenfalls sofern ich je Teil eines gesunden, sich gesund streitenden Paares gewesen war. Die Streitereien, an denen ich beteiligt gewesen war, und das waren nicht zu wenige, hatten fast immer das Ableben der Zweisamkeit eingeläutet, die bis dahin bestanden hatte.

Jetzt begann ich allerdings, das Fehlen von Streit in meinem Leben als einen weiteren Hinweis auf meine extreme Bindungslosigkeit zu deuten. Da saß ich nun mit meinen einundfünfzig Jahren, hatte, jedenfalls theoretisch, erst etwa die Hälfte meines Lebens hinter mir, und stand keinem Menschen nahe genug, um mich auch nur mit ihm zu streiten, wenn man Godwin und Gladys nicht mitzählte, mit denen ich fast täglich erbitterte Gefechte austrug. Unter diesem Aspekt mochte sich T. R.s gar nicht so unterschwellige Streitlust als großer Segen erweisen; sie allein könnte es schaffen, mich in eine normale, konfliktfähige Beziehung zurückzuholen. Sie allein könnte mich vielleicht wieder kontaktfähig machen.

Während ich mir diese Möglichkeit durch den Kopf gehen ließ, tobten sie und Muddy über den Innenhof, auf das Sprungbrett und in den Pool. Beide waren nackt. Die durch ihre Sprünge verursachten Druckwellen schleuderten Godwin so heftig herum, daß er sich gezwungen sah, seine Atemübungen aufzugeben. Zuerst war er etwas verdutzt, aber als er sah, daß T. R. und Muddy nackt waren, leuchteten seine Augen auf. Er kletterte sofort aus dem Pool und machte sich daran, seine Badehose auszuziehen.

»Halt, was machst du da?« fragte T. R. Sie sah rosig und sehr vergnügt aus.

»Wenn ihr beide nackt badet, darf ich das auch, denke ich mir«, sagte Godwin.

»Vergiß es. Wenn ich eins nicht sehen will, dann den alten Schwanz von irgend so ’nem alten Knacker«, informierte T. R. ihn fröhlich.

»Meine Liebe, sagt man denn so grobe Dinge?« erwiderte Godwin.

»Sie schon, da ist es schon fast ein Kompliment«, sagte Muddy. T. R. wirbelte herum, wand ihre Arme um Muddy und tunkte ihn unter. Die beiden tauchten aus unserem Gesichtsfeld.

»Was für ein bemerkenswert hübsches Mädchen sie ist«, stellte Godwin fest.

10

»Wann hauen wir ab nach Europa?« fragte T. R. am nächsten Morgen. Sie, ich, Godwin und Gladys frühstückten auf der Terrasse. Jesse hatte mit uns gefrühstückt, war aber auf ihrem Hochstuhl in einer Pfütze Cheerios eingeschlafen. Bo war mit Buddy losgezogen, um die Angelschnüre zu kontrollieren, die sie am Abend zuvor ausgelegt hatten.

»Erst müssen wir Pässe beantragen«, sagte ich. »Wir könnten heute nach Fort Worth fahren und die Antragsformulare abholen. Die schicken wir dann dem Senator, den ich kenne. Er kann sie wahrscheinlich in zwei, drei Tagen bearbeiten lassen. Nächste Woche könnten wir alle nach Europa unterwegs sein.«

»Eine ganze Woche ist ziemlich lang, um hier auf diesem Hügel rumzuhängen und drüber nachzudenken, wie leer er ist«, sagte T. R. mürrisch. »An manchen Tagen fehlt mir der Mr. Burger. Da gab's immerhin Leute, mit denen man reden konnte. Und abends konnte man tanzen gehen.«

Dabei waren sie, Muddy und Godwin am Abend zuvor tanzen gegangen. Obwohl sie sogar bis nach Dallas gefahren waren, hatten sie es nicht geschafft, einen Tanzschuppen zu finden, der T. R.s Anforderungen genügte. Da waren sie nach Hause zurückgefahren und hatten sich die ganze Nacht Faßbinder-Filme angesehen. Muddy war immer noch im Haus, irgendwo bei der Hälfte von *Berlin Alexanderplatz*. Nach allem, was man hörte – nämlich von T. R. und Godwin – ging er völlig darin auf.

»Jetzt sagt er, er will nach Berlin«, meinte T. R. »Bis gestern abend hatte der kleine Scheißer überhaupt noch nie von Berlin gehört.«

»Ein gutes Zeichen«, sagte ich. »Es bedeutet, daß er neugierig ist.«

Auch ich hatte die halbe Nacht nicht geschlafen, von der tosenden Brandung einer Migräne gebeutelt. Gegen Morgen war die Brandung verebbt, obwohl ich hin und wieder eine kleine zurückweichende Welle zu spüren bekam. T. R. schmollte zwar nicht gerade, war aber eindeutig rastlos.

»Wenn es nur darum geht, in Fort Worth Paßformulare abzuholen, brauchen wir ja wohl nicht allesamt zu fahren«, sagte Godwin. Er trug einen seiner leichten Leinenanzüge. Nachdem ich ihn so viele Jahre lang nackt am Frühstückstisch erlebt hatte, fand ich es doch irritierend, ihn plötzlich in einen Kolonialbeamten verwandelt zu sehen. Seine kaum verschleierten Absichten hinsichtlich meiner Tochter irritierten mich mindestens ebenso.

»T. R. und ich könnten diese Aufgabe glänzend zu zweit bewältigen«, sagte Godwin. »Nicht nötig, daß alle miteinander sich die Umstände machen.«

»Es geht *wirklich* nur darum, die Formulare abzuholen, und wenn du dich freiwillig meldest, nehme ich an, du wirst bestimmt hervorragend allein damit fertig. Warum sollte T. R. mitkommen?«

»Was soll's, ich würde mitgehen, einfach um ein paar Menschen zu sehen«, sagte T. R., die nicht merkte, daß ich sie keineswegs mit Godwin allein lassen wollte.

»Ich kann mit dem Landleben nichts anfangen«, sagte sie ohne Feindseligkeit. »Allmählich fehlt mir Houston. Ich hätte nicht mal was dagegen, in einem Verkehrsstau zu stecken – da wär ich immerhin unter Leuten.«

»Ein netter Ausflug nach Fort Worth ist besser als gar nichts«, sagte Godwin. »Die Kinder müssen wir ja nicht unbedingt mitnehmen.«

»Vielleicht sollte ich meinen Freund, den Senator, anrufen«, sagte ich. »Senatoren haben erstaunlich viel Macht.

Vielleicht könnten seine Mitarbeiter die ganze Prozedur abkürzen, und dann wären wir schon am Wochenende in Frankreich.«

»Ich will irgendwohin, wo es massenhaft Leute gibt«, sagte T. R. »Vom Rumhängen auf diesem Hügel werd ich noch ganz kribbelig.«

»An der französischen Riviera gibt es einige sehr nette Strände«, sagte Godwin. »Nacktbaden ist gang und gäbe dort.«

»Na und?« sagte T. R. »Wenn ich eins nicht sehen muß, dann haufenweise baumelnde Schwänze. Das hab ich dir schon hundertmal gesagt, also quatsch nicht so viel. Jesse könnte dich hören.«

»Das Engelchen«, sagte Gladys. »Sie wird mir so sehr fehlen, daß ich wahrscheinlich die ganze Zeit über bloß heulend hier rumhänge, wenn Sie weg sind.«

»Werden Sie nicht, Sie kommen nämlich mit«, sagte T. R. »Ich hab nicht vor, meine Kinder ohne jede Hilfe durch einen Haufen fremder Länder zu schleifen.«

Der Gedanke an Gladys in Europa war mir nie gekommen, genausowenig wie Godwin oder Gladys selbst. Es war ein so neuer Gedanke, daß wir alle drei vorübergehend perplex waren.

»Sie kommt doch mit, nicht wahr, Daddy?« sagte T. R. bestimmt.

»Natürlich kann sie mitkommen, wenn sie möchte«, erklärte ich bereitwillig und versuchte mir vorzustellen, was Gladys und Frankreich wohl voneinander halten würden.

»Warum eigentlich nicht«, sagte Gladys zaghaft. »Andererseits, was unternehme ich wegen Chuck? Haue ich nach Europa ab, fährt er sofort zu der Schlampe nach Amarillo, und das spukt mir dann die ganze Zeit im Kopf rum, solange ich weg bin. Und wenn wir wiederkommen, reicht er als erstes die Scheidung ein. Das wär's dann, und die Kinder geben alle mir die Schuld, weil ich nach Europa abgehauen bin und Chuck sich selbst überlassen hab. Nicht daß er nicht ganz gut für sich selbst sorgen könnte; wahrscheinlich sorgt er gerade jetzt irgendwo für sich.«

Dabei brach sie in Tränen aus und vergrub ihr Gesicht in den Armen. Gladys weinte herzzerreißend. Godwin und ich, an derlei Wolkenbrüche gewöhnt, fuhren mit unserem Frühstück fort.

»Ich muß schon sagen, ihr beide seid mächtig cool«, stellte T. R. fest. Gladys' Schluchzen schien sie etwas einzuschüchtern.

»Allerdings, die hören nicht mal mit Essen auf, und ich sitz hier mit gebrochenem Herzen«, schluchzte Gladys.

»Wenn wir nicht gelegentlich etwas zu uns nehmen würden, während Sie weinen, würden wir beide verhungern«, sagte Godwin. »Ist Ihnen je in den Sinn gekommen, daß Sie vielleicht glücklicher wären, wenn Sie sich einfach von Chuck scheiden ließen? Schließlich ist er nicht gerade Errol Flynn.«

Die Vorstellung, Gladys' Los wäre ein leichteres, wenn Errol Flynn ihr Ehemann wäre, kam mir komisch vor, und ich lachte. Das fand T. R., die wohl noch nie von Errol Flynn gehört hatte, unpassend. Sie schlug mit der Faust auf den Tisch.

»Haltet den Mund, ihr zwei!« verlangte sie. »Ihr seid ein paar herzlose alte Männer. Gladys muß sich scheiden lassen, und ihr sitzt da und lacht.«

»Stimmt, ich hätte Errol Flynn erst gar nicht erwähnen dürfen«, sagte Godwin. »'tschuldigung, 'tschuldigung, 'tschuldigung.«

Seine neue Angewohnheit, sich immer gleich dreimal zu entschuldigen, wenn T. R. auch nur das kleinste bißchen ungehalten wurde, störte mich allmählich.

»Eine Entschuldigung reicht, Godwin«, sagte ich.

»L. J., ich kann den Namen Godwin nicht hören!« schrie

T. R. Ihre Stimmung besserte sich nicht. »Wie oft hab ich dir gesagt, du sollst ihn L. J. nennen? Wenn ich den Namen Godwin höre, kommt mir jedesmal das Kotzen.«

»Entschuldigung, ich werd mir Mühe geben«, sagte ich. »Jahrelang habe ich Godwin zu ihm gesagt, da ist es schwer, sich über Nacht umzustellen.«

»Wär es nicht, wenn du dich konzentrieren würdest.« T. R. ließ nicht locker. »Er hier konzentriert sich ausschließlich auf Mösen, und du machst nichts anderes, als dich über Gladys lustig zu machen. Jetzt, wo ich weiß, daß Earl Dee noch im Knast ist, wünsch ich allmählich, ich wär in Houston geblieben. Wenn ich nicht gerade umgebracht werden soll, bin ich lieber da, wo man ab und zu ordentlich schwoft.«

»Natürlich muß man sich fotografieren lassen, um einen Paß zu bekommen«, sagte ich in dem verzweifelten Versuch, eine Ablenkung zu bieten, die T. R.s Ungeduld etwas dämpfen könnte. Paßfotos waren der Strohhalm, nach dem ich griff. Ich hatte den Eindruck, daß T. R. gerne ihren spontanen Regungen nachgab. Wenn sie noch unzufriedener wurde, machte sie sich womöglich einfach davon, und den Gedanken ertrug ich nicht. In kurzer Zeit war sie mir so ans Herz gewachsen, daß ich die Vorstellung nicht aushielt, ohne sie sein zu müssen. Wenn es mir gelang, sie nach Fort Worth zu locken, konnten wir zumindest einen Einkaufsbummel machen, der sie vielleicht für ein, zwei Tage ablenkte, bis unsere Pässe fertig waren und wir endlich nach Frankreich aufbrechen konnten.

Eine Stunde später hatten wir uns alle in den Cadillac gequetscht und fuhren nach Cowtown, wie Fort Worth genannt wurde. Jeder Zentimeter Platz im Auto war voller Leben; Geräusche, Rauch, Cassetten, Spielzeug und menschliche Körper. Muddy und Godwin waren streitsüchtig und mißmutig. Muddy, weil er überhaupt nicht hatte fahren wollen, und Godwin, weil ihm wieder ein Plan durchkreuzt worden war, T. R. abzusondern und zu verführen. Ich wußte, wie raffiniert Godwin weibliche Ungeduld ausnutzte, und war fest entschlossen, ihm diesmal keine Gelegenheit dazu zu geben.

»Hallo, hallo, hallo«, sagte Jesse mehrmals. Sie stand neben mir, zappelig und aufgeregt, weil wir wegfuhren. Bo hatte eine Abneigung gegen Muddy entwickelt; erst versuchte er, ihm einen Spielzeuglaster ins Gesicht zu schlagen, dann biß er ihn ins Handgelenk. Muddy schnappte ihn sich und schüttelte ihn kurz durch, woraufhin Bo in lautes Geheul ausbrach.

»Laß das, du Knallsack, das ist Kindesmißhandlung!« brüllte T. R. über die Schulter. Sie trug eine große, gelbe Sonnenbrille und hörte sich eine von Godwins alten Rolling-Stones-Kassetten an. Gladys rauchte wie wild Kette, da sie die Gedanken an Paßfotos, Frankreich, Scheidung, Entfremdung von ihren Kindern und Krampfadern, ihre neueste fixe Idee, furchtbar nervös machten. Sie hatte damit begonnen, das Thema Krampfadern in fast jedes Gespräch einfließen zu lassen.

»Das wäre allerdings wirklich ein Problem für mich an diesen FKK-Stränden«, sagte sie. »Haben Französinnen Krampfadern?«

»Bitte, die FKK-Strände sind nicht für ältere Herrschaften«, sagte Godwin.

»Wollen Sie damit sagen, daß ich älter bin?« verlangte Gladys zu wissen. »Wenn ich älter bin, was sind Sie dann?«

»Kannst du nicht schneller fahren?« fragte Godwin, um das Thema zu wechseln. »Wir kriechen im Schneckentempo voran.«

Bo beugte sich über die Rückenlehne und packte Jesse mit einem Würgegriff. Er versuchte, sie über die Rückenlehne nach hinten zu zerren, damit er sie bequemer würgen konnte. Jesse gab Erstickungslaute von sich. T. R., versteckt hinter ihrer Sonnenbrille, schenkte dieser Greueltat keinerlei Beachtung; alle anderen genausowenig. Da ich mir über die Bedeutung einer konstanten Sauerstoffzufuhr zum Gehirn im klaren war, reagierte ich panisch, weil ich befürchtete, Jesses Sauerstoffzufuhr könnte unterbrochen werden. Mit meiner freien Hand versuchte ich, Bos Griff zu lockern, und rauschte dabei fast auf einen Kieslaster. T. R., die deutlicher registrierte, was um sie her vorging, als es den Anschein hatte, schrie.

»Wir kommen alle noch um, und das ist auch besser so«, sagte Muddy. »Ich wollte zu Hause bleiben und mir diesen Ganztagsfilm reinziehen. Fotos machen lassen ist 'ne prima Gelegenheit, um wieder in den Knast zu wandern. Kann sein, daß sie mich schnappen, kann sein, daß sie dich auch schnappen.«

»Buddy, paßt du bitte mal auf Bo auf?« fragte T. R.

Buddy erschreckte der Gedanke, in ein fremdes Land zu müssen – Fort Worth war für ihn fremd genug –, doch ich hatte darauf bestanden, denn wir könnten ihn als eine Art männliches Kindermädchen einfach nach Frankreich mitnehmen.

»Ach, er spielt bloß«, sagte Buddy und setzte Jesse vorsichtig ab, während Bo kreischte. Jesse krabbelte sofort nach unten auf den Boden, zwischen die Beine ihrer Mutter, wo sie eine Weile vor sich hin wimmerte.

Wir waren etliche Kilometer weiter, als mir die Tragweite von Buddys letzter Bemerkung aufging. Er hatte gesagt, die Behörde könne nicht nur ihn, sondern auch T. R. schnappen. »Warum sollten sie T. R. drankriegen?« fragte ich. Am Horizont tauchte gerade die bescheidene Skyline von Fort Worth auf.

»Weil sie eine gesuchte Verbrecherin ist«, sagte Muddy. »Hast du deinem Daddy noch nichts von deinen Verbrechen erzählt, T. R.?«

T. R. blieb undurchdringlich, tief hinter ihrer Sonnenbrille verborgen.

»Eine Verbrecherin, wirklich?« sagte Godwin. Diese Vorstellung lockte ihn aus seinem Schmollwinkel. Verbrecher hatte er schon immer aufregend gefunden.

»T. R., sag du mir, was er meint«, sagte ich. Es kam mir verkehrt vor, vor all den anderen so eine Frage zu stellen, doch machte ich mir plötzlich auch Sorgen. Zuvor hatte ich mir ziemlich selbstgefällig dazu gratuliert, wie lässig ich mit dem Chaos im Auto fertigwurde; mir war es so vorgekommen, als mache meine Fähigkeit, in nächster Nähe zu anderen menschlichen Wesen zu existieren, ungeahnte Fortschritte. Doch nun war ich trotz der Gesellschaft einer ganzen Menge anderer Menschen entsetzlich besorgt und konnte meine Sorge auch nicht mehr verheimlichen. Ich mußte wissen, was Muddy meinte.

»Na, T. R. ist eine viel schlimmere Verbrecherin als ich«, sagte Muddy gehässig. Er rächte sich dafür, daß er seinen Film nicht hatte zu Ende sehen dürfen.

Ich wartete. Ich wollte T. R. nicht noch einmal fragen, was Muddy meinte. Bis zu diesem Zeitpunkt war es mir auf der Fahrt recht gut gegangen. Ich hatte keine Kopfschmerzen gehabt und war sogar relativ ruhig gewesen, trotz der zwei Kinder und, mich eingeschlossen, sechs Erwachsenen im Auto. Die Unordnung und der Lärm hatten noch keinen unerträglichen Druck verursacht. Dann ließ Muddy seine Bombe platzen, und der unerträgliche Druck stellte sich prompt wieder ein. In meinen Schläfen gab es einen Kesselpaukenwirbel, während die Blutgefäße anfingen, Blut zu pumpen. Die Unordnung und der Lärm wurden sofort weniger erträglich. Ich fühlte mich eher wie bei einem Straßenkampf als in einem Auto; am liebsten hätte ich einfach angehalten und alle außer T. R. und Jesse gebeten, auszusteigen. Letztere saß mit dem Blick eines Flüchtlings immer noch auf dem Boden und kaute still an einer Straßenkarte von Arkansas. Die Gegend um Little Rock/Hot Springs war bereits beträchtlich zerkaut.

»Sie ißt Arkansas«, sagte ich, hauptsächlich, um meine Stimme zu testen.

T. R. beugte sich nach unten und hob Jesse auf. Sie wandte sich mir kurz zu, jedoch ohne die Brille abzunehmen.

»Ich hab ein- oder zweimal in kleineren Schwierigkeiten gesteckt«, sagte sie.

»Kleinere Schwierigkeiten«, gluckste Muddy. »Schwierigkeiten. Das ist 'ne ziemlich gute kleinere Untertreibung.«

T. R. fing an, Jesse »Rockabye Baby« vorzusingen. Sie äußerte sich nicht weiter.

11

Das Abholen der Paßanträge dauerte nur ein paar Minuten, aber die Paßfotos machen zu lassen, raubte uns fast den letzten Nerv. Die Vorstellung, einem Fotografen gegenübertreten zu müssen – auch wenn es sich nur um einen schlichten Paßfotografen handelte –, löste bei Buddy wie bei Gladys Eitelkeitsanfälle aus. Buddy beschloß plötzlich, sich von seiner besten Seite zu zeigen, und zog los, um eine Krawatte zu kaufen; Gladys mochte ihren Lidschatten nicht mehr und zog los, um einen zu suchen, der ihr besser gefiel.

»Es ist nur ein Paßfoto«, wandte ich ein.

»Auf meinem Führerschein sehe ich fürchterlich aus«, erwiderte Gladys. »Jetzt hab ich endlich die Gelegenheit, es besser zu machen.«

Beide zogen los, und beide verliefen sich. Fort Worth, keine siebzig Kilometer von dem Ort entfernt, an dem sie ihr ganzes Leben verbracht hatten, war für sie eine so fremde Stadt wie São Paulo. Eine Stunde verging ohne ein Lebenszeichen von einem der beiden. T. R., Muddy und die Kinder waren schon längst fotografiert worden. Der Fotograf hatte lange und eindringlich auf T. R. einreden müssen, ehe sie bereit gewesen war, ihre Sonnenbrille abzunehmen.

»Die werden Ihre Augen sehen wollen«, erklärte er.

»Ich wüßte nicht, warum«, entgegnete T. R. »Ich kann doch wohl noch selber entscheiden, wer meine Augen zu sehen kriegt.«

»Nun ja, Ma'am, nicht, wenn Sie gern ins Ausland reisen möchten.«

»Nimm die blöde Brille einfach ab«, sagte Muddy.

»Du kannst mich mal«, sagte T. R. »Und ich sag dir noch was, Muddy – du kriegst nichts anderes mehr zu sehen, nie.«

»Warum nicht?« fragte Muddy, den diese Drohung überzeugte und einschüchterte.

»Weil du dein großes Maul nicht halten kannst«, sagte T. R.

Schließlich nahm sie doch ihre Sonnenbrille ab, schaffte es aber trotzdem, auf ihren Fotos wie eine international gesuchte Terroristin auszusehen, mit einer so verbitterten und beleidigten Miene wie nur irgendein aktives Mitglied der Baader-Meinhof-Bande.

Unterdessen bekam Bo plötzlich Fieber. In Minutenschnelle begann er zu glühen. T. R., die seine Stirn fühlte, schätzte es auf etwa vierzig Grad. Bo krümmte sich, wimmerte und erbrach unversehens eine größere Menge halbverdauter Wachsmalstifte.

Jesse freundete sich auf Anhieb mit dem Fotografen an, einem hageren, einsam aussehenden Mann, der ihr mitteilte, er habe ein kleines Mädchen genau in ihrem Alter. Dann machte er den Fehler, sie einen Moment lang auf seinem Stuhl sitzenzulassen, während er sich um eine Missionarsfamilie kümmerte, die nach Lesotho aufbrechen wollte. Jesse griff nach einem Objektivdeckel, fiel vom Stuhl und schlug sich die Stirn auf. Godwin erreichte sie als Erster und machte sich die Hände ziemlich blutig; kaum bemerkte er das Blut, da bekam er glasige Augen, sackte gegen eine Wand und fiel in Ohnmacht.

»Ist L. J. gerade gestorben?« fragte T. R., während Jesse schrie und blutete und Bo sich wand und gelegentlich noch ein Bröckchen Wachsstift erbrach.

»Er ist einer von denen, die in Ohnmacht fallen, wenn sie Blut sehen«, antwortete ich und fächerte Godwin mit einer *Newsweek* Luft zu.

Die Missionarsfamilie machte ganz den Eindruck, als würde sie uns liebend gern verlassen und ihr Leben in Lesotho fortsetzen.

Irgendwie gelang es T. R., Muddy und mir, den Rest von uns ins Auto zu verfrachten, Jesse blutend, Bo glühend, Godwin schwankend, und zur Notaufnahme zu rasen. T. R. übernahm die Befehlsgewalt und marschierte mit uns an etwa einem Dutzend Leidender vorbei, die meistenteils so in die tiefe Apathie von Notaufnahmen versunken schienen, daß sie nichts merkten.

»Wenn meine Kleinen sterben, kriegen Sie von mir eine Schadenersatzklage über ein paar Millionen Dollar an den Hals«, erklärte T. R. einem wirklich netten Arzt, den ihr Ungestüm derart überraschte, daß er nur noch dastehen und blinzeln konnte. Als er dann anfing, Jesses Platzwunde zu nähen, schrie diese so ohrenbetäubend, daß auch Muddy sich einer kleinen Ohnmacht nahe fühlte und zum Fernsehen ins Wartezimmer gehen mußte, während T. R. und ich sie festhielten. Dann beschloß der Arzt, um T. R. seinen Diensteifer zu beweisen, Bo den Magen auszupumpen, da dieser noch Giftigeres als Wachsmalstifte konsumiert haben konnte. Bo wehrte sich so vehement, daß auch ich mich allmählich ein wenig wacklig fühlte, aber T. R. hielt ihn stoisch und Kaugummi kauend fest und grinste mir dabei sogar hin und wieder zu.

»Na, wie fühlste dich da drüben, Daddy?« fragte sie. »Das richtige Leben macht 'ne Menge mehr Spaß als Fernsehserien schreiben, was?«

»Klar«, sagte ich matt. Ich gab mir Mühe, keine übertriebenen Behauptungen aufzustellen.

Ein paar Minuten später, als diese Episode unseres Lebens überstanden war, traten wir in den Sonnenschein auf den Krankenhausparkplatz hinaus. Godwin hatte, ungerechterweise, wie er fand, keine Drogen erhalten, was ihn erbitterte.

»Beschissen puritanisches Land«, beschwerte er sich.

»Wenn das Ganze in Rangoon passiert wäre, hätte ich Opium haben können.«

»Auf so einen Gedanken kommst nur du«, sagte ich. »Fort Worth ist ganz anders als Rangoon.«

»Das ist ja das Traurige«, sagte Godwin.

Sobald wir im Auto waren, gab T. R. ihm etwas Marihuana, was jedoch seine Stimmung nicht nennenswert hob. T. R. hingegen schien in kreuzfideler, ja ausgelassener Stimmung zu sein, wurde aber von uns anderen im Auto kaum darin unterstützt. Bo wirkte teilnahmslos, als wären seine Aggressionen mit seinem Mageninhalt abgesaugt worden. Jesse sah mit ihrem Kopfverband wie ein winziges Kriegsopfer aus; sie krabbelte sofort an ihren Platz auf dem Wagenboden zurück, wo sie hockte und ins Leere starrte. Obwohl ich wußte, daß sie nicht schwer verletzt war, hätte ich fast geheult, als ich sie da ins Leere starren sah, so jung und so unglücklich. Unterdessen war Muddy auch in eine kleine Depression versunken. Dabei beging er den großen Fehler, einmal zu oft zu bemerken, er wäre lieber im Gefängnis geblieben.

T. R., die am Steuer saß, drehte sich um und machte ein Fuck-You-Zeichen in seine Richtung. Dann schwenkte sie in eine Tankstelle ein, sprang aus dem Auto, ließ sich den Weg zum Gefängnis beschreiben und fuhr uns hin. Direkt davor stieg sie auf die Bremse, was zwei Polizisten aufschreckte, die, auf ihre Streifenwagen gelehnt, gerade ein Schwätzchen hielten.

»Okay, Muddy, ganz wie du willst«, sagte T. R. »Steig aus und stell dich. Ich denke, sie bringen dich in ein, zwei Tagen nach Houston zurück.«

»Mensch, T. R., ich hab's nicht so gemeint«, sagte Muddy. »Ich bin bloß grade echt schlecht drauf.«

T. R. drehte sich auf ihrem Sitz um und unterzog ihn einer Musterung, die mir gnadenlos vorkam, und Muddy offenbar auch. Er wirkte drauf und dran, ihren strengen Befehl zu befolgen, als T. R. ihren gnadenlosen Blick auf die beiden Polizisten umlenkte, die sich umgehend darunter duckten und in ihre jeweiligen Autos stiegen.

T. R. blinzelte mir zu.

»Kopf hoch, Muddy, aber vergiß nicht, daß deine Tage gezählt sind«, sagte sie. »Das gilt auch für euch Miesepeter, eure Tage sind alle gezählt. Heute haben wir einen schönen Tag, sind zur Abwechslung mal in der Stadt, und niemand ist tot.«

»Aber wir haben kaum Drogen«, wandte Godwin ein.

»Ruhe, L. J.«, sagte T. R. »Jetzt kommt mein Angebot. Wenn ihr meint, ihr schafft es, lebendig auszusehen, gehen wir Buddy und Gladys suchen und dann ins Wasser-Paradies schwimmen, wo wir schon mal waren, als Daddy krank war. Wenn sich eure Laune nicht bessert, schmeiß ich euch alle raus, und ihr bleibt euch selber überlassen.«

»Uns selber überlassen?« wiederholte Muddy entsetzt. »Und was machst du, während wir uns selber überlassen sind?«

»Wenn möglich, reiß ich wen auf«, erklärte T. R. vergnügt. »Und wenn's mit der Lieblingsbeschäftigung nicht klappt, geh ich tanzen oder Tequila trinken oder sonst irgend 'nen Blödsinn treiben, so gut ich kann. Jedenfalls hab ich nicht vor, den ganzen Tag in diesem Kaff rumzuhängen, bloß um euch Gesellschaft zu leisten.«

»Baden«, sagte Jesse deutlich, was uns alle verblüffte. »Baden« hatte Jesse noch nie zuvor gesagt.

»Was hab ich da gerade gehört?« fragte T. R. ihre Tochter. Eine so direkte Frage war zuviel für Jesse, sie verbarg ihr Gesicht in den Händen.

»Okay, wenn Jesse ein neues Wort lernen kann, könnt ihr anderen wieder munter werden«, sagte T. R.

Und wir wurden munter, von ihrer Überschwenglichkeit neu belebt. Buddy und Gladys hatten wir bald gefunden; sie saßen auf der Bank einer Bushaltestelle, Buddy mit seiner neuen Krawatte, Gladys mit überreichlich aufgetragenem Lidschatten. Sie hatten den gleichen Flüchtlingsblick wie Jesse aufgesetzt und waren so überzeugt, wir hätten sie verlassen, daß es ein Weilchen dauerte, bis sie erkannten, daß sich ihr Schicksal noch einmal zum Guten gewendet hatte.

In weniger als einer Stunde befanden wir uns alle im Wasser-Paradies von Arlington, Stadt der Sackgassen. Dort tummelten wir uns wie Tümmler, bis auf Jesse, die sich damit begnügen mußte, durch das Planschbecken zu waten; ich watete mit, unter der strikten Anweisung, zu verhindern, daß sie ihren Verband naßmachte.

»Baden, baden, baden!« kreischte Jesse, stolz auf ihr neues Wort.

T. R. und Muddy sprangen von jedem Sprungbrett und rutschten jede Rutschbahn hinunter und legten nur manchmal eine Pause ein, um einander anzuschreien oder zu knutschen. Muddys Stimmung war wie ein Lift in die Höhe geschossen, und Buddy und Gladys ließen sich auch nicht lumpen. Sie schossen in riesigen Autoschläuchen künstliche Stromschnellen hinab und blieben dann lange im unteren Becken, wo sie in aller Ruhe auf den Schläuchen herumtrieben und plauderten.

Godwin beobachtete sie mißmutig.

Er kam zum Planschbecken herüber. »Daniel, sorg dafür, daß die da rauskommen, bevor sie sich ineinander verlieben«, sagte er. Er schmollte immer noch, weil Fort Worth so anders als Rangoon war.

Ich hielt es durchaus für möglich, daß Buddy und Gladys sich ineinander verliebten, hatte aber nicht vor dazwischenzufunken. Zu verhindern, daß Jesse ihren Verband naßmachte, hielt mich ausreichend auf Trab.

»Godwin, laß sie doch«, sagte ich. »Warum sollten sie sich nicht verlieben? Vielleicht ernten sie ein kleines Glück.«

»Ich finde deinen Optimismus unerträglich«, erwiderte er. »Viel wahrscheinlicher ist, daß sie Verzweiflung ernten, so wie ich bisher immer. Außerdem ist mir der Gedanke unerträglich, daß die beiden vögeln. Schließ die Augen und versuch, dir diese beiden Körper in flagranti vorzustellen.«

»Godwin, sie haben ganz normale Körper«, sagte ich. »Nicht viel schlimmer als du und ich – wenn überhaupt. Und ich glaube auch nicht, daß du Verzweiflung geerntet hast. Ich glaub, du hattest 'ne Menge Spaß.«

»Ich hab beträchtliche Einsamkeit geerntet«, erwiderte er. Dann entdeckte er T. R., die tropfend aus dem Wellenbecken stieg, und seine Augen leuchteten auf. Nicht nur unsere Augen beobachteten T. R. In diesem Augenblick verströmte T. R.s strahlender Glanz ein Licht, das alle aufzumuntern schien, die es sahen. Mehrere Paare, die einen mager, die anderen plump, aber alle mit mehr oder weniger starkem Sonnenbrand, die sich auf Handtüchern oder Liegestühlen neben dem Wellenbecken ausruhten, sahen alle lächelnd auf T. R., ohne daß diese die von ihrer Schönheit ausgehende Wirkung wahrzunehmen schien. Sie wartete gelassen, bis Muddy sie einholte, und dann gingen sich die beiden einen Hot dog kaufen.

»Baden, baden«, sagte Jesse.

»Was für ein prachtvolles Mädchen«, sagte Godwin. »Meine Aphrodite. Ich beabsichtige, ihr bald einen Antrag zu machen.«

»Was für einen Antrag?« hakte ich nach. »Sei besser vorsichtig mit dem, was du meiner Tochter anträgst.«

»Heirat natürlich«, sagte Godwin. »Manchmal haben plötzliche Anträge Erfolg. Wie auch immer, ich habe nichts zu verlieren.«

Ich hatte Jesse eine Gummiente gekauft. Während ich mir überlegte, ob es Godwin ernst war, kam ein kleiner Junge herüber und versuchte, Jesse die Ente wegzunehmen. Jesse wollte weglaufen, fiel aber statt dessen mit einem großen Platsch ins Wasser. Bevor ich eingreifen konnte, hüpfte der kleine Junge auf sie drauf und schnappte sich die Ente. Jesse hob zu ihrem entsetzlichen Kreischen an; die Mutter des kleinen Jungen nahm diesem die Ente ab und gab sie Jesse wieder, aber da war es schon passiert: Jesses Verband war patschnaß.

»Jetzt sind wir geliefert«, sagte Godwin. »Womöglich muß ich wegen deines Versagens als Großvater meinen Antrag um ein, zwei Monate verschieben.«

Ich machte mir selbst Sorgen, was T. R. wohl sagen würde, doch sie äußerte sich weder überrascht noch kritisch.

»Man kann von einem kleinen Mädchen eigentlich nicht erwarten, daß es baden geht, ohne sich den Verband naßzumachen«, sagte sie. »Schieb uns ein paar von den Hundertdollarscheinen rüber, mit denen du so freigebig umgehst, und wir sehen einfach drüber weg. Muddy und ich wollen alles in Sichtweite kaufen.«

Alles in Sichtweite entpuppte sich als eine Kofferraumladung voll unterschiedlicher aufblasbarer Gummitiere für unseren Swimmingpool. Das Schmuckstück war ein Flußpferd, aber es gab auch diverse Fische, eine Wasserschlange und eine überdimensionale Luftmatratze.

»Was glaubst du wohl, was wir als erstes auf der Luftmatratze machen, sobald wir wieder zu Hause sind, Muddy?« fragte T. R., als wir uns mit circa hundertfünfzig Sachen Jacksboro näherten. Sie saß am Steuer, auf der Nase eine der zahlreichen neuen Sonnenbrillen, die sie gekauft hatte. Keiner von uns hatte sich die Mühe gemacht, sich umzuziehen. Dank der aneinandergequetschten Körper in nassen Badeanzügen roch es im Auto wie in einer Waschmaschine.

»Da komm ich in tausend Jahren nicht drauf«, sagte Muddy.

»Na, wir machen's trotzdem, auch wenn du nicht drauf

kommst«, sagte T. R. »Ich kann's kaum erwarten, diese Matratze auszuprobieren. – Aber wehe, ihr anderen guckt«, fügte sie hinzu und überflog das Wageninnere mit sonnenbebrilltem Blick.

»Hör mal«, sagte Muddy verlegen.

»Wir hätten uns ein paar von den großen Autoschläuchen kaufen sollen, Gladys«, sagte Buddy. »Ist 'ne prima Entspannung, in Autoschläuchen auf dem Wasser zu treiben.« Er warf ihr einen übermütigen Blick zu.

»Die wären zu groß für den Pool«, erwiderte Gladys. »Wir müßten uns beide in einen setzen. Einer paßt vielleicht in den Pool.«

Dann, als ihr aufging, was sie da gerade angedeutet hatte – daß sie beide einen Autoschlauch teilen sollten –, wurde Gladys doppelt so verlegen wie Muddy und redete in unsinniger Babysprache auf Jesse ein, die sich unbeeindruckt zeigte.

Godwin war ebensowenig beeindruckt. »Ich wünschte, wir hätten mehr Drogen mitgenommen«, sagte er.

12

An diesem Abend versuchte Muddy, sich den Rest von *Berlin Alexanderplatz* anzusehen. T. R. und ich leisteten ihm Gesellschaft. Doch die beiden hatten den größten Teil des Spätnachmittags in strikter Zweisamkeit auf der neuen Luftmatratze im Pool verbracht, und was auch immer da geschehen war, hatte Muddy derart ausgelaugt, daß ihn nicht einmal sein neues Idol Faßbinder wachhalten konnte. Sobald klar wurde, daß er ganz fest eingeschlafen war, schaltete T. R. den Fernseher aus.

»Ich schätze, ich hab' ihn ausgepumpt«, sagte T. R. und strich ihm über die Haare. »Muddy ist ein süßer kleiner Kerl, wenn alles gesagt und getan ist, mit Betonung auf getan.«

»Ich mach mir immer noch Sorgen wegen dieser Schwierigkeiten, in denen du gesteckt hast«, sagte ich. Sie wirkte zufrieden, und ich hatte auf genau so einen Moment der Zufriedenheit gewartet, um meine Frage anzubringen. Dennoch brachte ich sie beiläufig und so dezent wie möglich an.

»Was für Schwierigkeiten?« fragte sie.

»Die Schwierigkeiten, in die du ein- oder zweimal geraten bist, wie du sagtest.«

»Ach ja«, sagte sie. »Ich wurde mit hundertzehn Pfund Marihuana im Kofferraum meines Wagens geschnappt. Ich hab's für Big Pa transportiert.«

»Dein Großvater war Dealer?« fragte ich ungläubig. »Ich dachte, bevor er Autohändler wurde, wär er irgendein Geistlicher gewesen.«

»Klar, der konnte in Null Komma nichts haltmachen und predigen«, sagte T. R. »Es wurde bloß immer schwerer, Kirchen zu finden, die ihn predigen ließen. Kaum ließen sie ihn zur Tür rein, fing er schon an, Leute zu schwängern.«

»Trotzdem hätte ich nie gedacht, daß er ein Drogenhändler war«, sagte ich.

T. R. stupste mich leicht mit dem Ellenbogen an, ein sanfter Kommentar zu meiner Gutgläubigkeit.

»Du solltest nicht alles glauben, was mexikanische Detektive dir erzählen«, sagte sie. »Aber Big Pa war nicht immer ein Dealer. Mit dem Drogenhandel fing er erst an, als er zu alt wurde, um vom Autodiebstahl zu leben. Beim Autoklau war Big Pa ein ziemliches Genie ... jedenfalls früher. Ich wette, der hat die Hälfte aller Autos weiterverkauft, die je in Dallas gestohlen wurden. So hab ich Earl Dee kennengelernt, oder hab ich dir das schon erzählt?«

»Du hast noch nicht besonders viel über Mr. Dee gesprochen«, sagte ich.

»Ja, wegen Muddy«, flüsterte T. R. »Muddy ist so eifersüchtig wie nur was, und er will *nichts* von E. D. hören. Und wenn er noch so fest schläft, mir ist wohler, wenn ich den Namen nur flüster.«

»Hat E. D. auch Autos gestohlen?« fragte ich.

»Nix da, bei so was hätte sich E. D. nicht erwischen lassen«, sagte T. R. »Zu lasch für ihn. E. D. ist am glücklichsten, wenn er mit Knarren auf Leute zielt. Aber er war 'ne Zeitlang als Fahrer für Big Pa tätig. Wenn Big Pa einen Cadillac geklaut hatte, den er nach Houston oder San Antonio gefahren haben wollte, ließ E. D. sich manchmal bestechen, das für ihn zu übernehmen.«

»Mit Geld bestechen?«

»Big Pa hat ihn hauptsächlich mit Drogen bestochen«, sagte sie, ohne Muddy dabei aus den Augen zu lassen, damit ihr nicht entging, ob er irgendwelche Anzeichen von Wachheit erkennen ließ. »Aber ich war damals kein Kind mehr, und da hat Big Pa ziemlich bald angefangen, ihn mit mir zu bestechen.«

Obwohl ich versuchte, keine Reaktionen zu zeigen, muß ich bei dieser Enthüllung recht bestürzt ausgesehen haben.

»Scheiß drauf, ich war ganz gern Bestechungsgeschenk«, sagte T. R. mit leuchtenden Augen. Da zuckte Muddy ein paarmal und drehte sich auf die Seite; T. R. beobachtete ihn nervös. Sie beugte sich zu mir herüber und hielt den Mund nahe an mein Ohr; ihr Atem roch nach Kaugummi.

»Gehen wir raus«, sagte sie. »Ich werd nervös wie 'ne Katze, wenn ich mit Muddy in der Nähe drüber rede.«

Wir machten einen Abstecher in die Küche und mixten uns einen Krug Margaritas. Gladys und Buddy saßen vor dem Fernseher und unterhielten sich. Sie hörten zu reden auf, als T. R. und ich mit unseren Krügen durchkamen, aber ich hörte sie den Faden wiederaufnehmen, als wir zur Tür hinausgingen.

Wir hatten einen bleichen Vollmond. Ich schlürfte einen Margarita, T. R. trank fast den ganzen Krug leer. Sie trank Margaritas wie Limonade und kaute dann das Fruchtfleisch der Limonen, die wir in den Tequila gequetscht hatten.

»Wie alt warst du, als man dich schnappte?« fragte ich.

»Ach, sechzehn, beim ersten Mal«, sagte T. R. beiläufig. »Damals transportierte ich kein Marihuana, sondern Tabletten.«

»Illegale Tabletten?«

»Amphetamine, etwa viertausend Stück«, sagte sie und lutschte eine Limone auf. »Die ganzen Lkw-Fahrer und Ölarbeiter in Texas brauchen ihre Pillen, sonst würden sie bei der Arbeit einpennen und Unfälle bauen und so. Big Ma hat damals in 'ner Apotheke gearbeitet. Als kleinen Nebenverdienst hat Big Pa einfach angefangen, mit Tabletten zu handeln. Big Ma hat sie zu Tausenden gestohlen, und Big Pa hat seine Fahrer damit bestochen. Wäre Earl Dee nicht so ein großer Pillenfreak gewesen, hätten wir uns vielleicht nie kennengelernt.«

Sie unterbrach sich und musterte mich nachdenklich.

»Biste sicher, daß du den ganzen Kram wirklich wissen

willst?« fragte sie. »Vielleicht solltest du dich besser gar nicht damit belasten. Jetzt isses vorbei. Wenn's dich aufregt zu erfahren, daß dein Töchterlein eine Kriminelle war, erzähl ich dir einfach nichts davon.«

»Nein, erzähl's mir bitte«, sagte ich. »Ich habe immer noch nur eine dunkle Vorstellung von deinem Leben. Ich finde dich wunderbar, egal, was du gemacht hast. Bitte mach weiter, bring etwas Licht in das Dunkel.«

T. R. lachte. »Für mich lag da nichts im dunkeln«, sagte sie. »Wegen den Tabletten haben sie mich laufen lassen, ich war noch Jugendliche und nicht vorbestraft. Ich kriegte ein Jahr auf Bewährung. In Wirklichkeit hatte Earl Dee diese Pillen unter die Leute gebracht, aber damals war ich so in ihn verknallt, daß ich lebenslänglich auf mich genommen hätte, wenn er mich darum gebeten hätte.«

»Verständlich«, sagte ich, doch war das nur eine Art Füllwort. Ich konnte mich nicht erinnern, jemals so verliebt gewesen zu sein, daß ich mich mit dem Gedanken hätte anfreunden können, lebenslänglich ins Gefängnis zu wandern.

»O ja! Damals waren wir scharf wie Rasierklingen, ich und Earl Dee«, sagte T. R. »Jede Minute, die ich nicht bei ihm war, dachte ich an ihn. Für mich war es zehnmal so aufregend, als Gangsterbraut mit Earl Dee rumzuziehen, als mit einem der reichen Lümmel auszugehen, die dauernd um mich rumwieselten. Mist, so'n reichen Schnösel hab ich nur angesehen und mich schon gelangweilt. Aber bei Earl Dee wurde mir garantiert nie langweilig. Ich dachte nur daran, wie ich ihm am besten helfen könnte, sein Verbrecherleben zu führen. *Er* sollte eigentlich diese hundert Pfund Marihuana transportieren, aber wir hatten in unserem kleinen Wohnwagen drei, vier Tage lang rumgevögelt, und da wollte er lieber zu Hause bleiben und fernsehen. Ich kam kaum bis zum Stadtrand, da hielten mich schon ungefähr fünfzig Bullen an. Earl Dee bekam Wind davon und ließ sich von einem Trucker nach El Paso mitnehmen. Ich hab ihn erst wiedergesehen, als ich aus dem Knast kam.«

»Klingt nicht sehr galant«, sagte ich.

T. R. zuckte mit den Schultern. »Earl Dee wüßte nicht, was das Wort bedeutet«, sagte sie. »Ich wurde geschnappt und er nicht – so sind Verbrecher eben.«

»Wie war das mit der Strafe?« fragte ich.

»In dem Fall war's kein Vergnügen«, räumte T. R. ein. »Ich hatte fünf bis zehn Jahre vor mir, weil ich mich unkooperativ verhalten hatte. Ich konnte nur immer daran denken, wie ich fünf Jahre lang schmachten würde, wenn ich mit Earl Dee nicht ins Bett kam. Aber Big Pa hat den stellvertretenden Staatsanwalt bestochen, und ich kriegte bloß drei Jahre. Acht Monate davon hab ich abgesessen, aber das war immer noch eine ganz schön lange Zeit ohne.«

T. R. hielt inne, offensichtlich von ihren Erinnerungen ein wenig bedrückt. »Als ich rauskam, hatte Earl Dee inzwischen so viel Kokain genommen, daß er sowieso keinen mehr hochkriegte«, sagte sie. »Das war 'ne herbe Enttäuschung. Ungefähr zu der Zeit hab ich Muddy kennengelernt ... wir hatten denselben Bewährungshelfer.«

»Das klingt nach einem glücklichen Zusammentreffen«, sagte ich. »Ich mag Muddy.«

T. R. wirkte in dem Moment nicht allzu beeindruckt von ihrem Glück.

»Mann, ist das langweilig hier draußen auf dem Land«, sagte sie. »Ich würd sofort ein Verbrechen begehen, wenn's nicht so weit weg wär von irgend 'nem Ort, wo man Verbrechen begehen kann. Sieht aus, als müßtest du durchdrehen, wenn du immer nur hier draußen mit Godwin und Gladys rumhängst. Es gibt nichts zu tun außer vögeln, und du hast nicht mal 'ne Freundin. Jedenfalls hast du keine direkt zur Hand, wenn ich das recht sehe«, ergänzte sie, plötzlich schüchtern. Wahrscheinlich hatte sie Angst, mir zu nahe getreten zu sein.

»Nee! Ich hab keine zur Hand«, sagte ich.

Ich spürte, daß sie mich genau beobachtete, was mich etwas nervös machte. Sie war meine Tochter, und ich wollte offen zu ihr sein, doch ich hatte auch Angst, sie könnte mich über mein Liebesleben oder das Fehlen desselben befragen.

»Raus mit der Sprache, Daddy«, sagte sie. »Ich hab dir von mir erzählt. Es tut dir schon nicht weh, wenn du mir von deinen Freundinnen erzählst. Ich seh ihre Fotos an den Wänden und hör dich mit ihnen telefonieren, aber sie scheinen sich wirklich nicht oft hier rumzutreiben.«

»Sie sind wie du«, erwiderte ich. »Großstadtpflanzen. Hier würden sie sich zu Tode langweilen.«

»Tja«, sagte T. R. ein wenig unruhig, »daß du hier nicht festgenagelt bist, weißt du. Wenn sie nicht zu dir kommen, mußt du einfach ab und an zu ihnen fahren.«

»Das mach ich«, behauptete ich.

»Ich dachte, du hättest gesagt, du hast dein Auto ein halbes Jahr lang nicht mal angelassen, bevor du mich holen kamst«, erinnerte sie mich. »Wenn du dein Auto ein halbes Jahr lang nicht anläßt, kannst du deine Freundinnen nicht allzu oft besucht haben.«

»Nein, hab ich auch nicht«, räumte ich vorsichtig ein.

T. R. rutschte zu mir herüber und legte ihre Arme um mich. »Es macht mich ganz traurig, zu denken, was ich denke«, sagte sie.

»Und was denkst du?«

»Daß du keine richtige Freundin hast«, sagte sie.

»Du bist ein schlaues Mädchen«, sagte ich.

»Warum hast du keine?«

»Mir unbegreiflich«, sagte ich.

»Weil du's nicht versuchst«, sagte sie. »Natürlich könnte es nicht schaden, wenn du ein bißchen abnimmst, aber du bist reich und berühmt ... du könntest eine Freundin kriegen. Außerdem bist du nett«, sagte sie und drückte mich. Dann fing sie leise an zu weinen.

»Wein nicht, Liebes«, sagte ich. »Daß es mir an einer Freundin mangelt, ist schließlich kein Weltuntergang.«

»Daß was?« schluchzte sie.

»Daß ich keine Freundin habe«, sagte ich. »Manchmal gelingt es Männern in meinem Alter einfach nicht, sich eine Freundin anzuschaffen.«

»Gewäsch!« rief T. R. und sprang auf. Ihre Tränen verwandelten sich im Nu in Wut. »Du sitzt nur auf diesem blöden Scheißhügel rum und telefonierst den ganzen Tag. Kein Wunder, daß du nie was erlebst. Mann, mit Kindern zum Zahnarzt gehen, is' ja noch spannender als dein Leben. Da hört man wenigstens wen schreien. Ich könnte sofort losbrüllen, so wie ich mich fühl.«

»Mach doch«, sagte ich, entsetzt darüber, daß ich sie erzürnt hatte.

»Nein, kann ich nicht, Jesse kriegt Alpträume, wenn ich schreie. Ich muß lernen, mich zu beherrschen«, sagte sie.

»Ich hatte eine ganze Menge Freundinnen in meinem Leben«, versicherte ich ihr. »Es ist kein Beinbruch, daß ich im Moment zufällig keine habe.«

»Wir fahren morgen nach Frankreich«, sagte sie. »Da kann ich nur noch hoffen, daß ich dich sofort in die Gänge kriege.«

»Mein Schatz, ich hab noch nicht einmal die Paßanträge eingereicht«, antwortete ich.

»Ich war zweimal ohne Paß in Mexiko«, sagte T. R. »Ich wette, die Franzosen lassen uns rein, wenn wir einfach alle in Paris aufkreuzen, oder wo auch immer die ihren Flugplatz haben. Jesse und ich kommen überall rein, wenn wir charmant sind.«

Sie setzte sich wieder neben mich und nahm mich noch

fester in den Arm. Ich spürte, wie sie zitterte. Ich hielt sie, so fest ich konnte, und sie schluchzte von neuem, in langen, glucksenden Schluchzern.

»Ich wußte, ich hätte dich eher anrufen müssen«, brachte sie heraus. »Ich wußte, ich hätte nicht warten dürfen. Ich hätte dich letztes Jahr schon anrufen sollen. Ich hab's mir von diesem beschissenen Muddy Box ausreden lassen.«

»Warum sollte Muddy Box dir das ausreden?« fragte ich neugierig.

»Weil er ein Arsch ist«, sagte T. R. »Er wollte mich nicht mit meinem eigenen Daddy teilen, so verknallt war er. Jetzt hab ich zu lang gewartet, und du bist nur noch traurig. Ich weiß nicht, was ich machen soll.«

Mit einem schmerzverzerrten Ausdruck in ihrem jungen Gesicht klammerte sie sich zitternd an mich. Ich hielt sie fest und flüsterte »Ist ja schon gut, ist ja schon gut«, aber plötzlich war mir selbst zum Heulen, aus Verwirrung und wegen T. R.s halb ausgesprochener Anschuldigung. Ich wollte sagen, sei nicht traurig, ich mach doch gar nichts; doch selbst in meiner Verwirrung erkannte ich, daß sie eben deshalb traurig war, weil ich nichts machte.

»Es ist alles so furchtbar!« sagte T. R. »Endlich kriege ich meinen Daddy, und was hab ich davon? Es ist alles zu spät, in meinem ganzen Leben ist immer alles zu spät gewesen.«

»Nein, es ist nicht zu spät«, sagte ich. »Warum sollte es zu spät sein? In ein paar Tagen kriegen wir die Pässe und brechen nach Frankreich auf. Ich verspreche dir, dann leg ich mir sofort eine Freundin zu. Vielleicht leg ich mir fünf oder sechs zu.«

T. R. schüttelte nur den Kopf und zuckte mutlos mit den Schultern.

»Dazu wird's nicht kommen«, sagte sie. »Ich bin auf Bewährung, und Muddy ist ein Ausbrecher. Die gucken in ihren Scheißcomputern nach und kommen uns beide holen. Die schnappen uns und legen uns noch im Flughafen Handschellen an. Eine Menge Leute werden auf Flughäfen gefaßt, deshalb würd ich lieber irgendwohin, wo wir einfach hinfahren können.«

Die Möglichkeit, irgendwohin aufzubrechen, wohin wir einfach fahren konnten, war mir auch schon in den Sinn gekommen. Ich hatte nichts davon gesagt, weil ich T. R. nicht noch mehr entmutigen wollte als sie ohnehin bereits war.

»Es muß nicht unbedingt Frankreich sein«, sagte ich. »Es könnte Mexiko oder Kanada sein. Wir könnten uns alle einfach ins Auto quetschen und losfahren. Zum Beispiel nach Colorado, oder Minnesota, New York oder New Orleans.«

»Okay«, sagte sie mit der gedämpften, tonlosen Stimme eines Kindes, das aufgibt.

»Okay, Daddy«, wiederholte sie in demselben Tonfall.

»T. R., bitte nicht in diesem Ton«, sagte ich. Ich kam mir furchtbar vor – als hätte ich ihr jeden Mumm geraubt, oder so etwas.

»Nicht in diesem Ton«, bat ich.

»Warum nicht?« fragte sie. »So hörst *du* dich an. Wenn *du* dich so anhörst, kann ich's auch. Vielleicht kann ich nur so bei dir bleiben.«

Das kam mir allmählich wie ein Déjà-vu-Erlebnis vor. Irgendwo hinter mir auf der Straße meines Lebens hatte ich ein ähnliches, ja identisches Gespräch geführt. Irgendeine andere enttäuschte Frau hatte gelobt, bei mir zu bleiben, und ihre Flamme sozusagen auf meinen Sparbetrieb herunterzudrehen. Es konnte Jeanie gewesen sein ... ich war mir nicht sicher. Doch dieses Déjà-vu war nicht angenehm; es verursachte einen Schmerz in der Brust, so als wäre mir ein seit langem unverdauter Brocken Liebe aufgestoßen, um sich noch einmal in meiner Kehle festzusetzen. Mir blieb nichts zu tun, als zu atmen, und ich wußte, alles, was ich sagte, wäre falsch, dennoch hatte ich das Gefühl, etwas sagen zu müssen. Selbst meine vage Erinnerung an das entsprechende Gespräch der Vergangenheit überzeugte mich, daß, was auch immer ich sagen würde, es *absolut* das Falsche sein und die dumpfe Traurigkeit der Frau in bitteren Zorn oder wutschnaubende Verachtung verwandeln würde, und vielleicht kam es ja gerade darauf an.

»Ich weiß gar nicht, wieso du überhaupt bei mir bleiben willst«, sagte ich.

T. R. sah eine Sekunde lang wie betäubt aus, dann rammte sie mir mit aller Macht ihren Ellenbogen in die Seite – Monate später stellte sich heraus, daß der Stoß eine Rippe angebrochen hatte.

»Ach, fick dich ins Knie!« rief sie und sprang auf. »Kein Wunder, daß du keine Freundin hast, wenn du so unsensibel bist, so was Gräßliches zu sagen. Alles, was ich will, ist, daß ich dich gern haben kann. Läßt du nicht mal das zu?«

»Natürlich, natürlich, ich hab's nicht so gemeint«, versicherte ich ihr. Noch während ich das sagte, hörte ich genau die gleichen Worte endlos von den Tunnelwänden meiner Vergangenheit hallen: Ich hab's nicht so gemeint, Jill, ich hab's nicht so gemeint, Jeanie. Ich hatte es nie auch nur bei einer einzigen Frau so gemeint; und trotzdem war es von ihnen ganz genau so aufgenommen worden.

»Sieh dich bloß vor!« sagte T. R. mit blitzenden Augen. »Ich hab keinen unfehlbaren Geschmack, weißt du noch? Alles laß ich mir nicht bieten. Wenn du nicht ziemlich bald anfängst, dich mehr wie ein richtiger Vater aufzuführen, nehm ich meine Kinder und zieh Leine – und warte nicht erst auf irgend 'nen Paß!«

Dann schnappte sie sich, ohne mir Zeit für eine Antwort zu lassen – die zweifellos noch absoluter danebengegangen wäre – den leeren Margaritakrug und ging ins Haus.

13

Die ganze Nacht dachte ich darüber nach, warum ich in fünfzig Jahren auch nicht das elementarste Gespür dafür erlangt hatte, was man zu Frauen sagen und was man nicht sagen konnte. In meinem Kopf hatte sich T. R.s Drohung festgesetzt, mich zu verlassen, und ich hatte mich bald davon überzeugt, daß sie ihre Drohung wahrmachen würde. Das deprimierte mich dermaßen, daß ich nicht einmal mehr Migräne bekam. Die im Anmarsch befindlichen Kopfschmerzen hatten bald eingesehen, daß meine Depressionen sie um Längen schlagen würden und der Weg sich deshalb nicht lohnte. Ich hatte keine Spur von Migräne, dafür aber Weltklasse-Depressionen.

Sobald es in New York tagte, rief ich Jeanie an, die Frühaufsteherin war. Ich hatte ihr bereits mehrere Berichte über T. R. geliefert, die sie sich alle begierig, wenn auch nicht unkritisch, angehört hatte. Ich wurde unweigerlich gebeten, zu beschreiben, was T. R. bei bestimmten Gelegenheiten trug; dann wurde ich detailliert über Gefühlsdinge ausgefragt: Was T. R. sagte, wie sie es ausdrückte, wie es T. R. ging und was ich dazu beisteuerte. Es bestand kein Zweifel, auf wessen Seite Jeanie stand. Von Anfang an stellte sie klar, daß sie auf T. R.s Seite war; kamen an einem bestimmten Handlungsablauf Zweifel auf, wurde zu T. R.s, nicht zu meinen Gunsten entschieden.

Dieses Mal weckte ich sie weniger auf, als daß ich sie wachrüttelte. Sie trank gerade Kaffee und schaute auf den Central Park. Dem Tonfall ihres »Hallo« entnahm ich, daß es keine sehr gute Zeit war und sie dem Tag nicht allzu optimistisch entgegensah; doch der Klang meiner Stimme riß sie aus ihrer Trance, sie richtete sich sofort auf und fuhr ihre Antenne aus. Mir vorzustellen, wie sie ihre Antenne ausfuhr, genügte, um mich nervös und unschlüssig zu stimmen, denn Jeanies Empfangsgeräten – ihrem Intellekt und ihren intuitiven Fähigkeiten – entging nichts, selbst wenn sie sich nicht besonders um die Feineinstellung bemühte. Auch wenn sie nicht genau hinhörte, bekam sie mehr mit, als mir lieb war, und *wenn* sie zuhörte, so wie jetzt, bekam sie nicht nur mehr mit, als mir lieb war, sondern auch mehr, als ich meines Wissens sagte.

Unter anderem aus diesem Grund liebte ich Jeanie so heiß und innig: Sie hörte mehr, als ich meines Wissens sagte, und sie verzieh. Es konnte ein gewisses Hin und Her geben, bis wir zum Verzeihen kamen, aber verziehen wurde immer.

»Ich hatte einen furchtbaren Streit mit T. R.«, fiel ich mit der Tür ins Haus.

»Was hast du ihr getan?« fragte Jeanie.

»Nichts. Ich hab ihr nichts getan, es gab nur eine Art Meinungsverschiedenheit«, sagte ich. »Wieso nimmst du an, ich hätte ihr was getan?«

»Weil ich merke, daß du dich schämst«, sagte Jeanie; ihr Empfangsgerät funktionierte offensichtlich einwandfrei. »Wenn du dich schämst, heißt das, daß du deiner Tochter etwas angetan hast.«

»Also, ich habe sie aus der Fassung gebracht, aber es war nicht Absicht«, sagte ich.

»Womit hat es angefangen?« fragte Jeanie.

»Ich schätze, es hat mit der Enthüllung angefangen, daß ich zur Zeit eigentlich keine Freundin habe«, sagte ich.

Jeanie sagte nichts. Ein kurzes Schweigen dehnte sich zu einer langen Stille aus. Nichts machte mich rascher nervös, als wenn Jeanie am Telefon in Schweigen verfiel.

»Warum sagst du nichts«, fragte ich. »Ist es ein solches Verbrechen, keine Freundin zu haben?«

»Das hängt davon ab, warum du keine hast, und was du dagegen zu unternehmen gedenkst«, sagte Jeanie.

Eine Pause entstand. Ich fühlte mich allmählich geistig sehr desorganisiert und auch sehr verzweifelt.

»Unter gewissen Umständen kann keine Freundin zu haben, so ungefähr das schlimmste aller Verbrechen sein«, sagte Jeanie. »Nicht das allerschlimmste, aber es fehlt nicht viel.«

»Ich hab keine Ahnung, was für Umstände du in diesem Fall meinst«, sagte ich.

»Zum Beispiel, wenn du nur die Hand nach einer richtig netten Frau ausstrecken müßtest und absolut keinen Finger rühren würdest – genügt dir das als präzise Beschreibung der Umstände?« sagte Jeanie.

»Das ist tödliche Präzision, schätze ich«, gab ich zu. »Jetzt bin ich also tot, und was weiter?«

»Normalerweise käme nichts weiter, aber schließlich wissen wir beide, daß wir lieber kompliziert als normal sind, also überschlagen wir dieses Kapitel«, sagte sie. »Vergiß meine tödliche Präzision und erzähl mir alles, was du gesagt hast, als du T. R. so aufgebracht hast.«

»Also, mal sehen«, setzte ich an und überlegte, an welcher Stelle des Gesprächs mir aufgefallen war, daß ich sie aus der Fassung brachte.

»He, fang nicht mit Erfinden an«, warnte mich Jeanie. »Keine Erfindung. Nur die Wahrheit hilft dir weiter. Was hast du gesagt, und was hat sie gesagt?«

»Vergiß nicht, ich merke sofort, wenn du lügst«, fügte sie hinzu. »Ich merke es sofort, laß es also zur Abwechslung sein.«

Sie hörte sich grauenhaft wachsam an, daher hatte es keinen Zweck, es mit Lügen auch nur zu versuchen. Manchmal, wenn Jeanie schläfrig oder abgelenkt war, schmuggelte ich ein paar Schwindeleien bei ihr durch, obwohl ihre

Intuition die meistens auffing und irgendwo auf der großen Festplatte ihres Hirns speicherte. Ein, zwei Tage später rief sie die dann ab, überprüfte sie und setzte mir telefonisch haarklein auseinander, was für Lügen ich ihr aufgetischt hatte.

Diesmal schilderte ich ihr unseren Tagesablauf, und als ich zum Abend und unserem Gespräch am Swimmingpool kam, erzählte ich ihr, so genau es meine Erinnerung erlaubte, jedes einzelne Wort, das zwischen T. R. und mir gefallen war.

Das Ganze wiederzugeben, brachte mich aus dem Gleichgewicht. Ich erinnerte mich an T. R.s schmerzverzerrtes Gesicht. Ich fühlte mich schrecklich, weil ich meiner Tochter diesen Schmerz zugefügt hatte. Meine Stimme wurde brüchig, als ich daran dachte. Ich schniefte ein paarmal und hörte zu reden auf. Mit einem Mal begann ich zu weinen. Es war alles zu traurig; ich bedauerte meine Unbeholfenheit im Umgang mit Gefühlen zu sehr.

Jeanie wartete, bis ich fertig war, doch diesmal hatte ihr Schweigen nichts Bedrohliches.

»Ich möchte dieses Mädchen kennenlernen«, sagte sie dann. Zu meiner Überraschung klang ihre Stimme ebenfalls zittrig und den Tränen nahe.

»Du kannst sie kennenlernen, natürlich kannst du das«, sagte ich. »Ich fänd's toll, wenn ihr euch kennenlernt. Ich bin so stolz auf sie, daß ich's kaum aushalte.«

»Ich bin froh, daß du das sagst, Danny«, erwiderte Jeanie. »Du kannst wirklich stolz auf sie sein. Sie hat Risse in die Mauer gesprengt, dabei hätte ich nie gedacht, daß ich das noch mal erlebe.«

»Wovon redest du?« fragte ich. »Welche Mauer?«

»Die du um dich errichtet hast«, antwortete Jeanie. »Sag nicht, da gäbe es keine. Es gab eine. Ich hab versucht, sie zu durchbrechen, hatte aber nicht genügend Selbstvertrauen, verstehst du? Statt dessen bin ich an ihr fast zerbrochen, aber das geht in Ordnung, ich komm ganz gut klar damit. Aber du hast hinter deiner Mauer im Sterben gelegen und kannst von Glück reden, daß du eine Tochter hast, die den Mumm aufbringt, sie einzureißen. Ich hoffe, sie schlägt sie in tausend beschissene Stücke, und du hast in deinem ganzen Scheißleben keinen friedlichen Tag mehr, Mr. Deck!«

Peng! wurde der Hörer auf die Gabel geknallt.

Ich war entsetzt. Was war schiefgelaufen? Ich dachte, das beste wäre, fünf Minuten zu warten und sie dann noch einmal anzurufen, aber nach etwa zwei Minuten kam sie mir zuvor.

»Entschuldige den Ausbruch«, sagte sie, hörte sich aber nicht allzu reumütig an.

»Ich weiß nicht, ob es wirklich ein Ausbruch war«, sagte ich.

»Stimmt, es war nur der Auftakt zu einem Ausbruch«, sagte Jeanie. »Den Rest des Ausbruchs bewahre ich für dich auf. Wenn du mich das nächste Mal reizt, spiel ich dir den ganzen Ausbruch vor, wie würde dir das gefallen?«

»Ich glaube kaum, daß es mir sehr gefallen würde, aber ich hab's unter Garantie verdient«, sagte ich.

»Ach Scheiße«, erwiderte Jeanie. »Wann lernst du endlich, mit den Schuldbekenntnissen aufzuhören? Deine elenden kleinen Schuldbekenntnisse machen mich bloß noch wütender. An deiner Schuld bestand nie der geringste Zweifel, also erspare mir deine Zerknirschung.«

»Und wenn ich außer meiner Zerknirschung nichts anzubieten habe?« fragte ich.

»Dann biete sie jemand anderem an«, sagte Jeanie entschieden. »Bei mir kriegst du dafür nicht mal 'n Erdnußbutterbrot. Idiotisch zerknirschte Idioten gehören nicht zu den Dingen des Lebens, die ich besonders schätze.«

»Ich stelle mir vor, daß es T. R. genauso geht«, sagte Jeanie. »Klingt, als wäre sie mir sehr ähnlich, nur zäher.«

»Hoffentlich nicht«, sagte ich. »Ich hoffe, niemand ist zäher. Aber wenn sie es ist, wie söhne ich mich dann wieder mit ihr aus?«

»Nicht durch reden«, sagte Jeanie. »Kann passieren, daß du tatsächlich mal die Initiative ergreifen mußt. Frauen sind es nämlich leid, andauernd die Initiative übernehmen zu müssen. Du hast gesagt, sie geht gern tanzen. Hast du dir schon mal überlegt, mit ihr tanzen zu gehen?«

»Jeanie, es ist sechs Uhr morgens«, hielt ich dagegen. »Es ist irgendwie ungewöhnlich, um diese Zeit tanzen zu gehen, außerdem kann ich gar nicht tanzen.«

»Na schön, lehn meinen Vorschlag ab«, sagte Jeanie. »Ich wär außer mir vor Freude, wenn *mich* jetzt jemand anrufen und *jetzt* zum Tanzen einladen würde, auch wenn's ein bißchen früh ist. Wer will schon sein ganzes Leben lang aus dem Fenster gucken und mit dämlichen Männern telefonieren? Ich würde lieber tanzen gehen.«

Ein sehr langes Schweigen folgte.

»Komm, sei nicht traurig«, sagte ich.

Jeanie antwortete nichts.

»Ich halte dich für ein fabelhaftes, herrliches Genie«, sagte ich. »Ich glaube, du hast mir genau den richtigen Vorschlag gemacht. Ich glaub, ich hol meine Tochter aus dem Bett und geh mit ihr tanzen.«

»Halleluja! Das wär ein außerordentlicher Fortschritt«, sagte Jeanie, doch der traurige Ton in ihrer Stimme war nicht zu überhören.

»Ich wünschte, wir könnten dieses Gespräch mit erhobenem Haupt statt mit hängendem Kopf beenden«, sagte ich. »Du hast mir sehr geholfen. Du hilfst mir immer sehr.«

»Tschüß, Danny«, sagte Jeanie.

14

T. R. saß in der Küche und sah sich am Minifernseher, den Gladys auf dem Küchentisch stationiert hatte, mit dieser das Frühstücksfernsehen an. Beide rauchten. Jesse saß auf dem Boden und spielte mit einem mechanischen Quirl. Ich war überrascht, einen Quirl zu sehen. Eine ganze Küchenzeilen-Arbeitsplatte war mit Mixern bedeckt; warum sollte in meinem Haus jemand mit der Hand ein Ei schlagen?

»Wo habt ihr den Quirl her?« fragte ich. »Ich hab seit Jahren keinen Quirl mehr gesehen.«

Keine von beiden antwortete oder drehte auch nur den Kopf, um mich anzusehen. Die Herkunft des Quirls war für sie von keinerlei Interesse, obwohl Jesse bereits damit umgehen konnte und die kleinen Blätter ständig im Kreis drehte.

Durch das Hinterfenster konnte ich sehen, wie Buddy und Bo Fische ausnahmen.

»He, die haben ja Fische gefangen«, sagte ich. »Gibt's heute Fisch zum Frühstück?«

»Baden«, sagte Jesse sofort. Ihr Verstand hatte sofort Fisch-Wasser-Baden kombiniert. Sie ließ den Quirl liegen und fing an, sich auszuziehen.

»Baden«, wiederholte sie.

»Nee, wir gehn nicht baden, behalt dein Kleid an, Jesse«, sagte T. R. monoton.

»Baden!« verlangte Jesse, und wie sie das sagte, klang bedrohlich nach Schreien. Sie zog sich weiter aus. T. R. beugte sich nach unten und gab ihr zwei Klapse auf den Po. Jesse wirkte schwer getroffen.

»Ich hab dir gesagt, du sollst dein Kleid anbehalten«, sagte T. R.

Einen Moment lang versuchte Jesse, nicht zu weinen, doch die grausame Ungerechtigkeit des Lebens war zuviel für sie; ihre Miene verzog sich, und sie warf sich schluchzend in Gladys' Schoß.

»Na, du mußt schon auf deine Mama hören, Schätzchen«, sagte Gladys und hob Jesse hoch.

Bis zu diesem Zeitpunkt hatte man mir keinerlei Beachtung geschenkt.

»Möchte irgendwer tanzen gehen?« fragte ich und kam mir ausgesprochen albern vor. Die in der Küche herrschende Stimmung ließ nicht an tanzen denken.

Endlich sah T. R. mich an. »Wie war das?« fragte sie.

»Ich hab mich nur gefragt, ob vielleicht jemand tanzen gehen möchte«, antwortete ich. Als ich diesen lächerlichen Vorschlag wiederholte, kam ich mir noch dämlicher vor als beim ersten Mal. Wieso hatte ich mich nur von Jeanie zu etwas so Unsinnigem überreden lassen? Morgens um sechs tanzen gehen! Außerdem war ich nicht gerade für meine tänzerischen Fähigkeiten bekannt.

Doch T. R.s Miene hellte sich auf, als hätte ich ein Licht angeknipst. Sie erhob sich augenblicklich.

»Wow, ich zieh nur rasch meine Tanzschuhe an«, sagte sie. »Ich bin schneller fertig, als du denkst.«

»Ich weiß nicht recht, wo wir um diese Zeit ein Tanzlokal finden«, sagte ich. Der sofortige Erfolg meines Vorschlags stimmte mich ein wenig ängstlich.

»Da wäre immer noch Aunt Jimmie's«, erinnerte mich Gladys.

»Baden«, hickste Jesse. Wahrscheinlich wollte sie nur noch einmal die Angemessenheit ihres Wunsches unterstreichen, ehe sie, von der Hoffnungslosigkeit der Lage überwältigt, erneut in Tränen ausbrach.

»Nimm's nicht so schwer, Herzchen, das geht vorbei«, sagte Gladys. Sie sah aus der Hintertür Buddy und Bo beim

Fischeausnehmen zu. Es war unschwer zu erkennen, daß ihr Blick auf Buddy ruhte.

Ehe ich darüber nachdenken konnte, wie sich Gladys' neues Interesse wohl auf die Stabilität des Haushaltes auswirken mochte, kam T. R. zurück. Beim Umziehen hatte sich ihr Energiespiegel so rapide erhöht, daß meine geräumige Küche zu klein für sie schien. Ihre Augen tanzten bereits; T. R. strahlte Jugend, Gesundheit, Übermut und Erotik aus. Sie war in Rock und Bluse geschlüpft, beides rot, und tanzte sofort um den Küchentisch herum.

»Ich tanz für mein Leben gern«, sagte sie.

Als Jesse ihre schöne Mutter tanzen sah, vergaß sie ihren Kummer und starrte ihre Mummy staunend und versöhnlich an.

Auf dem Weg zur Landstraße sahen wir eine kleine Staubwolke näher kommen, vorneweg ein altersschwacher blauer VW. Das war natürlich Godwin, der von seiner nächtlichen Trampersuche durch die angrenzenden Countys wiederkehrte. Ich fuhr rechts ran und wartete.

»Gute Idee«, sagte T. R. »Nehmen wir L. J. mit. Der weltbeste Tänzer ist er zwar nicht, aber er zieht immerhin los und probiert's.«

Godwin war an diesem Morgen nicht in seiner Teakholzplantagenverfassung. Er sah aus, als hätte er sich die Nacht über in stinkenden Gossen gewälzt. Offenbar halb blind und mit beiden Händen vor den Augen, schaute er uns an, als wisse er nicht so recht, wer wir eigentlich seien.

»Wir gehen tanzen«, sagte ich. »Du kannst mit einer Einladung rechnen, wenn du willst.«

Blinzelnd ließ Godwin sich diese Einladung ein paar Sekunden durch den Kopf gehen. Die Verzögerung war zwar kurz, aber doch länger als T. R. zu dulden gewillt war. Sie drückte auf die Hupe, und zwar zwanzig Sekunden lang. Godwin, wahrscheinlich mit einem ziemlich ausgewachsenen Kater, hielt sich die Ohren zu und wand sich wie unter Folter.

»Steig ein, wenn du mitwillst«, sagte T. R., als sie die Hupe losließ. »Und wenn nicht, kannst du deinen blauen Kleinwagen genausogut 'nen Felsen runterfahren, weil ich dann nämlich kein Wort mehr mit dir rede.«

Godwin ließ sofort seinen Käfer stehen und stieg zu uns ein.

»Tut mir leid, tut mir leid, tut mir leid«, sagte er. »Es sind meine Augen, mußt du wissen.«

»Was hast du reingekriegt, Sperma?« fragte T. R. fröhlich und bot ihm einen Streifen Kaugummi an.

»Reizgas«, sagte Godwin düster. »Ich muß wirklich dran denken, einen Bogen um Oklahoma zu machen. Dort oben setzen sie wahllos die chemische Keule gegen Leute ein.«

»Wer hat dich mit Reizgas besprüht und warum?« fragte ich.

»Ein Tankwart, ohne jeden ersichtlichen Grund«, sagte Godwin. »Ich quatschte ihn bloß ein bißchen an; er war ein recht gutaussehender junger Bursche. Er kam mit irgendeiner Flasche zu mir rüber, und ich dachte mir, er wolle vielleicht meine Windschutzscheibe putzen. Ich hatte mich darauf eingestellt, ihm ein großzügiges Trinkgeld zu geben, und was macht er, er besprüht mich wie ein Wilder mit Reizgas.«

»Meine Liebe, du siehst hinreißend aus«, fuhr er, an T. R. gewandt, fort, während wir zur Landstraße weiterholperten. »Du bist schön wie Helena.«

»Helena und wie weiter?« fragte T. R. »Ist das eine von Daddys sogenannten Freundinnen?«

»Aber nein, die griechische Helena«, sagte Godwin und machte sich daran, ihr alles über die trojanischen Kriege zu erzählen. T. R., die das herzlich wenig interessierte, drehte das Radio so laut wie möglich auf und legte eine Heavy-Metal-Kassette ein.

»Es war ihr Antlitz, welches tausend Schiffe schickte in die Schlacht«, kreischte Godwin in die Musik.

»Ich will nichts davon hören, auf Schiffen wird mir immer schlecht«, sagte T. R.

Wir brauchten nicht lange bis zu Aunt Jimmie's Bar, einer verwitterten Landkneipe mit großer Jukebox, kleiner Tanzfläche und ein paar Tischen, an denen man essen konnte, wenn man wollte, oder einfach nur sitzen, Bier trinken und still vor sich hinbrüten konnte, wenn einem danach war – wie die Ölbohrarbeiter, Cowboys, Trucker, Heufahrer, Werkzeugschieber und Kojotejäger zumeist, die diese einsame Ecke des Landes aufsuchten. Das Gasthaus stand mitten in der trostlosen grauen Prärie, und drinnen sah es ganz genauso trostlos aus wie draußen. Man merkte ihm an, daß seit seinem Bau auch nicht für zehn Cent Farbe darauf verschwendet worden war, und das Gebäude stammte aus den dreißiger Jahren.

Auf Tante Jimmie hatte auch keiner zehn Cent verschwendet; sie saß den ganzen Tag neben der Kasse, rauchte, las die Zeitung und sah Seifenopern und was ihr verwackelter kleiner Schwarzweiß-Fernseher sonst noch zu bieten hatte. Leute, die Tante Jimmie ihr Leben lang gekannt hatten, konnten sich nicht erinnern, daß sie je ein Wort von ihr gehört hätten. Der Service in ihrem Lokal war minimal. Ihre Köchinnen – in der Regel Landfrauen über vierzig zwischen zwei Ehen – blieben nie lange, aber in dieser Gegend war der Vorrat an geschiedenen, heiratslustigen Landfrauen über vierzig unbeschränkt; Tante Jimmie war fast nie ohne Köchin. Gewöhnlich hatte sie außerdem einen zittrigen, verkrachten Cowboy oder ehemaligen Ölarbeiter als Tellerwäscher, Mädchen für alles und Gefährten. Jedermann hatte diese Typen einfach ihre Freunde genannt, bis Godwin aufkreuzte und darauf bestand, es handele sich tatsächlich um ihre Gefährten. Bemühungen, ihn zu einer Erklärung des Unterschieds zwischen einem Freund und einem Gefährten zu veranlassen, erwiesen sich als fruchtlos. Doch möglicherweise wußte er etwas, das kein anderer wußte, denn Tante Jimmie schien ihn zu mögen, und er durfte sich gelegentlich sogar in ihrem Badezimmer frisch machen, wenn er von einem besonders stinkenden Schlammbad in der Gosse hereingestolpert kam.

T. R. marschierte geradewegs hinein, schwatzte Tante Jimmie eine Rolle Vierteldollarmünzen ab und fütterte damit rasch die Jukebox, wobei sie die Wahlknöpfe so flink drückte, als programmiere sie einen Computer.

Ich hatte mir vorgestellt, an einem Tisch zu sitzen, ein paar Tassen Kaffee zu trinken und mir das mit dem Tanzen eine Weile durch den Kopf gehen zu lassen, aber davon wollte T. R. nichts wissen. Sie schnappte sich meine Hand und zerrte mich unverzüglich auf die Tanzfläche. Tante Jimmies Jukebox war zwar reichlich mit Golden Oldies bestückt, aber mich erstaunte es doch einigermaßen, als ich mich selbst dabei ertappte, wie ich um diese Tageszeit den *Tennessee Waltz* tanzte, gesungen von Tennessee Ernie Ford. Ich war ein bestenfalls wackliger Walzertänzer, aber T. R. konnte es besser und führte mich. Sie legte beim Tanzen den Kopf an meine Brust. Ich dachte mir nichts dabei, bis ich etwas Feuchtes durch mein Hemd sickern spürte und merkte, daß sie weinte.

»Was ist los?« fragte ich erschrocken. Ich versuchte, ihr Kinn anzuheben, doch sie vergrub ihr Gesicht fester an meiner Brust und tanzte weiter. Natürlich waren wir das einzige Paar auf der Tanzfläche. Godwin hatte sich in Tante Jimmies Badezimmer begeben, um sich ein wenig frisch zu machen. Tante Jimmie sah sich die Morgennachrichten an. An einem Tisch saßen drei Bohrarbeiter, an einem anderen zwei Milchfarmer und in der Ecke ein rauchender alter Cowboy, der auf das graue Land hinausstarrte. Niemand schien etwas dabei zu finden, daß ich um halb sieben Uhr morgens mit meiner umwerfenden jungen Tochter tanzte, oder daß sie sich weinend an mich schmiegte. Die Gleichgültigkeit jedes einzelnen im Lokal gegenüber dem Schicksal aller anderen rief Erinnerungen an den Balkan bei mir wach. Die Ölarbeiter sahen gebeugt aus, die Milchfarmer niedergeschlagen, der Cowboy alt, angegraut und traurig. Meine und T. R.s Sorgen berührten sie nicht; es waren harte Leute in einer harten Gegend, an uns so desinteressiert, daß ich mich nicht einmal für mein schlechtes Tanzen schämte. Aunt Jimmies Bar hätte in Albanien oder irgendeiner armseligen griechischen Gebirgsgegend liegen können, so wenig Anteilnahme zeigten die Gäste an uns oder aneinander.

»Ich wüßte gern, warum du weinst«, flüsterte ich T. R. zu. Sie drückte mich nur und schniefte.

»Aber es ist okay«, versicherte ich ihr. »Wein, wenn du willst.«

Der nächste Song war von George Strait, *All My Exes Live in Texas.*

»Ich bin froh, daß dieser traurige alte Walzer vorüber ist«, sagte T. R., wischte sich die letzte Träne aus dem Auge und wechselte den Rhythmus. Die Rhythmen wurden immer schneller, während die Jukebox ihre Lieder abspulte. Sechs Songs tanzte ich durch, dann tauchte Godwin auf, wieder in seiner Kolonialherrenverfassung, und tanzte noch etliche andere mit T. R. Dann setzten wir uns alle an einen Tisch und verspeisten ein großes Frühstück. Danach bestand T. R. darauf, wieder mit mir zu tanzen. Die Kneipe hatte sich inzwischen geleert, da alle Gäste zur Arbeit gegangen waren. Godwin saß am Tresen und las Tante Jimmies Zeitung, während wir tanzten.

»Ist komisch, wenn man seinen Traum erfüllt kriegt, nicht wahr?« sagte T. R. »Die ganze Zeit in der High-School hab ich mitangesehen, wie andere Mädchen mit ihren Vätern tanzten, und davon geträumt, eines Tages mit meinem Daddy zu tanzen.«

»Und das hast du jetzt«, sagte ich.

T. R. sah mir lange in die Augen. Obwohl sie leichtfüßig tanzte, lag etwas Trauriges in ihrem Blick.

»Genau, das hab ich jetzt«, sagte sie und fügte hinzu: »Sag jetzt bloß nichts, Daddy. Bitte sag jetzt nichts.«

Ihre Warnung war eigentlich überflüssig. Eine der wenigen Lektionen, die mir mein seltsames Leben erteilt hat, hat mich gelehrt, nicht jede Traurigkeit wegreden zu wollen, die ein nahestehender Mensch zeigt. Ich habe das oft genug versucht, mit dem Erfolg, die Traurigkeit wie einen Nagel nur noch tiefer in das Herz desjenigen zu treiben.

Mit einiger Mühe befolgte ich den ausdrücklichen Befehl meiner Tochter und schwieg. Ein Lied folgte dem anderen, und wir tanzten. T. R. legte bald wieder ihr Gesicht an meine Brust ... sie tanzte und weinte, weinte und tanzte in Tante Jimmies leerem Café noch eine ganze Rolle Vierteldollars lang. Godwin, der seine Zeitung ausgelesen hatte, stand auf, wollte zu uns treten und mich ablösen, sah noch einmal hin, überlegte es sich anders und ging zum Auto, um sich aufs Ohr zu legen. Tante Jimmie saß am Tresen, rauchte und feilte sich die Nägel. Der alte Walter Wafer, ihr aktueller Tellerwäscher und Gefährte, nutzte die Vormittagsruhe aus, um den Boden zu wischen. Taktvoll wischte er mit seinem Mop um uns herum, und wir tanzten. Kaum war Walter fertig, da kamen die ersten Gäste zu einem frühen Mittagessen hereinspaziert, um sich Cheeseburger, panierte Hähnchenschnitzel und Bier vorsetzen zu lassen. Ein kleiner Ölbohrarbeiter mit wirren Haaren, der sich der Balkan-Disziplin noch nicht angepaßt hatte, warf T. R. einen munteren Blick zu. Sie fing den Blick auf und marschierte schnurstracks zu seinem Tisch hinüber. Mit ihrer Stimmung ging es eindeutig aufwärts.

»He, wie groß sind Sie?« fragte sie.

Der junge Ölarbeiter, von der Frage überrumpelt, murmelte schüchtern ein Maß.

»Das ist groß genug, los, steh auf und tanz mit mir«, sagte T. R. »Ich hab gerade meinen armen alten Daddy fix und alle getanzt.«

Ich ging zur Toilette. Als ich wieder herauskam, sah ich, daß alles bestens war. Die Musik wurde schneller. T. R.s Rock wirbelte, ihre langen Beine blitzten, und selbst den unerschütterlichsten Milchfarmern fiel es schwer, nicht von ihren Steaks aufzusehen.

15

T. R. tanzte glücklich mit dem jungen Ölbohrarbeiter, bis dessen Kumpel ihn schließlich aus dem Café und zurück an die Arbeit zerrten; seinen kalten Cheeseburger mußte er unterwegs verzehren. T. R. folgte ihnen nach draußen und flirtete mit dem jungen Mann namens Dexter, bis der Pritschenwagen abfuhr.

»Was meinst du, Daddy, ist er süßer als Muddy oder nicht?« fragte T. R.

»Also wirklich«, sagte ich, »ich möchte ungern als gestrenger Vater auftreten, aber du spielst doch hoffentlich nicht ernsthaft mit dem Gedanken, Muddy zu verlassen?«

»Du bist kein strenger Vater, und ich spiele jedesmal mit dem Gedanken, Muddy zu verlassen, wenn mir was Süßeres über den Weg läuft«, sagte T. R. »L. J., wach auf, du verschläfst dein Leben.«

»Wer spricht?« sagte Godwin schläfrig. Er war oft ein Weilchen verwirrt, wenn er aus längeren Nickerchen erwachte.

T. R. lachte nur und fuhr uns nach Hause. Muddy ging, mit martialischer Ausrüstung behängt, vor dem Haus auf und ab. Mehrere Fahrten zum Military-Laden in Wichita Falls hatten ihm ermöglicht, sein Arsenal zu vervollständigen; nun verfügte er über einen Feldstecher, Granaten und ein Scharfschützengewehr mit Infrarotsichtgerät.

»Earl Dee ist draußen«, teilte er uns mit, als wir aus dem Wagen stiegen.

»O weh«, sagte T. R. »Dann hauen wir besser ab. Wie weit ist er weg?«

»Ich hab gemeint, er ist aus Huntsville raus«, erläuterte

Muddy. »Jetzt haben sie ihn irgendwo hier in der Gegend eingelocht. Er hat in einem Waschsalon rumgeballert.«

»In einem Waschsalon?« fragte T. R. »Warum schießt er in einem Waschsalon rum?«

»Keine Ahnung«, sagte Muddy. »Vielleicht hat sich 'ne Waschmaschine danebenbenommen.«

»Vielleicht ist alles ein Irrtum«, sagte ich. T. R. war blaß geworden. Sie sah zum Auto hinüber, als wolle sie wieder einsteigen und losfahren.

»Gestern hat man mir noch mitgeteilt, er sei in Huntsville«, rief ich ihnen ins Gedächtnis.

»Ach, solche Fehler machen die Gefängnisse andauernd«, sagte T. R. »Die Hälfte der Zeit kriegen sie nicht mit, wen sie drinhaben und wen nicht. Ich bin dafür, daß wir hier augenblicklich abhauen.«

»Für dich sind ein Haufen Nachrichten da«, erzählte mir Muddy. »Der Sheriff von dem Kaff, wo sie ihn haben, hat angerufen.«

Im Haus ging es so ziemlich drunter und drüber. Bo hockte auf Jesse und vertrimmte sie; Jesse brüllte mit blutender Lippe. T. R. legte Bo sofort übers Knie, der ebenfalls zu brüllen anfing. Weder Gladys noch Buddy waren zu sehen. Während ich das Gefängnis in Huntsville anrief, kamen sie mit betretenen Mienen aus einem der Schlafzimmer heraus. Godwin, T. R. und Muddy rauchten Marihuana. Godwin hatte sich mit einer Pistole von mir bewaffnet, die er immerzu spannte und auf den Kühlschrank richtete, während ich telefonierte.

»Godwin, bitte erschieß den Eisschrank nicht«, sagte ich.

Es dauerte nicht lange, bis ich feststellte, daß das Gefängnis tatsächlich einen Fehler gemacht hatte; ein Earl Dean hatte einem anderen den Kopf mit einer Zellentür eingeschlagen, nicht Earl Dee. Danach rief ich den Sheriff von Palo Pinto County an, der mir zehn Minuten lang versicherte, wie sehr er und seine Familie für »Al und Sal« schwärmten.

»Uns fehlt diese Serie, Mr. Deck, ich kann Ihnen gar nicht sagen, wie sehr sie uns fehlt«, beteuerte er mehrmals. Als ihm schließlich dämmerte, daß ich mir wegen Earl Dee Sorgen machte, schien ihn das zu überraschen.

»Also, machen Sie sich mal keine Sorgen, Mr. Deck«, sagte der Sheriff. »Zerbrechen Sie sich mal nicht den Kopf wegen dem. Der ist erst seit drei Tagen draußen und hat schon seine Bewährungschance verhunzt und einen bewaffneten Überfall auf eine Waschmaschine unternommen. Ich würd sagen, das bringt ihm mindestens noch ein Jahr ein. Eigentlich dürfte er nicht mal 'ne Waffe mit sich rumtragen, und die alte Dame, deren Waschmaschine er zerschossen hat, klagt auf Schadenersatz. Ich würd sagen, Sie und Ihre Familie können sich beruhigt zurücklehnen, diesem Mr. Dee steht 'ne gehörige Strafverlängerung bevor.«

»Eine Flucht ist mit Sicherheit ausgeschlossen?« fragte ich. »Er hat meine Tochter mehrmals bedroht, und sie macht sich ziemliche Sorgen.«

Meine Befürchtung, ein Häftling könne aus seinem Gefängnis entkommen, überraschte den Sheriff.

»Ach, du grüne Neune!« rief er aus. »Der Mann flieht nicht, der wird scharf bewacht. Ich bin hier seit sechzehn Jahren Sheriff, fast siebzehn, und solang gab's noch nie keine Flucht nicht. Der einzige Fall in Sachen Flucht, den wir hatten, war ein kleiner Dieb, der Werkzeuge von Ölfördertürmen klaute; wir schnappten ihn, und während wir ihn zurückbrachten, ließ er sich aus dem verflixten Streifenwagen fallen, was 'ne schlechte Methode war, wie sich rausstellte, weil er sich den Schädel am Pflaster aufschlug und wir sechs Wochen lang seine Krankenhausrechnungen zahlen mußten, weil der olle Hilfssheriff sich nicht überzeugt hatte, daß die Autotür verriegelt war. Bei den Zuständen, die wir heutzutage an den Gerichten haben, bin ich zum Schluß gekommen, daß man die Leute am besten auf der Flucht erschießt; wenn sie tot sind, hat das County hinterher keine Krankenhausrechnungen am Hals.«

Weiter versicherte mir der Sheriff, selbst Alcatraz sei nur unwesentlich sicherer als das Gefängnis von Palo Pinto County. Dann erging er sich in längeren Ausführungen zu dem Thema, welche Folgen von »Al und Sal« seiner Familie am besten gefallen hätten. Ich hörte höflich zu; ich wollte den Sheriff auf jeden Fall auf unserer Seite, und daß er sein Möglichstes für uns tat. Unterdessen war um mich herum Panik ausgebrochen. Jesse schrie fast in einem fort, während Bo einen Wutanfall bekam und seinen Kopf auf den Boden schlug. T. R., Muddy, Godwin, Gladys und Buddy tranken Margaritas. Alle außer T. R. und Gladys waren bewaffnet. T. R. saß mit einem Fuß auf meinem Schoß da, lutschte Limonen und hörte zu, wie ich mich mit dem redseligen Sheriff unterhielt. Ich massierte ihr den Fuß, was offenbar entspannend auf sie wirkte. Als der erste Fuß ausreichend massiert war, tauschte sie ihn gegen den anderen aus, den ich ebenfalls rieb.

»Also, er ist im Gefängnis und wird schwer bewacht«, sagte ich, als ich endlich aufgelegt hatte. »Ich glaube nicht, daß wir uns Sorgen machen müssen. Sie haben vor, ihn gleich zurück nach Huntsville zu schaffen, sobald der Papierkram erledigt ist.«

T. R., die etwas ruhiger geworden war, machte einen nachdenklichen Eindruck.

»Wie weit weg ist dieses Gefängnis, wo sie ihn drin haben?« fragte sie.

»Knapp hundert Kilometer«, sagte ich und überlegte, wo genau Palo Pinto County eigentlich lag.

»Zu nah«, entschied T. R. »Ich schlaf schlecht, wenn Earl Dee weniger als hundertfünfzig Kilometer weit weg ist, ganz egal, was irgendein Sheriff erzählt. Du sagst doch immer, wir können überall hin, wann immer wir wollen.«

»Können wir auch, abgesehen von den Ländern, für die man einen Paß benötigt«, versicherte ich ihr.

»Scheiß auf Länder, für die man einen Paß benötigt«, sagte T. R. »Wir fahren irgendwohin, wo man nichts außer Geld benötigt, und zwar jetzt.«

»Ich kann unverzüglich aufbrechen«, versicherte uns Godwin.

»Wir passen nicht alle in ein Auto«, stellte ich fest. »Vielleicht sollten wir nach Wichita fahren und einen Kleinbus kaufen.«

»Gute Idee«, befand T. R. »Wir laden ihn mit Knarren voll, und ab geht die Post. Ruf sofort den Wohnmobilladen an, Daddy.«

Ich rief den größten Wohnmobilhändler der Gegend an und überließ es der Zauberkraft meines Namens sowie meines sattsam publizierten Vermögens, alles weitere zu erledigen. Man versprach mir das teuerste Wohnmobil dieser Firma, komplett ausgestattet und binnen dreißig Minuten fahrbereit. Godwin und ich fuhren es abholen, während die übrigen einen Straßenatlas konsultierten.

»Ich kann unverzüglich aufbrechen«, wiederholte Godwin mehrmals. Er befürchtete wohl, wir könnten ihn dalassen, damit er sein eigenes Leben führte, etwas, woran er seit Jahren keinen Gedanken mehr verschwendet hatte.

»Godwin, wir alle brechen unverzüglich auf«, sagte ich. »Halt die Klappe, du machst mich nervös.«

»Ich frage mich, wie T. R. diesen Dee kennengelernt hat«, sagte Godwin. »Er muß eine recht charismatische Persönlichkeit sein. Meiner Erfahrung nach sind das Verbrecher häufig.«

Ich war mehrmals kurz davor gewesen, T. R. zu fragen, was sie zu einem Mann hingezogen hatte, der dann Morddrohungen gegen sie aussprach, doch im letzten Augenblick hatte ich mich immer eines Besseren besonnen und die Frage nicht gestellt. Anziehung ließ sich nicht erklären, sie war einfach da. Warum wurde ich von Frauen angezogen, die brillant und so überspannt waren, daß sie normalerweise einen Anfall bekamen, wenn man sie zweimal ansah? Zogen mich die Brillanz an oder die Anfälle oder beides? Wer weiß? Und wenn ich mir solch eine Frage selbst nicht beantworten konnte, war es zwecklos, T. R. um eine Erklärung zu bitten, was sie an Earl Dee gefunden hatte.

»De gustibus«, sagte ich zu Godwin, während wir auf Wichita Falls zurasten.

»Ich kann's nicht leiden, wenn du dich in lateinische Zitate flüchtest«, sagte Godwin.

Das Wohnmobil wartete auf uns, wie versprochen. Godwin bestand darauf, sogleich das Steuer zu übernehmen; also fuhr er es, während ich ihm im Cadillac nach Hause folgte.

Auf Los Dolores angekommen, stellten wir fest, daß die Panik etwas verebbt war, weggespült von mehreren Krügen Margaritas. Die ganze Bande saß bis an die Zähne bewaffnet um den Küchentisch und stritt sich über dem Straßenatlas. T. R. und Muddy waren in eine leise, aber verbissene Auseinandersetzung um unser erstes Reiseziel verstrickt. T. R. wollte nach Disneyland, Muddy hatte sein Herz an Lake Louise gehängt.

»Ich hab's in einem Reisefilm gesehen, den sie uns im Knast gezeigt haben«, sagte er. »Es soll die schönste Gegend auf der ganzen Welt sein. Buddy und Bo kriegen da sicher jede Menge Fische an die Angel.«

»Quatsch, die sollen im Straßengraben angeln«, sagte T. R. »Ich will nach Disneyland, und dann nach Hollywood. Vielleicht werd ich Filmstar. Earl Dee würd sich nicht trauen, mich umzulegen, wenn ich Filmstar wär.«

»Aber Lake Louise ist ein besseres Versteck, bloß bis sie ihn nach Huntsville zurückbringen«, wandte Muddy ein. »Der käm nie im Leben drauf, daß wir zum Lake Louise sind.«

»Blödsinn«, sagte T. R. »Niemand außer Earl Dee weiß, auf

was Earl Dee alles kommt. Einer, der mit seiner Knarre auf 'ne Waschmaschine ballert, denkt nicht wie andere Leute.«

»Ich hab gehört, in Colorado ist es nett«, meldete sich Gladys.

»Wir könnten es uns auf der Halbinsel Yucatán gemütlich machen«, sagte Godwin.

»Ich hab eine Tante in St. Louis.« Das kam von Buddy. »Die hat vielleicht nichts dagegen, uns ein Weilchen unterzubringen.«

»Bitte, ich vertrage den Mittleren Westen nicht«, sagte Godwin. »Zu wenig nette Ärsche da.«

Während die Diskussion tobte, lackierte T. R. sich die Fingernägel. Zwischendurch unterbrach sie ihre Arbeit, um sich besser auf den Streit mit Muddy konzentrieren zu können, und ließ das Nagellackfläschchen am Tischrand stehen. Jesse stibitzte es, nahm neben dem Kühlschrank auf dem Boden Platz und versuchte mit geringem Erfolg, sich auch die Fingernägel anzumalen. Als ihr das zu mühsam wurde, kippte sie das Fläschchen seelenruhig auf dem Boden aus und verteilte den Lack anschließend mit den Händen. T. R. und ich bemerkten dies gleichzeitig, und T. R. schrie entsetzt auf: »Mein Gott, Jesse, was hast du jetzt wieder angestellt?«

Verblüfft hielt Jesse ihre roten Händchen hoch. Als ihr aufging, daß ihre Arbeit wenig geschätzt wurde, beschloß sie, sich mit Charme, ihrem neuen Wort und einem strahlenden Lächeln aus der Affäre zu ziehen.

»Baden?« sagte sie hoffnungsvoll.

»Tja, dann müssen wir noch mal zum Laden fahren«, sagte T. R., die nicht richtig böse auf Jesse war. »Ich kreuze in Hollywood ganz bestimmt nicht mit halblackierten Nägeln auf. Los, wir machen 'ne Liste mit allem, was wir unterwegs brauchen, und Muddy und ich fahren es holen.«

»Fahr es selber holen, ich war nie mit Hollywood einverstanden«, sagte Muddy. »Du kommandierst einen bloß rum, T. R.«

»In jeder Kleinfamilie muß einer der Boß sein, und in unserer Kleinfamilie bin ich es«, teilte T. R. ihm mit. Sie umarmte ihn als Zeichen dafür, daß sie nicht böse auf ihn war, aber *Muddy* war böse und verfiel in sein berühmtes Schmollen. Wir anderen stellten rasch eine Liste mit einem Dutzend Dingen zusammen, die auf einer Fahrt nach Kalifornien nützlich sein konnten.

»Wetten, daß wir die Hälfte von dem Zeug rausschmeißen, aber das macht nichts, wir kaufen's trotzdem«, sagte T. R.

Irgendwann hatte sie sich einen Cowboyhut zugelegt, den sie sich nun während der Vorbereitung auf die Einkaufsfahrt keß auf den Kopf setzte. Dann schnappte sie mich und bestand darauf, daß wir ein paar Schritte zu ihrer eigenen Version des *Tennessee Waltz* aufs Parkett legten.

»Wenn wir erst in L.A. sind, arbeiten wir an deinem Tanzstil, Daddy«, sagte sie und knuffte mich spielerisch in die Rippen. »Du mußt etwas Fett runtertanzen.«

»Warum fahrt ihr nicht mit dem Cadillac einkaufen, während wir das Wohnmobil beladen?« schlug ich vor. »Dann kommen wir schneller weg.«

»Diese Füße sind wie geschaffen zum Tanzen, Muddy«, sagte T. R. und tanzte, um ihn aus seinem Schmollwinkel zu locken, verführerisch durch die Küche. »Wenn du dich nicht vorsiehst, tanzen sie dir auf dem Kopf rum.«

»Können wir nicht wenigstens unterwegs nach Kalifornien am Lake Louise haltmachen?« sagte Muddy, der unbeirrt an seinem Schmollen festhielt.

»Vergiß es«, sagte T. R., kam aber näher – nahe genug, um ihm einen dicken Kuß zu geben.

»Nie läßt du einen gewinnen«, sagte Muddy und ließ sich von ihr kurz in den Tanz ziehen.

»Ich hab noch was anderes, das zu was anderem wie geschaffen ist«, sagte T. R. »Du bist doch nicht so scharf auf

Lake Louise, daß du dafür riskieren willst, mein anderes Ding zu verlieren?«

»Und wenn ich's wär, würdest du mich doch nicht lassen«, sagte Muddy und machte sich los. »Ich hau mich jetzt aufs Ohr, bevor wir auf diese blöde Reise gehen, wenn wir wirklich nach L.A. fahren.«

»Komm, L. J., du mußt mir beim Einkaufen helfen, auf dieser Liste stehen tausend Sachen«, sagte T. R. mit einem Fingerschnippen in meine Richtung. Das Fingerschnippen hieß: Rück das Geld raus, was ich auch tat, ein paar Hunderter. In letzter Sekunde beschlossen Buddy und Bo mitzufahren, um sich neues Angelgerät anzusehen. Als sie gingen, warf Godwin einen Blick auf die Liste, um herauszufinden, ob irgendwelche lebenswichtigen Delikatessen vergessen worden waren.

Ich hatte fest vor, mit dem Packen zu beginnen, doch die Aufregungen des Tages hatten mich ein wenig ermüdet, und noch ehe ich anfangen konnte, ließ ich mich in ein Damespiel mit Jesse verwickeln, während Gladys sich bemühte, den Nagellack vom Boden zu entfernen. Jesse war guter Laune; sie hatte eine neue Strategie entwickelt, die ihr noch mehr Spaß machte, als meine Steine auf den Boden zu werfen. Jedesmal, wenn ich drohte, über einen ihrer Steine zu springen, legte sie einfach ihren Finger auf meinen Stein und nagelte ihn so auf dem Brett fest. Ich tat, als wäre ihr Finger der von Superwoman; mit keiner Anstrengung, auch wenn ich mich noch so sehr abmühte, konnte ich einen Stein bewegen, auf dem ihr Finger lag.

Diese Taktik amüsierte Jesse so sehr, daß sie sich bald vor Lachen krümmte. Sobald ich zu einem neuen Zug ansetzte, senkte sie ihr Fingerchen auf meinen Damestein und wurde dann von Lachkrämpfen geschüttelt.

»Ich hör dieses kleine Mädchen zu gern lachen«, sagte Gladys. Sie war selbst ausgesprochen gut gelaunt – postkoitale Euphorie, vermutete ich.

Während Jesse und ich spielten und Jesse in immer kürzeren Abständen von unkontrollierbarem Gekicher übermannt wurde, klingelte das Telefon auf dem Küchentisch, und ich nahm den Hörer ab.

»Mr. Deck, kommen Sie schnell, kommen Sie schnell«, sagte eine mir nicht vertraute junge Stimme. Jesse hatte gerade den Finger auf einen Stein gelegt; voller Ungeduld wegen der Unterbrechung, versuchte sie meine freie Hand zum Brett zu ziehen.

»Wohin, wer sind Sie?« fragte ich. Die Angst drang wie ein Pfeil in mich ein und verschloß mir fast die Kehle.

»Ich bin Jim, von der Tankstelle – kommen Sie schnell, Mr. Deck, er hat sie alle umgebracht!« rief der Junge. »Er ist einfach ans Bleifreie rangefahren und hat seine Knarre gezogen und sie alle umgebracht.«

Immer noch Jesse gehorchend, konzentrierte ich mich hinreichend, um so zu tun, als wolle ich meinen Stein anheben, was eine weitere kindliche Lachsalve zur Folge hatte. Aber Gladys, die an der Spüle stand, sah mein Gesicht und wurde blaß. Sie mußte sich am Spülbecken festhalten.

»Mr. Deck, kommen Sie schnell«, wiederholte der Junge.

»Ja, mach ich«, sagte ich und legte auf.

»Was?« sagte Gladys. »Was?«

»Der Junge von der Tankstelle in Thalia sagt, er hat sie alle umgebracht«, sagte ich. Meine dünne Stimme schien einem anderen zu gehören.

»Oh nein! Buddy war dabei!« entfuhr es Gladys, das Gesicht qualvoll verzerrt. »Buddy war bei ihnen! Dabei hatten wir uns gerade verliebt, er war meine letzte Chance. Jetzt krieg ich nie wieder im Leben 'ne Chance. O nein!«

Jesse, die von dem plötzlichen Stimmungswandel der Erwachsenen erschreckt und verwirrt war, hörte zu kichern auf und steckte sich ihre kleine Faust in den Mund.

16

Nach Thalia waren es nur etwa sieben Minuten. Lange bevor wir dort ankamen, konnten Muddy und ich die Menschenmenge an der Tankstelle sehen. Geparkte Heulaster, Viehlaster und mit Ölbohrgeräten beladene Laster standen fast bis zum Ortsschild am Straßenrand. Mit Ausnahme des örtlichen Hilfssheriffs, der bleich und entsetzt wegen der plötzlich über ihn hereingebrochenen Verantwortung dastand, bestand die Menge um die Opfer hauptsächlich aus Lkw-Fahrern, Cowboys, Ölbohrarbeitern, ein paar Ladenbesitzern und ein, zwei entsetzten Hausfrauen.

Der einzige Mensch in der Menge, der sich offenbar ein wenig Geistesgegenwart bewahrt hatte, war Duane Moore, ein mir nur flüchtig bekannter ortsansässiger Ölquellenbesitzer. Nach Jim, dem entsetzten jungen Tankwart, war Duane wohl als erster am Tatort gewesen und hatte das wenige getan, was er tun konnte – beispielsweise nach einem Rettungswagen telefonieren.

Kaum waren wir aus dem Wohnmobil ausgestiegen, kam Duane zu uns herüber und versuchte, uns auf den Anblick vorzubereiten, der uns bevorstand. Er sagte uns, T. R. und Godwin seien noch am Leben, aber sein Blick war alles andere als beruhigend.

»Ich bin kein Arzt, aber es sieht nicht gut aus, Mr. Deck«, sagte er. »Ihr englischer Freund wurde lebensgefährlich verletzt, Ihre Tochter hat einen Kopfschuß.«

»Ich hätte mitfahren sollen, ich hätte mitfahren sollen«, sagte Muddy; er konnte kaum sprechen. Den tiefen Abgrund der Selbstanklage und Reue, in den er nun sank, sollte er über Jahre nicht wieder verlassen.

T. R. lag auf dem Vordersitz des Cadillacs; sie war gefahren. Earl Dee hatte sie aus nächster Nähe in den Kopf geschossen. Ihre Augen waren geschlossen, und ich fand, sie sah viel kleiner und jünger als noch vor zwanzig Minuten aus. Ihre Wunde konnte ich nicht sehen, obwohl ihre Stirn und der Sitz voller Blut waren. Ich wollte schluchzen, doch der Pfeil verschloß mir die Kehle. Trotz ihres flachen Atems schien T. R. nicht mehr bei uns zu sein: ein toter Vogel, sein Flug beendet, klein und schlaff am Boden.

Buddy lag tot zwischen den Zapfsäulen, Godwin ausgestreckt auf dem ölverschmierten Zementboden hinter dem Auto; obwohl er von drei Schüssen getroffen worden war, war es ihm gelungen, Buddys Pistole zu ergreifen und mehrere Schüsse auf Earl Dee abzufeuern, bevor er zusammenbrach. Er war bei vollem Bewußtsein.

»Hätt ich dieses Stück Schweinescheiße bloß umgebracht«, sagte er schwach, als ich neben ihm niederkniete. »Ich hab ziemlich schnell geschossen, vielleicht hab ich ihn wenigstens verletzt.«

»Nicht reden, Godwin«, sagte ich. »Der Rettungswagen ist unterwegs.«

»Aber ich sterbe«, entgegnete Godwin und nahm all seine Kraft zusammen. »Ich will reden. Warum enthält man den Sterbenden ihre letzte Gelegenheit zu reden vor? Das ist eine ganz beschissene literarische Konvention. Zeig mir einen Sterbenden in einem Roman, und ich sage dir, daß der Autor ihm als erstes von einem anderen den Mund verbieten läßt. Was ist das für ein Betragen? – Ich schätze, man wird mich wohl kaum an den grünen Ufern des Cam River begraben«, fügte er matt hinzu.

»Godwin, rede, es tut mir leid«, sagte ich. »Mir war nicht klar, was ich da gesagt habe. Es ging mir nur darum, daß du vielleicht nicht stirbst, wenn du ruhig bist und dich schonst.«

»Wo ist Bo?« fragte Muddy, dem das Kind einfiel. »Bo war mitgefahren. Wo ist Bo?«

In der Menschenmenge wußte keiner Bescheid, aber im Auto war er nicht, und unter den Schaulustigen auch nicht. Die einzig logische Folgerung war, daß Earl Dee Bo mitgenommen hatte, obwohl sich niemand entsinnen konnte, das gesehen zu haben.

Ich verließ Godwin und kniete mich neben die offene Autotür, so nahe neben T. R. wie möglich. Ihr Zustand war unverändert. Ich beobachtete ihr Gesicht und hoffte inständig, sie möge die Augen öffnen und mich ansehen. Muddy kroch auf den Rücksitz, griff nach vorn und hielt ihre schlaffe Hand. Gewiß hoffte er das gleiche wie ich.

»Sie könnte durchkommen«, sagte er. »Sie könnte durchkommen.«

Dann hörten wir entfernten Hubschrauberlärm.

»Ich hab den Rettungshubschrauber angefordert«, sagte Duane. »Ich dachte, so ernst, wie es ausschaut, wollen Sie die beiden bestimmt nach Dallas bringen.«

»Danke«, sagte ich.

Jemand deckte etwas über Buddy. Ich dachte an die arme Gladys, die schockiert und verzweifelt mit Jesse zu Hause wartete. Hier lag die Leiche ihrer letzten Chance zwischen Verbleit und Bleifrei.

Der Hubschrauber ging auf die Straße nieder und wirbelte Staub auf uns alle. Muddy und ich versuchten, T. R. abzuschirmen. Dann mußten wir zur Seite treten, während die jungen Sanitäter sie geübt aus dem Auto hoben und auf eine Bahre schnallten. Das dauerte seine Zeit. Die Menschenmenge um uns hatte Zulauf bekommen, war aber ruhig. Die einzigen, die redeten, waren die Sanitäter und Godwin, der sein Bestes tat, um den blutigen Schauplatz in eine Theaterbühne zu verwandeln. In bester Kolonialherrenmanier plauderte er kultiviert mit dem Sanitäter, mit mir, mit Duane

Moore, als sie ihn auf eine Trage und in den Hubschrauber hoben. Ich widerstand mehrmals der Versuchung, ihm zu sagen, er solle den Mund halten, obwohl ich ihn im Grunde selten so bewundert hatte.

Als die beiden im Rettungshubschrauber waren, wollten Muddy und ich hinterherklettern, aber einer der jungen Männer hielt uns auf.

»Tut mir leid, aber wir haben nur Platz für einen«, erklärte er mir höflich.

Muddy und ich waren bestürzt. Ich wußte nicht, was ich sagen sollte; Muddy wußte es.

»Flieg du mit, du bist ihr Daddy«, sagte er, verzweifelte Trauer in seinem schmalen Gesicht. »Ich muß mich sowieso um Jesse kümmern.«

Ich stieg zwar ein, doch ohne ganz überzeugt zu sein, daß ich der Richtige war. T. R. und Muddy standen sich sehr nahe; er war gut zu ihr. Vielleicht konnte er ihr besser helfen als ich, wieder zu sich zu kommen, sie zum Leben überreden. Ich hatte tatsächlich das Gefühl, daß es hauptsächlich eine Frage der Überredungskunst war. Sobald sie ihre Augen öffnete, müßte einer von uns anfangen, sie zu überreden. Besser ich oder besser Muddy? Ich wußte es nicht, konnte es aber kaum ertragen, Muddy dort auf der staubigen Straße verzweifelt auf den Hubschrauber starren zu sehen, der im Begriff war, seine große Liebe fortzutragen. Mir war, als müßte ich herausspringen und ihm meinen Platz anbieten, doch ich zögerte meine Entscheidung zu lange hinaus. Der junge Mann schloß die Tür, und der Hubschrauber hob ab. Wie gelähmt starrte ich auf die aufschauenden Gesichter unter uns. Bald verschwammen sie wie Traumbilder; dann sah ich sie gar nicht mehr.

Die beiden jungen Krankenpfleger hatten mit Godwin und T. R. alle Hände voll zu tun. Sie legten Transfusionen, schlossen Monitore an … ich weiß nicht was. Mir war schlecht, teils vom Schock, teils aus der Überzeugung heraus, daß ich nicht recht daran getan hatte, in den Hubschrauber zu steigen. Muddy war beinahe ihr Mann; Muddy wäre wahrscheinlich eine größere Hilfe gewesen, Muddy hatte ein größeres Recht darauf.

Ich fühlte mich ein oder zwei Augenblicke lang innerlich nur noch leer, leer und elend; mit Mühe gelang es mir, Muddys Gesicht aus meinem Kopf zu verbannen und mich wieder auf T. R. zu konzentrieren.

»Oje«, hörte ich den einen Sanitäter sagen. Er sah mich auf eine merkwürdige Art an, ohne sich weiter zu äußern. Sein Blick machte mich nervös.

»Was ist los?« fragte ich. »Wie lange brauchen wir bis nach Dallas?«

»Och, es dauert nicht mehr lange«, sagte der junge Mann mit leiser Stimme. »Wir kommen vielleicht noch rechtzeitig, um den Engländer zu retten, wenn er bloß aufhören würde zu reden. Die schlechte Nachricht ist, daß wir Ihre Tochter nicht retten können, Sir. Ihre Tochter ist tot.«

»Nein«, sagte ich in dem Versuch, es abzuwehren. »Nein, das kann nicht sein ... beeilen Sie sich.«

Der junge Mann seufzte, setzte sich auf den Platz neben mich und legte mir behutsam einen Arm um die Schultern.

»Ich erinnere mich an Sie«, sagte er. »Sie sind mit uns geflogen, als wir diesen kleinen Burschen geholt haben, der die Öltanks in die Luft gejagt hat. Das war doch der eben an der Tankstelle, oder?«

»Ja«, sagte ich. Ich konnte T. R.s Füße sehen. Sie bewegten sich nicht. Eine Sandale war heruntergefallen, der Fuß nackt.

»Bitte überprüfen Sie den Monitor«, verlangte ich. »Bitte! Es könnte ein Irrtum sein.«

Der junge Mann blieb, wo er war, den Arm um mich gelegt. Er sagte nichts mehr. Ich wäre am liebsten aus dem Hubschrauber gesprungen. Es wäre eine Erleichterung gewesen, der braunen Ebene entgegenzufallen. Dann hätte ich auf T. R. unten in der Erde warten können, in die sie bald gesenkt werden würde. Einen Augenblick lang erschien mir das als die einzig mögliche Bekundung meiner Treue.

»Daniel, bist du so verzweifelt?« fragte Godwin.

»Godwin, du solltest wirklich nicht reden«, sagte ich.

»Ich bin auch ganz verzweifelt«, sagte Godwin.

17

Der junge Mann hatte sich nicht geirrt – T. R.s Zeit war gekommen. So jedenfalls wollte ich es verstehen, als sie in der Notaufnahme schließlich aufgaben und wiederholten, was mir der junge Mann im Hubschrauber gesagt hatte. Ich brachte das Wort nicht heraus, nicht am Telefon gegenüber dem gramgebeugten Muddy oder der schmerzgepeinigten Gladys. Ich wollte, daß irgend etwas zu meiner Tochter gekommen war – der Wind, der Regen, die Erde, der Himmel oder gar die Zeit – etwas war zu T. R. gekommen und hatte sie zu sich genommen.

Auch Godwins Zeit kam, wenn auch nicht gleich. Das Notaufnahmeteam war verblüfft, daß er überhaupt noch am Leben war, und doch plapperte er noch eine gute halbe Stunde weiter, trotz seiner Verletzungen an mehreren lebenswichtigen Organen. Die Krankenschwestern versuchten immer wieder, ihn zum Schweigen zu bringen, doch der junge diensthabende Arzt war völlig Godwins Meinung, was die Rechte Sterbender auf Konversation anging.

»Natürlich, lassen Sie ihn reden«, sagte er. »Warum nicht?«

Sein Geplapper drückte zum Teil Bedauern darüber aus, daß er Earl Dee nicht umgebracht hatte. Mehrere Minuten lang war er völlig geistesabwesend, doch dann schien er sich zu fangen, und er sah mich mit klarem Blick an und sagte etwas, das mir wie Griechisch vorkam.

»Godwin, ich kann leider kein Wort Griechisch«, sagte ich.

»*Ilias,* Sechstes Buch«, sagte Godwin. »Ich fand es immer etwas überladen. Seltsam, daß es mir gerade jetzt in den Sinn kommt.«

»Ich fürchte, ich hab die Stelle vergessen«, sagte ich, obwohl ich die *Ilias* nie wirklich gelesen hatte.

»Daniel, würde es dir etwas ausmachen, mein Buch zusammenzustellen?« fragte Godwin. »Im Moment besteht es zwar hauptsächlich aus einem Haufen Notizen, aber ein paar davon sind gar nicht schlecht, und es wäre mir nicht recht, wenn sie einfach verlorengingen.«

»Natürlich stelle ich dein Buch zusammen«, sagte ich. »Jedenfalls werde ich es versuchen.«

»Bestimmt kannst du irgendein intelligentes junges Ding von Harvard anheuern, die das Griechische für dich übernimmt«, sagte er. »Laß nur nicht zu, daß Gladys alles wegwirft. Das versucht sie nämlich seit Jahren, mußt du wissen.«

»Ich werd's nicht zulassen, Godwin«, sagte ich.

»Arme alte Seele, sie hat ein gutes Herz«, sagte Godwin. »Ist T. R. wirklich tot?«

»Ja, sie hat uns verlassen«, sagte ich.

»Welch ein prachtvolles Mädchen«, sagte er traurig. »Ich hab's nie geschafft, sie zu vögeln.«

Ich begann zu weinen, aber Godwin, immer einen Schritt vor oder einen Schritt hinter mir, wirkte ganz geistesgegenwärtig.

»Sie hat dir gerade noch rechtzeitig ihre Kinder gebracht, nicht wahr?« sagte er. »Wie bewundernswert von ihr. Du bist manchmal etwas langsam in deiner Wahrnehmung, Daniel. Ich hoffe doch, du erkennst, war für ein großes Geschenk das war.«

Ich antwortete nicht – konnte es nicht. In jenem Moment erkannte ich nichts. Godwin drückte mir die Hand. Er redete wieder auf griechisch.

»Es ist wirklich eine seltsam wohlverdiente Strafe«, sagte er. »Da habe ich Jahre mit Euripides verbracht, und jetzt fällt mir nichts als Homer ein. Da spielt mir doch mein Gedächtnis einen ziemlichen Streich, was?«

»Sieht ganz so aus«, sagte ich. Er ließ meine Hand los. Wenige Minuten später kam der junge Arzt ins Zimmer und führte mich hinaus. Erst als ich im Flur war, kam mir der Gedanke, daß Godwin tot sein mußte.

Gegen Mitternacht, als ich in Dallas darauf wartete, daß die sterblichen Reste meiner Tochter und Godwin Lloyd-Jons' freigegeben wurden, schoß Earl Dee auf einen Streifenpolizisten, der ihn bei Bartlesville, Oklahoma, angehalten hatte. Ein paar Minuten später ergab er sich widerstandslos vor einem Supermarkt in Pawhuska. Bo war bei ihm. Der Streifenpolizist, den Earl Dee angeschossen hatte, war nur leicht verletzt worden.

Vierter Teil

1

Earl Dee bin ich nie begegnet; ich wollte nicht. Ich hatte kein Interesse daran, meine Vorstellung von ihm mit irgendwelchen menschlichen Zügen auszustatten. Es fiel mir leichter, ihn mir einfach als eine dunkle Macht aus der Unterschicht des Südens vorzustellen, als jemanden, der vielleicht Steve Cochran ähnelte, wie er in *Gefangene des Ku-Klux-Klan* aussah: ein sexy Rüpel mit affektiertem Grinsen. Als ich zur Zeit des Prozesses in einer Zeitung auf ein Foto von ihm stieß, zeigte es genau so ein Grinsen. Er bekam dreimal lebenslänglich.

Als Bo zehn war, bat er das erste Mal, seinen Vater besuchen zu dürfen. Nachdem ich es mir hin und her überlegt hatte, erlaubte ich es ihm und schickte ihn nach Texas, mit Hilton, meinem Fahrer und ›Mädchen für alles‹, der in Bos – wenn auch nie in Gladys' – Gefühlswelt Buddys Stelle eingenommen hatte. Damals lebten wir in Kalifornien, aber Bo wollte seinen Vater besuchen, und ich ließ es zu. Bo erzählte nie von seinen Besuchen; Bo erzählte nie irgend etwas. Worüber er und sein Vater sprachen, wußte niemand außer den beiden. Earl Dee wurde von einem Mithäftling getötet, als Bo vierzehn war. Danach war Bo sieben Monate lang verschwunden; es war das erste, wenn auch nicht das letzte Mal, daß er verschwand.

Natürlich waren die ersten Jahre für uns alle entsetzlich. Muddy Box und ich versuchten drei Jahre lang unermüdlich, die Uhr in unseren Köpfen zurückzudrehen und hinter den Augenblick zurückzugelangen, da T. R. aus dem Haus tanzte und in ihren Tod fuhr. Hunderte von Malen spielten wir einzeln oder gemeinsam ihre letzte halbe Stunde auf Los Dolores noch einmal durch und versuchten die Ereignisse so umzugestalten, daß sie nicht wegfuhr und folglich nicht starb. Muddy konnte einen Monat lang nichts essen; er schwand fast völlig dahin. Seine spezielle Qual war, daß er sich durch seinen hartnäckigen Wunsch, Lake Louise zu sehen, in solch kritischem Augenblick von T. R. hatte trennen lassen.

»Aber wir wußten nicht, was passieren würde«, sagte ich ihm immer wieder. »Wir wußten es nicht. Niemand hätte es wissen können. Sie war dir auch gar nicht böse. Sie hat dir kurz vor ihrer Abfahrt einen dicken Kuß gegeben.«

Es half nichts.

»Ich wußte, daß er nicht in Huntsville war«, sagte Muddy immer und immer wieder. »Ich wußte, daß er nicht in Huntsville war. Ich hätte nicht mit ihr streiten dürfen. Ich hätte einfach alles machen sollen, wie sie es wollte; die Gelegenheit dazu kommt nie wieder.«

Mich hingegen quälte – aus gutem Grund, wie sich später herausstellen sollte – die Reue darüber, daß ich mich von den Versicherungen des Sheriffs von Palo Pinto County, Earl Dee werde schwer bewacht und könne unmöglich fliehen, in Sicherheit hatte wiegen lassen. Wie hatte ich so wenig von den tatsächlichen Zuständen in Kleinstadtgefängnissen wissen können? Meine Unwissenheit war mindestens ebenso unentschuldbar wie Muddys Fixierung auf Lake Louise.

Earl Dee war nämlich schon geflohen, als ich mich mit dem Sheriff unterhielt; der Sheriff wußte es bloß nicht. Die »schwere« Bewachung bestand aus einem unerfahrenen Hilfssheriff, der in der Zelle nebenan mit einer dicken jugendlichen Ladendiebin kopulierte, als Earl Dee durchbrannte. Earl Dee hatte sich an das Mädchen herangemacht und ihr versprochen, sie mitzunehmen, wenn sie ihm bei der Flucht half; ein Versprechen, das er umgehend brach. Wer auf die Idee gekommen war, das Mädchen, der Hilfssheriff oder Earl Dee, kam nie heraus, aber ein Beischlaf fand auf der Pritsche in der Zelle des Mädchens statt, das Waffe und Schlüssel des Hilfssheriffs an Earl Dee weiterreichte. Auf seinem Weg nahm Earl Dee nicht nur den Hut des Hilfssheriffs an sich, sondern fuhr auch in dessen Auto davon; Auto und Hut ließ er in einer etwa vierzig Meilen nördlich gelegenen Stadt zurück, wo er hinter einer Zahnarztpraxis einen Buick entwendete.

Ich sagte mir, als Romanautor und Erforscher menschlichen Verhaltens hätte ich irgendeine derartige Verkettung von Ereignissen vorhersehen müssen; doch wer hätte schon vorhersehen können, daß das übergewichtige junge Mädchen genau rechtzeitig wegen Ladendiebstahls verhaftet werden würde, um den Annäherungsversuchen des Hilfssheriffs nachzugeben (falls der Hilfssheriff tatsächlich sich ihr genähert hatte; er behauptete, verführt worden zu sein, wohingegen das junge Mädchen behauptete, sie habe nachgegeben, weil der Hilfssheriff versprochen habe, ihr einen Milchshake aus der Milchbar auf der anderen Straßenseite zu holen), genau rechtzeitig, um Earl Dee zur Flucht zu verhelfen?

Nicht einmal Balzac hätte das vorhergesehen.

Später wurde in der Lokalzeitung lautstark ein Prozeß gefordert. Man drängte mich, Huntsville, den Gefängnisdirektor, das Gefängnissystem, den Bewährungshelfer, den Sheriff von Palo Pinto County, den Hilfssheriff und sogar die jugendliche Ladendiebin zu verklagen; auf ihre ohnehin schon hängenden jungen Schultern wurde die Hauptschuld abgeladen. Sie war erst zum zweiten Mal wegen Ladendiebstahls in Haft, aber die in den Medien breitgetretene Nachricht, sie habe es wegen eines Milchshakes mit dem Hilfssheriff getrieben, brandmarkte sie in den Augen ihrer Mitbürger als ein hoffnungslos verlorenes schwarzes Schaf.

In meinen Augen allerdings nicht. In dem Moment, da ich ihre Fotos in der Zeitung sah – den hageren, verdutzten Hilfssheriff und das dicke, traurige Mädchen – ging mir auf, daß manche Leute noch schlechter dran waren als ich. Weit davon entfernt, sie zu verklagen, besorgte ich den beiden Verteidiger, und diese guten Anwälte stutzten die gegen die beiden erhobenen Anklagen nach und nach auf ein Mindestmaß zurecht. Irgendwann tat mir Melinda mehr leid als jeder andere in dieser ganzen grausamen Geschichte. Ich nehme an, der Milchshake war das Detail, das mir keine Ruhe mehr ließ, obgleich Melinda mir gegenüber erklärte, tatsächlich sei es ein Bananensplit gewesen, und gestand, sie sei schon lange in den Hilfssheriff verknallt gewesen und es habe ihr nichts ausgemacht, im Gefängnis zu sein, solange sie in seiner Nähe war. Sie hatte es also doch aus Liebe getan und nicht wegen des Bananensplits. Er hieß Dan.

Ich bot Melinda an, ihr den Collegebesuch zu finanzieren; sie nahm mein Angebot ein Semester lang wahr und bekam dann eine Stelle als Verkäuferin in der Drogerie, wo man sie beim Stehlen von Kosmetika erwischt hatte. Zwei Jahre darauf, von fast allen geächtet, heirateten Melinda und Dan, was einen Tag lang in den Lokalzeitungen Beachtung fand. Ich ging zu ihrer traurigen, kleinen Hochzeit, bezahlte ihnen die Hochzeitsreise an den Lake Tahoe und weinte auf dem Heimweg von der Trauung. Ich glaube, sie kamen selbst nie ganz darüber hinweg, daß ein Augenblick der Zügellosigkeit, ihr winziger Griff nach der Lust, dazu beigetragen hatte, das Leben meiner Tochter zu beenden. Nach der Hochzeit unterhielt ich keinen Kontakt mehr zu Melinda und Dan. Ich ertrug es nicht mehr, in Verbindung zu bleiben – es war zu traurig.

Der Sheriff von Palo Pinto County wurde bei der nächsten Wahl abgewählt. Ein Jahr darauf erschoß er seine Frau samt ihrem Liebhaber, der zufällig auch der neue Sheriff war. Dann versuchte er, sich selbst zu erschießen, traf nicht richtig, erholte sich und saß dann selbst in Huntsville.

In jener Zeit, in den ersten Monaten nach der Tragödie,

schenkte ich den diversen Gerichtsverhandlungen allerdings nur sporadisch Beachtung. Jeder Tag war eine Steppe, die überquert werden mußte; Tag für Tag spielten Muddy und ich das sinnlose Spiel, die Zeit zurückdrehen zu wollen. Wir konnten nicht aufhören, die letzte Stunde oder den letzten Nachmittag in Gedanken so zu verändern, daß alles anders ausging. Selbst als T. R. in unser beider Vorstellung allmählich verschwamm und wir von qualvollen Träumen und sinnlosem Phantasieren beide halb verrückt geworden waren, unterhielten wir uns immer noch viel zu viele Stunden lang über Muddys Beharren auf Lake Louise und darüber, wie leichtgläubig ich den Versicherungen des Sheriffs Glauben geschenkt hatte.

Dann, zu meiner Verwunderung, ja fast zu meinem Entsetzen, begann Muddy sich zu erholen. Er stahl sich aus seiner Trauer davon und ließ mich einsamer denn je in der meinen zurück. Selbst an seinen schlimmsten Tagen war er stets unendlich gut, unendlich geduldig mit Jesse und Bo umgegangen. Stundenlang spielte er mit ihnen, fuhr mit ihnen zelten und in den Vergnügungspark Six Flags. Als er anfing, sich zu erholen, begann er auch zu lesen. Die zehntausend Bücher in meiner Bibliothek, die bis dahin für ihn nur beliebige Einrichtungsgegenstände gewesen waren, interessierten ihn jetzt. Wenn ich spätabends durchs Haus streifte, fand ich ihn über Engels, Karen Blixen oder irgendeinen Reiseschriftsteller des neunzehnten Jahrhunderts gebeugt.

Eines Tages fragte ich Muddy, ob er gerne aufs College gehen würde, und er bejahte. Im selben Herbst schrieb er sich in Wichita Falls ein, und er machte gerade seinen Abschluß, als Jesse in die erste Klasse kam. Kameras, Mikrofone, Kommunikationstechnik aller Art faszinierten ihn. Er entschied, daß ein weiterführendes Studium der Kommunikationswissenschaft das richtige für ihn war. Wir waren gerade wieder nach L.A. gezogen. Muddy hatte zuerst Bedenken gegen den Umzug, doch er kam mit und schrieb sich im Herbst an der University of California ein. Er entpuppte sich als hervorragender, allseits beliebter Student. Am Ende seines zweiten Studienjahres bot ihm ein Fernsehsender in Houston eine Stelle als Wetteransager an. Er leistete gute Arbeit als Wetterfrosch, doch größere Dinge erwarteten ihn. Eines Tages meldete sich der reguläre Verkehrsreporter krank; die Verkehrsreportage ist von großer Bedeutung in Houston, wo dem Autobahnnetz permanent der Zusammenbruch droht. Muddy kletterte in einen Hubschrauber und wurde fast über Nacht zu einer lebenden Legende. Morgens und nachmittags stieg er hoch über die belebten Houstoner Autobahnen auf und hielt nach neuralgischen Punkten Ausschau. Bald erwies sich, daß Muddy Box eine besondere Begabung dafür hatte, Verkehrsprobleme vorherzusehen und Lösungsmöglichkeiten anzubieten. In den zwei Jahren, in denen er für Verkehr zuständig war, ersparte er Millionen von Texanern Milliarden Arbeitsstunden, indem er sie um Probleme herumleitete, die gerade erst im Ansatz zu erkennen waren. Seine morgendlichen und abendlichen Verkehrsreportagen zogen über achtzig Prozent der Radiohörer an, eine Rekord-Quote, die ihm rasch Angebote aus dem ganzen Land einbrachte. Überall standen ihm die Türen offen – Manhattan, Chicago, L.A. –, doch Muddy hielt Houston die Treue.

Vielleicht hielt er nicht nur Houston die Treue, sondern auch T. R. Obwohl er ein erfolgreicher Mann wurde, der darüber hinweggekommen zu sein schien, war es ihm im Innersten seines Herzen womöglich nie gelungen. Er nahm sich eine Wohnung im Lawndale-Bezirk, nicht weit von dem Ort, wo er mit T. R. gelebt hatte. Wenn Jesse ihn dort besuchte – und Jesse besuchte ihn oft –, ging er mit ihr in dieselben Tanzlokale, in denen er früher mit ihrer Mutter getanzt hatte. Wenn es Frauen in seinem Leben gab, müssen sie eine untergeordnete Rolle gespielt haben; weder Jesse noch ich erfuhren je von einer.

An einem Novemberabend gegen Mitternacht erzählte Muddy Box einem Freund, er wolle für ein paar Stunden an den Lake Charles. Der See lag in Louisiana. Unterwegs hatte er auf der Brücke über den Old and Lost River eine Reifenpanne. Während Muddy den Reifen wechselte, schwenkte ein vorbeifahrender Pferdeanhänger ein paar Zentimeter auf die Standspur aus, die Stoßstange erwischte ihn; er war sofort tot. Zu seiner Beerdigung versammelten sich im Houstoner Regen dreitausend Leute, die sich an seine Reportagen erinnerten, und erwiesen ihm dankbar die letzte Ehre. Wir begruben ihn auf dem Hügel bei Los Dolores, neben T. R. und Godwin. Die nun folgenden Monate waren die einzige Zeit, in der ich um Jesse fürchtete, die ihren Vater abgöttisch geliebt hatte.

2

Sobald Jeanie von den Todesfällen erfuhr, kam sie nach Texas. Mein Anblick muß sie tief erschüttert haben, auch wenn sie nie darauf zu sprechen kam. Meine Haare waren über Nacht weiß geworden, und mein Leibesumfang, den ich am liebsten mit Kaftanen bedeckt hatte, schmolz dahin; eine so rasche Verkümmerung setzte ein, daß ich binnen kurzem noch kleiner als mein früheres kleines Ich wurde. Eine Zeitlang war ich unschlüssig und zerbrechlich.

Jeanie erkannte gleich, daß sie wenig für die drei Erwachsenen tun konnte, die zu der Zeit lediglich als Bündel des Elends umhertaumelten. Drei Wochen lang widmete sie sich fast ausschließlich den verwirrten, verängstigten Kindern. Sie nahm sie zu Ausflügen, auf Picknicks und Einkaufsbummel mit oder fuhr sie manchmal einfach im Auto durch die Gegend, hörte sich mit ihnen Musik an und brachte sie so außer Sichtweite, wenn unser Kummer überhandnahm. Sie malte und klebte Collagen mit Jesse, kaufte Bo bergeweise Knetmasse und half ihm, ein Heer grotesker Monster zu modellieren. Drei Wochen lang gelang es ihr, alle in ihrer frustrierten Stimmung noch vorhandene Liebe auf diese beiden Kinder zu konzentrieren; sie sang mit ihnen, las ihnen Geschichten vor und brachte ihnen Spiele bei, die sie selbst nie gespielt hatte. All ihre Energie, Erfindungsgabe und Intelligenz verwandte sie darauf, die beiden ins Licht zu stellen und nicht von der Dunkelheit verschlingen zu lassen, die den Rest des Haushaltes überschattete.

Damals nahm ich kaum etwas davon wahr; ich achtete wenig darauf, was Jeanie mit den Kindern anstellte. Ich war zwar froh, daß sie da war, aber zu gebrochen, um mich wirklich mit ihr zu befassen. Als später allerdings deutlich wurde, daß die Kinder trotz der Belastung durch drei gebrochene Menschen gesund und vital waren, ging mir allmählich auf, daß Jeanie sie gerettet hatte. Meine Zuneigung zu ihr einmal außer acht gelassen, war diese Ansicht gewiß nicht aus der Luft gegriffen, obwohl Jeanie nichts davon hören wollte. Bei all ihren Geistesgaben versperrt sich sogar Jeanie manchen Einsichten; sie will nicht einsehen, wie leicht man ein Kind fürs Leben schädigen kann.

Nach drei Wochen spürte ich allerdings eine innere Unruhe bei ihr – eine Art Gefühlsstau. Eines Morgens fand ich sie weinend auf der Veranda.

»Was hast du?« fragte ich.

»Wenn ich gehe, dann nur, weil ich gehen muß«, sagte sie.

»Selbstverständlich mußt du gehen«, sagte ich nach kurzem Überlegen.

»Ach Danny, sag nicht, daß es selbstverständlich ist«, sagte sie und wischte sich die Augen. »So selbstverständlich ist es nicht.«

»Ich finde es selbstverständlich«, sagte ich. »Wir können hier unten keine Märtyrer gebrauchen.«

Jeanie blieb weinend sitzen. Mein Selbstvertrauen bot mir ungefähr soviel Halt wie ein Strohhalm. Ich spürte, daß ich die Gefühle meiner einzigen wahren Freundin verletzt hatte. Die anderen – Nema, Viveca, Marella – waren entsetzt, daß ich mich in eine Tragödie hatte hineinziehen lassen, und gingen auf Distanz. Trauer war nicht ihr Fach; der neueste Hollywoodklatsch und die spannenden Fehltritte ihrer Freunde waren weitaus beeindruckender, und sie waren alle keine Frauen, die es sich leisten konnten, nicht zu beeindrucken.

»Ich hab eigentlich versucht, dabei an dich zu denken«, sagte ich zu Jeanie, die mit den Schultern zuckte und weiterweinte.

Am Ende dieser Woche gelang ihr auf mein Drängen hin die Flucht, wenn auch mit knapper Not. Jesse klammerte sich an sie und schrie lauter als je irgend jemand im Lauf der Menschheitsgeschichte geschrien hatte. Jeanie weinte, ich weinte, Gladys weinte, Muddy schloß sich in seinem Zimmer ein, Bo hämmerte mit dem Kopf gegen den Boden. Uns allen kam es wie der Weltuntergang vor. Am Flughafen, während wir endlos auf ihr Flugzeug warteten, stand uns die Qual so deutlich ins Gesicht geschrieben, daß die Umstehenden uns wie Aussätzige mieden; der ganze Nichtraucherbereich leerte sich; Jeanie und ich saßen allein dort, schweigend.

Doch trotz der Höllenqualen dieses Abschieds – notwendige Qualen, wie ich fand; ich wollte wirklich nicht, daß sie zur Märtyrerin wurde, nicht einmal für meine Enkel – ging für keinen von uns die Welt unter. Während ich schmerzerfüllt durch Los Dolores wandelte, landete Jeanie drei Flops; für eine alternde Schauspielerin war das eine kaum wiedergutzumachende Serie. Es sah ganz danach aus, als könne sie sich bald glücklich schätzen, wenn sie in einem Werbespot für Reinigungsmittel unterkam. In ihrer Verzweiflung nahm sie die einzige Rolle an, die ihr geboten wurde, in einem unkonventionellen britischen Film. Sie spielte darin eine alte Jungfer, die ihre Zeit im Londoner Zoo verbringt und sich bemüht, die Tiere aufzuheitern; zufällig lernt sie bei einer Einweihung den Prinzen von Wales kennen, und eine zarte Leidenschaft entsteht, die sich so steigert, daß sie fast den Thron zum Wanken bringt. Das alles klang höchst unwahrscheinlich; niemand gab dem Film Erfolgschancen; und doch ist der Spielplatz der Kunst von Überraschungserfolgen übersät. Das Filmchen – *Liebe im Affenhaus* – eroberte das Herz der ganzen Welt. Es wurde in diversen Ländern, darunter auch den USA, zum besten Film des Jahres gewählt, und Jeanie bekam noch einen Oscar. Zu der Verleihung nahm sie

Jesse mit. Dieser triumphale Erfolg brachte ihr zehn weitere sehr aktive Jahre, etliche weitere gute Rollen und noch eine Oscar-Nominierung ein.

Der Schmerz dieser drei Wochen auf Los Dolores veränderte unsere Freundschaft ein wenig. Vielleicht lag es nur daran, daß nicht mehr genug von mir übrig war, um den Funken am Glühen zu halten; ich weiß es nicht. Falls dies zutraf, so war mein Verlust jedenfalls Jesses Gewinn. Jeanie rief oft in Los Dolores an. Wir plauderten ein Weilchen, aber es dauerte nicht lange, bis ich merkte, daß sie eigentlich Jesse sprechen wollte. Als Jesse drei wurde, schenkte Jeanie ihr einen eigenen Apparat, was sie zu einer der jüngsten regelmäßigen Fernsprechteilnehmerinnen aller Zeiten machte. Sobald sie alt genug war, daß man sie Stewardessen anvertrauen konnte, schickte ich sie nach New York oder L.A., je nachdem, wo Jeanie gerade war, wo sie wochenlang in Einkaufsbummeln, Theater- und Zoobesuchen und dem Stadtleben schwelgte. Jesses und Jeanies Beziehung war innig und durch nichts zu erschüttern. Jeanie war es, die mich antrieb, wieder nach L.A. zu ziehen, damit die Kinder auf gute Schulen kamen. »Danny, du mußt jetzt aufwachen«, sagte sie. »Du kannst die Kinder nicht einfach dort einsperren. Du mußt ihnen eine Chance geben.«

Wenn sie sich für etwas einsetzte, konnte Jeanie unbarmherzig sein, und in diesem Fall setzte sie sich mit aller Kraft ein. In gewissem Sinne war ich wie ein Tier, das am Meeresgrund lebt, über mir das enorme Gewicht des Wassers. Mich ganz nach oben vorzuarbeiten, durch all die Schichten träger Masse, war nicht leicht, aber Jeanie setzte mir zu, und ich schaffte es fast bis an die Wasseroberfläche. Wir zogen nach L.A. Für mich oder Bo änderte sich dadurch nicht viel, aber für Jesse und Jeanie machte es einen gewaltigen Unterschied, denn sie wurden nun sozusagen große und kleine Schwester.

Jeanie kleidete Jesse ein, formte ihren Geschmack und nahm sie auf Reisen mit. Sie sahen sich zusammen die Welt an: Paris, Ägypten, China. Bo und ich blieben zu Hause und beäugten einander mißtrauisch.

3

Doch es vergingen vier Jahre, ehe wir von Los Dolores nach Los Angeles zogen, und in diesen düsteren Jahren trug hauptsächlich Gladys die tägliche Last. Sie sollte recht behalten mit der Einschätzung, die sie in dem Moment aussprach, da sie von Buddys Tod erfuhr: Er war ihre letzte Chance gewesen. In ihrer Trauer gestand sie Chuck versehentlich, daß sie mit Buddy geschlafen hatte, woraufhin Chuck sie zusammenschlug, sich von ihr scheiden ließ und die Kellnerin in Amarillo heiratete.

Noch im selben Jahr ließen sich drei der fünf Töchter von Gladys scheiden. Irgendwann zogen sie alle nach Los Dolores, um Gladys bei der Hausarbeit zu helfen, eine Abfolge blasser, verquälter junger Frauen, die rauchend und Videos schauend herumlagen und es Gladys überließen, sich um ihre blassen, wäßrigen Babys zu kümmern, die nur aus Pisse und Tränen zu bestehen schienen.

Immerhin kam dadurch Leben ins Haus; Bo konnte außer Jesse noch andere Kinder verprügeln, und Jesse konnte gleich mehrere zu ihr aufblickende Kleinere herumkommandieren.

Auch an der armen Gladys nagte die Reue; im Geiste mühte sie sich genauso ab, jenen letzten Tag umzuschreiben. Zunächst äußerte sie sich nur kryptisch zu dem, was zwischen Buddy und ihr an jenem Nachmittag vorgefallen war, und wurde immer gleich wieder von Weinkrämpfen unterbrochen, so daß ich lange den Grund für ihr tief verwurzeltes Schuldgefühl weder verstehen noch zuordnen konnte.

»Mein ganzes restliches Leben werd ich mir Vorwürfe machen, daß ich ihn nicht gelassen hab«, sagte sie eines

Tages, als sie sich nach einem Weinkrampf die Augen trocknete.

»Aber Gladys, ich dachte, du hättest ihn gelassen«, sagte ich. »Ich dachte, deswegen wärt ihr im Schlafzimmer gewesen.«

»Schon, aber er wollte einen zweiten Versuch starten«, sagte Gladys traurig. »Er wollte einen zweiten Versuch, und ich hab ihn nicht gelassen, weil ich dachte, das hieße die Dinge überstürzen.«

»Oje«, sagte ich.

»Allerdings«, sagte Gladys und brach wieder in Tränen aus.

Ein paar Tage später räumte sie ein, daß sie sich kaum noch an Buddy erinnern konnte – schließlich hatten sie sich keine zwei Wochen gekannt. Doch daß sie sich nicht an ihn erinnern konnte, trug nicht dazu bei, sie von der Last ihrer Selbstvorwürfe zu befreien; bis ans Ende ihrer Tage lebte sie in dem Glauben, ihr albernes Sträuben, weil sie nichts hatte überstürzen wollen, habe Buddy das Leben gekostet. Leider stimmte das ja auch; hätte sie ihn zehn Minuten länger im Schlafzimmer behalten, wäre keinem in den Sinn gekommen, ihn auf die Fahrt in den Tod mitzunehmen.

Eines Tages kam der alte Pedro allein zum Haus, um sich sein Bier zu holen. Gladys fragte ihn, warum Granny Lin nicht mitgekommen sei – sie zählte mittlerweile auf Granny Lin.

»Sie hat heute morgen vergessen aufzuwachen«, sagte der alte Pedro und öffnete seine Dose Coors-Bier.

Ein paar Monate darauf vergaß auch er aufzuwachen.

4

Dann wurde Gladys krank. Ein Unterleibskrebs raffte sie dahin. Ich brachte sie in das große Krebskrankenhaus nach Houston, aber Gladys war das Krankenhaus verhaßt, und ohnehin ließ sich das Fortschreiten der Krankheit nicht aufhalten.

In meiner Verzweiflung schaffte ich es, Elena ausfindig zu machen, und überredete ihre gesamte Familie – drei Schwestern, eine Mutter und sechs Kinder –, nach Los Dolores zu ziehen und uns zu helfen.

Den letzten Monat ihres Lebens saß Gladys auf der sonnigen Terrasse und spielte mit Jesse Karten.

»Sie müssen mit diesen goldigen Kindern hier wegziehen«, sagte sie eines Tages – genau die Worte, die ich von Jeanie immer wieder hörte.

»Tja«, sagte ich unverbindlich.

»Dieser ganze Hügel wird ein einziger Friedhof«, sagte sie.

»Ein Grund mehr für mich zu bleiben«, gestand ich. »Ich bin ihnen gern nah.«

»Wenn Sie so egoistisch sind, tut es mir leid, daß ich mein Leben mit der Schufterei für Sie verschwendet hab«, sagte Gladys. »Kleine Kinder sollten nicht auf Gräbern spielen. Kleine Kinder brauchen etwas Leben um sich.«

»Sie haben recht, ich gebe auf, ich zieh hier weg«, sagte ich.

»Es ist furchtbar, wenn man sterben muß«, sagte Gladys. »Lieber würd ich Wäsche waschen, und ich kann Wäschewaschen nicht leiden.«

Ich versuchte schlecht und recht, mein Versprechen hinsichtlich Godwins Buch zu halten. Auf dem Tisch vor uns lagen mehrere Aktenmappen mit seinen Notizen.

»Ich hätte nie gedacht, daß ich mal auf demselben Friedhof wie L. J. enden würde«, sagte sie. »Das ist irgendwie ’ne ganz schöne Überraschung.«

»Gladys, das muß nicht sein«, sagte ich sanft. »Es läßt sich auch anders regeln.«

»Nee, legen Sie mich neben ihn«, sagte Gladys. »Ich war sowieso in ihn verliebt, er hat es bloß nie bemerkt. Ich schätze, ich war ihm zu verschroben.«

Ein paar Tage später kam Jesse, die sich inzwischen schon an den Tod gewöhnt hatte, morgens in die Küche gestolpert und zog eine große Stoffschildkröte hinter sich her. Sie sah mich eine Weile unverwandt an.

»Ich glaub, Gladys is’ irgendwie tot«, sagte sie.

5

Im ersten Jahr meiner Rückkehr nach L.A. brachte ich eins zuwege: Ich fand eine hagere Altphilologin im Hauptstudium, die mir half, die griechischen Zitate in Godwins Notizen zuzuordnen. Sie hieß Clarissa, und neben dem Aufstöbern griechischer Zitate brachte sie Jesse auch noch Französisch bei. Jeanie hatte bereits jede Menge Europareisen für sich und Jesse vorgesehen und fand, Jesse müsse sich die eine oder andere Fremdsprache aneignen.

»Damit ich nicht das ganze Reden allein übernehmen muß«, gab sie zu.

Zum Glück zog Elena samt Familie mit nach L.A. Kleine Latino-Freunde heirateten nach und nach alle drei Schwestern und entführten sie uns, aber Elena, die bereits mit zwei quicklebendigen kleinen Jungs versehen war, wies viele Verehrer ab und war offenbar glücklich, bei uns bleiben zu können.

Godwins Buch, *Notizen über euripideische Elemente in der Musik der Rolling Stones,* wurde auf meine Kosten von einem angesehenen Kleinverlag in Los Angeles herausgebracht. Im *Times Literary Supplement* erschien eine drei Absätze lange Rezension.

Im selben Jahr spendete ich zwei Millionen Dollar zur Errichtung eines nach T. R. benannten Telefonnotdienstes, der Frauen darüber auf dem laufenden hielt, ob Männer, die sie bedroht hatten, aus dem Gefängnis entlassen wurden. Im ersten Jahr gingen dreiundzwanzigtausend Anfragen bei dem Notdienst ein. Vier Frauen verloren trotz unserer Bemühungen ihr Leben, aber ich bin mir sicher, daß andere gerettet wurden, zumindest vorübergehend.

6

Als ich die bescheidene Pflicht, Godwins Buch zusammenzustellen, erfüllt hatte, blieb mir fast nichts mehr zu tun. Tagaus, tagein saß ich im obersten Stock unseres Hauses in Santa Monica und schaute aufs Meer. Zwar hätte ich lieber auf die Prärie hinausgesehen, aber das Meer war auch eine Art Wüste. Das Meer genügte mir.

Ich hatte nicht vorgehabt, wieder zu schreiben, doch nach vier oder fünf Jahren suchten mich allmählich wieder Sätze heim. Sie sammelten und durchkreuzten sich in meinem Kopf. Es waren lauter Sätze, die eine sehr an T. R. erinnernde junge Frau beschrieben. Sie war in einer mittleren Kleinstadt in Osttexas aufgewachsen, hatte kriminelle Großeltern gehabt und sogar ein paar kriminelle Freunde. Obwohl sie nur in meinem Kopf, noch nicht auf dem Papier waren, kamen mir diese Sätze so vor, als gehörten sie in einen Roman.

Nachdem ich ein Jahr lang darüber nachgedacht hatte, machte ich mich unbeholfen an die Abfassung dieses Romans, den ich *Soll der Fremde entscheiden* nannte, nach der unvergeßlichen Mappe mit Zeichnungen, die Jill Peel mir hinterlassen hatte. Ich dachte mir, da Jill mir die Mappe geschenkt hatte, wäre ihr Schatten vielleicht nicht gekränkt, wenn ich den Titel klaute.

Ich war lange nicht mehr im Land der Prosa gewandelt und hatte Schwierigkeiten, die Grenze zu überqueren. Mein Paß – der Satz – war nie so ganz korrekt. Den Sätzen, die ich vorzuweisen hatte, fehlte immer ein bestimmter Stempel, oder sie waren ungültig oder sonstwie unbrauchbar. Mehrmals gab ich es auf und versuchte, ein Exil außerhalb der Prosa aufzusuchen, doch mein Entlassungsschreiben traf nicht ein. Ich wollte ein Buch schreiben, wußte aber nicht, wo ich anfangen sollte, und war unbewußt zum Flüchtling vor dem englischen Satz geworden.

Eine Zeitlang gab es in meinem werdenden Buch nur eine Figur, das T. R. so ähnliche Mädchen. Doch dann trat die undeutliche Gestalt eines altes Mannes, eines bigotten, mit Bibelsprüchen um sich werfenden Kriminellen aus dem Dunkel. Er war der Großvater des Mädchens, der Mann, den T. R. Big Pa genannt hatte.

Ungefähr einen Monat nach ihrer Ermordung hatte ich einen Brief von Big Pa erhalten. Ich hatte damals eine Menge Briefe von einer Menge Leute erhalten, die mich alle unberührt ließen; ich konnte mich nicht einmal daran erinnern, diese Briefe alle gelesen zu haben, aber daß einer von Big Pa darunter war, wußte ich noch, auch wenn eine Fahrt nach Los Dolores erforderlich war, um ihn wiederzufinden. Dort stand eine alte, in Tucson erstandene Truhe der Firma Wells Fargo, in die ich im Lauf der Jahre Tausende von Briefen geworfen hatte, hauptsächlich Fanpost. Mir war, als hätte ich, in meinem Schmerz gleichgültig geworden, den Brief von Big Pa in diese Truhe geworfen. Fünf Jahre waren seither vergangen, als ich plötzlich das heftige Verlangen verspürte, den Brief zu lesen.

Und er fand sich tatsächlich dort, auf Notizpapier geschrieben, mit einer Adresse in Lufkin, Texas, als Absender. Er war kurz:

Lieber Mr. Deck!
Heute kam im Fernsehen, daß dieses bösartige Ungeheuer unsere Tyler Rose umgebracht hat, sie war mir und ebenso meiner verschiedenen Frau lieb und teuer ... ich hätte diesen miesen Hund noch an dem Tage, als ich ihn kennenlernte, mit einem ordentlichen Zedernpfahl totschlagen sollen. Er war sowieso nur ein verdammter Mörder. Der Herr in seiner Güte

hat meine Frau letztes Jahr zu sich genommen, denn diese Tragödie hätte ihr das Herz gebrochen und sie hätte es nicht überlebt. Mein Augenlicht läßt nach, und ich kann jetzt sowieso kaum noch etwas im Fernseher erkennen, aber mein Gehör ist noch ganz ordentlich, ich hätte nie gedacht, daß ich so furchtbare Nachrichten aus dem Fernseher hören muß ... wie auch immer, wir können uns drauf verlassen, daß er im Pfuhl aus brennendem Schwefel schmoren wird, die ganze Ewigkeit und noch länger! Aber das bringt uns unsere Tyler Rose nicht zurück.

Lloyd Bynum

Lloyd Bynum war der Mann, der mich in der Nacht, in der T. R. geboren wurde, zusammengeschlagen und davongejagt hatte, unterstützt von seiner Ehefrau, Big Ma. Er hatte mich von meinem Kind getrennt, und ich hatte ihn jahrelang gehaßt, obwohl es natürlich mein Fehler war, nicht seiner, daß ich diese Trennung hingenommen hatte.

Lufkin war nicht besonders weit. Spontan beschloß ich, hinzufahren und nachzusehen, ob der alte Mann noch lebte.

Er lebte nicht nur, sondern war auch noch unter der Adresse auf dem Umschlag anzutreffen, in einem kleinen Holzhaus in der Arme-Weiße-Gegend von Lufkin. Als ich an die Fliegengittertür klopfte, erschien eine freundliche junge Schwarze und fragte, was ich wolle.

»Ich wüßte gern, ob Mr. Bynum da ist«, sagte ich. »Mein Name ist Deck.«

»Deck?« fragte sie, und ihre Miene hellte sich auf. »Sind Sie der, der die Fernsehserie geschrieben hat?«

»Der bin ich«, erwiderte ich.

»Klar, er ist da«, sagte sie und entriegelte die Tür. »Er ist *immer* da, außer wenn ich mit ihm spazierengehe. Er redet andauernd von Ihnen.«

»Von mir?« fragte ich überrascht.

»Ja, wenn Sie der sind, der die Fernsehserie geschrieben hat«, sagte sie. »Er sagt, Sie gehörn zu seiner Familie. Heutzutage hat er nicht mehr viel, wo er stolz drauf sein kann, aber auf Sie isser mächtig stolz.«

Früher hätte die Ironie einer solchen Bemerkung bewirkt, daß ich auf dem Absatz kehrtmachte, doch inzwischen war ich älter und hatte oft von der dunklen Milch der Ironie gekostet. Ich folgte dem Mädchen zu einer kleinen, fliegengitterverkleideten Terrasse an der Rückseite des Hauses, wo ein ausgemergelter alter Mann in Khakihose und Unterhemd auf einer abgewetzten Couch saß, in der Hand eine Fliegenklatsche.

»Hier, geben Sie mir die Fliegenklatsche«, sagte die junge Frau. »Was soll das? Sie sehen sowieso nicht genug, um Fliegen damit zu treffen.«

»Ach, laß mir das Ding, vielleicht erwisch ich zufällig eine«, sagte der alte Mann. »Ich brauch was zu tun für meine Hände.«

»Sie haben Besuch«, sagte die Frau.

»Hoffentlich weiblichen; weiblichen Besuch könnt ich gut gebrauchen«, sagte der alte Mann und unternahm den zahnlosen Versuch eines anzüglichen Grinsens. Sein Gebiß lag auf einem Beistelltisch neben der Couch.

»Es ist der Mann, der die Fernsehserie geschrieben hat – Sie wissen schon, Ihr Schwiegersohn«, sagte die Frau.

»Danny Deck, Mr. Bynum«, stellte ich mich vor.

»Nicht möglich«, sagte der alte Mann und mühte sich ab aufzustehen. Er schaffte es, auf die Füße zu kommen, schwankte aber so, daß er sich beinahe sofort wieder setzen mußte, wobei er sich so schwer fallen ließ, daß er sein Gebiß vom Tischchen fegte. Offensichtlich konnte er mich zwar überhaupt nicht sehen, fuchtelte aber mit seiner großen alten Hand herum, damit ich sie ihm schüttelte, was mir auch gelang, nachdem ich sie geschnappt hatte.

»Meine Güte, ich bin froh, daß Sie gekommen sind, Dan«, legte er gleich los. »Ich bin zwar schwach, hab aber wenigstens nicht die Alzheimersche. Wollen Sie wissen, was meiner Meinung nach 'ne gute Story fürs Fernsehen abgeben würde?«

Das waren nicht die einführenden Worte, die ich erwartet hatte, obwohl ich nicht weiß, warum nicht. Buchstäblich jeder lebende Mensch hat eine Geschichte parat, die er fürs Fernsehen geeignet hält.

»Also, ich hab sie alle gekannt«, sagte der alte Mann. »Ich könnte Ihnen Dinge über sie erzählen, die in keiner Zeitung standen. Ich könnt's erzählen, und Sie schreiben's auf, und wir könnten 'ne Serie draus machen, die ewig laufen würde.«

Ich hatte keine Ahnung, wovon er redete.

»Wen haben Sie gekannt, Mr. Bynum?« fragte ich.

»Na, die Ölmänner«, sagte er. »Die Erdölpioniere, Männer der ersten Stunde. Ich hab Hunt gekannt. Ich hab Getty gekannt. Ich kannte Dad Joiner. Hunt schuldet mir bis zum heutigen Tag Geld, auch wenn ich's nie eintreiben werde. Ich hab ihn beim Pokern geschlagen, und das machte Getty eifersüchtig, denn Getty konnte Hunt kaum mal in einer einzigen Runde schlagen.«

»Du liebes bißchen«, sagte ich. »Sie haben bestimmt eine Menge Geschichten auf Lager.«

»Dad Joiner war am besten«, sagte der alte Mann. »Hunt war ziemlich schlau, und seine erste schlaue Tat war, daß er sich an Dad Joiner gehängt hat und wie 'ne Zecke drangeblieben ist. Hunt fand Dad Joiner, und Dad Joiner fand das Öl.«

Das freundliche schwarze Mädchen brachte uns je ein Glas mit Limonade. Der alte Mann stürzte seine in zwei Schlucken hinunter, begierig, mit seinen Geschichten aus der großen Zeit der Ölfelder von Osttexas fortzufahren, als legendäre Gestalten vom Kaliber eines Hunt oder Getty noch auf Erden weilten. Er war absolut freundlich und auch absolut egoistisch. Er wollte nichts weiter, als seine Ölboom-Stories ins Fernsehen zu bringen und reich zu werden – ein gängiger Traum.

Während er redete, wurde ich immer trauriger. Bei diesem Mann war meine Tochter aufgewachsen – kein Ungeheuer, nur ein durchschnittlich egoistischer, alter Mann; ein Kind des Booms, das den Boom dennoch verpaßt und sein Leben statt dessen der Kleinkriminalität gewidmet hatte. Er hatte die Großen gekannt, war aber selbst kein Großer. Ich hatte wohl gehofft, ihn über T. R. reden zu hören, um mir ein Bild von ihrer Kindheit machen zu können; doch er erwähnte T. R. mit keinem Wort. Er hatte sie großgezogen, aber nun war sie fort, und er hatte sie vergessen; sie verfolgte ihn nicht, wie sie mich verfolgte. Ich konnte ihn nicht hassen und hatte nichts von ihm in Erfahrung gebracht. Die Fahrt war ein Reinfall gewesen.

Unvermittelt ermüdete er.

»Herrgott, es ist lästig, wenn man nichts sehen kann«, sagte er. »Ich kann nicht einmal das Niggermädel sehen. Ich hab keine Ahnung, ob sie hübsch ist oder nicht.«

»Sie ist hübsch und außerdem auch nett«, versicherte ich ihm.

»Ich glaub, ich leg mich kurz aufs Ohr, Dan«, sagte er und warf seine langen Beine auf die Couch. »Ich behalt einfach diese Fliegenklatsche hier. Lassen Sie's mich wissen, wenn Sie mit der Serie anfangen.«

»Den müßten Sie mal schnarchen hören«, sagte die junge Frau, als ich ging. »Der Alte schnarcht sich ganz schön was zusammen.«

7

Ich brauchte drei Jahre für den Roman. Ich hatte geglaubt, er wäre über meine Tochter, über T. R. Vielleicht hatte ich gehofft, beim Schreiben einige der Dinge zu entdecken, die ich nicht von ihr wußte; vielleicht hatte ich auch gehofft, daß das Buch mir etwas von ihr zurückbringen werde. Indem ich wahrheitsgetreu phantasierte, würde ich meine Tochter finden.

Ich arbeitete hart und eroberte mir mit der Zeit ein gewisses Maß an Kunst zurück, doch die Kunst weigerte sich, sich so benutzen zu lassen, wie ich mir das gedacht hatte. Sie schlug ihren eigenen Weg ein, und dieser führte nicht zu T. R., sondern zu dem alten Mann. Es wurde ein Buch über einen lüsternen, verbrecherischen alten Priester, der die Hälfte der Ehefrauen in seiner Gemeinde verführte und im Pfarrhaus Drogen verkaufte. Das Mädchen, seine Enkelin, tauchte nur am Rande der Geschichte auf; Lloyd Bynum hatte meinen Weg wieder einmal umgeleitet.

Das Buch wurde ein bescheidener Erfolg.

Lloyd Bynum rief immer mal wieder an, um sich nach den Fortschritten unseres Projektes zu erkundigen und sich weiter über Hunt, Getty und Dad Joiner auszulassen. Ein- oder zweimal schickte ich ihm Geld. Die nette schwarze Frau, Amy, rief einen Tag nach seinem Tod an und bat mich um Arbeit. Da ich gerade jemanden brauchte, der sich um Los Dolores kümmerte, stellte ich sie ein; dort wohnt sie immer noch mit mir. Ihr Mann Otis kam und ging, aber Amy blieb da und zog eine prächtige Familie groß. Ich war dabei behilflich, alle Kinder aufs College zu schicken. Ihr ältester Sohn, Robert, gehörte zu den wenigen Leuten, von denen sich sagen ließ, daß Bo sie mochte.

8

Was Bo betraf, so tat ich mein Bestes, Gladys tat ihr Bestes, Muddy tat sein Bestes, Elena tat ihr Bestes, Hilton tat sein Bestes, aber es muß leider gesagt werden, daß niemand außer seiner Mutter, seiner Schwester und Buddy Bo wirklich mochte. Wir alle lebten in einer Art unterschwelliger Besorgnis, wenn Bo in der Nähe war, da wir nie wußten, was er als nächstes anstellen würde. Als er fünf oder sechs war, mußte ich alle Feuerwaffen aus dem Haus verbannen, weil Bo es geschafft hatte, ein Gewehr zu laden und Elenas Katze zu erschießen.

»Ich mag keine alten Katzen«, sagte er ohne Gewissensbisse, als man ihn um eine Erklärung bat.

Im Lauf der Jahre machte Bo hunderterlei Dinge kaputt: Teller, Gläser, Spielsachen, Fernseher, Rasenmäher, Angelausrüstungen. Je älter er wurde, desto größer und teurer wurden die Sachen, die er zerstörte, doch das Muster der Zerstörung blieb sich ziemlich gleich. Eines Tages, wir anderen waren in der Stadt, schleppte er sechshundert Videocassetten nach draußen und warf sie in den Pool, offenbar nur, um sie auf dem Wasser treiben zu sehen. Als er groß genug war, um den Rasen zu mähen, setzte er Jesses Lieblingspuppe ins Gras und schnitt sie mit dem Mäher in Fetzen.

Ich dachte, vielleicht hatte Buddy die richtige Idee gehabt, als er sein Interesse am Angeln weckte, und nahm ihn also ein paarmal mit zum Angeln. Leider war ich ein miserabler Angler; nur Schildkröten nahmen meinen Köder an.

»Du fängst ja nichts als Schildkröten«, sagte Bo angewidert und ging zurück zum Haus. Ich glaube nicht, daß er mich je wieder ernstnahm.

Wenn es einen guten Bo gab, so war Jesse die einzige, die das sah. Sie bekam auch reichlich vom bösen Bo mit; ihre gesamte Kindheit hindurch blieb er unverdrossen dabei, sie zu boxen, niederzuschlagen, sich auf sie zu setzen. Er versuchte, sie mit Dreirädern oder Fahrrädern zu überfahren und sie im Pool zu ertränken; er sprengte ihre Geburtstagsfeste und zerstörte im Handumdrehen fast alle ihre Lieblingsspielsachen. Ihm hatte Jesse zu verdanken, daß sie mehr oder weniger permanent mit einer geschwollenen Lippe herumlief. Doch auch wenn sie um enthauptete Puppen und ausgenommene Plüschtiere weinte, schrie und trauerte, war Jesse nie nachtragend. Gelegentlich gelang es ihr sogar, ihren Bruder ein paar Stunden lang in friedfertige Beschäftigungen zu verwickeln – Malen, geheime Verstecke aufsuchen, oder (als sie älter wurden) Platten hören. Wenn er von Schulen flog, was häufig der Fall war, bestand Jesse gleich darauf, ebenfalls heruntergenommen zu werden; oft gelang es ihr, für ihn eine zweite Chance zu erwirken. Als er in Pacific Palisades verhaftet wurde, weil er Autoradios gestohlen hatte, setzte Jesse sich unermüdlich für ihn ein und bat seinen Bewährungshelfer immer wieder, seine ständigen Verstöße zu übersehen und ihm noch eine Chance zu geben. Wenn er verschwand, rief er Jesse an, sobald er Geld brauchte; wenn er wieder auftauchte, erschien er mit Vorliebe unangemeldet in ihrer Wohnung in der Nähe des jeweiligen Campus auf, wo sie gerade studierte. Zweimal stahl er Autos von Jesses Freunden, eines davon fuhr er zu Schrott, doch Jesse konnte ihre Freunde überreden, keine Anzeige zu erstatten.

Als Bo sechzehn war, tat ich endlich etwas für ihn, das anschlug: Ich schenkte ihm Flugunterricht. Meine Motive waren nicht ganz uneigennützig gewesen. Da ich immer zurückgezogener lebte, bildete sich bei mir allmählich eine Angst vor Flughäfen heraus: vor dem Lärm, der Warterei, den vielen Menschen. Beim bloßen Gedanken an einen Flughafen beschleunigte sich mein Atem; wenn ich mich unter viele Menschen begeben mußte, wurde ich ganz zittrig. Tage vor einer Reise bekam ich weit schlimmere als meine üblichen Kopfschmerzen. Ein- oder zweimal charterte ich für kleinere Reisen zu horrenden Preisen Flugzeuge, nur um Flughäfen aus dem Weg zu gehen.

Mir kam eine Idee: Wenn Bo Pilot würde und ich ein kleines Flugzeug kaufte, könnte er mich nach Texas fliegen, wann immer ich hinmußte. Flugunterricht entpuppte sich als der einzige Vorschlag meinerseits, den Bo je mit Begeisterung aufnahm. Er wurde bald ein geschickter Pilot von Kleinflugzeugen. Ich kaufte ihm eine hübsche Cessna, mit der er mich genau einmal nach Texas flog. Dann flog er mit der Cessna fort und ward nicht mehr gesehen. Jesse erzählte mir, er arbeite irgendwo in Mexiko an einer Flugschule. Zwei Jahre lang ließ er nichts mehr von sich hören; dann rief er an, da er Geld für einige Reparaturen an seinem Flugzeug brauchte. Das war das letzte Mal, daß er je um Geld bat. Es war auch das letzte Mal, daß ich von ihm hörte. Es hieß, er arbeite immer noch für die mysteriöse Flugschule in Mexiko. Manchmal flog er in die Stadt, in der Jesse gerade studierte, und blieb ein paar Tage bei seiner Schwester. Ich nahm an, daß er Drogen beförderte, unternahm aber keine Anstrengungen, um hinter die Wahrheit zu kommen. Fragte man sie nach ihrem Bruder, gab Jesse unüblich ausweichende Antworten.

Ich denke wenig an Bo, wenn aber doch, dann mit Schuldgefühlen. Als er noch keine drei Jahre alt gewesen war, hatte T. R. den Wunsch geäußert, er möge nicht kriminell werden; ich zog ihn groß, und er wurde kriminell. Es war kein Triumph. Um T. R.s willen wünschte ich, ich hätte gewußt, wie man es besser macht.

9

Sechs Jahre nach T. R.s Tod heiratete Jeanie Vertus. Ihr Mann war der Regisseur Eric Roth. Er war ein paar Jahre jünger als Jeanie, begabt, temperamentvoll, ansprechend, nett. Es war eine außergewöhnlich glückliche Ehe. Sah man die beiden zusammen, konnte man sich nur schwer vorstellen, wie sie je ohne einander hatten leben können.

Den tragischen Unterton in Jeanies Stimme, den Ton, der sie so lange nicht nur als Frau, sondern auch als Schauspielerin ausgezeichnet hatte, hörte ich kaum noch. Damals war man versucht gewesen anzunehmen, dieser Ton habe ihre Größe ausgemacht, doch das stimmte nicht. Glücklich kam sie genausogut an wie unglücklich, wenn nicht sogar besser.

Die Jahre vergingen, und Jeanie rief mich immer seltener an. Zuerst war sie zerknirscht, wenn sie sich doch endlich meldete; ihr war aufgefallen, daß sie sich seit einem Monat, zwei Monaten oder länger nicht mehr gemeldet hatte. Zum Glück gelang es mir, Jeanies nachlässiges Abtrünnigwerden von der komischen Seite zu nehmen. Ich bot ihr komische Geschichten über Pannen an, die mir während ihrer abtrünnigen Phasen hätten zustoßen können; ich war so erfolgreich mit diesen abgeschlossenen, brillant erfundenen Komödien, daß Jeanie immer erleichtert auflegte und überzeugt davon war, daß ich auch ohne sie zurechtkam.

Das stimmte weder ganz, noch war es ganz falsch. Jeanie fehlte mir sehr, und doch freute ich mich auch für sie, daß sie glücklich war, und erwartete nicht wirklich von ihr, daß sie besonders häufig anrief. Die Regeln des Glücks sind so streng wie die Regeln der Trauer, vielleicht sogar strenger. Ich denke inzwischen, daß es Zustände von unterschiedlicher

Dichte sind. Das Leben glücklicher Leute ist dicht von ihren eigenen Tätigkeiten erfüllt – ausgefüllt, aktiv, prall, ich möchte fast sagen: urban.

Doch die Trauernden sind Nomaden auf einer grenzenlosen Steppe mit wenig Orientierungspunkten; der Horizont der Trauer ist verschwommen, ihre Ansprüche sind gering. Jeanie und ich waren einander nicht fremd geworden, es war nur so, daß sie in der Großstadt lebte und ich in der Steppe.

10

Als Jesse soweit war, aufs College zu gehen – sie schien nur wenige Jahre gebraucht zu haben, um erwachsen zu werden –, kehrte ich L.A. endgültig den Rücken und fuhr zurück nach Texas. Ich nistete mich wieder auf Los Dolores ein, ersetzte das Meer erneut durch die Steppe. Ich stellte Leselisten für Amys hochbegabte Kinder zusammen und nutzte meinen immer noch beträchtlichen Einfluß, um sie auf guten Schulen unterzubringen. Gelegentlich fuhr ich nach Houston, um einer Benefizveranstaltung beizuwohnen, um eine Ausstellung anzusehen.

Jedesmal, wenn ich in Houston war, zog es mich in den Lawndale-Bezirk, der mittlerweile zu einer asiatischen Wohngegend geworden war. Statt des Mr. Burger gab es nun ein schickes kleines Restaurant, das »The Wok« hieß.

Manchmal besuchte ich Sue Lin; sie und ihr Mann besaßen einen Computerladen, in dem sie fast ausschließlich ihre munteren Kinder beschäftigten.

Ich versuchte, Dew zu finden, doch niemand wußte so recht, wo Dew abgeblieben war.

Bis auf sein jetzt größeres Asiatenviertel hatte sich Houston kaum verändert. Die Tanzlokale an der Telephone Road und entlang des Kanals waren genauso schäbig, wie sie zu T. R.s Zeiten oder in meiner eigenen Jugend gewesen waren. Die Stadt hatte immer noch ihre Spritzigkeit, ihre Gerüche, ihre schönen Wolken. Manchmal schlenderte ich ziellos durch die älteren Stadtteile – die Heights, Third Ward. Und immer träumte ich von meiner verlorenen Tochter, die dort so gerne getanzt hatte.

Hin und wieder fuhr ich hinunter nach Galveston, wo ich

am Strand spazierenging und von T. R. träumte. Mich quälten noch immer Gedanken an die verlorenen Jahre; ich wurde sie einfach nicht los, sie spukten in mir herum. Sie waren zu meiner fixen Idee, meiner Besessenheit geworden.

In meiner Besessenheit fiel mir der Name des netten Mädchens ein, das bei dem Verkehrsunfall ums Leben gekommen war: Annie Elgin, T. R.s Highschool-Freundin. Sie war tot, aber ihre Mutter lebte noch. Ich fuhr wieder nach Osttexas und traf Mrs. Elgin in demselben reizenden, gepflegten Haus an, dessen Fotos mir der Detektiv geschickt hatte. Sie war eine angenehme Frau mit guten Umgangsformen, doch war sie von meiner Erscheinung augenscheinlich so entsetzt – ich schätze, ich muß schon recht sonderbar ausgesehen haben –, daß ich mich nach einer Viertelstunde entschuldigte und ihr nie mehr zur Last fiel. Von ihr erfuhr ich genausowenig über T. R., wie ich von Lloyd Bynum erfahren hatte. Das ließ ich mir endlich eine Lehre sein; danach fuhr ich nie wieder nach Osttexas.

Der letzte, der mir etwas über T. R.s Jugend hätte erzählen können, war ihr Mörder, Earl Dee. Bevor er selbst getötet wurde, spielte ich manchmal mit dem Gedanken, ihn im Gefängnis aufzusuchen. Doch wenn weder Lloyd Bynum noch Annie Elgins Mutter Interesse aufbrachten, was hätte ich dann schon von Earl Dee erwarten können? Schließlich war sie für ihn nur eine alte Freundin gewesen, eine treulose noch dazu. Wahrscheinlich hatte er sie zwei Wochen, nachdem er sie erschossen hatte, schon vergessen. Ein Besuch bei ihm hätte womöglich alles nur schlimmer gemacht; ich verzichtete darauf, und damit auf die Hoffnung, mehr über T. R.s Jugend zu erfahren.

Ich war weiterhin wie besessen, doch meine Besessenheit war fruchtlos; ich erfuhr nie auch nur das geringste von dem, was ich über T. R. wissen wollte. Es war, als wäre sie unvermutet aus dem schwarzen Meer der Zeit aufgetaucht, ein paar lichtdurchflutete Augenblicke mit mir am Strand spazierengegangen und dann wieder still in den tiefen Wassern verschwunden. Doch eine entscheidende menschliche Fähigkeit – nämlich die, Verlorene verloren, Tote tot sein zu lassen – gehörte zu den vielen, die ich, wie sich herausstellte, nicht besaß; jedenfalls nicht in gesundem Maß. Bis heute verbringe ich viel Zeit einfach nur damit, aus dem Fenster zu starren und auf das Erscheinen eines Mädchens zu hoffen, das nicht da ist.

11

In dieses zerbrochene Leben trat Jesse. Nie so schön, nie so ungestüm und impulsiv wie T. R., besaß Jesse doch ganz die Unerschrockenheit und die Entschiedenheit ihrer Mutter. Erst zwanzig Monate alt, als T. R. ums Leben kam, vergaß sie ihre Mutter rasch und ging daran, aus dem, was ihr blieb – ein grober Bruder und drei deprimierte Erwachsene – das Beste zu machen.

An meinen schwärzesten Tagen, wenn es mir bestenfalls gelang, auf dem Bett zu sitzen und aus dem Fenster zu starren, leistete Jesse mir Gesellschaft. Dann schob sie sich einen Stuhl an mein Bett, kletterte darauf und trug in den nächsten ein, zwei Stunden in einem ständigen Rauf und Runter Puppenfamilien, Plüschtiere, Malbücher, Scheren zusammen. Hatte sie alles beieinander, was sie brauchte, blieb sie stundenlang neben mir auf dem Bett, malte, schnipselte, besprach gewichtige Themen mit ihren Puppenfamilien und schimpfte mit den Plüschtieren. Wenn ich einschlief, schlief Jesse auch; wenn ich in Schweigen verfiel, redete Jesse.

Sie redete wie ein Wasserfall auf alle ein: auf mich, auf Gladys, auf ihren Vater. Sie tappte unermüdlich durch das Haus, immer optimistisch; sie dachte nicht daran, uns in Ruhe zu lassen. Mit drei Jahren entwickelte sie eine Leidenschaft für das Umstellen von Möbeln, und bald prophezeiten wir ihr eine große Zukunft als Innenarchitektin. Jedes Möbelstück, das klein genug war, von ihr getragen oder geschoben zu werden, ging bald auf Wanderschaft von einem Zimmer in das andere und wechselte dort häufig noch einmal den Standort. Jesse traf rasch Entscheidungen, die sie genauso rasch wieder verwarf.

Sie war sechs, als wir nach Santa Monica umzogen und sich ihr ein ganzes neues Haus zum Einrichten bot. Jeanie kam für eine Woche zu Besuch. Sie und Jesse verschwanden; ein oder zwei Tage später trafen die ersten Wagenladungen mit Möbeln ein.

Innenarchitektur war allerdings nicht Jesses einzige Leidenschaft. Als sie größer wurde, verging kaum ein Monat, in dem sie nicht für etwas Neues schwärmte: für Architektur, Filme, alte Kleider, Surfen, Tanzen, Hang-gliding, Fotografie, für Freundinnen und Freunde, für Anthropologie, Mexiko, die Welt. Sie wurde von erstklassigen Lehrern auf erstklassigen Schulen ausgebildet und auf ihren diversen Reisen oft von Jeanie begleitet – eine der wenigen, mit der ebenso schwer Schritt zu halten war wie mit Jesse –, und bald kam es einem so vor, als sei Jesse überall und mache alles. So langsam machte ich mir Sorgen, hielt ihr Vorträge über notwendige Disziplin und Zielstrebigkeit und warnte sie eindringlich vor der Gefahr, sich zu sehr zu verzetteln.

Jesse beachtete meine Vorträge nicht und verzettelte sich weiter, doch als sie mit siebzehn im ersten Semester auf der UCLA war, sah es ganz danach aus, als werde sie sich entweder der Anthropologie oder dem Filmgeschäft zuwenden. In einem Sommer half sie ein bißchen bei einem Werbespot mit, den Freunde von ihr drehten; dann reiste sie mit einem Freund nach Nepal, und die beiden drehten einen Film über die Honigjäger – alte Männer, die hoch oben auf den Klippen Honig ernten. Er hieß *Süße Höhen* und wurde sowohl von Dokumentarfilmern als auch von Anthropologen sehr beachtet.

Ich beobachtete mit Vergnügen, Staunen und schließlich Freude, wie sich der Verstand meiner Enkelin schärfte. Ein halbes Jahr nach ihrer Rückkehr aus Nepal, mit noch nicht ganz achtzehn Jahren, entschied sie, daß ihre Ausbildung noch nicht abgeschlossen war. In rascher Aufeinanderfolge wechselte sie von der UCLA nach Berkeley, von Berkeley auf die University of Chicago, von Chicago auf die Columbia, von der Columbia auf die Sorbonne. Ich besuchte sie ab und zu in einigen dieser Universitäten und konnte nur staunen, wie sie sich aus dem ihr jeweils zur Verfügung stehenden, enormen Informationsangebot das herauspickte, was sie gerade brauchte; für Jesse waren die großen Universitäten so etwas wie große Möbel-Abholmärkte. Mit strahlenden, weit offenen Augen bahnte sie sich ihren Weg, stellte sich in wenigen Wochen zusammen, was sie brauchte, und ging weiter zum nächsten Möbelhaus. Prominente Persönlichkeiten, die Jesse nur flüchtig gesehen oder gesprochen hatten, boten ihr mehr oder weniger bei allem Hilfe an, was ihr gerade durch den Kopf ging.

Bald hatte sie Freunde jeden Alters, und zwar, so schien es manchmal, überall. Wenn Männer Jesse kommen sahen, machten sie sich augenblicklich die schönsten Hoffnungen. Sie war hübsch, sie war optimistisch, fast alles Interessante und fast jeder freundliche Mensch begeisterten sie; doch vor allem anderen war Jesse offen. Es fiel ihr nicht schwer, anderen von sich zu geben, und sie hatte die seltene Gabe, weiterziehen zu können, ohne diejenigen zu verletzen, die sie zurückließ. Jesse zog weiter, und ihre Männer blieben ihr ergeben – bemerkenswert ergeben, für Männer –, und mit der Zeit schien der ganze nordamerikanische Kontinent mit Jesses Freunden bevölkert zu sein, mit ehemaligen, aktuellen und zukünftigen.

»Es werden ziemlich viele«, gestand sie mir mit jenem raschen, sanften Grinsen, das mich jedesmal an all die geschwollenen Lippen erinnerte, die sie während ihrer Kindheit von Bo kassiert hatte.

Wir waren in Texas und tranken Bier auf der Terrasse; Jesse hatte gerade ein Flugticket nach Frankreich gekauft.

»Vielleicht ist es am freundlichsten, wenn ich einfach das Land verlasse«, sagte sie. »Was meinst du, Grandpa?«

»Warum nicht, Liebes?« sagte ich. »Mach eine Reise.«

»Genau«, sagte Jesse. »Ich glaub, ich leg einfach eine lange Kassette in meinen Anrufbeantworter und verlaß das Land.«

Für gewöhnlich gelang es Jesse, die freundlichste Lösung zu finden. Am nächsten Morgen küßte sie mich nett, umarmte mich lange und verließ das Land. Die lange Kassette auf ihrem Anrufbeantworter war schon nach wenigen Tagen bespielt.

Als nächstes erfuhr ich, daß Jesse einen ungarischen Freund hatte und in Budapest lebte. Dann lebte sie mit einem italienischen Freund in Positano. Das war ein halbes Jahr, bevor sie sich in Paris niederließ, wo sie aber auch blieb, um Menschen nachzueifern, die Sartre oder Roman Jakobson, Lacan, Lévi-Strauss, Ladurie, Barthes und Foucault nachgeeifert hatten.

Kaum war sie dort, plante sie auch schon mit einem ihrer Filmprofessoren einen kleinen Film über Madame Riccoboni. Zufällig wußte ich einiges über Madame Riccoboni, was ich vor fast vierzig Jahren bei der Arbeit an einem Drehbuch über die Herzogin von Duino in Erfahrung gebracht hatte. So konnte ich ihr ein wenig behilflich sein.

Jesse rief oft an, manchmal zwei-, dreimal die Woche, um mit mir über das neueste Buch, den neuesten Film, den neuesten Professor, über den letzten Besuch von Jeanie und Eric oder ihren neuesten Freund zu reden. Meistens rief sie aus ihrer winzigen Wohnung auf dem Montparnasse an, aber Jesse reiste gern und hatte keine übertriebenen Hemmungen, Geld auszugeben. Genau wie ich hatte sie eine Vorliebe für große Luxushotels. Jesse und ihr neuer Typ waren dann etwa in der Villa Hassler, dem Gritti Palace, dem Hotel du Cap Eden Roc. Zu ihren Dauerthemen gehörte der Wunsch, mein lückenhaftes Französisch zu verbessern, damit sie, wenn ich endlich zu Besuch kam und wir gemeinsam die Dordogne, die Camargue oder das Loire-Tal erkundeten, nicht allein das Reden übernehmen mußte.

Sie wollte wohl nur vermeiden, daß sich ihr berühmter Großvater lächerlich machte, aber als ich sie dann endlich besuchte, war ich mir sicher, daß genau das passieren würde, da ich zur französischen Sprache nie einen Zugang gefunden hatte. Einer der vielen Gründe dafür, daß ich in Europa die Mittelmeergegend immer vorgezogen hatte, lag darin, daß die Konversationsregeln im sonnigen Süden nicht ganz so streng gehandhabt wurden, wie das im frostigen Norden doch gerne der Fall war.

Jesse rief unermüdlich an; sie rief immerfort an und redete wie ein Wasserfall in ihrem schnellen, umgangssprachlichen Französisch, während ich aus meinem Fenster auf die texanische Steppe hinaussah. Ich sah den eleganten Habichten zu, wie sie über dem Hügel südlich von Los Dolores aufstiegen; ich sah die Farben des Sonnenaufgangs gen Osten, wo Jesse war, und gen Westen die Farben des verblassenden Sonnenuntergangs. Jesse rief immer wieder an; sie rief unermüdlich an; sie dachte nicht daran, von ihrem Großvater abzulassen.

Manchmal, wenn sie am Morgen anrief, bevor es mir gelungen war, aus meinem Schlaf oder meiner Migräne aufzutauchen, war ich ein wenig verwirrt und nicht in der Lage, dem Gedankengang irgendeines Godardschen Filmers oder poststrukturalistischen Semiotikers zu folgen. Immer öfter neigte ich dazu, nicht mehr auf die Bedeutung zu achten, sondern mich nur vom frischen Wind Jesses junger Stimme forttragen zu lassen, so wie die Habichte auf meinen Hügeln vom Südwind getragen wurden.

Sie war nicht nur mein Wind, sie war – um die zeitlose Wendung von Gouverneur Jimmy Davis zu zitieren – mein Sonnenschein, ihre Liebe das einzige Wetterleuchten, das die Wolkendecke des Alters und der Verwirrung, unter der ich lebte, noch durchdringen konnte.

Jesse rief unermüdlich an; sie rief immer wieder an. Immer

seltener konnte ich ihren Erzählungen folgen – Frankreich hatte sie so präzise gemacht, wie mich das Alter hatte vage werden lassen –, doch während mir ihr gewandtes Französisch ans Ohr drang, ließ ich mich in meine Erinnerungen zurückgleiten, und aus der Stimme meiner Enkelin hörte ich das liebliche Echo der Stimmen all jener großartigen jungen Europäerinnen heraus, mit denen ich vor so langer Zeit so viel Spaß gehabt hatte, die Stars und die Starlets – Pier, Senta, Françoise Dorléac, die umwerfende Romy Schneider. Wie Jesse jetzt, hatten sie das aufgeweckte, erotische Lied der Jugend und Gesundheit gepfiffen, Melodien, welche diejenigen, die auch einmal pfeifen konnten, verlernen, aber nie vergessen.